中文可以更好 27

如何捷進寫作詞彙
人物篇

謝旻琪　編

編輯說明

一、本書是寫作參考的工具書，依照事物的概念類別以及實用原則，分為十大類、六十五小類；小類之下再根據語義相近或對立關係列出三百六十六個詞組，每一組有代表性詞語，表明收詞的範圍，由此路徑查詢，可找到適切的詞彙。

二、詞組之下搜羅的詞彙共約五千條，先根據詞意正反、褒貶，程度淺深、輕重，順序發展變化，再依照字數、筆劃多寡排列，並有解釋，方便讀者了解字義、辨析差異、選擇用詞。

三、詞語之後，精選歷來四百多位作家，合計近一千五百個佳句範例，供讀者在欣賞觀摩之餘，迅速從中學習用法與巧妙變化，體會語境，提供自己的寫作與表達能力。

四、閱讀是增進詞彙的不二法門。期望本書除滿足查詢功能，有助於學生與讀者從平日閱讀工夫中，加強運用詞彙的敏感度，在捷進寫作詞彙上更有方法與心得。

五、此外，本書概念分類可參照彩色拉頁「人物詞彙心智圖」。詳細目錄有十大類、六十五小類，三百六十六個詞組，並在代表性詞語下方列有關鍵詞，可供參考，加速正確查詢。

編者謝旻琪與商周出版編輯部

大專院校與國高中校長、國文教師一致推薦

以文字巧妙描繪人物，其動人處，猶勝一幅栩栩如生之畫作。抒情言志，盡在眉宇之間。

——裕德國際學教校長　李慶宗

商周出版的這一系列詞彙參考冊子，集結義近的眾「詞」來提香，引出優美短文用例中的新鮮滋味，一個個單元就是一道道佳餚美膳。大快朵頤之餘，讀者的肚內文府也就自然充實了。

——北一女中國文教師‧臺大中文系兼任助理教授　歐陽宜璋

想寫好作文，無奈書到用時方恨少，苦於所知詞彙貧乏，想得到卻寫不出？本書作者用心選錄各名家名作作為這一系列詞語的習作範本，為亟欲練筆的你提供了豐富的詞彙資料語庫！

——中央警察大學通識教育中心教授　鄒濬智

——國立苗栗高級商業職業學校國文教師　呂婉甄

本書不但可以解決寫作時「詞窮」的問題，例句中各種生動的形容也饒有趣味，兼具參考價值與娛樂效果。

——古典詩人．中壢高商國文教師　曾家麒

如何描述一個人，讓他活靈活現，如在眼前？運用《如何捷進寫作詞彙——人物篇》一書，就能有源源不絕的詞彙供您選用，也能在本書收錄的名篇佳文中習得細膩而精準的人物寫作方法。

——北市蘭雅國中國文教師　黃美瑤

欣見《如何捷進寫作詞彙》出版第三集，本書以「人物」為主軸，從人物的「外表樣貌」到「內在性格」，提供千餘條學習詞彙及名家範例。可破解學習者筆下混沌的描寫，開鑿人物視聽食息的孔竅，大千世界因此有了眉目，惠者良多。

——北市士林高商國文教師　鄒伊霖

你還在「巧笑倩兮」、「美目盼兮」嗎？《如何捷進寫作詞彙——人物篇》捷進你的詞彙，使你那些年所認識的人及記憶中的情感，不再遜色！

——臺灣科技大學人文社會學科國文領域助理教授　蔡明蓉

樣貌書寫著履歷，眼神交代了際遇，從行色間瞥見的人生光影，撒落成筆頭上的字字珠璣！

——新北市立中和國中國文教師　蔡明勳

這是一本能觸動心弦的工具書。它以「人物」的外相形貌與內在靈魂為基點，搜羅名家創作，品味「人物」的手采，構築人物創作的詞彙殿堂，引領讀者由形入情，寫出生命的悸動。

——北市萬華國中國文教師　藍淑珠

目錄

Contents

二、待人處世　253

關鍵詞

壹・樣貌

一 外在樣貌

1 臉部

臉

【臉】面部。

【腮】兩頰。

【臉龐】臉蛋。

【臉蛋】臉頰部分。

【面頰】臉部。

【面龐】面貌、面孔。

【臉頰】臉的兩邊。

【酒渦】說話或笑時，面頰上顯現的圓窩。亦作「酒窩」、「梨渦」。

【靨】面頰上的小酒渦。

喜歡讀人的臉。不同的臉。不同的臉形眼睛鼻子嘴巴組合成不同的形貌與氣質，每個部位都很重要，我從不覺得眼睛是靈魂之窗，那窗子太小了。臉才是靈魂之窗，它記錄了人的一切，包括情緒、個性、喜好與背景。（周芬伶〈雲朵〉）

難得畢媽媽也笑，實在因為太瘦白了，笑一下兩腮。就泛出桃花紅，多講兩句話也是，平日則天光底下站一會兒，頰上和鼻尖即刻便浮出了一顆顆淡稚的雀斑。如今回想，畢媽媽的桃花紅其實竟像是日落之前忽然輝燒的晚霞。（朱天文〈小畢的故事〉）

可是母親烏油油的柔髮卻像一匹緞子似的垂在肩頭，微風吹來，一綹綹的短髮不時拂著她白嫩的面。

頰。她瞇起眼睛，用手背攏一下，一會兒又飄過來了。她是近視眼，瞇縫眼兒的時候格外的俏麗。

（琦君〈髻〉）

臉型

【圓臉】圓形的臉。

【大餅臉】臉又圓又大。

【國字臉】正方的臉型。

【巴掌臉】形容臉很小，大小跟手掌一樣。

【娃娃臉】面容較實際年齡看起來年幼。

【骨查臉】形容人顴骨高且臉型尖削。或作「骨搗臉」。

【鵝蛋臉】上圓下尖的臉型。

【瓜子臉】面龐微長而窄，上圓而尖。多用以形容女子臉型之美。

那媳婦是個矮小鈍重的女人，身軀相當肥滿，但很結實，背著陽光走來，實實在在的一團。她原戴的斗笠已摘下，夕照下可見一張褐色的圓臉，五官極為周正，只不過眉眼間因為常年迎著海風，密集的向鼻梁縮皺起來。她迎著走來，顯然看到榕樹下的阿罔官，卻沉沉不作聲，若無共事的走過。（李昂《殺夫・四》）

木婉清吃了一驚，心道：「哼，你要打斷段郎的雙腿，就算你是他的父親，那也決計不成。」只見這紫袍人一張國字臉，神態威猛，濃眉大眼，肅然有王者之相，見到兒子無恙歸來，三分怒色之外，倒有七分喜歡。木婉清心道：「幸好，段郎的相貌像他媽媽，不像你；否則似你這般凶霸霸的模樣，我可不喜歡。」（金庸《天龍八部・六》）

「黑牡丹」的臉型是比較含蓄的豔麗，通常是小巧的鵝蛋臉，面上有笑靨，上眼皮略有些腫，就像戲臺上特意在眼皮上打點胭脂的旦角。這種面相似乎比前邊那種「歐化」的臉型，更容易和一些風化故事聯繫起來，而前種臉型卻是比較單純，也比較堂皇，不像後者那樣，帶著些曖昧的氣息。（王安憶〈尋找上海〉）

面色

【紅潤】 皮膚有血色而滋潤。

【蘋果臉】 形容人的臉兒像蘋果一般豐滿紅潤。

【煞白】 面色極白無血色。

【蒼白】 臉上沒有血色。

【慘白】 面色蒼白。

【蒼老】 面容、姿態上顯示出衰老的樣子。

【鐵青】 青黑色，形容人在恐懼、盛怒或患病時發青的臉色。

【死色】 死氣沉沉的面色。

【黑黝】 膚色或臉面黑亮。

【黎黑】 面色黑。

【堂堂】 容貌莊嚴大方。

【猙獰】 面目凶惡。

【齜牙咧嘴】 1.形容面目凶狠。2.形容因痛苦或驚恐而面部扭曲變形。

【青面獠牙】 臉色青綠，長牙外露。形容面貌猙獰。

【麻胡著臉】 臉上因尚未梳洗上妝而脂粉脫落。

在某一個瞬間裡，店堂裡來了兩個面色蒼白的男人，他們從落日時分一直閒坐到午夜。兩人間或低聲交談幾句，但他們悠閒得幾近神祕的神色使他們在壁燈的暗影裡顯得高深莫測。（葉兆言〈飲酒者〉）

我來到衛生間用熱水洗了洗臉。幾年來，我第一次認真地在鏡子裏看了看自己。我看見了一張陌生的臉。兩鬢竟然有了那麼多的白髮，整個臉蒼老得像個老人，皺紋橫七豎八，而且憔悴不堪。（路遙《早晨從中午開始・四十九》）

兩人雖則說是已經相識了，可是我每次去看他，驟然見面，那一種不安疑懼的神象，總還老是浮露在他的面上，和初次在西園與他相見的時候相差不多。非但如此，到了八月之後，他的那副本來就不大健康的臉色，越覺得難看了，青灰裡且更加上了一層黑黝黝的死色。（郁達夫〈十三夜〉）

你看那女人「咬你幾口」的話，和一伙青面獠牙人的笑，和前天佃戶的話，明明是暗號。我看出他話中全是毒，笑中全是刀，他們的牙齒，全是白厲厲的排著，這就是吃人的家伙。（魯迅《狂人日記・三》）

鬢髮

【雲鬢】指婦女濃密秀麗、捲曲如雲的鬢髮。

【青絲】烏黑而柔軟的頭髮。

【烏亮】頭髮烏黑、油亮而有光澤。

【霜白】髮色如霜一樣白。

【斑白】頭髮花白，常指年老的人。

【華髮】花白的頭髮。

【鶴髮】老年人的滿頭白髮。

【銀髮】白頭髮。

【捲曲】頭髮彎曲成圓弧型。

【虬髯】捲曲的連鬢鬍鬚。亦作「虯髯」。

【絡腮鬍】長在兩頰下，連著鬢角的鬍子。亦作「落腮鬍子」。

【鬍子拉碴】形容滿臉鬍子，未加修飾。

【蓬亂】蓬鬆散亂。

【稀疏】稀少疏落。

【禿髮】頭髮脫落。

【禿頭】頭髮脫落的現象。

【童山濯濯】指無草木的樣子。後多用以形容人禿頭、無髮。濯，音ㄓㄨㄛˊ。

【微禿】頭髮略有脫落。

【花白】鬢髮黑白相間。

【蒼蒼】鬢髮斑白的樣子。

【兩鬢飛霜】形容人年老而鬢髮發白。

【龐眉皓首】形容老人眉髮盡白。亦作「尨眉皓髮」。

小女孩和昨天判若兩人，頭髮烏亮，臉色紅潤，只是臉上的表情一樣陰沉。她只露了一下臉，什麼話都沒說，也幾乎沒看林德生一眼，就轉身回房間。（月藏〈鬥法〉）

另外一位女同學，是東南亞中的一國人。她略棕色，黑髮捲曲著長到腰部，身材好，包在一件黑底黃花的連身裙裡，手上七個戒指是她特別的地方。眼窩深，下巴方，鼻子無肉，嘴唇薄……是個好看的女人。（三毛〈春天不是讀書天〉）

再過了幾年，我回小鎮，被幾個同學拉去參加了一個聚會，會上不期而遇的見到魏黃灶。魏黃灶已變得難以認識，也只不過三十多歲，卻成了個禿髮沒脖子的胖漢，最不可思議的是還腆了個大肚皮，笑著說連皮帶都快買不到了。（周志文〈魏黃灶〉）

日本語彙裏發現有一種灰色，浪漫灰。五十歲男人仍然蓬軟細貼的黑髮但兩鬢已經飛霜，喚起少女浪漫戀情的風霜之灰，練達之灰。米亞很早已脫離童騃，但她也感到被老段浪漫灰所吸引，以及嗅覺，她聞見是只有老段獨有的太陽光味道。（朱天文〈世紀末的華麗〉）

眼睛

【眼眸】眼睛，眼球。

【眼神】眼睛的神態。

【眼色】用眼睛示意的動作。

【晶亮】明亮光潔的樣子。

【汪汪】淚水盈眶或眼中明亮的樣子。

【眼波】形容目光流盼如水波。多用於指女子目光。

【秋波】形容女子的眼睛明亮清澈，有如秋水。

【秋水】比喻如湖水般清澈明亮的眼睛。

【眇眇】眼睛美麗動人的樣子。眇，音ㄇㄧㄠˇ。

【杏眼】形容女子圓大而美的眼睛。

【吊梢】眼角往上斜。

【丹鳳眼】眼角往上斜的眼型。

【醉眼】醉後視線模糊的眼睛。

【淚眼】含著淚水的眼睛。

【賊眼】閃爍而鬼祟，不正派的目光。

【瞇縫】眼睛微閉成一條細縫。

【深邃】幽深。

【犀利】指目光銳利。

【水靈靈】明亮有神。

帝子降兮北渚，目眇眇兮愁予，嫋嫋兮秋風，洞庭波兮木葉下。（戰國・屈原《九歌・湘夫人》）

每當這個時候，岳母終年平板的臉，也有了歡顏起伏，因著兒女們充滿在她眼睛可以看見的範圍內，她那雙年輕時吊梢的單眼皮，遂像初五的月牙，彎彎的帶著笑意，墜掛在那張原野黃沙般的臉上。（朱天文〈炎夏之都〉）

我沒辦法跟著唱，我彷彿受了意外的震撼，淚眼模糊，我全身緊繃拼命忍住眼淚，彷彿化為一塊礁石抵著眾人的歌聲。海浪，海的三拍子，呵嗨喲。我深刻知道海是這樣，我太知道海的波浪和她說的拍子，台東的海，太平洋的浪。我全身都記得那感覺那力量和溫度，不可抗拒的推力，又溫柔又強大。哎，我想家了。（柯裕棻〈太平洋的浪〉）

蓋瑞有一張令人難忘的臉。深深的皺紋基本上是縱向的，那是烈日暴雨雕刻成的。若不笑，給人的印象多半是嚴厲的。但他很愛笑，笑把那些縱向皺紋勾聯起來，像個慈祥的祖父。他的眼睛總是瞇縫著，似乎有意遮住其中的光亮，那眼睛是用來眺望的，屬於水手和守林員。（北島〈蓋瑞・施耐德〉）

眉毛

【柳眉】 形容女子的眉毛細如柳葉。

【柳葉眉】 女子的眉毛細長而彎曲，像柳葉的形狀。

【娥眉】 形容女子眉毛細長彎曲而美好的樣子。亦作「蛾眉」。

【濃眉】 又黑又密的眉毛。

【濃眉大眼】 形容人的眉目分明，帶有英氣。

【劍眉】 平直且末端翹起如劍的眉型。

【劍眉星眼】 眉毛筆直，末端翹起，眼睛明亮有神。

【八字眉】 眉毛外端略為下垂，呈「八」字型。

【愁眉】發愁時皺著眉頭。

【愁眉淚眼】眉頭緊鎖，雙眼含淚。形容愁苦悲傷的樣子。

【愁眉苦眼】緊鎖著眉，苦喪著臉。形容神色憂傷愁苦。亦作「愁眉苦目」。

【蹙額愁眉】皺著眉頭，形容憂愁的樣子。

【橫眉豎目】面貌凶惡的樣子。

那曹氏只是緩緩地搖了搖頭，仍舊沒有做聲。她看過去不過年屆三十，容貌甚美，但由於總是顰蹙兩道柳葉眉，眉心一道淺淺的皺紋已經刻下，且體態頗顯柔弱。（朱秀海《喬家大院・第一章》）

美人捲珠簾，深坐蹙娥眉。但見淚痕濕，不知心恨誰？（唐・李白〈怨情〉）

忽見草坡左側轉出一個少年將軍，飛馬挺槍，直取文醜。公孫瓚扒上坡去，看那少年：生得身長八尺，濃眉大眼，闊面重頤，威風凜凜，與文醜大戰五六十回合，勝負未分。瓚部下救軍到，文醜撥回馬去了。那少年也不追趕。瓚忙下土坡，問那少年姓名。那少年欠身答曰：「某乃常山真定人也，姓趙，名雲，字子龍。……」（明・羅貫中《三國演義・第七回》）

小凱同樣有阿部寬毫無脂粉氣的濃挺劍眉，流著運動汗水無邪臉龐，和專門為了談戀愛而生的深邃明眸。小凱只是沒有像阿部寬那樣有男人儂儂或集英社來做大他，米亞抱不平想。（朱天文〈世紀末的華麗〉）

鼻子

【鼻梁】鼻的上端。

【鼻頭】鼻梁下端高起處。

【鼻翼】鼻尖的兩側。

【挺】鼻子高直。

【塌】鼻子凹陷。

【扁】鼻形寬而薄。

【朝天鼻】鼻孔略為朝天的鼻型。

【鷹勾鼻】如同鷹嘴般鉤曲的鼻子。

【蒜頭鼻】鼻形圓而扁，有如蒜頭。

他同他的爺爺一樣，也是瘦型的臉，卻不如他爺爺的端正，並且個性化。好像在遺傳中受到了一種不幸的影響，他的輪廓有失均衡。臉型是窄長條的，中間部分凹了下去，鼻子則有些大，鼻梁倒是直挺的，全靠了它，整個面相不至於塌下。下巴也是抄的，卻比較長，就有些誇張，加上倒掛眉和抬頭紋，不由地有些滑稽了。（王安憶〈尋找上海〉）

七歲時，母親帶我回家鄉，第一件事就是去看阿月，把我們兩個人誰是誰搞個清楚。乳娘一見我，眼淚撲簌簌直掉，我心裡納悶，你為什麼哭，難道我真是你的女兒嗎？我和阿月各自依在母親懷中，遠遠地對望著，彼此都完全不認識了。我把她從頭看到腳，覺得她沒我穿得漂亮，皮膚比我黑，鼻子比我還扁，只是一雙眼睛比我大，直瞪著我看。（琦君〈一對金手鐲〉）

嘴巴

【櫻桃小口】 形容女子的嘴脣小巧而紅潤，如同櫻桃一般。

【脣紅齒白】 脣色朱紅，牙齒雪白。形容美貌。

【脣如塗朱】 形容嘴脣的豔紅。

【朱脣】 紅脣，對女子嘴脣的美稱。

【朱脣皓齒】 脣紅齒白。形容美人面貌姣好。

【朱脣榴齒】 嘴脣紅潤，牙齒像石榴子那樣整齊。形容女子容貌美麗。

【齒若編貝】 牙齒如編排的海貝般潔白整齊。亦作「齒如含貝」、「齒如齊貝」。

【脣若施脂】 形容嘴脣鮮豔。

前些年，我飛越太平洋參加中美作家對話時，曾在幾個大都市裡聆聽過洋小姐清唱的蘇三唱段。金髮碧眼的女郎們啟動的雖不是櫻桃小口，唱起來也不會字正腔圓，對戴枷蘇三的心境更不可能有真正的體味，但通過她們那濕潤豐腴的紅脣，卻使「洪洞」這個縣名，在異邦傳揚流播。（李存葆〈祖槐〉）

這廂崇光百貨巍峨的白，像雷峰塔一樣鎮住了整個東區來去的妖嬈女子，週年慶心甘情願魚貫而入的白蛇與青蛇們，爭購保養品化妝品乳液與面膜，從那些脣紅齒白鶴童鹿童手中接過靈芝草，敷抹塗推的手勢像煉丹提藥，更像許仙將再也無能見著蛇妖真身那樣的喜不自勝。（羅毓嘉〈大東區〉）

2 外貌

美貌

【美貌】美麗的容貌。

【標致】形容女子美麗動人。

【漂亮】美麗、好看。

【甜美】形容女子秀美可人。

【俊美】俊俏美麗。

【俊俏】容貌俊美秀麗。

【俊秀】容貌秀美。

【俊逸】容貌俊秀，才藝超群。

【俏麗】容貌、體態輕盈美好。

【俏皮】容貌或衣著漂亮美好。

【娟秀】美好秀麗。

【清秀】秀美不俗氣。

【秀氣】氣質優雅。

【秀麗】清秀美麗。

【秀美】清秀美麗。

【秀媚】秀麗嫵媚。

【姣好】容貌美麗。

【姣美】容貌美好。

【姣麗】姣好、美麗。

【姣豔】美好、豔麗。

【妖豔】美麗而不莊重。

【冶豔】美麗異常

【妖冶】1.美好。2.形容女子美麗，但舉止欠端莊，慣於賣弄服飾容貌。

【妖媚】輕佻嫵媚。

【帥】面容俊俏或舉止瀟灑、有風度。

【英俊】容貌俊秀有精神。

【靚】音ㄐㄧㄥˋ，漂亮、美麗。

【好看】看起來舒適、美觀。

【中看】好看、順眼。

【妍】豔麗、美好。

【妍麗】美豔。

【水靈】形容豔麗動人，明亮有神。

【窈窕】1.幽靜美好的樣子。2.妖冶的樣子。

【絕色】形容女子姿色極美。

【婷婷】美好的樣子。多用來形容女子的姿態。

【風姿綽約】形容人的風采姿容非常優美。

【如花似玉】有如花和玉般的美好，比喻女子姿容絕美。

【麗質天生】形容女子容貌美麗，氣質優雅。

【明眸皓齒】形容美人容貌明麗。

【眉清目秀】形容面貌清明俊秀，長相美麗。

【傾國傾城】形容女子容貌美麗，使全城、全國的人都為之傾倒愛慕。

【臉欺膩玉】臉比美玉還細膩柔滑。形容容貌極為細緻柔美。

【平頭整臉】相貌端正。亦作「平頭大臉」、「平頭正臉」。

【正妹】現代用語，指容貌美麗的女子。

【辣妹】現代用語，指性感、動人的女子。

白也詩無敵，飄然思不群。清新庾開府，俊逸鮑參軍。渭北春天樹，江東日暮雲。何時一樽酒，重與細論文。（唐・杜甫〈春日憶李白〉）

那些被外國男人挽著的中國女人清一色地年輕俏麗風姿綽約，頻頻地和熟人彬彬有禮地握手，或者優雅地貼臉相吻。我恍惚進入了一部戲劇，是在哪部電影裡看到過的場景，卻又比任何一部電影中的場面還要獨特，因為在非常西方化的情景中，居然多數是中國的面孔。（趙長天〈歌劇〉）

在監獄的接待室中，我第一次見到了駱致遜的妻子，柏秀瓊女士。她的照片我已看過不止一次了，她本人比照片更清瘦，也更秀氣。她臉色蒼白，坐在一張椅上，在聽著一個律師說話。我和傑克才走進去，有人在她的耳際講了一句話，她連忙站起來，向我迎了上來。（倪匡《不死藥》）

面目姣好素淨，不能確切說出她給我怎樣的感覺，有些熟悉，但說不上來地帶點距離。她的平底鞋是百貨公司一樓女鞋部門陳列的款式，褲裝裏的她，綁著公主頭髮式。她一直抿著下唇。列車門打開，便警醒把身子往壓克力隔板縮了縮。猜想她低下臉來是盯著鞋。瀏海稍稍垂下，遮住她的妝。她的妝

在淺金框眼鏡後頭，有些疲憊。（羅毓嘉〈偶遇〉）

那娘子和丫鬟艙中坐定了。娘子把秋波頻轉，瞧著許宣。許宣平生是個老實之人，見了此等如花似玉的美婦人，傍邊又是個俊俏美女樣的丫鬟，也不免動念。（明・馮夢龍編《警世通言・白娘子永鎮雷峰塔》）

醜陋

【醜】形貌陋劣、難看。

【醜陋】容貌難看。

【媸】音ㄔ，相貌醜陋。與「妍」相對。

【夜叉】比喻人容貌醜陋或性情凶暴。

【猥瑣】容貌鄙陋煩碎。

【難看】不好看；醜陋。

【醜八怪】稱人容貌十分難看。亦作「醜巴怪」。

【醜頭怪臉】容貌醜陋。

【其貌不揚】形容人面貌醜陋。

【面目可憎】容貌令人覺得厭惡。

【獐頭鼠目】獐頭小而尖，鼠目小而凸出。形容人相貌鄙陋。

【尖嘴猴腮】尖嘴巴瘦面頰。形容人長相極為醜陋。

自從武大娶得那婦人之後，清河縣裏有幾個奸詐的浮浪子弟們，卻來他家裏薅惱。原來這婦人見武大身材短矮，人物猥瑣，不會風流；他倒無般不好，為頭的愛偷漢子。（明・施耐庵、羅貫中《水滸傳・第二十三回》）

有時候，他們假裝打扮得面目可憎、俗不可耐，為的就是讓什麼人誤讀他們。他們討厭淺薄無聊的人，對世界的未來總是憂心忡忡。他們的生活就像是一首歌曲，需要許多樂器的伴奏來烘托一下，他們已習慣置身於吵吵嚷嚷之中。（孫甘露〈卡拉OK〉）

引人注意

【搶眼】耀眼奪目，惹人注意。

【亮眼】搶眼。

【迷人】具有吸引力。

【出眾】水準、程度等超越眾人。

【不凡】不尋常、不平凡。

【引人】吸引他人，使人起心動念。

【引人注目】引起他人的注意。亦作「引人矚目」。

離開展場，我的眼睛一直沒有離開過一位亮眼的中年女人，紅禮帽下的網紗蓋住一半的臉，白得像雪的皮膚襯托了香奈兒的經典毛料套裝。她的頸部緩慢轉動著，使得禮帽上的小碎花，像是咖啡杯裡旋轉的奶泡。她獨自一人，彷彿走錯了時空。（阿尼默〈有時身在小人國，有時我是格列佛〉）

尹雪艷著實迷人。但誰也沒能道出她真正迷人的地方。尹雪艷從來不愛擦胭抹粉，有時最多在嘴唇上點著些似有似無的蜜絲佛陀；尹雪艷也不愛穿紅戴綠，天時炎熱，一個夏天，她都渾身銀白，淨扮的了不得。（白先勇〈永遠的尹雪艷〉）

3 身軀

皮膚

【皺】臉上或皮膚因鬆弛而有摺紋。

【皺紋】皮膚或物體的摺紋。

【皺巴巴】不舒展、不平整的樣子。

【鬆弛】放鬆。

【垮】坍塌、往下。

【鬆垮】不緊實而往下。

【緊實】緊繃、結實。

【細膩】細緻光滑。

【細嫩】形容皮膚光滑潤澤。

【光滑】光澤滑潤。

【凝脂】凝固的油脂。形容皮膚如油脂般光滑柔白。

【粗糙】不光滑、不細緻。

【疙瘩】皮膚上突起的小顆粒。

現在，年輕的豐實飽滿的手臂上刺上的刺青，等到二、三十年後，或許皮膚變得鬆弛乾燥，那蔓延的藤蔓，依舊停留在皮膚上，停留在或許骨節增大的，不那麼平整華美的手背上，不知道會是如何的景象。（袁瓊瓊〈生活裡看見的〉）

奶奶的臉色不是城裏人那樣的白，也不是鄉下人的黑，而是黃白的。臉盤比較豐滿，皮膚綳得很緊，但並不是細嫩的，有些老，不是蒼老的「老」，而是結實的意思。奶奶的手也是這樣，骨節略有些粗大，皮膚也有些老。（王安憶《富萍・一》）

這來自第三世界芳醇的黑色飲品——我凝視牆上那醒目的「公平貿易」標籤，開始思索——是出自一雙如何粗糙多皺的手？而這雙手，又是經由怎樣播種、耕耘、照顧、把紅櫻桃似咖啡豆摘下來、水洗、揀選、曬乾、裝袋、交給收購商？而在並無公平貿易的年代，那些如苦力般弱勢的咖啡農，又是如何毫無招架之力地，在跨國集團嫻熟運作的議價過程中含淚賤賣，然後，這凝聚了無數辛酸的所謂「血汗咖啡」，才終於抵達我們細緻光滑漂亮的骨瓷杯裡，點綴了無數寧靜美好的午後時光，讓我們得以享受這舒適優雅的閒情？（陳幸蕙〈咖啡・蝴蝶・我〉）

膚色

【白淨】皮膚潔白。

【白皙】膚色白淨。

【白潤】潔白潤澤。

【白嫩】皮膚又白又細嫩。

【黝黑】膚色黑。

【蠟黃】面色像蠟一樣黃。

【醬黃】形容人的面色暗黃。

【暗沉】膚色不潔白、明亮。

一座老宅，斑駁的外牆上嵌了許多窗戶，其中最小的窗口，有個男子坐在其中。他臉上的肌肉隨著手上的小說情節忽高忽低，皮膚白皙細嫩，且透著光亮，還可以看到毛細孔整齊排列，像極了向日葵的花蕊。（阿尼默〈有時身在小人國，有時我是格列佛〉）

一股奇異的吸引力，令無絃琴子趴上去看那幀僅存的留影，一個約莫十來歲男孩的獨影，站在一間茅屋前，身上的和服好像為了寫真臨時披上的，相紙泛黃陳舊，還是可看出他膚色黝黑，眼睛凹陷，輪廓和日本人很不一樣。（施叔青《風前塵埃》）

一般富貴閒人的文藝青年前進青年雖然笑他俗，卻都不嫌他，因為他的俗氣是外國式的俗氣。他個子不高，但是身手矯捷。晦暗的醬黃臉，戴著黑邊眼鏡，眉目五官的詳情也看不出個所以然來。但那模樣是屹然；說話，如果不是笑話的時候，也是斷然。（張愛玲〈紅玫瑰與白玫瑰〉）

身體部位

【水蔥】 形容女子的樣子纖長好看，可用於身軀、容貌、鼻子、手指等。

【玉指】 形容女子的手指頭修長細緻，有如美玉。

【酥胸】 柔膩光潔的胸部。

【細腰】 纖細的腰。

【水蛇腰】 形容腰肢纖細婀娜。

【水桶腰】 形容腰部肥胖，有如水桶般粗大。

【鮪魚肚】 形容中年男性腹部肥胖。

【啤酒肚】 男性步入中年時，由於新陳代謝變差，導致脂肪大量囤積於腹部，所形成的腹部肥大現象。

【游泳圈】 游泳時為增加浮力所使用的橡皮圈。用來戲稱人腰部肥胖。

【身懷六甲】 女子懷孕。

【大腹便便】 形容肚子很大的樣子。

蘭仙、玳珍便圍著桌子坐下了，幫著剝核桃衣子。雲澤手酸了，放下了鉗子，蘭仙接了過來。玳珍道：「當心你那水蔥似的指甲，養得這麼長了，斷了怪可惜的！」雲澤道：「叫人去拿金指甲套子去。」蘭仙笑道：「有這些麻煩的，倒不如叫他們拿到廚房裏去剝了！」（張愛玲〈金鎖記〉）

米姬說，有一天早上她從製作先生的鼾聲中醒來，發現他起伏有致的啤酒肚，發現鏡裏她退妝後的臉，「這裏，這裏，都是皺皮，之可怕！」而她只不過是能在劇裏混到一兩個特寫就很不錯的米小牌。她嚎啕痛哭一場，就決定接受阿冬的追纏。（朱天文〈伊甸不再〉）

4 身材

苗條

【苗條】形容體態細長，曲線優美。

【纖纖】體型細而尖。

【婀娜】輕盈柔美的樣子。

【輕盈】形容女子體態纖秀，動作輕快。

【裊娜】柔美纖細的樣子。

【裊裊婷婷】形容女子體態纖秀柔美。亦作「嫋嫋婷婷」、「嬝嬝婷婷」。

【嫋嫋娉娉】女子體態輕盈柔美的樣子。

【亭亭玉立】形容女子身材修長苗條，體態秀美。亦作「婷婷玉立」、「玉立亭亭」。

我忍不住好奇，轉過頭去，那位女士已經走到入口處，我只能看到她的背影。她身形高而苗條，長髮蓬鬆地披著，她的雙手白皙，或許是由於她一身衣服，全是黑色的緣故。（倪匡《茫點》）

楊過道：「古人說一笑傾人城，再笑傾國，其實是寫了個別字。這個別字非國土之國，該當是山谷之谷。」那女郎微微彎腰，笑道：「多謝你，別再逗我了，好不好？」楊過見她腰肢裊娜，上身微顫，心中不禁一動，豈知這一動心不打緊，手指尖上卻又一陣劇痛。（金庸《神鵰俠侶．十七》）

毓老師上課時也時常提到師母，說：「這一百年都是狗打架，現在倒想寫《新浮生六記》，寫和老太婆認識經過，年輕時候剛到台灣倒不想，老了才想得越仔細。」接著又說師母是蒙古格格，自幼兩人訂婚，皇族婚姻自六歲就不讓見面，要結婚時已經亭亭玉立。（張輝誠〈毓老師與我——悼毓老師〉）

胖

【胖】身體豐肥、脂肪多。

【胖大】肥壯。

【肥】脂肪多，肌肉豐滿。

【肥大】肥胖壯實。

【肥壯】肥胖健壯。

【肥胖】胖。

【發福】稱人發胖的客氣用語。

【胖嘟嘟】形容身材圓胖。亦作「胖墩墩」、「胖呵呵」、「胖乎乎」。

【胖墩墩】形容人身材肥胖的模樣。亦作「胖嘟嘟」。

【豐滿】體貌豐盈，多用以形容女子形貌豐潤健美。

【豐盈】體態豐滿。

【豐腴】豐盈。

【肥碩】肥大豐碩。

【虛胖】不結實的胖，因體內脂肪異常增多所致。

【擁腫】形容笨重、肥胖、不靈巧。亦作「臃腫」。

【痴肥】形容人肥胖臃腫，遲鈍不靈。

【富態】體態豐腴。

【腦滿腸肥】形容飽食終日，無所用心，養尊處優，有壯盛的外表，而無實學。

我們總有某個部分是肥胖的／這個沒人敢多吃的年代／你是豐滿得太寂寞了／有人就是這麼喜歡／巨大草莓蛋糕般的女孩啊（鯨向海〈多脂戀情〉）

我微微的歎息，一時沒有話可說。樓梯上一陣亂響，擁上幾個酒客來：當頭的是矮子，擁腫的圓臉；

第二個是長的，灰臉上很惹眼的顯出一個紅鼻子；此後還有人，一疊連的走得小樓都發抖。（魯迅〈在酒樓上〉）

他脫了鞋襪，一雙胖禿禿的大腳，齊齊地合併著，擱在泥地上，凍得紅通通的。他的頭顱也十分胖大，一頭焦黃乾枯的短髮，差不多脫落盡了，露出了粉紅的嫩頭皮來。臉上兩團痴肥的腮幫子，鬆弛下垂，把他一徑半張著的大嘴，扯成了一把彎弓。胖男人的手中，正抓著一把發了花的野草在逗玩，野草的白絮子灑得他一身。（白先勇〈思舊賦〉）

瘦

【瘦小】身形細瘦短小。
【清臞】清瘦而飄逸。臞，音ㄑㄩˊ。
【瘦削】身形消瘦。
【清瘦】瘦弱。
【消瘦】消減瘦弱。
【精瘦】身體瘦削。
【纖瘦】形容身材細長瘦弱。

【纖巧】細緻小巧。
【纖細】細微；細小。
【纖弱】細弱無力的樣子。
【瘦弱】消瘦而衰弱。
【羸弱】瘦弱。羸，音ㄌㄟˊ。
【孱羸】瘦弱。
【孱弱】瘦弱、虛弱。
【乾癟】枯瘦、乾縮。

【乾瘦】身形削瘦，缺乏脂肪。
【皮包骨】形容極瘦。
【瘦巴巴】非常乾瘦的樣子。
【骨瘦如柴】形容非常消瘦的樣子。亦作「瘦骨如柴」、「骨瘦如豺」。
【瘦骨嶙峋】身軀枯瘦、骨骼突出的樣子。

【面黃肌瘦】形容人面色枯黃，十分瘦削。
【形銷骨立】形容人極為瘦弱。
【鳩形鵠面】形容人飢餓枯瘦，面容憔悴。

那是個類似於牢房的密閉隔間。質地灰敗的光像是某種稀薄的流體般自頂端傾注而下。（鏡頭拉近。）男人十分瘦削，四肢幾乎僅存枯骨，顯然有病在身。（鏡頭橫搖。）他蒼白的小腿上有個明顯的爛瘡。痂皮、膿頭與鮮紅色的血凍共生於壞死的黑色組織之上。細小的蛆蟲們彼此攀附吸食。（伊格言《噬夢人・50》）

我記得高中時老師也曾叫大家在週記上寫下我們對學校的看法。我笨到老實地寫了幾頁。結果我被禿頭戴著厚黑鏡框的乾瘦男老師叫去，看著他把我幾頁的週記全撕下來，他告訴我，不可以寫任何批評文章。（李維菁〈藝術史之誠實課程〉）

她知道她兒子女兒恨毒了她，她婆家的人恨她，她娘家的人恨她。她摸索著腕上的翠玉鐲子，徐徐將那鐲子順著骨瘦如柴的手臂往上推，一直推到腋下。她自己也不能相信她年輕的時候有過滾圓的胳膊。就連出了嫁之後幾年，鐲子裏也只塞得進一條洋縐手帕。十八九歲做姑娘的時候，高高挽起了大鑲大滾的藍夏布衫袖，露出一雙雪白的手腕，上街買菜去。（張愛玲〈金鎖記〉）

適中

【勻稱】均勻、合適。

【均勻】身材勻稱。

【合宜】適合、恰當。

【穠纖合度】形容身材適宜，胖瘦恰到好處。

【凹凸有致】形容女子的身材曲線完美。

但說真的，比起籃球棒球美式足球那種要不肌肉過度鮮烈膨脹，要不有些憨胖癡肥的運動員，足球選手的各肌肉線條之全整、之俐落、之穠纖合度，著實令觀者著迷。眾所周知我們的國民偶像小貝——幾幕掀球衫抹熱汗、塊塊洗練腹肌摺疊出的光影，終成商品、成了消費標的，成了演藝圈本身……（祁立峰〈足球與瘋狂〉）

高、挺

【高大】身材又高又大。

【魁梧】形容體貌高大雄偉。亦作「魁偉」。

【魁岸】高大魁梧。

【偉岸】壯大奇偉的樣子。

【頎】音ㄑㄧˊ，身材修長、高大的樣子。

【頎頎】身材高大的樣子。

【頎長】形容身材修長

【修長】身材細長。

【挺拔】直立高聳。

【英挺】英偉挺拔。

皮耶跳上一張椅子，右手搭住高大老闆娘的肩膀，左腳跨在矮小老闆的頭上，開始吐出一連串字詞。這些字詞語調變化劇烈，在我的聽覺稜鏡裡散出各種色帶，每一個顏色上頭有不同的抑揚頓挫舞動著，直到他說出我聽懂的字詞，我才發現他已經用了好幾國的語言向各個來自不同國家的團員問好。（陳思宏〈彩虹馬戲團〉）

拉著曹先生出去，曹先生的服裝是那麼淡雅，人是那麼活潑大方，他自己是那麼乾淨俐落，魁梧雄壯，他就跑得分外高興，好像只有他纔配拉著曹先生似的。在家裏呢，處處又是那麼清潔，永遠是那麼安靜，使他覺得舒服安定。（老舍《駱駝祥子．七》）

此後，她再也沒給他回信。直到三年多後，福成唸完研究所考上博士班時，才又收到她的「信」；那是一張喜帖。她身旁的他，英俊挺拔，比自己高二十公分。原來心靈相通是不夠的。（吳淡如〈賠錢貨〉）

矮

【矮】身材短小。

【矮小】低小、短小。

【短小】身材矮小。

【矬】音ㄘㄨㄛˊ，矮小。

【矬矮】身材短小。亦作「矮矬」。

【矮墩墩】形容身材矮胖的樣子。

【矮冬瓜】指身材既矮小又肥胖的人。

【五短身材】形容人的四肢、身軀都很短小。

他解釋說這訓導主任是很合適的人選，肯定可以擔任這變化學員氣質，提高學員品格的重要課程。他人雖長得矮矮，對學生可凶悍極了，又是打又是吼，把學生個個管得服服貼貼嚴守禮節。（王禎和《玫瑰玫瑰我愛你・十四》）

她梳著辮子頭，腦後的頭髮一小股一小股恨恨地扭在一起，扭絞得它完全看不見了為止，方才覺得清爽相了。額前照時新的樣式做得高高的；做得緊，可以三四天梳一梳。她在門背後取下白圍裙來繫上，端過凳子，踩在上面，在架子上拿咖啡，因為她生得矮小。（張愛玲〈桂花蒸　阿小悲秋〉）

粗大

【粗大】又粗又大。

【粗壯】粗大而健壯。

【笨重】沉重；不靈巧。

【肥碩】肥大豐碩。

【粗笨】笨重、不靈巧。

【粗重】粗大沉重。

【肥大】肥碩胖大。

話說劉姥姥兩隻手比著說道：「花兒落了結個大倭瓜。」眾人聽了哄堂大笑起來。於是吃過門杯，因又逗笑道：「實告訴說罷，我的手腳子粗笨，又喝了酒，仔細失手打了這瓷杯。有木頭的杯取個子來，我便失了手，掉了地下也無礙。」眾人聽了，又笑將起來。（清・曹雪芹《紅樓夢・第四十一回》）

不肯相信自己的眼睛，可是那把柄千真萬確的在轉動。有人正在進來。一個影子，黑人，高大、粗壯，戴一頂鴨舌帽，穿桔紅夾克、黑褲子、球鞋，雙手空著，在朦朧中站了幾秒，等他找到了我的床，便向我走來。（三毛〈老兄，我醒著〉）

駝背

【駝背】背部彎拱。

【駝子】駝背的人。

【僂】音ㄌㄡˊ，彎曲的背部。

【佝僂】背部向前彎曲。佝，音ㄎㄡˋ。

【僂行】彎著背走路。

【踽僂】彎曲、駝背。踽，音ㄐㄩˇ。

【傴僂】背脊彎曲的病。傴，音ㄩˇ。

【痀僂】駝背。痀，音ㄐㄩ。

夏季，父親的襯衫薄而透汗，突出的駝背彷彿扭壓的肉塊，不協調地埋在他四十來歲的背上。穿梭的人群如同川流不息的流域，佔據城市的一切；而我夾在現實的潮流中，遠遠看著父親的形影淡出又淡入。也許由於惶恐，在找尋慰藉的情況下，洶湧的記憶潮水，把我帶回隔了臺灣海峽的海港。父親，從金黃亮麗的海潮中涉水而來，從各種切面進入我的意識。（吳鈞堯〈駝背記錄〉）

車輪慢慢滑動，從照後鏡裡瞥見身材魁梧的臺先生正小心攙扶著清癯而微僂的鄭先生跨過門檻。那是一個有趣的形象對比，也是頗令人感覺溫馨的一個鏡頭。臺先生比鄭先生年長四歲，不過，從外表看起來，鄭先生步履蹣跚，反而顯得蒼老些。（林文月〈從溫州街到溫州街〉）

5 儀態

得體、不得體

【得體】合宜，恰如其分。

【俐落】敏捷、爽快。

【整潔】乾淨有條理。

【爽利】爽快利落。

【體面】整齊、好看。

【花俏】妝扮鮮豔、活潑。

【難看】不好看、醜陋。

【邋遢】音ㄌㄚˊ・ㄊㄚ，不整潔。

【邋裡邋遢】不整潔。

【齷齪】音ㄨㄛˋ ㄔㄨㄛˋ，不乾淨。

【蓬頭垢面】頭髮散亂、面容骯髒，形容人不修邊幅的樣子。

大約過了半個月——我的腳拇指已經透過鞋底的破洞磨去了幾層皮，這雙皮鞋終於出售，恰好五元。我第一次從新膠鞋的氣味裡意識到了「體面」這個概念。（南帆〈新膠鞋〉）

他實在無法想像那樣的畫面：他無法想像他母親這樣一個邋遢骯髒的老太太竟曾經是個第一名畢業的小學女生？那是什麼樣的一個年代？為什麼區區幾個第一名畢業的小孩，便可以蒙市長陪伴一道搭機升空？（駱以軍《遣悲懷・運屍人 a》）

大四以來，同學們忙著就業、出國、考研究所，我卻仍像個無事人般盡是晃盪，及至畢業了，還覺得是在放暑假，日子過得像窗外覆滿牆頭綠蔭蔭的爬山虎，糊里糊塗，就只是漫漫伸延著，散懶得差不多成了蓬頭垢面。（朱天文〈牧羊橋・再見〉）

文雅

【文雅】優美、不粗俗。

【風雅】文雅、儒雅。

【嫻雅】沉靜文雅。

【儒雅】學養深厚，氣度雍容。

【大雅】風雅。

【俊雅】俊秀風雅。

【文靜】閑雅安靜。

【嫻靜】文靜。

【文氣】文雅。

【秀氣】氣質優雅。

【斯文】舉止文雅有禮。

【書卷氣】讀書人溫雅的氣質。

【文謅謅】形容人舉止、談吐溫文儒雅。

【文質彬彬】文采和實質均備，配合諧調。

【玉樹臨風】形容男子儀態美好的樣子。

【風度翩翩】儀態美好、文雅。

【彬彬有禮】形容人的禮貌恰到好處，不至於矯情多禮，也不至於粗魯無禮。

【溫文爾雅】形容人文質彬彬，態度溫和典雅。

【雍容爾雅】神態自若，舉止儒雅。

母親有時候，會對我嘲笑那些小姐們的吃相，她們帶著文雅的敷衍的神情，然後冷不防地，張大嘴，送進一叉肉，再閉上，不動聲色地咀嚼著。這城市的淑女們，胃口真是很好的。（王安憶〈吃西餐〉）

娟娟長得很美，性情很文靜，白白胖胖，明眸皓齒，神態自若，秀外慧中，充沛著少女所獨有的那一股青春活力；顯然，她也不知道這個宴會正是一個「相親」的場合；所以她無拘無束的與我們談笑，很親切的照應著我們。（張天心〈相親記〉）

事實上她每夜晚歸。有幾次我或因第二日要請假或因一些企劃案的細節，打電話到她家，總是一個斯文的男人的聲音，像生自己悶氣自言自語地，噢，她還沒回來。聲音那邊的人像隱沒在一個全黑不開燈的房間裏。（駱以軍〈摺紙人〉）

少年生得玉樹臨風的，比一七〇公分的頌主要高半個頭來；一張人見人喜的鵝蛋臉，曬得又黑又亮，將頌主底顏臉襯得越發粉白；又濃眉大眼，挺鼻秀嘴，著實是個很上鏡頭的少年家。（王禎和《玫瑰玫瑰我愛你・八》）

柔美

【柔美】柔和優美。

【柔媚】溫和嫵媚。

【旖旎】音ㄧˇ ㄋㄧˇ，柔媚的樣子。

【嫵媚】形容女子姿態嬌美可愛。

【優雅】優美高雅。

【嬋娟】姿態曼妙優雅。

【曼妙】姿態輕靈柔美。

【娉婷】輕巧美好的樣子。

紫薇看到小燕子長得濃眉大眼，英氣十足，笑起來甜甜的，露出一口細細的白牙。心裡就暗暗喝采，沒想到，「女飛賊」也能這樣漂亮！小燕子看到紫薇男裝，仍然掩飾不住那種嬌柔嫵媚，心想，所謂「大家閨秀」，大概就是這個樣子了！兩人對看半晌，都有一見如故的感覺。（瓊瑤《還珠格格第一部・第一章》）

她身法之輕靈，固是驚人，舉手投足間姿態之曼妙，更如仙子凌波，輕歌妙舞，手揮五弦，目送飛鴻，絕不帶半分凶霸氣，直瞧得豪傑一個個眼花繚亂，目定口呆，連采聲都忘了發出。（古龍《浣花洗劍錄・三十四》）

威武、雄壯

【威武】氣派、威風。

【威風】煊赫的氣勢。

【威猛】威武勇猛。

【英武】英明勇武。

【雄壯】威武勇壯。

【雄大】雄偉高大。

【雄偉】雄壯高大。

【雄健】強勁有力。

【英姿】英俊威武的風姿。

【颯爽】矯健強勁的樣子。

【悲壯】悲慘雄壯。

【赳赳】雄壯勇武的樣子。

【雄赳赳】形容雄壯勇武的樣子。

【氣昂昂】形容精神振奮，氣勢非凡。

【虎虎生風】形容雄壯威武，氣勢非凡。

【威風凜凜】形容聲勢壯大，氣勢逼人。

【八面威風】比喻聲威浩大，神氣十足的樣子。

【英姿煥發】英俊神武，精神煥然。

【氣宇軒昂】形容人的神采洋溢，氣度不凡。亦作「器宇軒昂」、「軒昂氣宇」。

【氣壯山河】形容氣勢如高山大河般雄壯豪邁。

【氣吞山河】氣勢能吞沒高山大河，形容氣魄極大。

【氣沖霄漢】氣勢充盛，直上雲霄。形容大無畏的精神和氣魄。

【氣貫長虹】形容氣勢旺盛，彷彿能貫穿長虹。

【叱吒風雲】大聲怒喝，就可使風雲變色。形容威風凜凜，足以左右世局。

【龍騰虎躍】如龍飛騰，如虎跳躍。形容精神奕奕、威武雄壯的姿態。

【英氣】英勇、豪邁的氣概。

【豪氣】豪邁的氣概。

【銳氣】旺盛的氣勢。

【正氣】正大光明的氣概。

【浩氣】正大剛直的氣概。

太太真是很老了，耳聾，眼花，牙齒幾乎全掉完了，背駝得厲害。可她就是有一股威風。她一個人在房間裏摸摸索索地活動，那蒼老，萎縮，畸形的身體，很奇怪的，有一種凜然。（王安憶《富萍・十五》）

卓文君所進行的革命，恐怕是比項羽、荊軻更難的。我們看到男性的革命者總會以決絕的姿態出走，情緒非常悲壯，得到許多人的認同；而女性的革命少了壯烈的氣氛，卻是加倍困難，因為綑綁在女性身上的枷鎖遠多於男性，當她要顛覆所有的禮教、道德加諸在她身上的束縛時，是一場偉大卻不容易被理解的革命。（蔣勳《孤獨六講・革命孤獨》）

畫像不過寥寥幾筆，但畫中人英氣勃勃，飄逸絕倫。楊過幼時在重陽宮中學藝，這畫像看之已熟，早知是祖師爺的肖像，這時猛地想起，古墓中也有一幅王重陽的畫像，雖然此是正面而墓中之畫是背影，筆法卻一般無異。（金庸《神鵰俠侶・二十八》）

粗野

【粗】魯莽、不文雅。

【野】粗鄙無禮，放縱不馴。

【粗野】粗魯野蠻。

【粗魯】粗暴魯莽。

【土氣】形容人鄉土味濃厚，不時髦。

【村野】比喻粗鄙野蠻。

【粗獷】粗野狂放。獷，音ㄍㄨㄤˇ。

【獷悍】粗野蠻橫。

【無禮】不懂禮法、禮數。

馬超見張飛軍到，把槍望後一招，約退軍有一箭之地，張飛軍馬一齊紮住；關上軍馬，陸續出來。張飛挺槍出馬，大呼：「認得燕人張翼德麼！」馬超曰：「吾家屢世公侯，豈識村野匹夫！」張飛大怒。兩馬齊出，二槍並舉。約戰百餘合，不分勝負。玄德觀之，嘆曰：「真虎將也！」恐張飛有失，急鳴金收軍。兩將各回。（明・羅貫中《三國演義・第六十五回》）

寶樹和苗若蘭都是外客，雖聽他說話無禮，卻也不便發作。曹雲奇最是魯莽，搶先問道：「是誰說謊了？」那僕人道：「小人是低三下四之人，如何敢說？」苗若蘭道：「若是我說得不對，你不妨明言。」她意態閒逸，似乎漫不在意。（金庸《雪山飛狐・五》）

庸俗

【俗】粗鄙。

【庸俗】平凡而俗氣。

【粗俗】粗鄙庸俗。

【鄙俗】鄙陋、庸俗。

【粗鄙】粗俗鄙陋。

【鄙陋】見識淺薄。

【俗氣】粗俗、庸俗。

【俚俗】鄙俗、粗野。

【傖俗】粗鄙、庸俗。傖，音ㄘㄤ。

【村俗】粗野鄙俗。

【俗豔】雖豔麗動人，卻顯出俗氣。

【俗不可耐】形容言語舉止庸俗得使人難以忍受。

我又喜讀木心的貴族氣，理直氣壯，理所當然，所以對傖俗反感，對拿腔做勢、魚目混珠反感，「曲學阿世，得有點本領，學太差勁，阿起來就蹩腳。但遇上了混亂的無知的『世』，倒也用不著講究『學』，隨便曲『曲』，這個『世』就被『阿』得渾陶陶了」。（楊佳嫻〈被秋風善記憶的木心〉）

振保這才認得是嬌蕊，比前胖了，但也沒有如當初擔憂的，胖到癡肥的程度；很憔悴，還打扮著，塗著脂粉，耳上戴著金色的緬甸佛頂珠環，因為是中年的女人，那豔麗便顯得是俗豔。（張愛玲〈紅玫瑰與白玫瑰〉）

穩重

【穩重】沉著莊重。
【穩健】穩重健壯。
【沉穩】沉著穩重。
【持重】行事穩重，舉止不輕躁。
【莊重】莊嚴鄭重。
【莊嚴】端莊肅穆。
【尊嚴】尊貴嚴肅、崇高莊嚴。
【端莊】端正莊重。
【端重】端莊穩重。
【雍容】溫和莊重、從容不迫的樣子。
【安詳】形容人舉止從容不迫。
【安穩】沉靜而不受干擾。
【不苟言笑】不隨便說笑。通常用來形容人一板一眼，嚴肅而不易親近。
【道貌岸然】學道的人容貌莊嚴。亦指外表莊重嚴肅的樣子。後用以形容外表故作正經，心中實非如此。
【老成持重】形容人個性沉著穩重，處事不輕率浮躁。
【冠冕堂皇】形容表面莊嚴體面、高貴氣派的樣子。

而那個在陽光下淋浴的男子的裸膚，那一對老少漁人的對談，在在給我很深潛的撞擊。那種力的展示，也許可說是生命的勃發吧！那老人說的膽大心細，倒是對生命態度做了最簡單而明確的闡述了，當然不僅止於漁撈，一個人要走他自己的路程，必須先具備熱烈而堅強的膽識，在莫測的前程上奔

跑、衝刺；具備冷靜而莊嚴的心智，去分辨複雜的歧路和岔口。（向陽〈歸航賦〉）

一切總和過去的印象不同，她的長髮已剪短及頸，燙著端莊的髮型。圓圓的臉上，淡施脂粉。一襲杏黃色的洋裝，寬大的荷葉領，掩到頸下的鎖骨。袖口及肘，只裸露著粉藕似的小臂。裙襬則剛剛垂過膝蓋，在風中微微搖曳。腳上穿的是全包的白色皮鞋，鞋面濺著一兩點泥垢。啊！這樣鄉村的、家庭的、平實的、傳統的少婦，就是小蘭麼！（顏崑陽〈小蘭〉）

如今，隔著七十多年歲月的長河，我追憶往事，對父親，我有瞿然而驚的恍悟。我凝視遠方，在漫天煙霧中，我看到一個穿著青色長袍的高瘦老人，用他智慧的手，牽領著妻兒走出這片廢墟。他雖步履緩慢，卻神色安詳。他沒有回首，因此也沒有一聲嘆息。（童真〈失落的照片〉）

沉默

【安靜】1. 安穩無聲。2. 氣度沉穩。

【沉靜】沉穩閒靜。

【沉默】1. 不說話、不出聲。2. 深沉閒靜。

【緘默】閉口不說話。

【默默】沉靜不說話。

【喑啞】1. 沉默不語。2. 口不能言。

【悄然】寂靜無聲的樣子。

【肅靜】嚴肅寂靜。

【含蓄】藏於內，不露於外。

【木訥】質樸遲鈍，沒有口才。

【沉默寡言】性情沉靜，鮮少說話。

【默默無言】一句話都不說，亦作「默默無語」。

【默不作聲】沉默而不說一句話。

【悶不吭聲】閉著嘴不出聲。

永康街，世界級的飲食商圈，日本話在信義路轉角口的「鼎泰豐」前面排隊，英文則在靠近師大圖書館後門的小酒吧裡喧嘩，而在一條暗巷裡的印度餐廳，總有幾位皮膚黝黑的印度人坐在那裡，不過他

們很沉默，只聽著熱烈奔放的印度歌而不說話，我不知道他們的語言，他們都用銀色的刀叉吃咖哩飯。（徐國能〈石榴街巷〉）

雨輕輕飄著，橋靜靜立著，四周的山沉沉睡著，霧氣則時厚時薄，我們三人悄然無語。他們雖然是陪我，但這夜景卻是完全意外的豔遇，他們想必一下子也不知該如何調整自己被美景迎面撞擊的錯愕，只好沉默。（蔡詩萍〈我要和你說的不是想念〉）

我被母親責罵了一頓，就悶不吭聲地跟著他們穿過保安宮緊側一條又窄又長的巷子，可以聽得見廟中和尚唸經的聲音，可以嗅得到燃燒的佛香的氣息，光從兩面高牆上斜灑下來，我被母親拉著手，所以雖然四顧，卻走得很快。（蔣勳〈大龍峒的童年往事〉）

大方

【大方】態度自然不拘束。
【瀟灑】形容人清高絕俗、灑脫不羈。
【灑脫】態度自然大方，不受拘束。

【灑落】神態自然大方，不受拘束的樣子。
【倜儻】卓越豪邁，灑脫而不受約束的樣子。
【跌宕】行為放縱不拘。

【風流】瀟灑不羈的樣子。
【翩翩】舉止灑脫的樣子。
【飄逸】灑脫自然，超凡脫俗。
【自然】不勉強、不拘束。

【大大落落】態度大方。
【落落大方】舉止自然坦率，毫無扭捏造作。

煙鸝在旁看著，著實氣不過，逢人就叫屈，然而煙鸝很少機會遇見人。振保因為家裏沒有一個活潑大方的主婦，應酬起來寧可多花兩個錢，在外面請客，從來不把朋友往家裏帶。難得有朋友來找他，恰巧振

保不在，煙鸝總是小心招待，把人家當體己人，和人家談起振保。（張愛玲〈紅玫瑰與白玫瑰〉）

當我看著楚留香破空而去，從書頁之間飄到港劇裡，鄭少秋瀟灑的身影飄到每個人的家庭，他的彈指神功如此輕盈而又威力無限，每到星期天晚間八點鐘，街上看不見行人，商店直接拉下門打烊，喜宴也總是匆匆結束。當「湖海洗我胸襟」的歌聲響起，整座島上的人都整齊劃一地集合在電視螢光幕前。就像童年時集中在廣場的小板凳俱樂部。（張曼娟〈小板凳俱樂部〉）

黃昏的時候，有一群人圍坐在花園裏聽飛浦吹簫。飛浦換上絲綢衫褲，更顯出他的倜儻風流。飛浦持簫坐在中間，四面聽簫的多是飛浦做生意的朋友。這時候這群人成為陳府上下觀注的中心，僕人們站在門廊上遠遠地觀察他們，竊竊私語。其他在室內的人會聽見飛浦的簫聲像水一樣幽幽地漫進窗口，誰也無法忽略飛浦的簫聲。（蘇童〈妻妾成群〉）

輕浮

【輕浮】舉止隨便不端莊。

【輕佻】舉止不莊重。

【輕薄】言行輕浮不莊重。

【輕狂】輕佻、狂放。

【癲狂】瘋癲發狂。

【張狂】慌張忙亂的樣子。

【佻巧】輕薄取巧。

【佻薄】輕薄。

【儇薄】輕佻無行。儇，音ㄒㄩㄢ。

【佻達】音ㄊㄧㄠ ㄊㄚˋ，輕薄放蕩。

【狎暱】親密。暱，音ㄋㄧˋ。

【油頭滑腦】形容人既狡猾又輕浮。

【油頭粉面】形容男子流裡流氣，油嘴滑舌。

【油嘴滑舌】形容說話油滑、輕浮不實。

【輕薄無行】舉止輕佻，品德低下。

盈盈噗哧一笑，想起初識令狐沖之時，他一直叫自己為「婆婆」，神態恭謹之極，不由得笑靨如花，坐了下來，卻和令狐沖隔著有三四尺遠。令狐沖笑道：「你不許我對你輕薄，今後我仍是一直叫你婆婆好啦。」盈盈笑道：「好啊，乖孫子。」（金庸《笑傲江湖・二十八》）

錢夫人又打量了一下天辣椒蔣碧月，蔣碧月穿了一身火紅的緞子旗袍，兩隻手腕上，錚錚鏘鏘，直戴了八隻扭花金絲鐲，臉上勾得十分入時，眼皮上抹了眼圈膏，眼角兒也著了墨，一頭蓬得像鳥窩似的頭髮，兩鬢上卻刷出幾隻俏皮的月牙鈎來。任子久一死，這個天辣椒比從前反而愈更標勁，愈更佻達了，這些年的動亂，在這個女人身上，竟找不出半絲痕跡來。（白先勇〈遊園驚夢〉）

風騷

【騷】淫蕩的，輕佻的。

【風騷】輕佻的樣子。多指婦人而言，兼有俏麗之意。

【妖嬈】美麗而輕佻。

【嬌嬈】嫵媚而美麗。

【性感】富有性的誘惑力。

【水性】比喻易變。

【水性楊花】水性隨勢而流，楊花隨風飄浮。比喻女子用情不專，淫蕩輕薄。

【搔首弄姿】形容故意賣弄風情。

【眉來眼去】形容男女之間以眉目傳情。

三月底巴黎的天氣已不嚴寒，女人露出的修長美臂與黑白相間的長貂皮，有一種說不出的人與獸之間的狂野性感，施施然走過真的是艷光四射。相形之下後面跟著的一位瘦高的中年男士，也很稱頭，就沒那麼顯眼了。（李昂〈迪奧先生的魚子醬蛋〉）

二姐又是水性的人，在先已和姐夫不妥，又常怨恨當時錯許張華，致使後來終身失所，今見賈璉有情，況是姐夫將他聘嫁，有何不肯，也便點頭依允。當下回覆了賈蓉，賈蓉回了他父親。（清・曹雪

芹《紅樓夢・第六十四回》）

嚴肅、威嚴

【嚴肅】態度嚴正莊重。
【嚴正】莊嚴端正。
【嚴整】嚴肅整齊。
【整肅】紀律整齊嚴肅。
【肅穆】嚴肅莊重。
【凝重】莊重嚴肅。
【凝肅】凝重嚴肅。
【鄭重】慎重，謹慎。
【威嚴】嚴肅、莊嚴。
【儼然】矜持而莊重的樣子。
【凜然】態度正直，人格嚴正。
【凜凜】態度嚴肅，令人敬畏。
【正色】嚴正的態度。
【下馬威】比喻一開始便向對方示威，以挫其銳氣。
【一本正經】一部正規的經典。形容人態度莊重認真。
【正襟危坐】整理服裝儀容，端正坐好。形容莊重嚴肅的樣子。

後來她又帶來那張唱片，在我家的唱機上放了幾次。她聽音樂的時候，神情凝肅，每當第一樂章那個長笛的主題出現時，她眼睛就會閃出奇異的光輝，但因為那個主題不長，那光輝一會兒就過去了，我知道她心裡有事。（周志文〈紫荊花〉）

為人父的不明白世上何以會有英文這種字，看起來既像長排短排的稻秧，又像一堆高低不同的豆芽菜。小心小聲的問小孩：這叫英文？爾認得英文？小孩眨眨眼：是啊，這，也斯，這，洞特，這，波矣，這，各囉。大人雙眉舒展：現在還教蟋蟀的算術嗎？小孩露齒笑：那太簡單，學校不教了。大人正色警告：莫太驕傲喔，上初中，作文還有嗎？會寫到叩叩鵝嗎？小孩咬嘴唇忍住笑：不寫灶雞子了，隨便寫，比如清理狗屎牛屎保持衛生等等。（阿盛〈蟋蟀戰國策〉）

6 口氣、音調

好聽

【好聽】1. 聲音悅耳。2. 話語內容精彩動人。

【動聽】聽起來使人感動、喜愛，而覺得有興趣。

【中聽】好聽，聽來悅耳。

【受聽】中聽。

【悅耳】言語或聲音美好動聽，使人感到愉悅。

【入耳】悅耳、中聽。

【順耳】和順悅耳。

【清脆】聲音清晰響亮。

宛兒低頭走到兩人桌前，低聲問道：「要甚麼酒？」聲音雖低，卻十分清脆動聽。那年輕漢子一怔，突然伸出右手，托向宛兒的下頦，笑道：「可惜，可惜！」宛兒吃了一驚，急忙退後。另一名漢子笑道：「余兄弟，這花姑娘的身材硬是要得，一張臉蛋嘛，卻是釘鞋踏爛泥，翻轉石榴皮，格老子好一張大麻皮。」那姓余的哈哈大笑。（金庸《笑傲江湖・一》）

游坦之從面具的兩眼孔中望出來，見到阿紫笑容滿臉，嬌憨無限，又聽到她清脆悅耳的話聲，不禁呆呆的瞧著她。阿紫見他戴了面具，神情詭異，但目不轉睛瞧著自己的情狀，仍然看得出來，便問：「傻小子，你瞧著我幹什麼？」游坦之道：「我……我……不知道。你……你很好看。」（金庸《天龍八部・二十八》）

難聽

【難聽】不好聽、不悅耳。

【刺耳】聲音尖銳或吵雜。

【聒耳】聲音吵雜刺耳。

【扎耳朵】刺耳、不中聽。使人聽了感覺不舒服。

【沙啞】聲音低沉嘶啞。

【嘶啞】聲音沙啞。

那時，坐在我對面始終沒有表情的一位老先生，領先呀的一聲衝出來。他的聲音沙啞，好似水鴨似的。這時全班就像得了傳染病的聯合國一般；哈哈哈哈……哈哈哈哈……哈哈哈哈……「好——不要再笑了。」老師喊。（三毛〈你從哪裡來〉）

葉翔已從樹上滑了下來，倚著樹幹，帶著微笑，瞧著孟星魂。孟星魂卻不去瞧他。以前見過他的人，誰也想不到他會變得這麼厲害。他本是個很英俊、很堅強的人，全身都帶著勁，帶著逼人的鋒芒，就好像一把磨得雪亮的刀。但現在，刀已生銹，他英俊的臉上的肌肉已漸漸鬆弛，漸漸下垂，眼睛已變得黯淡無光，肚子開始向外凸出，連聲音都變得嘶啞起來。（古龍《流星蝴蝶劍・一》）

低聲、柔聲

【低聲】輕聲的說話。
【柔聲】說話時聲低氣柔。
【悄聲】低聲。
【悶聲】聲音不響亮。
【沉聲】壓低聲音說話。
【低語】低聲說話。
【細語】小聲說話。
【喃喃】低聲說話的聲音，如「喃喃細語」。
【呢喃】不斷地小聲說話。
【喁喁】低語聲。喁，音ㄩˊ。
【輕聲細語】說話聲音細小。
【嬌聲細語】形容聲音輕柔、微細。
【嬌聲細氣】聲音輕柔，口氣溫和。
【嗲聲嗲氣】聲音或姿態嬌媚造作。

長夜已將過去。主人還坐在屋子裡，屋子裡還沒有燃燈。黑暗中，慢慢地現出了一條纖小朦朧的人影，慢慢地走到他身後，輕輕的替他捶著背，柔聲道：「你看來也有些累了。」語聲柔和而甜美，帶著種無法形容的吸引力。主人既沒有說話，也沒有回頭。（古龍《蕭十一郎・二十二》）

我是一半正經、一半玩笑地問著：「你看我是先讓你抱個孫子呢？還是先寫一本兒關於你的書呢？」

老人睜開因糖尿病而對不大正的兩顆眼珠子，看著我、又垂下臉埋在枕頭裡，悶聲說道：「我看啊！你還是先幫我把尿袋倒一傢伙罷！」（張大春《聆聽父親・第四章》）

那是一張張面具。活著的、有生命的面具。面具或微笑或皺眉，或嗔怒或嚎啕。它們或輕聲細語，或粗聲詈罵，或淚流滿面。它們擠壓、翻轉著自己的表皮或內部結構，做出各式各樣不存在於人類臉上的表情。它們彼此傾聽、交談、爭辯、駁火。眾多細碎的語音匯聚成嘈雜的，滿是飄浮物的河流……（伊格言《噬夢人・50》）

嚴肅

【厲聲】言詞清峻，語氣嚴厲。

【疾言厲色】言語急迫，神色嚴厲。形容發怒或激動時的神情。

【正言厲色】言詞鄭重，神色嚴厲。

【厲色】面色嚴肅。

【聲色俱厲】說話時的聲音和臉色都很嚴肅。

【冷若冰霜】態度極為冷淡。

此言一出，李鵬兒立知不妙，正待招呼高戰留意，那青木老人厲聲道：「好小子，原來是辛捷這廝鳥侄兒，老子先抓起你，再去找辛捷算賬。」高戰李鵬兒對辛捷都是敬仰非常，尤其是李鵬兒，當年辛捷曾為他卻敵救了他的小命，此時聽他辱罵辛叔叔，再也忍耐不住。（上官鼎《長干行・第五章》）

若是有外系的學生膽敢踐踏系館前的草坪，不管是男是女，他都會聲色俱厲的怒吼：「快離開，你要開一條路嗎？」常使得那些被罵的人在眾目睽睽下落荒而逃。但是每天中午我們在同一塊草坪上，打球追逐，他卻視若無睹地毫不以為意。（李天翎〈滬伯爾神父〉）

響亮

【響亮】聲音宏亮。

【嘹亮】聲音清澈而響亮。

【洪亮】聲音宏大而響亮。亦作「宏亮」。

【清亮】聲音清脆嘹亮。

【厲聲】淒厲的聲音。

【粗聲】大聲。

【洪鐘】形容人聲音響亮。

臺先生前前後後地翻動書頁，急急地誦讀幾行詩句，隨即又看看封面看看封底，時則又音聲宏亮地讚賞：「哈啊，這句子好，這句子好！」鄭先生前傾著身子，背部微駝，從厚重的鏡片後瞇起雙眼盯視臺先生。他不大言語，鼻孔裡時時發出輕微的喀嗯喀嗯聲。（林文月〈從溫州街到溫州街〉）

「我的中文名字叫范安強，」安東尼介紹自己說：「我是墨西哥裔，在洛杉磯長大。我曾經在山東濟南留學一年，那段日子裡，我跟朋友們四處旅行……」他從容不迫地說著，純正，清亮，有磁力，簡直是完美無缺。說完笑了，一臉的燦爛，露出一口整齊的白牙。（朱琦〈明亮的世界〉）

她總以為祇要聲若洪鐘，就必有說服力。她什麼也不大懂，特別是不懂怎麼過日子。可是，她會瞪眼與放炮，于是她就懂了一切。（老舍《正紅旗下》）

二 臉色與表情

1 不悅

不笑

【臉子】不悅的臉色。
【不悅】不喜歡、不高興。
【含臉】板著面孔。
【倥臉】繃著臉。倥，音ㄎㄨㄥˇ。
【冷臉子】嚴肅、冷漠的神情。
【拉長臉】不高興的樣子。
【板著臉】因不愉快而表情淡漠、嚴肅。
【長著臉】拉長著臉，形容不高興的表情。
【頇臉】繃著臉不笑。頇，音ㄏㄢ。
【臭臉】不悅的臉色。
【撲克臉】原指玩撲克牌遊戲的人，無論手中拿的牌好或壞，都能不動聲色，面無表情。後引喻喜怒不形於色的面部表情。

夢梅聽到可航提起以前那件事，臉上出現不悅之色；那時，剛結婚不久，可航對她說有個調升的機會，要她請她姨父去和他們總經理談談。她支吾著不肯答應，心裏極為難過；她覺得她的丈夫應該是那種靠自己力量奮鬥、人格無疵的男人。（康芸薇〈兩記耳光〉）

我如今回憶起那個畫面：在我身旁的盧歸真仍舊是板著臉，但她的嘴角微微上抿。那樣的一張在光線裏微微上抿。那樣的一張在光線裏微微閃動的側臉在此刻想來真是清晰無比，即是：其實這個美麗的女孩亦是極在乎我的。她在矜持等著我充滿誇張華麗修辭的道歉信。（駱以軍《遺悲懷・第一書》）

變臉

【變臉】 臉上的表情突然改變，表示與對方生氣決裂的態度。

【變色】 因恐懼或憤怒而面色失常。

【勃然變色】 形容人因發怒生氣而臉色大變。

【作色】 改變臉色。指神態嚴肅或發怒。

【怫然作色】 因憤怒而改變臉色。怫，音ㄈㄟˋ。

【愀然】 臉色突然改變。愀，音ㄑㄧㄠˇ。

【斂容】 端正容貌，表現嚴肅的神色。

【翻臉】 生氣變臉。

【板起臉】 形容人刻意裝出一副冷淡、嚴肅的模樣。

【馬起臉】 把臉拉長，表示生氣、不高興。

【拉下臉】 變臉色，露出不高興的神情。

【沉下臉】 形容生氣而變了臉色。

【臉都綠了】 情緒受到刺激而導致臉色改變。多指驚嚇或羞怒。

林震南道：「對頭是誰，眼下還拿不準，未必便是青城派。我看他們不會只砍倒兩根旗竿，殺了兩名鏢師，就此了事……」王夫人插口道：「他們還待怎樣？」林震南向兒子瞧了一眼，王夫人明白了丈夫的用意，心頭怦怦而跳，登時臉上變色。（金庸《笑傲江湖・一》）

楚留香大笑道：「今夜我已另有他約，不能再陪你喝酒，過兩三天再說吧。」他突然說出這句話，黑珍珠聽得莫名其妙，正想作色，誰知楚留香已壓低語聲，匆匆道：「帶你的馬，在南外等我，此事關係重要，能否揭開所有的祕密，就全都在此一舉了。」（古龍《楚留香——血海飄香・十九》）

愁容、懼色

【愁容】愁苦的面容。

【愁眉苦臉】眉頭緊皺，苦喪著臉。形容憂傷、愁苦的神色。

【愀然】憂愁的樣子。

【苦相】愁苦哀傷的表情。

【哭喪著臉】臉色難看、愁苦的樣子。

【苦瓜臉】形容愁苦的神色。

【愁眉不展】雙眉緊鎖，很憂愁的樣子。

【淚眼愁眉】含淚的眼，愁苦的眉。形容極為痛苦悲傷的樣子。

【懼色】害怕的神色。

【難色】為難的表情。

這是一九七四年，或者一九七五年時期的事，文革進入了後期，生活在愈來愈深的壓抑和平庸裡，一成不變地繼續著。我在上數學課的時候去打籃球，上化學或者物理課時在操場上遊蕩，無拘無束。然而課堂讓我感到厭倦之後，我又開始厭倦自己的自由了，我感受到了無聊，我**愁眉苦臉**，不知道如何打發日子。（余華〈音樂課〉）

薛令超和蔡仲勉也有點這種意思，尤其是薛令超，他家本來是在昆明的。後來他父親為了職務的遺調才搬到雲南西部一個縣份不久，這次對他說尚是離家第一次。他本想熱鬧一下，來排遣感懷的，聽了這話就不覺難過起來。小童說：「還是范寬怡厲害！她看準了這一點便把她哥哥拖走了。咱們別這麼**哭喪著臉**行不行？又不是開追悼會來了！」（鹿橋《未央歌・四》）

怒容

【怒容】憤怒的表情。

【怒色】憤怒的表情。

【瞪眼】睜大眼睛直直的看。常帶有憤恨、發怒之意。

【怒目】瞪大眼睛表示發怒。

【決眥】眼眶睜張，形容盛怒。眥，音ㄗˋ。

【目眥盡裂】眼眶裂開，形容怒目而視。

【橫眉】形容人憤怒的樣子。

【髮指】頭髮上指，形容盛怒。

【紅臉】發怒、鬧彆扭。

【紫脹】形容人氣憤無處發洩，致胸中鬱恨而臉色難看。

【落著臉】形容生氣的樣子。

【滿臉通紅】形容整個臉通紅起來。

【凶相】凶惡的面貌。

【凶相畢露】凶惡的面貌完全顯露。

【凶光】凶惡的眼神。

【直眉瞪眼】形容生氣發怒。

【臉白氣噎】臉色發白，喘不過氣來。形容極度憤怒的樣子。

【臉紅脖子粗】面部、頸項脹紅，形容人發怒、急躁或情緒激動的樣子。

當叔叔的妻子對他說：看書吧！叔叔突然地勃然大怒。他抬起胳膊將桌上的書掃到地上，又一腳將桌前的椅子踢翻，咬牙切齒道：看書，看，看你媽的書！看他橫眉瞪眼的樣子，似乎面前的書桌不是書桌，而是牢籠了。開始，叔叔的妻子驚呆了，嚇壞了，因為她沒有想到叔叔還會有這麼大的火氣，且又發作得很突兀，便不知說什麼好。（王安憶〈叔叔的故事〉）

晴雯見他呆呆的，一頭熱汗，滿臉紫脹，忙拉他的手，一直到怡紅院中。襲人見了這般，慌起來，只說時氣所感，熱汗被風撲了。無奈寶玉發熱事猶小可，更覺兩個眼珠兒直直的起來，口角邊津液流出，皆不知覺。給他個枕頭，他便睡下；扶他起來，他便坐著；倒了茶來，他便吃茶。眾人見他這般，一時忙亂起來，又不敢造次去回賈母，先便差人出去請李嬤嬤。（清・曹雪芹《紅樓夢・第

五十七回》）

一日早自習，當我正趁著四下無人，好把信準確塞進他抽屜的時候，模範生男孩出現了。彷彿少女漫畫的心跳場景，他伸手將抽屜裡的信紙拉出瘋狂大力撕掉，片片我愛你飛舞在空中，他滿臉通紅的吼叫出聲：對，就是妳！不要，不要再靠近我了！聽懂沒有！（神小風〈親愛的林宥嘉〉）

嘆息

【嘆息】心中憂悶而呼出長氣。

【感嘆】心中因有感慨而發出喟嘆。

【慨嘆】有所感觸而嘆息。

【喟嘆】感慨、嘆氣。

【嘆惋】嘆息、惋惜。

【嗟嘆】感嘆、嘆息。嗟，音ㄐㄧㄝ。

【太息】大聲嘆氣。

【欷歔】悲泣抽噎的樣子。

【咨嗟】嘆息。

杜鵑的膽子，與其智能、體形均不相稱。牠們一般隱匿於稠密的枝隙，且飛行迅疾，使人聞其聲卻難見其形。華茲華斯即曾為此感嘆：「你不是鳥，而是無形的影子，是一種歌聲或者謎。」迄今我只觀察到過一次杜鵑，當時牠在百米以外的一棵樹上啼鳴。我用一架二十倍的望遠鏡反覆搜尋，終於發現了牠。（葦岸〈大地上的事情〉）

在面對人生的命遇時，我們既不能挑選，也無從迴避，與其嗟嘆「古來才命兩相妨」，或努力做「君子居易以俟命」的工夫，終不如順情、因境、承命而起興。貞下起元，否則有泰，情往如答，興來似贈。生命乃於此生姿采、動觀聽，而也因此才有了趣味。（龔鵬程《龔鵬程四十自述・感興》）

2 笑

笑

【笑】因欣喜而在臉上露出快樂表情，或發出喜悅的聲音。

【笑盈盈】笑的樣子。

【樂】笑。

【發笑】笑。

【失笑】不由自主的忽然發笑。

【嘻笑】歡笑。

【嬉笑】嬉戲歡笑。

【開顏】臉上露出笑容。

【歡笑】快樂地笑。

【解頤】頤，下巴。解頤，指笑得下巴脫落，形容人開懷地笑。

【笑容】含笑的面容。

【笑意】笑容。

【笑顏】笑臉。

【笑靨】笑容。

【喜氣】快樂的神色或氣氛。

【喜色】歡悅的表情。

【和顏悅色】和藹喜悅的臉色。

【喜眉笑眼】形容滿面含笑，十分愉悅的表情。

【滿面春風】形容心情喜悅，滿臉笑容。

【笑逐顏開】心中喜悅而眉開眼笑的樣子。亦作「喜逐顏開」。

【喜形於色】喜悅之情流露臉上。

【眉開眼笑】滿臉笑容，十分愉快。

【忍俊不禁】忍不住的笑。

【破涕為笑】停止哭泣，轉為喜笑。

【啞然失笑】情不自禁的發出笑聲。啞，音ㄜˋ。

【滿臉堆笑】滿臉洋溢著笑容。

祖父的眼睛是笑盈盈的，祖父的笑，常常笑得和孩子似的。祖父是個長得很高的人，身體很健康，手裡喜歡拿著個手杖。嘴上則不住的抽著旱煙管，遇到了小孩子，每每喜歡開個玩笑，說「你看天空飛個家雀。」一趁那孩子往天空一看，就伸出手去把那孩子的帽給取下來了。（蕭紅《呼蘭河傳・第三章》）

當生命的冬天來臨，常想，我們能不能有不一樣的生活法？能不能仍在心頭升起如春陽煦日般的溫暖？在眼神中仍透露如初夏微風般的笑意？並且，仍能赤子如初般地去細細體會、品味、甚至創造這生命中另一個截然不同的階段，做最後也是最精彩的完成呢？（陳幸蕙〈預約一個晴美的冬季〉）

有一陣子，學生飯盒裡常見這個菜色。但飯盒有炸彈魚最好不要蒸，這種魚蒸熱了會傳出一種奇特的臭味，冷著吃就不會，所以當蒸飯箱子輕了、負責扛箱到廚房的值日生笑逐顏開的時候，就代表是炸彈魚盛產的季節到了。（周志文〈飯疏食飲水〉）

笑（開心之外的笑）

【傻笑】 無緣由、無意義地笑。
【憨笑】 傻笑、痴笑。
【痴笑】 憨痴的傻笑。
【呆笑】 傻笑。
【乾笑】 不想笑而勉強裝出笑臉。

【苦笑】 心情不愉快而勉強作出笑容。
【強笑】 勉強地笑。
【強顏歡笑】 勉強裝出高興、歡樂的樣子。
【慘笑】 心中悲傷痛苦卻勉強裝出笑容。

【冷笑】 輕蔑、諷刺、不滿、或無奈地笑。
【暗笑】 偷偷譏笑。
【竊笑】 暗中譏笑。
【匿笑】 竊笑、偷笑。
【獰笑】 邪惡地奸笑。
【奸笑】 陰險地笑。

【嬌笑】 嫵媚地笑。
【諂笑】 為諂媚而強作笑容。
【陪笑臉】 對人裝出笑臉。亦作「賠笑臉」。

一天，一道狂厲的嘶喊聲自老關家傳出，大兒子智障最嚴重出門走失了，女子邊哭邊狂捶老兵：「你載去哪裡放下他的？他會餓死啊！求求你去找回來啊！不能這樣就丟掉啊！」竟說得一句是一句，你們全聽傻了，老關光傻笑，那笑有點說不出的悲哀。這些年，老關這家人作為你村生活物件的下游收集者，你們使用過的東西最後都到了他家屋內院落，但並沒有與村人建立更進一步的關係。那孩子也

終究沒回來。（蘇偉貞〈拾荒者〉）

摩亞只是向我苦笑了一下，沒有說甚麼，他的神情十分古怪，我立時又向麥爾倫望去，他的神情和摩亞是一樣的。而且，更令得我起疑的是，他們兩人，互望了一眼，這種神情，分明是他們兩人之間，有了甚麼默契，要保持某種祕密，而保持祕密的對象，自然是我，因為除了我之外，沒有別人了。（倪匡《沉船》）

當初，他還只是冷笑，隨後眼光便凶狠起來，一到說破他們的隱情，那就滿臉都變成青色了。大門外立著一伙人，趙貴翁和他的狗，也在裏面，都探頭探腦的挨進來。（魯迅《狂人日記・十》）

聽見了嗎？混濁的音樂溶解了，／又在不透明的黃昏的杯盞裏沉澱著，／有一群小精靈們舞蹈於流浪者的破帽簷上，／因縱情的戲謔而在吃吃地竊笑。（楊喚〈八月的斷想〉）

微笑

【微笑】不出聲音，略露出一點笑容。

【淺笑】微笑。

【哂】音ㄕㄣˇ，微笑。

【粲】笑。

【含笑】面帶笑容。

【莞爾】微笑的樣子。

【嫣然一笑】形容女子甜美嫵媚的笑容。

【笑咪咪】微笑的樣子。亦作「笑迷迷」。

【笑嘻嘻】微笑的樣子。

【笑吟吟】微笑的樣子。

【笑盈盈】笑的樣子。

「你沒事買山寨機幹嘛？」我終於忍不住問，腦子裡已經準備好接下來要教訓她支持山寨就是扼殺創意。我一向認為近來把山寨這種剽竊、模仿的行為吹捧成草根創意與對主流進行顛覆的說法是胡說八道。「好玩啊，才台幣兩三千，這買回去當禮物多有趣啊。」小范微笑地說，並把迷你假iPhone翻過來給我看。那不鏽鋼的機背上面鐫刻著咬了一口的蘋果，英文logo則寫著：「iPhne」。我不禁莞爾，一番嚴肅大道理頓時顯得大而無當：也不知道是故意還是粗心拼錯，人家可從來沒說他們是iPhone呢，我們又正經八百地較什麼勁呢？（余光照〈山寨〉）

紫衣少婦微微一笑，道：「我是七娘，這是我六姊……這是八妹。」她身旁的兩位少婦也嫣然一笑，年紀較大的那人道：「你雖未見過我們，我們卻久已知道你了。」那黑瘦漢子的臉色忽又變成蒼白，腳下一步步向後退。（古龍《絕代雙驕・一一三》）

今天買冰淇淋運氣很好，贈送一塊巧克力烘餅，義美小姐笑吟吟的遞過來，我折了一半給老師，吃著脆脆的響。看義美小姐包裝盒子，手指那樣伶俐，頭上斜斜的覆一頂船型小帽，而王老師立在旁邊，手裡提著零零七，我莫名其妙的非常快樂，嘻笑個不住。（朱天文〈有一段路像這樣〉）

大笑

【大笑】痛快、大聲的笑。
【狂笑】縱情放聲大笑。
【噱】音ㄐㄩㄝˊ，大笑。
【絕倒】大笑而傾倒。
【捧腹】手捧著肚子，形容大笑的樣子。
【噴飯】吃飯時突然發笑，把嘴裡的飯都噴了出來。比喻失笑不能自禁。
【笑哈哈】大笑的樣子。
【哈哈大笑】張口大聲笑。

卓瑪不耐煩了，說：「看你傻乎乎的樣子吧。」一雙眼睛卻不斷溜到銀匠身上。銀匠也從院子裏向上面的我們張望。我看見他一錘子砸在自己手上，忍不住笑了。我好久沒有笑過了，好久沒有笑過的人才知道笑使人十分舒服，甚至比要一個女人還要舒服。於是，我就乾脆躺在地上大笑。看見的人都

說，少爺真是病了。（阿來《塵埃落定．第三章》）

那是你以前最愛講的一個冷笑話，不是嗎？聽到救護車的嗚笛，要分辨一下啊，有一種是有醫——有醫——，那就要趕快讓路；如果是無醫——無醫——，那就不用讓了。一干親戚朋友被你逗得哈哈大笑的時候，往往只有我敢挑戰你：如果是無醫，幹嘛還要坐救護車？（劉梓潔〈父後七日〉）

3 哭泣

哭

【哭】 因傷心或情緒激動而流淚。

【啼】 號哭。

【啼哭】 因悲傷或過分激動而放聲哭泣。

【灑淚】 揮灑眼淚。

【揮淚】 灑淚、落淚。

【落淚】 眼淚掉落。

【拭淚】 擦拭眼淚。

【哭哭啼啼】 不停哭泣。

【哭天抹淚】 哭哭啼啼的樣子。

【聲淚俱下】 邊說邊哭。形容沉痛悲傷的情狀。

我們剛到台灣，曾在上岸的基隆待過幾天，就「住」在基隆火車站的月台上，同屬軍眷的一位婦人，就在火車站月台生下她的第一個小孩，是個男孩，大家幫她用白布與床單遮著。我聽到小孩初次啼哭的聲音從布幕後面傳出來，感覺很近，又像很遙遠，有點像貓叫，只是更急切些。（周志文〈風的切片〉）

《巨流河》中的父親，可能是中國現代文學作品中最成功的形象，齊老一生率領志同道合的人出生入死，國而忘家，最後都被大浪淘盡，書中說「這些當年舉杯給我祝福的人，也就是我父親晚年縈繞心頭，使他端起酒杯就落淚的人。」這句話我拭淚重讀，暗想今世何處再找這樣重道義而有性情的領導人。（王鼎鈞〈1949三稜鏡〉）

他用兩手攀著上面，兩腳再向上縮；他肥胖的身子向左微傾，顯出努力的樣子。這時我看見他的背影，我的淚很快地流下來了。我趕緊拭乾了淚，怕他看見，也怕別人看見。我再向外看時，他已抱了朱紅的桔子往回走了。過鐵道時，他先將桔子散放在地上，自己慢慢爬下，再抱起桔子走。（朱自清〈背影〉）

泣

【泣】只掉眼淚而不出聲的哭，或指低聲的哭。

【哭泣】哭。

【涕泣】流淚哭泣。

【哀泣】悲傷哭泣。

【悲泣】哀傷的哭泣。

【飲泣】悲哀到了極點，以致哭不出聲音來。

【啜泣】抽噎、哭泣。

【抽泣】哭泣、啜泣。

【抽咽】低聲哭泣。

【抽搭】哭泣後一吸一頓的聲音。

【哽咽】悲泣，不能成聲。

【悲咽】悲聲嗚咽。

【嗚咽】悲傷哭泣。

【吞聲】無聲的悲泣。

【泣不成聲】哭得發不出聲音。形容十分悲傷。

【痛哭失聲】因悲傷過度以致泣不成聲。

紫色向晚　向夕陽的長窗／儘管荷蓋上承滿了水珠　但你從不哭泣／仍舊有蓊鬱的青翠　仍舊有妍婉的紅燄／從澹澹的寒波　擎起。（蓉子〈一朵青蓮〉）

我燃起了第二根菸，試圖透過雲煙裊裊和父親溝通：思緒繼續在過往中打轉，將父親送回大陸老家的事情後來怎麼發展了？我想了好久，腦海中出現的是妹妹的不滿叫罵、母親的沉默不語和父親同袍的低聲啜泣，那些和父親一樣蒼老的遊子為什麼哭泣呢？想不起來的焦慮，讓我忍不住也點了根菸自己抽著。（利格拉樂・阿〔女烏〕〈夢中的父親〉）

「哦——」金大班冷笑了一下，把個粉撲往檯上猛一砸，說道：「你倒大方！人家把你睡大了肚子，拍拍屁股溜了，你連他鳥毛也沒抓住半根！」「他說他回香港一找到事，就匯錢來。」朱鳳低著頭，兩手搓弄著手絹子，開始嚶嚶的抽泣起來。（白先勇〈金大班的最後一夜〉）

鈴又響了起來。她不去接電話，讓它響去。「的鈴鈴……的鈴鈴……」聲浪分外的震耳，在寂靜的房間裏，在寂靜的旅舍裏，在寂靜的淺水灣。流蘇突然覺悟了，她不能吵醒了整個的淺水灣飯店。第一，徐太太就在隔壁。她戰戰兢兢拿起聽筒來，擱在褥單上。可是四周太靜了，雖是離了這麼遠，她也聽得見柳原的聲音在那裏心平氣和地說：「流蘇，你的窗子裏看得見月亮麼？」流蘇不知道為什麼，忽然哽咽起來。淚眼中的月亮大而模糊，銀色的，有著綠的光棱。（張愛玲〈傾城之戀〉）

號

【號】放聲大哭。

【哭號】放聲大哭。亦作「號哭」。

【嚎】有聲無淚的哭號。

【乾嚎】哭時有聲而無淚。

【哭嚎】放聲大哭。

【嚎啕】大聲地哭。

【呼號】因極端悲傷、無助而叫喊哀哭。

【哀號】悲痛號哭。

【號啕】大聲哭泣。

【悲啼】悲傷的哭啼。

【痛哭】極為傷心的大哭。

【慟哭】非常哀傷的大哭。

【呼天搶地】搶地，用頭撞地。呼天搶地，形容極度的哀傷、悲痛。

【鬼哭狼嚎】形容哭叫聲淒厲。

我還看見一些面熟和面生的婦人，村裡的和遠處來的，去那裡哭哭泣泣，有的還紅了眼睛。她們哭得一點也不躲閃，一點也不忸怩，其中張家坊一位胖婦甚至一屁股坐在地上猛拍大腿，把萬玉嚎啕成她的肝她的肺，痛惜她的肝和肺窮了一輩子，死的時候自己只有三顆蠶豆。（韓少功《馬橋詞典‧龍》）

黃油烙餅發出香味，和南食堂裏的一樣。媽把黃油烙餅放在蕭勝面前，說：「吃吧，兒子，別問了。」蕭勝吃了兩口，真好吃。他忽然咧開嘴痛哭起來，高叫了一聲：「奶奶！」媽媽的眼睛裏都是淚。爸爸說：「別哭了，吃吧。」蕭勝一邊流著一串一串的眼淚，一邊吃黃油烙餅。他的眼淚流進了嘴裏。黃油烙餅是甜的，眼淚是鹹的。（汪曾祺〈黃油烙餅〉）

流淚

- **【簌簌】**紛紛墜下的樣子。
- **【撲簌】**形容落淚急而多的樣子。
- **【漣漣】**哭泣流淚的樣子。
- **【漣洏】**流淚的樣子。洏，音ㄦˊ。
- **【潸潸】**淚流不止的樣子。
- **【潸然】**流淚的樣子。
- **【泫然】**流淚的樣子。
- **【涔涔】**流汗或流淚的樣子。
- **【汍瀾】**流淚、哭泣的樣子。汍，音ㄨㄢˊ。
- **【熱淚】**心情激動所流下的眼淚。
- **【淚汪汪】**淚水充滿眼眶，形容非常傷心。
- **【涕泗滂沱】**滂沱，雨下很大。涕泗滂沱指鼻涕眼淚流得像下大雨一樣。
- **【熱淚盈眶】**心情激動得眼眶充滿了淚水。
- **【淚如雨下】**哭得非常傷心，淚水如同下雨一般。
- **【淚流滿面】**淚水布滿整個臉龐，形容非常傷心。
- **【老淚縱橫】**形容老人家哭得很傷心的樣子。

「阿爸——到底怎樣？」「說是救火車急駛翻覆，詳細，阿舅亦不知——」就在此時，前座的司機忽然回頭看了她一眼，就在這一眼裡，她看出一個雙親健在的人，對一個孤女的憐憫之情——貞觀的眼

淚又撲簌落下；……早知道這樣，她不應該去嘉義讀書，她就和銀蟾在布中唸，不也一樣？（蕭麗紅《千江有水千江月・六之一》）

我不知道他們給了我多少日子，但我的手確乎是漸漸空虛了。在默默裡算著，八千多日子已經從我手中溜去，像針尖上一滴水滴在大海裡。我的日子滴在時間的流裡，沒有聲音，也沒有影子。我不禁汗涔涔而淚潸潸了。（朱自清〈匆匆〉）

我這樣想著，心上覺得蒼涼，隱隱作痛起來。這四周的熱鬧景致我是置身其中，卻又好像與之完全無關。到底你們是你們，我是我。但我仍是和你們同生於這風日裡的，仍是一個愛穿漂亮衣裳的女孩呀。我熱淚盈眶，可是這淚水是天地的，你們無份，不能替我拭淚。（朱天文〈牧羊橋・再見〉）

4 害羞

害羞、臉皮薄

【害羞】不好意思、難為情。

【害臊】怕羞。

【怕羞】害羞、難為情。

【羞澀】因害羞而舉止不自然。

【羞人】使自己感到羞恥慚愧。

【羞怯】因害羞而心怯。

【含羞】表情嬌羞。

【靦腆】害羞、慚愧的樣子。亦作「腼腆」。

【忸怩】音ㄋㄧㄡˇ ㄋㄧˊ，難為情或不大方的樣子。

【忸捏】羞慚不大方的樣子。

【嬌羞】害羞可愛的樣子。

【紅臉】害羞的樣子。

【羞赧】害羞而臉紅。

【腆然】害羞臉紅的樣子。

【臉皮薄】比喻容易害羞。

【磨不開】難為情，不好意思。

【羞答答】害羞難為情的樣子。

【難為情】羞慚，沒有面子。

【不好意思】羞澀、害羞。

【面紅耳赤】形容羞愧、焦急或發怒時的樣子。

【滿臉飛紅】形容害羞得紅了臉。

【愧色】慚愧、羞愧的表情。

【拉不下臉來】與顏面有關而不肯說或不肯做。

【紅臉兒漢】臉皮薄的人。

我年輕時曾認識一個女孩。我不知道我們算不算男女朋友。她是個甜美害羞的姑娘。可是記憶裏所有我和她獨處的時光總是那麼貧乏無趣。她總是拉著我陪她到建國高架橋下的假日玉市（我們總在週末或週日約會），一個攤位一個攤位地逛晃賞玩。（駱以軍《遣悲懷・第二書》）

郭靖道：「蓉兒，就算歐陽鋒與裘千仞聯手來尋仇，現下咱們也不怕。」黃蓉奇道：「怎麼？」郭靖臉上現出忸怩神色，頗感不好意思。黃蓉笑道：「咦！怎麼難為情起來？」郭靖道：「一燈大師武功決不在西毒之下，至少也能打成平手，我瞧他的反手點穴法似乎正是蛤蟆功的剋星。」（金庸《射鵰英雄傳・三十》）

她媽領着她替她的祖母看墳地來的。看地不是她的事；她這來一半天的工夫見識可長了不少。真的，你平常不出門你永遠不得知道你自個見的見識多麼淺陋得可怕，連一個七八歲的鄉下姑娘都趕不上，你信不信？可不是我方才拿着麥子叫稻，點着珍珠米梗子叫芋頭，招人家笑話。難為情，芋頭都認不清，那光頭見的大荷葉多美；撿錢兒好玩，真像小錢，我書上念過，可從沒有見過，我撿了十幾個整圓的拿回去給妹妹看。（徐志摩〈船上〉）

不知羞

【沒羞】不害羞。

【好意思】不害羞，不怕難為情。

【臉皮厚】比喻不怕羞、不害臊。

【厚臉皮】無羞恥之心。

【厚顏】不知羞恥。

【老臉】厚著臉皮，不顧羞恥。亦作「老著臉」。

【皮臉】形容人臉皮厚，不知恥。

【腆臉】厚臉皮。

【涎臉】厚顏賴皮，惹人厭煩的態度。涎，音ㄒㄧㄢˊ

【涎皮賴臉】罵人無賴、不知羞恥。

「打完了戰，不是有許多和平軍都給收編了？他要是還活著，也說不定他在國民黨那邊當兵，」老頭子說。譚大娘嚇怔住了，半天說不出話來。如果是這樣，那他們就是反革命家屬了。但是她不久就又抖擻精神，老著臉說，「誰知道呢？也說不定他給共產黨擄了去，當了解放軍了。那我們就是軍屬了。我們也該拿到半隻豬，四十斤年糕。」「說的都是些什麼瘋話，」譚老大不屑地喃喃說著。「想吃肉吃年糕，都想瘋了！」（張愛玲《秧歌・十二》）

寶玉見她摔了帕子來，忙接住拭了淚，又挨近前些，伸手拉了林黛玉一隻手，笑道：「我的五臟都碎了，你還只是哭。走罷，我同你往老太太跟前去。」黛玉將手一摔道：「誰同你拉拉扯扯的。一天大似一天的，還這麼涎皮賴臉的，連個道理也不知道。」（清・曹雪芹《紅樓夢・第三十回》）

5 發愣

發呆

【呆】發愣。
【發呆】心裡想著其他事情而茫然出神的樣子。
【發怔】因心神不貫注而眼睛呆視的樣子。
【發痴】發呆。
【愣】失神、發呆。
【發愣】發呆。
【愣怔】呆住。
【打愣】發呆、發愣。
【愣神兒】發呆的樣子。
【愣頭愣腦】痴呆的樣子。
【出神】精神專注於某事而發愣。
【傻眼】看呆了、愣住了。多用於無法置信的震驚。
【若有所思】發愣不語，好像在想些什麼似的。

在與她共度的那個夏天裡，我對她最深刻的印象，是每天清早，忙過家事後，她必會坐在門口，望著庭埕，隨光影折散，一個人溫吞吞進入沉靜裡。她微溼的雙手輕舉，挪移著，像正彈奏著鋼琴。時常，我會找到她，和她一起發呆，各自將世界瞧得喑啞了。（童偉格〈餘光〉）

外婆愣了愣，看著母親又將一個紙箱往外扔，轉身氣咻咻的往冰箱跑去，我望著外婆蹲下身子，深埋在冰箱裡挑挑揀揀的背影，冰箱門對比著外婆的身子顯得很巨大，幾乎可以把外婆整個都藏進去了也綽綽有餘，在一堆臭掉的菜和水果禮盒掩蓋下，我看見那個裝著外公的瓶子，正安穩的飄浮著。（神小風〈上鎖的箱子〉）

國小五、六年級的時候，小虎隊是所有國小、國小生共同著迷的偶像團體，每次買小虎隊新專輯，我都一定靜靜坐在家裡堆滿藥品的倉庫裡，一邊聽著錄音帶一邊看著歌詞本跟唱，直到我學會唱每一首歌。那時我覺得什麼豹小子、紅孩兒根本就是莫名其妙的盜版團體，根本就是來亂的。當小虎隊解散的時候我完全傻眼，取而代之的，是日漸崛起的小帥哥林志穎。（九把刀〈林志穎與周杰倫〉）

每次，盡我可能地待得愈晚愈好，享受或者忍受那裡的音樂。啤酒，牌戲，衣著入時的男女，空氣中香水、髮膠、菸草和德國甜品的氣味混合著。客人們互相似看非看地散坐著，若有所思地交談著，或者無所思慮地等待著當晚的最後一支歌。（孫甘露〈酒吧〉）

木然

【木然】形容一時痴呆，不知所措的樣子。

【眼睜睜】張著眼睛，形容發呆、無動於衷或無可奈何。

【呆若木雞】形容愚笨或受驚嚇而發愣的樣子。

【呆頭呆腦】形容言行遲鈍、不靈活的樣子。

【咋舌】嚼咬舌頭，形容因害怕、悔恨而說不出話的樣子。咋，音ㄗㄜˊ。

【目瞪口呆】受驚或受窘以致神情痴呆的樣子。

【張口結舌】結舌，舌頭打結。張口結舌形容恐懼慌張，或理屈說不出話的樣子。

【瞠目結舌】睜大眼睛說不出話，形容吃驚、受窘的樣子。

【目瞪舌僵】形容因極度驚愕恐慌而睜大眼睛，口舌僵滯。

【直眉瞪眼】形容呆滯發愣。

【啞口無言】遭人質問或駁斥時，沉默不語或無言以對。

我伸出雙手，讓它們在地上形成各種形狀的陰影，我用這個陰影覆蓋已無動靜的蜜蜂，像一片黑雲……此刻，我突然想喝一點冰涼的酒，聽一曲激昂的馬祖卡舞曲，或是讓細沙一樣的情感流到我的心中，讓木然許久的心為狂喜、哀慟、憫然、悒鬱這些情緒所深深占有，在樹還沒有倒下以前。（徐

國能〈夕照樓隨筆二則〉）

小魚兒呆了半晌，竟又笑了，笑嘻嘻道：「女人聲音喊得越大，說的往往越不是真話，你這樣說，我反而認為你不是故意害我了，你一定別有苦衷，也許我真該原諒你才是。」鐵萍姑張口結舌，倒反而怔住了，只覺得這個人所做所為，所說的話，簡直沒有一件不是要大出人意外的。（古龍《絕代雙驕．九十一》）

世上無聊的事很多，陪配偶的老同學吃飯大概也算一樁吧？今天的晚宴，她想像起來，也不覺得會有什麼樂趣。所謂「老友」，本來天經地義，就該有點排外。老友聊天如果不能令別人目瞪口呆，片言隻語也插不進，那也不叫「老友」了。（張曉風〈別人的同學會〉）

三 動作與姿態

1 頭部

眼睛

【眨】眼瞼一開一閉。

【閉】合上。

【瞇】眼瞼上下微閉。

【睜】張開眼睛。

【睜開】張開眼睛。

【圓睜】眼睛睜得圓大。

【盯】集中精神或目光，注意的看。

【睇】1. 微微斜視。2. 看、注視。

【流盼】眼睛轉動的樣子。

【瞪】1. 惡意的看人。常表示憤恨或不滿。2. 睜大眼睛直視。

【瞪視】瞪眼直視。常用於指怒目而視。

【張目】睜大眼睛，怒目而視。

【瞪著眼】睜大眼睛直直的看著。

【眼瞪瞪】瞪大著眼睛。形容發呆或無可奈何。

【直瞪瞪】形容眼神因急怒、驚恐、痴傻而顯得呆滯。或作「直楞楞」、「直勾勾」。

【白瞪眼】張大眼睛直看。比喻沒有辦法。

【勾勾】目光直視的樣子。

【瞠】音ㄔㄥ，瞪著眼睛直看。

【瞠視】睜眼直視。

【瞠目】睜大眼睛。形容憤怒、驚訝、無奈的樣子。

【瞋目】瞪大眼睛怒視。

【眥目】瞪大眼睛。

我想見我媽，想要她比夢中立體，我想睜眼作夢。我照著網路上寫的說明，把室內燈禁了，燒亮一根蠟燭，為了增加陰氣，還戴了一頂長假髮裝女人，我盡力把眼睛睜大，不料蠟燭打翻，假髮燒了，蠟油還灑進湯裡，接下來涮的肉都片著蠟，皮脆心軟好難吃。（何景窗〈年菜圖鑑〉）

若有人兮山之阿，被薜荔兮帶女羅，既含睇兮又宜笑，子慕予兮善窈窕。乘赤豹兮從文狸，辛夷車兮結桂旗。（戰國·屈原《九歌·山鬼》）

我只知道，你這一天會回來。不管三拜九叩、立委致詞、家祭公祭、扶棺護柩，（棺木抬出來，葬儀社部隊發給你爸一根棍子，要敲打棺木，斥你不孝。我看見你的老爸爸往天空比畫一下，丟掉棍子，大慟。）一有機會，我就張目尋找。（劉梓潔〈父後七日〉）

我是最小的孩子，我的碗也是最小的。每次我都勾勾地盯著哥哥姐姐的大碗，覺得母親對他們偏心，讓他們吃得多。其實後來我也慢慢看出來了，哥哥姐姐也都眼勾勾地盯著我的碗，在羨慕嫉妒我碗裡的豐滿。（韓少功〈饑饉〉）

眉毛

【皺眉】 雙眉緊蹙，表示不滿、不悅或憂愁。

【顰眉】 皺著眉頭。

【蹙眉】 皺眉。

【攢眉】 皺緊眉頭。攢，音ㄘㄨㄢˊ。

【顰眉蹙額】 皺著眉頭，愁苦或憂傷的表情。

【舒眉】 舒展眉頭，形容適意而無憂的樣子。

【低眉】 眉目低垂。

【斂首低眉】 垂頭皺眉，形容失意的樣子。

【挑眉】 引動眉毛。

【擠眉弄眼】 擠弄眉眼向人示意或傳情。亦作「擠眼弄眉」。

【丟眉弄色】 以眉目挑逗傳情。亦作「丟眉丟眼」、「丟眉弄眼」。

【擰眉瞪眼】緊皺眉毛，瞪大雙眼。形容非常生氣。

【怒目橫眉】瞪大眼睛，眉毛橫豎。形容滿臉怒容。

【立眉嗔目】豎眉瞪眼。形容非常的憤怒、生氣。

【柳眉倒豎】形容女子發怒的樣子。

一身樸素衣衫的他走上台來，攜一支笛子，吹奏了幾首曲子。燈光集中在他身上，她的眼光集中在他的側臉，他看起來如此陶醉，旁若無人，輕輕闔上眼，時而蹙眉哀愁，時而舒眉微笑。（張曼娟〈欲說還休，卻道天涼好個秋。〉）

段譽回過頭來，只見湖面上一艘快船如飛駛來，轉眼間便已到了近處。快船船頭上彩色繽紛的繪滿了花朵，駛得更近些時便看出也都是茶花。阿朱和阿碧站起身來，俯首低眉，神態極是恭敬。阿碧向段譽連打手勢，要他也站起來。段譽微笑搖頭，說道：「待主人出艙說話，我自當起身。男子漢大丈夫，也不必太過謙卑。」（金庸《天龍八部．十二》）

寶玉在車上見這般醉鬧，倒也有趣，因問鳳姐道：「姐姐，你聽他說『爬灰的爬灰』，什麼是『爬灰』？」鳳姐聽了，連忙立眉嗔目斷喝道：「少胡說！那是醉漢嘴裏混，你是什麼樣的人，不說沒聽見，還倒細問！等我回去回了太太，仔細捶你不捶你！」唬的寶玉忙央告道：「好姐姐，我再不敢了。」（清．曹雪芹《紅樓夢．第七回》）

耳朵

【聽見】聽到。

【聽聞】以耳聽之。

【靜聽】安靜的聽著。

【竊聽】暗中偷聽。

【聆聽】注意聽聞。

【諦聽】仔細的聽。

【細聽】仔細傾聽。

【凝聽】全神貫注的聽著。

【傾聽】側耳細聽。

【傾耳】十分專心的聽。

【側耳】傾著耳朵聽，表示專注。

【聆賞】聆聽、欣賞。

【洗耳恭聽】專心、恭敬的聆聽。

我們漸長，國家漸老，它變得陌生而猙獰，早已不是昔日叫我疼惜的那小黑狗小破布娃娃，就像月亮的正面背面，你聽聞甚至也窺過它向其他人顯露出的大惡狼、鬼娃的那一面，你慢慢認知，不該把它視為父兄、視為永遠不可能害你、只會愛你為你著想的親人。（朱天心〈不會是一場百年孤寂〉）

當愛情離開，並且確定已經走遠，到千山萬水以外。於是，我才聆聽，並且聽見遺落在山山水水之間的情愛對話，我聽見每一聲清淡如溪水淌流的話語，原來都是最深沉的承諾；我看見每一次臨別的瞬目旋身，原來都是最熱切的難捨。如同沉靜以後的水，映照最清晰的倒影，這才驚見它的完整與美麗。（張曼娟〈你是我生命的缺口〉）

我可以泡壺茶，坐在樹下聽一下午，耳鼓貫滿高頻顫音，澎湃迴盪，嗡嗡作響，比什麼樂團都過癮。聽得興起，獨樂樂不如眾樂樂，我到處打電話，讓朋友越洋聆賞，話筒傳來驚喜叫聲，偶爾也會被罵：「這裡半夜兩點耶，聽什麼鬼？You are totally cuckoo！」（蔡珠兒〈魔幻四韻〉）

鼻子

【嗅】用鼻子聞氣味。

【聞】用鼻子嗅。

【擤】音ㄒㄧㄥˇ，捏住鼻子，排除鼻涕。

【喘】急促呼吸。

【喘氣】急促的呼吸。

【喘吁吁】呼吸短而急促的樣子。亦作「喘噓噓」。

【氣咻咻】大聲喘氣的樣子。

【嬌喘】柔弱無力的喘息。

【呼吸】生物體與外界環境

進行氣體交換的過程。

【鼻息】鼻中呼吸的氣息。

【嗤之以鼻】從鼻子裡發出冷笑。表示不屑、鄙視。

【憋氣】將氣憋住不呼出。

【屏息】抑止呼吸，止住聲息。屏，音ㄅㄧㄥˇ。

【屏氣】抑止呼吸不出聲。

【掩鼻】掩住鼻子以免聞到濁臭之味。

【擁鼻】掩鼻。

【掐鼻皺眉】捏著鼻子，皺著眉頭。形容忍耐或痛苦的樣子。

【攢眉蹙鼻】緊皺眉頭和鼻頭。形容神情痛苦的樣子。

就這樣醒了，在自家的床上。在中壢，一個絕對聞不到油粽焦香的地方。額頭濕的，心臟狂跳。突然明白，那輛偽裝的油粽卡車絕對回不了家，大概也回不到現實，所以，睡夢中過世的人，心肌梗塞或者宣稱睡眠中安詳離世的，可不可能就是這樣去了夢土？夢土和死亡如此相似，它們可是以假亂真的雙胞胎？（鍾怡雯〈昨夜你進入我的夢境〉）

火車在長江北岸的一個小站夜裡臨時停車，人關在悶熱不堪的車箱裡，車頂上電風扇嗡嗡直轉，發餿的汗味更讓人難以喘氣。一停幾個小時，廣播裡解釋說，前方站發生了武鬥，路軌上堆滿了石頭，甚麼時候通車還不知道。車裡的人圍住乘務員抗議，車門這才打開，人都下了車。（高行健《一個人的聖經．29》）

大鵬屏息凝神，躡著腳走出房房間——穿越陰暗的客廳，走進廁所。他關上廁所門，打開電燈，輕輕地搬開抽水馬桶水箱蓋，從水箱裡撈出了濕答答的塑膠袋，解開橡皮圈，取出了裡面的牛皮紙袋。（侯文詠《帶我去月球．20》）

嘴巴

【抿嘴】輕輕的合上嘴。

【撇嘴】1. 下脣伸出，嘴角向下，表示輕視、不相信。2. 形容不高興欲哭的樣子。

【咂嘴】以舌尖和上顎接觸，發出聲音，表示羨慕、讚美、驚嘆或驚慌。

【努嘴】翹起嘴脣示意。

【噘嘴】兩脣閉合而翹起的動作。

【嘟嘴】使性子或撒嬌時，將嘴向前噘起。

【咧嘴】嘴微張，嘴角向兩邊伸展。

【呲牙裂嘴】咧嘴露齒。

【抹嘴】擦嘴。

【滿嘴】1. 充塞整個口內。2. 嘴裡盡說著。

【巴噠著嘴】形容淺嚐食物時嘴巴張合的動作，表示東西好吃。

【吞嚥】吞食，下嚥。

【狼吞虎嚥】形容吃東西又猛又急。

【含】東西銜在嘴裡，不吐出也不吞下。

【銜】用嘴巴含物或叼物。

【叼】用嘴銜物。

【親嘴】接吻。

【咬】用牙齒切斷、壓破或夾住東西。

【咀嚼】用牙齒咬碎與磨細食物。

【咬牙】咬著牙齒，形容極為憤怒，或表示忍受極大的痛苦，堅持到底。

【切齒】咬緊牙齒，使其相摩擦。形容十分痛恨。

【啃】咬。

【吐】使東西從口中出來。

【嘔吐】胃壁收縮異常，食物逆出口外。

【啐】音ㄘㄨㄟˋ，用力吐出。亦指發出唾聲，表示鄙夷或憤怒。

【唾】吐口水。有輕視、鄙棄的意思。

【舐】用舌頭舔東西。

【舔】用舌頭觸碰或沾取東西。

【舔嘴咂舌】吃完東西時，伸出舌頭舔舔嘴，吸吸牙縫中的餘味，並發出嘖嘖聲。表示吃得很飽且感到相當滿意。

火車站前的廣場上，竟然聚集了許多人，迴環排成長蛇陣，起端在售票處緊閉的窗口，都是等車票的旅客。他問前面的人，甚麼時候開始賣票？那人也不知道，**噘噘嘴**，他還是排上了。不一會，背後又接上一串人，也不知從哪裡冒出來的。（高行健《一個人的聖經‧30》）

每次憶起母親鎮日匆忙的身影，幾乎早餐來不及吞嚥完便出門去，中午為了填飽我的肚子，時間越形窘迫，真不知她是怎麼撐過來的？母親的青春歲月好像就這樣，被我一口一口啃掉的。（薛好薰〈想念的滋味〉）

蘇州河上的煙霧，如此迷濛，帶著硫磺和肉體的氣息，漂浮著紙幣和胭脂。鐵橋和水泥橋的兩側布滿了移動的人形，銜著紙菸，在雨天舉著傘，或者在夕陽中垂蕩著雙手，臂膀與陌生人相接，擠上日趨舊去的電車。（孫甘露〈城市〉）

如果你將櫻桃含在口中，爽快啖去飽實的果肉，最後那堅硬的核，便光滑地留在你的舌尖了。這時不必急著將它吐棄，慢慢地把硬核放在臼齒間磨咬，當它碎裂開一個細縫，一種前所未有的酸甘將布滿整個口中，那是真正難忘的櫻桃滋味。（徐國能〈櫻桃心〉）

仰、俯、回頭

【仰】仰起頭，臉朝上。
【仰頭】仰起頭。
【仰首】抬起頭。
【仰面】將臉向上。
【抬頭】把頭仰起。
【昂首】抬頭。
【翹首】抬頭。
【俯】低頭。
【低頭】將頭低下，臉向下。
【垂頭】低頭。
【俯首】低頭。
【垂首】低下頭。
【回頭】把頭向後轉。
【回首】回頭。亦作「迴首」。
【掉頭】回頭。
【轉臉】將臉轉過去。

甚至連風也不敢咳嗽。他們／砍伐了自高自大的樹木，修剪／枝葉分歧的花草，最後一致／仰首搖頭，身為地上的園丁／當然制服不了空中幻化的雲朵　（向陽〈制服〉）

丹錐山，妳雖然不是百嶽，也沒有開拓好的步道可以輕鬆而上，但每當在空閒片刻，忽然抬頭看向妳，就會提醒我，現在正在這片捲走時光而去的立霧溪旁，學習如何和紛亂的心情對抗，學習在無路燈的中橫中路旁靠著月光行走，學習如何在原始的地方用尊敬的態度，安安靜靜地生活。（張英珉〈丹錐山下〉）

翹首回望，已看不到雷克雅維克的任何印痕。車是租來的，在雪地裏愈開愈艱難。滿目銀白先是讓人爽然一喜，時間一長就發覺那裏埋藏著一種危險的視覺欺騙，使得司機低估了山坡的起伏，忽略了輪下的坎坷。於是，我們的車子也就一次次陷於窮途，一會兒撞上高凸，一會兒跌入低坑。（余秋雨〈生命的默契〉）

2 身體

靠、偎

【靠】倚傍。

【倚】靠、斜靠。

【倚靠】靠在某一物體上。

【猴】指側身依偎、糾纏。

【憑】靠、依靠。

【趴】身體向前彎曲靠在物體上。

【伏】身體前傾靠在物體上。

【偎】緊挨著、靠著。

【依偎】彼此靠在一起。多為親密的舉動。

【挨】依靠。

【扭股糖】用麥芽糖製成的兩股或三股扭在一起的食品，用來形容人撒嬌或害羞時身體扭動、糾纏的樣子。

那應該是個薄夏的午後，我仍記得短短的袖口沾了些風的纖維。在課與課交接的空口，去文學院天井邊的茶水房倒杯麥茶，倚在磚砌的拱門覷風景。一行瘦櫻，綠撲撲的，倒使我懷念冬櫻凍唇的美，雖然那美帶著淒清，而我寧願選擇絕世的淒豔，更甚於平鋪直敘的雍容。（簡媜〈四月裂帛——給憂情〉）

寶玉聽說，便猴向鳳姐身上，立刻要牌，說：「好姐姐，給出牌子來，叫她們要東西去！」鳳姐道：「我乏得身子上生疼，還擱的住搓揉。你放心罷，今兒才領了紙裱糊去了，她們該要的還等叫去呢，可不傻了！」寶玉不信，鳳姐便叫彩明查冊子與寶玉看了。（清・曹雪芹《紅樓夢・第十四回》）

我想起小時候依偎在母親的身旁，聞她散發出來的體熱氣味，還想起在某個夏日的午後，經歷了長久的睡眠，我張開雙眼，躺在床上，身體雖然汗濕了，卻感到無比的清爽，肌膚透出青白的微光，在黃昏即將來臨的魔術時刻中，我注視著天花板上油漆的紋路，而母親不知到哪裡去了，只留下我獨自躺在寂靜無人的房間裡，四周沉澱著一股神祕駭人、卻又莫名甜美的死亡氣息。（郝譽翔〈生產前後〉）

摔、撲

【摔】身體失去平衡而跌倒。

【跌】失足傾倒。

【摜】音ㄍㄨㄢˋ，跌倒。

【跐】音ㄘ，腳下滑動而使身體傾跌。

【摔倒】跌倒。

【摔跤】跌倒。亦作「摔交」。

【跌倒】失足而摔倒。

【跌跤】跌倒摔跤。亦作「跌交」。

【顛仆】失去平衡而跌倒。

【撲跌】猛然向前跌倒。

【失腳】走路不小心而跌倒。

【失足】走路不小心而摔倒。

【倒仰】仰面向後跌倒。

【摔跟頭】跌倒。

【栽跟頭】跌倒、摔跤。亦作「栽觔斗」。

【倒栽蔥】戲稱人摔倒時，雙腳朝上的姿勢。

【狗吃屎】身體向前摔倒的姿勢。

【仰八叉】四腳朝天的仰倒在地上。

【仰八腳兒】四腳朝天仰倒在地上。

【四腳朝天】手足向上、仰面跌倒的樣子。

賣饅頭的老頭，揹著木箱子，裡邊裝著熱饅頭，太陽一出來，就在街上叫喚。他剛一從家裡出來的時候，他走的快，他喊的聲音也大。可是過不了一會，他的腳上掛了掌子了，在腳心上好像踏著一個雞蛋似的，圓滾滾的。原來冰雪封滿了他的腳底了。他走起來十分的不得力，若不是十分的加著小心，他就要跌倒了。（蕭紅《呼蘭河傳・第一章》）

他見那些小妖齊上，慌了手腳，遮架不住，敗了陣，回頭就跑。原來是道路不平，未曾細看，忽被蓏蘿藤絆了個踉蹌。掙起來正走，又被一個小妖睡倒在地，扳著他腳跟，撲的又跌了個狗吃屎。被一群趕上按住，抓鬃毛，揪耳朵，扯著腳，拉著尾，扛扛抬抬，擒進洞去。（明・吳承恩《西遊記・第三十二回》）

挺、欠、躬身、轉身

【挺】伸直或突出身體的一部分。

【挺身】直起身軀。

【挺立】直立。

【挺胸】挺起胸膛。

【挺腰】撐直腰舒活筋骨。

【伸腰】挺直腰桿。

【伸懶腰】伸展疲倦困乏的腰身。

【僵直】身體僵硬。

【直挺挺】形容身體僵直。

【抬頭挺胸】身體直立。

【欠】肢體稍微抬起或移動。

【欠身】身體稍斜傾向上，好像要站起來的樣子。多用以表示對人恭敬的樣子。

【躬身】彎屈身體以示恭敬。

【蜷】身體縮伏、屈曲。

【蜷伏】彎曲縮伏。

【弓背】彎著背。

【哈腰】彎腰。

【彎腰】弓著身子。
【鞠躬】彎腰行禮。
【佝僂】背部向前彎曲。
【轉身】轉動身軀。
【翻身】翻轉身體。

我全身緊繃，拖著腳步，想安全地走過那兩隻小白狗前，但恐懼讓我腦子一片空白，最後僵直地站在兩隻狗前方，跟牠們對視。幾秒鐘後，我的求生本能發作，轉身拔腿就跑，可能是腎上腺素分泌反而刺激狗，兩隻狗發瘋似地狂吠追殺我。（李維菁〈怕狗〉）

蜷在計程車後座，用雙臂環抱著自己，望著街旁一座又一座飛掠而過的公用電話。如果我能下車，撥通電話，找到任何一個朋友，發洩這似乎永遠不能痊癒的痛楚，是否能有些幫助？（張曼娟〈明月明年何處看〉）

天還沒有亮的時候，張三睡得正香，母親起來，熱了泡飯，來叫張三。「三兒！三兒！」張三聽見了，但不想說話，翻身朝裏又睡。母親又叫「三兒！」張三很不情願地睜開半隻眼睛，看看老虎窗外黑黑的天，又閉上了眼睛。（陳村〈一天〉）

發抖

【發抖】身體因寒冷或恐懼、憤怒而顫抖。
【打顫】發抖。亦作「打戰」。
【哆嗦】因寒冷或恐懼而身體發抖。
【顫慄】因恐懼、寒冷或激動而顫抖。亦作「戰慄」。
【顫抖】因驚懼或生病而發抖。亦作「戰抖」。
【顫動】顫抖、振動。
【觳觫】音ㄏㄨˊ ㄙㄨˋ，因恐懼而顫抖的樣子。
【寒噤】因受冷或受驚嚇，身體不自覺地顫抖。噤，音ㄐㄧㄣˋ。

【寒顫】因寒冷而顫慄。亦作「寒戰」。

【打哆嗦】身體顫抖。

【打寒戰】因寒冷或恐懼而身體顫抖。亦作「打冷戰」、「打冷顫」。

【打寒噤】因寒冷或害怕，身體不自覺的打顫。

【股慄】腿部發抖。

【篩糠】用篩子篩糠，來回搖晃，比喻身子因寒冷或受驚嚇而發抖。

風寒惻惻，夜雨簌簌，一開始我還有點哆嗦，沒多久就全身發熱，汗珠和雨絲披頭蓋臉，眼鏡水霧迷離。春雨如油，酥潤萬物，萵苣憋了幾天，現在正好舒枝展葉，飽飲雨露，一定很開心。（蔡珠兒〈夜耕〉）

那逝去的像流水，像雲煙，多少繁華的盛宴聚了又散散了又聚，多少人事在其中，而沒有一樣是留得住的。曾先生談興極好，用香吉士的果汁杯倒滿了白金龍，顫抖地舉起，我們的眼中都有了淚光，「卻憶年年人醉時，只今未醉已先悲」，我記得「樂遊園歌」是這麼說的，我們一直喝到夜闌人靜。（徐國能〈第九味〉）

眾妖道：「唐僧在那裡？」二魔道：「好人頭上祥雲照頂，惡人頭上黑氣沖天。那唐僧原是金蟬長老臨凡，十世修行的好人，所以有這祥雲縹緲。」眾怪都不看見。二魔用手指道：「那不是？」那三藏就在馬上打了一個寒噤；又一指，又打個寒噤。一連指了三指，他就一連打了三個寒噤。（明・吳承恩《西遊記・第三十三回》）

剛開始的時候，孫玉亭嚇得渾身像篩糠一樣，但王彩娥立即制止了他的慌亂。彩娥骨子裏有她母親的那種吃鋼咬鐵勁。她吼著讓玉亭不要害怕，先把衣服穿好再說。孫玉亭這才像死人緩過了一口氣，趕忙手腳慌亂地穿衣服，結果把褲子前後都穿反了，又被彩娥罵著調了過來。（路遙《平凡的世界・第五十章》）

3 手部

扶、抱、攜手

【扶】用手支持，使人、物、自己不倒或起立。

【攙】牽挽、扶持。

【攙扶】以手支住對方胳膊。

【扶持】攙扶。

【扶掖】攙扶。掖，音ㄧㄝˋ。

【抱】雙手合圍摟著。

【摟抱】用手圍抱。

【擁抱】摟抱。

【攬】提、牽。

【攜手】手牽著手。

【牽手】手牽著手。

【拉手】牽手。

【執手】握手、拉手。

【摽】音ㄅㄧㄠˋ，彼此胳膊相互鉤在一起。

【挽】拉、引。

【挽手】手牽著手。

因此我最喜歡「海上生明月，天涯共此時。情人怨遙夜，竟夕起相思」的句子，好像一輪明月將情人所有的思念團聚在一起，超越了時空阻隔而**攜手**於清輝之下。（徐國能〈月的聯想〉）

寒蟬淒切。對長亭晚、驟雨初歇。都門帳飲無緒，方留戀處，蘭舟催發。**執手**相看淚眼，竟無語凝噎。念去去、千里煙波，暮靄沉沉楚天闊。（宋・柳永〈雨霖鈴〉）

撫摩、摸、搔

【撫摩】用手輕觸並來回移動。

【撫摸】用手撫弄輕觸。

【摩娑】用手撫摩。

【摸】用手接觸或撫摩。

【捫】撫、摸。

【揉】反覆摩擦、搓動。

【胡嚕】撫摸。

【搔】以指甲或器物輕劃。

【抓】搔。

【撓】抓、搔。

【抓撓】搔。

【扒】抓、搔。

街道始終是寧靜的。如果冥想和緬懷不能濾去喧囂的聲音，那麼像書頁一般單薄脆弱的記憶只能留住指紋而非目光了。人們在這裡出生，玩耍，上學，戀愛，謀生，用眼睛撫摸了它的整個外觀。四季中的每一天，一天中的每一分鐘，在暮色和晨曦中辨認它。（孫甘露〈城市〉）

除了當兵的弟弟還無法從牛飲階段升入「文明的領域」外，一年來家人都已逐漸適應了那種慢條斯理地「涓滴之聲」，懂得盡力展露出很有教養的舉止，靜靜地看著父親像摩挲珍玩似地埋首於茶具中。（王定國〈盆榕〉）

孫悟空在旁聞講，喜得他抓耳撓腮，眉花眼笑，忍不住手之舞之，足之蹈之。忽被祖師看見，叫孫悟空道：「你在班中，怎麼顛狂躍舞，不聽我講？」悟空道：「弟子誠心聽講，聽到老師父妙音處，喜不自勝，故不覺作此踴躍之狀。望師父恕罪。」（明・吳承恩《西遊記・第二回》）

揮手、舉手、抄手、背手

【揮手】舉手揮動，表示告別或者見面打招呼。

【招手】揮動手臂。

【搖手】把手左右擺動，以示再見、阻止或否定。

【擺手】搖手。

【甩手】手前後擺動。

【振臂】舉起、揮動手臂。表示奮發的樣子。

【舉手】舉起手臂。

【揚手】舉手。

【擎】高舉、支撐。

【攘】捲袖露出手臂的動作。

【攘臂】捲起袖子、伸出胳膊。形容激動奮起的樣子。

【掄】揮動、旋動。

【交手】雙手交疊。

【抄手】兩臂交叉於胸前。

【袖手】手藏在袖子裡。指在旁觀看而不肯參與其事。

【籠著手】兩隻手交互插在袖筒裡。

【背手】雙手放在背後相互握著。

【反剪】雙手反綁於背後。

【回手】轉過身體去伸手。

輕輕的我走了，／正如我輕輕的來；／我輕輕的招手，／作別西天的雲彩。（徐志摩〈再別康橋〉）

暖暖的陽光，涼涼的空氣，肥肥的土地，清清的流水；這是一塊適於花族們群居生聚的地方。金針、向日葵、波斯菊、野百合……一季季一批批的，自地層下冒了出來，並急急忙忙的，陣仗中的旗幟般，擎舉起了它們那豔麗的花朵。（魯蛟〈風景花束〉）

包太太進去推拿，一時大家都寂靜無聲。童太太交手坐著，是一大塊穩妥的悲哀。她紅著眼睛，嘴裏只是吸溜溜吸溜溜發出年老寒冷的聲音，腳下的地板變了廚房裏的黑白方磚地，整個的世界像是潮抹布擦過的。（張愛玲〈等〉）

4 腳部

走、跑

【走】步行。

【跋】在陸地行走。

【踅】音ㄒㄩㄝˊ，來回地走。

【踽踽】孤單行走的樣子。

【徒步】步行。

【漫步】隨意走走。

【閒步】散步。

【緩步】走路時腳步舒徐。形容從容、不慌張。

【信步】漫無目標任意行走。

【散步】隨意走走。

【安步】慢慢的走。

【慢步】走路遲緩。

【方步】大而慢的步子。

【踱】一步一步慢慢的走。常用來表示處在悠閒或思慮的狀態中。

【踱方步】一步一步的走來走去。亦作「踱步」。

【徘徊】來回走動。

【鵝行鴨步】比喻走路緩慢。亦作「鴨步鵝行」。

【凌波微步】指女性步履輕盈。後亦指物體徐緩輕逸的移動。

【蹀躞】音ㄉㄧㄝˊ ㄒㄧㄝˋ，

小步行走的樣子。

【碎步】小而快的步伐。

【飛步】速度極快的走。

【疾步】快速的步伐。

【趲步】急走。趲，音ㄗㄢˇ。

【健步】步行快而有力。

【健步如飛】形容人步行的速度像飛行一般快速。

【箭步】一下子竄得很遠的腳步。比喻移動身體的速度極快。

【步趨】步，徐步。趨，疾步。步趨指行走。引申有追隨的意思。

【拔步】拉開腳步走或跑。

【跑步】兩腳加快前進。

【趨步】急走。

【跨步】邁開步伐。

【闊步】大步走。

【舉步】邁開腳步。

【放步】放開大步。

【躩步】走得很快。躩，音ㄐㄩㄝˊ。

【三步兩步】三步併成兩步。形容急急忙忙。

【奔】急走。

【跑】快步走。

【奔跑】快速的跑。

【奔馳】快速的奔跑。

【狂奔】疾速奔走。

【飛奔】形容跑得很快，像飛一樣。

【拔腿】邁開腳步。

【跋涉】跋，陸上行走。涉，水上行走。跋涉，形容旅途艱辛。

【踏步】一種體操或軍操的操練動作。身體站直，兩腳在原地交替抬起、著地而不前進。

【止步】停止腳步不再前進。

【留步】停下步伐。亦用來作為主人送客時，客人請主人不必遠送的謙詞。

太原王生，早行，遇一女郎，抱樸獨奔，甚艱於步。急走趁之，乃二八姝麗。心相愛樂，問：「何夙夜踽踽獨行？」女曰：「行道之人，不能解愁憂，何勞相問。」生曰：「卿何愁憂？或可效力，不辭也。」（清·蒲松齡《聊齋誌異·畫皮》）

穿越過追風逐浪的旅途，從異鄉到故鄉，從少年到暮年，這些文字已完成空間與時間的雙軌旅行。它們既是肉體的化身，也是精神的延伸，錯落地烙下多少年前的腳印。風雪裡的跋涉、沙灘上的散步、山谷中的攀行、高樓下的倉皇，已都幻化成泛黃紙上的漫漶文字。（陳芳明〈書寫就是旅行〉）

許多巷子或許珍藏過這個城市的古老歷史片段。深宅大院，名門望族。老爺在書房的長案上起草奏摺，姨太太們坐在回廊裡就著陽光繡花，少爺徘徊在庭院之中觀賞金魚——這些片段如今已經變成遙遠的傳說，如同窗櫺上木刻的鏤花一樣殘缺不全了。（南帆〈巷子〉）

他等著。等客人多到阿媽一個人能應付的極限，沒時間找他算帳，他便一個箭步飛身跳下海，游回沙灘。果然當他出現在澡室門口，阿媽只是瞪了他一眼，什麼也沒說就把水管塞給他，閃身走開忙她自己的。（花柏容〈龜島少年〉）

她趁著謙田不注意，立刻轉身拔腿狂奔，跨出玄關階梯，猛力推開拉門，那推門的力道掀起一陣反彈的風，屋外陽光霎時奔灑進來，幸子望著街景，猶如全身穴位都被點死，愣在原地，驚愕失措，完全無法移動。（米果〈朝顏時光〉）

腳步不穩

【踉蹌】音ㄌㄧㄤˋ ㄑㄧㄤˋ，走路歪斜不穩。

【跌跌撞撞】走路搖晃不穩的樣子。

【磕磕絆絆】跌跌撞撞。

【蹀里蹀斜】走路歪歪斜斜、搖晃不定的樣子。

【蹣跚】形容步伐不穩，歪歪斜斜的樣子。或作「盤跚」、「蹣跼」。

【趔趄】音ㄌㄧㄝˋ ㄐㄩ，腳步不穩，身體歪斜的樣子。

【迤邐歪斜】形容走路不穩、歪斜的樣子。迤邐，音ㄧˇ ㄌㄧˇ。

正淒惶時，忽見糜芳面帶數箭，踉蹌而來，口言：「趙子龍反投曹操去了也！」玄德叱曰：「子龍是我故交，安肯反乎？」張飛曰：「他今見我等勢窮力盡，或者反投曹操，以圖富貴耳！」玄德曰：「子

龍從我於患難，心如鐵石，非富貴所能動搖也。」（明·羅貫中《三國演義·第四十一回》）

我突然見到一個個子相當高、腰板挺得很直的老年人，推開靠和平西路的鐵製旋轉門，似乎什麼也不看的朝前面走去。他後面跟著一個個子比他矮，但比他壯碩的男人，那個男人年齡比他年輕約莫十歲，可是也顯出老態了，由於那個高瘦的老人走得快而不猶疑，後面跟的男子就顯得有些蹣跚了。他們走過我前面的時候，我突然看出來，那位高瘦個子的老人，不是高魁元將軍嗎？（周志文〈將軍〉）

毓如聽說頌蓮醉酒就趕來了。毓如在門口念了幾句阿彌陀佛，然後上來把頌蓮和陳佐千拉開。她問陳佐千，給她灌藥？陳佐千點點頭，毓如想摁著頌蓮往她嘴裏塞藥，被頌蓮推了個趔趄。毓如就喊，你們都動手呀，給這個瘋貨點厲害。陳佐千和宋媽也上來架著頌蓮，毓如剛把藥灌下去，頌蓮就啐出來，啐了毓如一臉。（蘇童〈妻妾成群〉）

跳

【跳】以腳蹬地，使身體往上或向前的動作。

【躍】跳動。

【跳躍】跳起來。

【蹦】跳躍。

【蹦跳】跳躍。

【蹬】腳底踩在某物，用力往前跳。

【跳踉】跳動、跳起。

【躩躍】跳躍。

【躍起】跳起。

【騰越】跳躍越過。

【騰躍】上衝跳躍。

【一躍而起】一下子就跳起來。

【蹦蹦跳跳】形容走路跳躍的樣子。

那老怪聽得人哼，轎子裡伸出頭來看時，被行者跳到轎前，劈頭一棍，打了個窟窿，腦漿迸流，鮮血直冒。拖出轎來看處，原是個九尾狐狸。行者笑道：「造孽畜，叫甚麼老奶奶。你叫老奶奶，就該稱

老孫做上太祖公公是。」（明・吳承恩《西遊記・第三十四回》）

過不多時，懸崖背後一條黑影騰躍而上，月光下長髮飛舞，正是鐵屍梅超風。那崖背比崖前更加陡峭，想來她目不見物，分不出兩者的難易。幸而如此，否則江南六怪此時都守在崖前，要是她從正面上來，雙方一動上手，只怕六怪之中已有人遭到她的毒手了。（金庸《射鵰英雄傳・六》）

踩、踮、踢、跺

【踩】用腳在物體上蹬踏。
【踏】用腳踩著地或東西。
【跐】音ㄘˇ，踩踏。
【踹】以腳底用力踢。
【踮】抬起腳跟，以腳尖著地。

【蹈】踩踏、踐踏。
【蹺】音ㄑㄧㄠ，將腿或指頭抬起、舉起。
【踢】用腳觸擊。
【跺】音ㄉㄨㄛˋ，以腳用力踏地。

【蹴】1. 踏踩。2. 踢。
【躡】放輕腳步行走。
【踐踏】踩踏。
【踩踏】踐踏。
【踹踏】用腳踩踏。
【蹬腳】以腳跺地。

【踢蹬】用腳亂踩、亂動。
【跺腳】憤怒、著急等情緒激動時，提腳連連用力踏地。
【頓足】以足跺地。
【跳腳】因焦急或發怒而跺腳。

不一樣的是眼光，我們／同時目睹馬路兩旁，眾多／腳步來來往往。如果忘掉／不同路向，我會答覆你／人類雙腳所踏，都是故鄉（向陽〈立場〉）

李逵把這夥人打得沒地躲處，便出到門前，把門的問道：「大郎那裏去？」被李逵提在一邊，一腳踢開了門，便走。那夥人隨後趕將出來，都只在門前叫道：「李大哥，你恁地沒道理，都搶了我們眾人的銀子去！」只在門前叫喊，沒一個敢近前來討。（明・施耐庵《水滸傳・第三十八回》）

人人看剔紅哭得死去活來，死來活去，尤其見她捶胸頓足的倩形，便聯想到戲上哭孝的苦旦；跪下腳，用膝蓋爬行快走的樣子。她哭得愈慘切，心裡愈感到麻木，不是不傷心；她已哭得嘶聲喉破，然而卻是厭了。（蕭麗紅《桂花巷・七》）

站、坐、跪、蹲

【站】直立。

【立】直身站著。

【站立】直立。

【站住】停止進行。

【佇立】長時間站立。

【肅立】恭敬的站立。

【起立】起身站立。

【起來】坐起或站起。

【落座】坐下。

【正襟危坐】整理服裝儀容，端正的坐好。形容莊重嚴肅的樣子。

【席地而坐】古人鋪席於地坐臥，後指就地坐下。

【二郎腿】一條腿擱在另一條腿上的坐姿。

【盤腿】坐時兩腿交叉彎曲平放在地面的姿勢。亦作「盤膝」、「盤坐」。

【跏趺】音ㄐㄧㄚ ㄈㄨ，指盤足而坐，腳背放在股上。即打坐的坐姿。

【趺坐】兩腳盤腿打坐。

【蹲】彎曲兩腿，臀部虛坐而不著地。

【半蹲】比全蹲高的姿勢。

【蹲坐】曲膝而坐。

【盤蹲】兩腿交叉彎曲，臀部虛坐而不著地。

【蹲踞】張開雙腿蹲著。

【箕踞】兩腿舒展而坐，形如畚箕，是一種隨意不拘禮節的坐法。

【猴】像猴子般蹲坐著。

【跪】屈膝著地。

【跪下】將兩膝著地，腰骨伸直。

【單跪】屈一足下跪。

【跪伏】兩膝著地伏在地上。

【跪坐】曲膝著地，並將臀部坐靠在腳上。

【屈膝】下跪。比喻屈服、投降。

【低頭屈膝】低頭彎曲膝蓋，指卑屈順從。

我又好像能夠在沒字碑面前坐下，慢慢地去冥想這塊石板的深意，簡直是個蒲團已碎，呆然趺坐著的老僧，想趕快將世事了結，可以抽身到紫竹林中去逍遙，跟把世事擲在一邊，大隱隱於市，就站在熱

鬧場中來仰觀天上的白雲，這兩種心境原來是不相矛盾的。（梁遇春〈春雨〉）

連那澡間也是有七八個水龍頭的長方形大敞間，這比較叫人害怕，屋角散溢著青苔木耳蜘蛛網味兒，你蹲踞在任一水龍頭前洗浴，拘謹得不敢左顧右盼，覺得左右一起蹲了六七個和你一樣在洗浴的身形。（朱天心〈遠方的雷聲〉）

那同樣是一張以人體側面為主題的照片。一個年輕男子的裸身。他弓背屈膝，雙手輕輕拳起環抱著自己的胸口。一種胎兒般的姿勢。儘管蜷縮著身形，那男子的肢體並不瘦弱，微光下隱約可見部分筋肉虯結的紋理。而在那裸身四周，則是一整片膠質泥濘般暗紅色的背景。（伊格言《噬夢人・23》）

四 身體狀況

1 睡眠

睡覺

【睡】閉目安息，使身心凝定沉靜，休養精神。

【眠】睡覺。

【睏】睡。

【睡覺】進入睡眠狀態。

【睡眠】眼睛閉上，身體鬆弛的一種休憩狀態。

【入睡】睡覺。

【睡著】入睡。

【入夢】進入夢境，指睡覺。

【合眼】閉上眼睛。常用於指睡眠、休息。亦作「閤眼」、「闔眼」。

【昏昏欲睡】疲累、精神恍惚，很想睡覺。

當夜色攏起宇宙的寂寥，我熄燈咀嚼一種陌生孤單的情緒，輕巧精緻的心思，然後就在偉大的寧靜裏，彷彿沉落睡眠，又在有意無意之間，聽憑赤壁江山緩緩推過我的眼瞼，但丁的弗洛冷斯，華滋華斯的湖水區域，交錯進出，忽然間整個人彷彿被夢的精靈合力擁升，在高空飛行，大河在地面洶湧，瀑泉山脈一字排開，先是枯黃淡綠的色調，接著是冰雪的峯巒向遠方延長，最後是無盡的針葉林，緩緩落向山坡，直到海岸線上緊急剎住。（楊牧《一首詩的完成・大自然》）

當年我讀司馬相如的〈上林賦〉，暑氣騰騰，昏睏得簡直無法。那些描寫水流的情狀，水中生物的種類，稀怪到必須一字字錄寫，否則根本映不進眼睛裏。胡老師過來望望，見紙上歪歪倒倒的佈滿了瞌睡字，哈哈笑起來，掏出陳皮梅給我吃。（朱天文《花憶前身・黃金盟誓之書》）

大概是睡眠不足還有早餐又沒吃的關係，所以上班時老覺得昏昏欲睡。還好今天並沒有比較重要的事，勉強可以邊工作邊打瞌睡。不過我常會聽到身後傳來主管的咳嗽聲，然後就會驚醒。如果今天讓我設計跨海大橋的話，很可能會變成海底隧道。總之，我一整天都是渾渾噩噩的。（痞子蔡《夜玫瑰・五》）

小睡

【小睡】短暫休息、睡覺。

【盹兒】小睡片刻。

【假寐】閉目養神。

【打瞌睡】坐著打盹。

【打盹兒】閉目小睡。

【衝盹兒】打盹、假寐。

【瞇盹兒】小睡一會兒。

【瞇】小睡。

【午睡】睡午覺。

【睡中覺】睡午覺，午休。

我雖只每次在成大住一晚，但住一夜，早晨起來，走過湖邊露氣濕潤、水石清美的草地，穿著濕漉漉的布鞋去上課，生命彷彿就添了些重量。中午小睡過後，緩緩穿過西式洋樓的長廊，看著榕樹傘蔭底下綠草如茵，草地上有人著西洋騎士服在擊劍。我的腳步，則與午後熏風一齊飄過廊廡，一點也不驚動正在廊下臺階擁抱接吻的年輕男女。這是多麼美好的感覺！（龔鵬程〈執教〉）

因有雪光，天彷彿亮得早了些。快到年底，不少人家買來雞餵著，雞的鳴聲比往日多了幾倍。處處雞啼，大有些豐生年瑞雪的景況。祥子可是一夜沒睡好。到後半夜，他忍了幾個盹兒，迷迷糊糊的，似

睡不睡的，像浮在水上那樣忽起忽落，心中不安。（老舍《駱駝祥子・十三》）

熟睡

【熟睡】睡得很沉。
【香】睡得很沉。
【甜】睡得很沉。
【沉睡】熟睡。

【酣睡】熟睡。
【鼾睡】熟睡而發出鼾聲。
【安眠】安穩熟睡。
【鼻鼾如雷】睡覺時鼾聲如雷。指熟睡的樣子。

【夢話】睡夢中說的話。
【夢囈】說夢話。囈，音一ˋ。
【囈語】說夢話。

【呼呼大睡】熟睡而發出鼻鼾。
【一夜無夢】形容睡得安穩。

今天，小艇載旗艦人員登岸未趕回船，繫靠在棧橋旁過夜。而我，因已完成了加油任務，且儎來的補給品已完全下卸。船在深水下錨，不再緊貼珊瑚礁盤，所以晚上第一次沉沉熟睡了。值更官絲毫未驚擾我。（大江〈南沙裝儎〉）

蘆溝橋打起來了。那夜我睡得甜，起得晚，走在路上，聽到朝會的鐘聲。這天，鐘響得很急促，好像撞鐘的人火氣很大。到校後，才知道校長整夜守著收音機沒合眼，他抄錄廣播新聞，親自寫好鋼板，喊醒校工，輪流油印，兩人都是滿手油墨，一眶紅絲。（王鼎鈞〈紅頭繩兒〉）

如果夢境是歡愉的，醒來後心裡挺甜蜜，翻個身還可以呼呼大睡，如果夢境是悲傷的、恐懼的，那就很難再安心入眠，心裡渴望能知道這個夢主何吉凶，以便避凶趨吉。就像晉文公的那個懼夢，不但使得晉文公再也睡不著，簡直連次日和楚軍一決勝負的鬥志都動搖了。（葉慶炳〈夢話連篇〉）

睡意

【睡意】倦極想睡的感覺。

【瞌睡】因困倦而想睡。

【渴睡】瞌睡。

【睡魔】比喻強烈的睡意。

【惺忪】剛睡醒時，眼神迷茫的樣子。

【睡眼惺忪】剛睡醒，神智模糊，眼神迷茫的樣子。

他去稻田邊的水塘裡洗了洗，然後躺在田埂上，看滿天的星，抱怨的人聲也平息了，一片蛙鳴，瞌睡來了。他想起小時候躺在院子裡的竹床上乘涼，也這麼望過夜空，那童年的記憶比天上明亮的啟明星還更遙遠。（高行健《一個人的聖經‧29》）

那時睡神可憐他們，漸漸誘他們入夢。但伊這瞬間的心是世界上最不容易被誘惑的東西之一，所以伊不久便又從夢中哭醒；他也驚覺。大黑暗間微睜著惺忪的兩眼，告訴朝陽便將到來了。（朱自清〈別〉）

醒、起床

【醒】睡眠狀態結束，或尚未入睡的狀態。

【驚醒】人在睡夢中突然受驚而醒。

【醒盹兒】睡醒。

【寤】睡醒。

【起床】早晨睡醒下床。

【起身】早晨睡醒離床。

【起來】起床。

【半睡半醒】人剛從睡夢中醒來，神智尚未清醒的狀態。

你便十分吃驚，甚至感動著那熱，那手心的熱，那臉頰、那胸口的熱，因此拖延著、應付著住院醫師開出的心電圖死亡證明，以及護士頻頻前來催促的趕緊更衣以免待會兒僵硬了會很不方便，你害怕這整個只是一場誤會，他還會醒來，而你們竟將他活埋或置之太平間冷凍去了。（朱天文〈出航〉）

越過窗外暗雲湧動的天空／我正列車向南，你正起床／也許我們視線中都排列著／陳年的電桿，電桿

上，一隻大捲尾／啄食空氣中的雨粒（楊佳嫻〈旅次〉）

失眠

【失眠】夜間不能安眠。

【警醒】睡得不熟，容易醒來。

【目不交睫】眼皮不合攏，意指完全不睡覺。

【輾轉反側】形容因心事而翻來覆去睡不著。亦作「展轉反側」、「轉輾反側」。

【輾轉不寐】形容因心事而翻來覆去，不得安眠。

【轉側不安】輾轉反側，睡不安穩。

【翻來覆去】輾轉不安，睡不著覺。

【一夜無眠】整夜都無法成眠。

我睜著眼睛等天亮，惡性失眠像鬼一樣佔住了我。我開始增加安眠藥的份量，一顆、三顆、七顆，直到有一夜服了十顆，而我不能入睡。我不能入睡，我的腦傷了，我的心不清楚了，我開始怕聲音，我控制不住的哭——沒有任何理由。（三毛〈我要回家〉）

關關雎鳩，在河之洲。窈窕淑女，君子好逑。參差荇菜，左右流之。窈窕淑女，寤寐求之。求之不得，寤寐思服。悠哉悠哉，輾轉反側。（《詩・周南・關雎》）

2 口鼻症狀

噴嚏、咳嗽

【噴嚏】 鼻子受刺激，產生急遽噴氣出聲的反射動作。

【呃逆】 喉間氣逆出聲。由於橫膈膜收縮過急，空氣入肺，顫動聲帶而發出聲音。

【打嗝】 噎氣或吃得太飽時，橫膈膜作間歇性吸氣收縮，自咽喉發出響聲。為「呃逆」的通稱。

【咳】 氣管受到痰或氣體的刺激，引起反射作用，把氣體用力排出而發聲。

【咳嗽】 喉部或氣管的黏膜受痰或氣體的刺激，引起反射作用，把氣體用力排出而發出聲音。

【嗆】 因異物進入氣管，引起噴出、猛烈咳嗽等動作。

【嗆咳】 呼吸器官因吸入刺激的氣味而咳嗽。

【齉】 音ㄋㄤˋ，鼻子阻塞，發音不清楚。

【齈】 音ㄨㄥˋ，因鼻孔堵塞而發音不清楚。

「雅舍」共是六間，我居其二。篦牆不固，門窗不嚴，故我與鄰人彼此均可互通聲息。鄰人轟飲作樂，咿唔詩章，喁喁細語，以及鼾聲、噴嚏聲、吮湯聲、撕紙聲、脫皮鞋聲，均隨時由門窗戶壁的隙處蕩漾而來，破我岑寂。入夜則鼠子瞰燈，才一合眼，鼠子便自由行動，或搬核桃在地板上順坡而下，或吸燈油而推翻燭台，或攀援而上帳頂，或在門框桌腳上磨牙，使得人不得安枕。（梁實秋〈雅舍〉）

這小嬰兒會打鼾，小嗓子眼兒裏咕嚕咕嚕響。她吃足了奶會打嗝，會伸個懶腰打呵欠，還會打噴嚏。我們放在床頭的育嬰書上說這一切都是正常的。我們享受她給我們的一切聲音，這聲音使我們的房間格外溫暖。我們偷看她安靜時候臉上的表情，這表情沒有一絲愁苦的樣子。（林良〈小太陽〉）

李尋歡又彎下腰，不停的咳嗽，又咳出了血！他心裡又何嘗不想去看看她？他的人雖然站在這裡，心卻早已飛上了小樓。他的心雖然已飛上了小樓，但他的人卻還是不得不留在這裡。（古龍《多情劍客無情劍·八十》）

呼嚕、呻吟、嘔吐

【打呼嚕】熟睡時發出的呼吸響聲。

【打鼾】睡覺時，由於喉頭肌肉鬆弛，而發出粗重的呼吸聲響。

【鼾聲】熟睡時發出的鼻息聲。

【呻吟】因痛苦而發出的聲音。

【哼】痛苦呻吟所發出的聲音。

【哼哼唧唧】形容痛苦時呻吟的聲音。唧，音ㄐㄧ。

【呵欠】人在疲倦或想睡覺時，因血液中二氧化碳增加，刺激腦呼吸中樞，張口深深吸氣，然後呼出的反射動作。亦作「哈氣」、「哈嗤」、「哈欠」。

【吧唧】形容雙脣開合的聲音。

【嘔吐】胃壁收縮異常，食物逆出口外。

【作嘔】噁心想吐。

【哇】1. 嘔吐。2. 嘔吐聲。

【噁心】想吐的感覺。

楊過緩緩又翻了個身，見郭靖仍無知覺，於是繼續發出低微鼾聲，一面走下床來。原來初時他想在被窩中伸手過去行刺，但覺相距過近，極是危險，倘若郭靖臨死之際反擊一掌，只恐自己也難逃性命，便想坐起之後出刀，總是忌憚對方武功太強，於是決意先行下床，一刀刺中郭靖要害，立即破窗躍出，又怕自己鼾聲一停，使郭靖在睡夢中感到有異，因是一面下床，一面假裝打鼾。（金庸《神鵰俠侶·二十一》）

且讓我們掛上無害的微笑，讚嘆晴空燦爛，這個月的戀情多麼愁煞人，世界大可繼續轉動，而我們將會別過頭去，假裝聞不到它正在腐爛的氣味，也聽不見它困難翻身的呻吟，我們想抓在手裡的只是一堆無傷大雅的可愛回憶。像是你那天走在路上突然發誓你總有一天要去很遠很遠的地方，真教人感動，雖然說不清道理。（胡晴舫〈當我們討論食物〉）

又過一會，袁承志忽然打個呵欠，躺臥在地，雙手疊起放在頭下當枕頭，顯得十分優閑舒適。外面八卦陣的十六名弟子游走良久，越奔越快，功力稍差的人已額角見汗，微微氣喘。五老也真耐得，仍不出手。（金庸《碧血劍・七》）

3 健康與衰弱

健康、強壯

【健康】生理及心理機能正常，強壯安適，沒有缺陷和疾病。
【康健】身體安好強健。
【健壯】強健有力。
【強健】強壯、健碩。

【強壯】健壯有力。
【結實】強健。
【壯實】強健結實。
【硬實】強壯結實。
【皮實】強健。
【健全】生理及心理健康無異狀。

【健旺】健康強壯，精力旺盛。
【茁壯】壯大、強壯。
【茁實】健壯堅實。
【硬朗】身體健康。多指老人家而言。或作「硬浪」。

【矯健】勇武強健。
【虎勢】形容強壯健碩。
【粗壯】粗大而肥壯。
【肥壯】肥胖壯大。
【精壯】精力健壯。

【雄健】強勁有力。

【頑健】稱自己身體強健的謙詞。

【身強力壯】體格強壯，精力充沛。

【銅筋鐵骨】筋骨如銅鐵所製，比喻身體強壯。

【虎背熊腰】背寬厚如虎，腰粗壯似熊，形容人的體型魁偉。

【虎頭虎腦】憨厚雄健的樣子。

他今生要享有絕頂的聰明，他健康，永不生病，他體力雄壯，又仁慈勇敢。他英明、果斷、幻想豐富而又極端地理智堅強。更叫這些小精靈愛稱讚的是這個小孩長大時是一個世上從未見過的美男子！大家說著，說著，感情的使者就又放聲大哭了起來：「偏偏像這樣的一個人連一點感情都沒有！一息息，一絲絲感情都沒有！」（鹿橋〈忘情〉）

原來他就是皮耶，我今後的表演搭檔。他身形清瘦，但是肌肉結實分明，身上的破爛背心印著大象圖樣，明顯過大的牛仔褲上面許多破洞，一條白色領帶繫在腰間，脖子掛了一塊大玉佩。大象原地轉圈，興奮的腳步震醒馬戲團的所有成員。（陳思宏〈彩虹馬戲團〉）

他精壯得像一隻硬梆梆的老甲魚，五十歲了，卻還有小伙子們那種荒唐勁頭，還能憑這點兒勁頭搞上個把不大規矩的婆娘。他的赭紅色的寬得像一扇櫥門似的脊背，暴起一稜稜筋肉，像是木匠沒把門板刨平；在他的右邊肩胛骨下，那塊暗紅色的疤痕又恰似這櫥門的拉手。這塊傷疤是早先跟人家搶網幹起仗來，被對方用篙子上的矛頭戳的。（李杭育〈最後一個漁佬兒〉）

衰弱、軟弱

【衰頹】頹喪、不振作。

【虛弱】身體虧損衰弱。

【單薄】身體薄弱、瘦弱。

【薄弱】柔弱。

【脆弱】身體瘦弱。

【軟弱】體質虛弱。

【孱羸】音ㄔㄢˊ ㄌㄟˊ，瘦弱。

【孱弱】瘦弱、虛弱。
【羸弱】瘦弱。
【柔弱】軟弱。
【瘦弱】消瘦而衰弱。
【嬌弱】嬌嫩柔弱。
【嬌嫩】嬌弱細嫩。
【單弱】柔弱、不強壯。
【荏弱】軟弱。荏，音ㄖㄣˇ。
【軟綿綿】軟弱無力。
【憔悴】枯槁瘦病的樣子。
【枯瘠】枯槁貧瘠。
【枯槁】形容憔悴、消瘦。
【病病歪歪】久病而衰弱的樣子。
【弱不禁風】形容身體虛弱，連風吹都禁不住。
【未老先衰】還不到老年，體力精神就已衰頹。
【面有菜色】形容人營養不良，臉色青黃。

她的孩子都逐年成長，過了幾十年，她也從青春步入衰頹的老年，幾乎忘了她曾有過燦如黃金的歌唱歲月呢。偶爾我們會提醒她一首她曾唱過的歌，她也跟著唱，但一首歌常弄得支離破碎，像一片一片拼湊不全的拼圖模樣，她記憶原來不很好，而越老又越退化。（周志文〈花樣年華〉）

那個下午，送電報的彼得洛的大兒子來，推走了我的腳踏車。二十三號的瑞典鄰居，接受了我全部古典錄音帶。至於對門的英國老太太，在晚風裡，我將手織的一條黑色大披風，圍上了她瘦弱的肩。（三毛〈隨風而去〉）

我略作收拾，才在鏡中看到自己。我多麼吃驚我整個樣子的巨大改變，我本來就不是一個美麗的女孩，這幾天以來大量的淚水與不得片刻安寧的心神，使我失去了僅有的少女的光彩。我枯槁憔悴，但在其時，我沒有能力顧及這些，僅有的心意是無論如何能再見到你。（李昂〈一封未寄的情書〉）

年輕

【年輕】年紀不大。
【年幼】年紀小。
【年少】年紀輕。
【童稚】孩童。
【少年】1. 年輕。2. 年輕男子。
【少小】年幼的時候。
【少壯】年輕力壯。

【青年】年少、年輕。

【青春】年輕。

【芳華】比喻青春年華。

【小夥子】年輕的男子。或作「小伙子」。

【崽子】年幼的人。

【小姑娘】小女孩。

【小蘿蔔頭】對小孩的暱稱。

【少女】年輕未婚的女子。

【年輕力壯】形容人年輕且身體強壯。

【年輕氣盛】年紀輕，血氣強勁。

【韶顏稚齒】比喻青春年少，容貌美麗。

春天像剛落地的娃娃，從頭到腳都是新的；生長著。春天像小姑娘，花枝招展，笑著，走著。春天像健壯的青年，有鐵一般的胳膊和腰腳，他領看我們上前去。（朱自清〈春〉）

按說，他年輕力壯，一年四季在山裏掙命勞動，從來也沒有虧過土地，可到頭來卻常常是兩手空空。他家現在儘管有三個好勞力，但一家人仍然窮得叮噹響。當然，村裏的其他人家，除過少數幾戶，大部分也都不比他們的光景強多少。農民的日子，難道就要永遠這樣窮下去？這世事難道就不能有個改變？（路遙《平凡的世界・第五十三章》）

年老

【年老】年紀老大。

【衰弱】身體機能衰退。

【衰老】年老而身體、精力衰退。

【蒼老】形容老態。

【年邁】年老、年紀大。

【遲暮】年老、晚年。

【老邁】年老體能衰弱。

【龍鍾】年老體衰行動不便的樣子。

【老態龍鍾】形容年老體衰，行動遲緩不靈活。亦作「老邁龍鍾」。

【老耄】年紀很大。耄，音ㄇㄠˋ。

【耄耋】年紀很大的人。耋，音ㄉㄧㄝˊ。

【老廢物】譏諷人老而無用。

【老當益壯】年紀雖大，但志氣更加豪壯。

【老驥伏櫪】好馬雖老了，伏在馬槽邊，仍想奔跑千里的路程。比喻年雖老而仍懷雄心壯志。

【老東西】罵老人的話。

【老貨】對老人的蔑稱。

【老頭】年老的男子。

【糟老頭兒】鄙稱外貌老醜的男性。

他客客套套地掛斷電話，趕緊爬起床，貧血似的頭昏讓他走都走不穩，歪七扭八地走進廁所。他想仔細的梳洗，可是卻從鏡子裡看到一張疲憊衰老的臉，像是十年後才會出現的一張臉，而他驚訝沮喪的表情卻是再適合那張臉不過了。（月藏〈鬥法〉）

日月忽其不淹兮，春與秋其代序。惟草木之零落兮，恐美人之遲暮。不撫壯而棄穢兮，何不改乎此度？乘騏驥以馳騁兮，來吾道夫先路！（戰國・屈原《離騷》）

老當益壯，是那些極少數老運奇佳的人，自勉勉人的說辭。許多人堅持不肯退休，卻在沒有心理準備下，被時運裁了員，這可要比自動還要難堪。尤其是男人，遠比女人更難適應老年生活。這也不難理解，不曾叱吒風雲，也就少了幾分失落感，就如美女要比醜女更無法接受紅顏已老。原本相對於勝極的韶華，遲暮已然堪憐。（曹又方〈人間夕照〉）

飢餓與飽足

【飢餓】不飽；很餓。飢，通「饑」。

【飢餒】飢餓。

【飢腸】飢餓的肚子。

【飢腸轆轆】轆轆為狀聲詞，形容空腹的鳴叫聲。飢腸轆轆，形容非常飢餓的樣子。

【挨餓】受餓。

【果腹】填飽肚子。

【充飢】進食解餓。

【飽腹】吃飽、填滿肚子。

【飽啖一頓】暢快的飽吃一餐。

【飽食】吃得很飽。

【飽餐】吃得很飽。

困難時期，到處都在議論糧食短缺的問題，不時聽說有些人餓死了，有些人被飢餓所逼而逃荒他鄉，更多的人被餓出水腫病——父親就患了這種病。他臉色蒼白，全身浮腫，用指頭在他的肌膚上戳一下，戳出的一個小小肉窩，久久不能恢復原狀。（韓少功〈饑饉〉）

念小學時每晚都要上補習課，一天要在學校吃兩次便當。便當集中用大蒸籠蒸熱，再由值日生拿回來。只怪家裡給我準備的便當太過豐盛，被喜歡惡作劇的同學發現了大驚小怪。我最擔心的就是便當被人藏起來。尤其晚上那一頓，飢腸轆轆到處找尋便當，表面上還要裝作若無其事，那個痛苦滋味到現在都無法忘記。（張系國〈以孫為師〉）

在我成長的過程裡，沒有玩偶，也沒有寵物。那個年代，物資匱乏，人們忙於衣食猶自無暇，貓固然絕無主人，狗也多用來看門，牠們的果腹，只能靠時時等待人們的殘羹剩飯，俗話說的「狗吃屎」是確然有的，而且還頗常見；在這樣的環境裡，「寵物」之名與其概念，自然完全無法想像。（何寄澎〈玩偶與寵物〉）

旺盛、有力

【旺盛】生命力強，精神飽滿。

【充沛】精神力量充足旺盛。

【飽滿】充足、豐富。

【勃勃】旺盛的樣子。

【精神】活躍、有朝氣。

【矍鑠】指老年人身體強健，精神旺盛。矍，音ㄐㄩㄝˊ。

【穩健】穩重健壯。

【有力】強勁有力氣。

【帶勁】有力量、有活力。

【生氣勃勃】形容充滿生命活力，朝氣蓬勃。

【精神煥發】精神振奮，情緒高昂。

【精神抖擻】精神飽滿。

【精力充沛】精神體力非常充足。

【容光煥發】臉上閃耀著

光彩，形容人精神飽滿，生氣蓬勃。

【生龍活虎】比喻活潑矯健，生氣勃勃。

【神采奕奕】形容人精神飽滿，容光煥發。

【神采飛揚】活力充沛，神色自得的樣子。

在台灣的文學閱讀史上，若要舉三位女性作家，從創作力之**旺盛**，從原先被定位成通俗作家而後因緣際會轉入正典化，亦即成為一個世代或幾個世代的讀者記憶，我一定會想到張愛玲、瓊瑤與三毛。（蔡詩萍〈多年後回想三毛——難以理解的時代之歌〉）

爸爸說是生長在小康人家，七歲以前還好。七歲以後是在耐饑耐凍，耐勞耐苦的磨練裡度過。……一過夏曆元宵節，上學就不許穿棉褲，說是怕養得「骨寒」（不耐冷），所以爸爸習慣於慢太陽，遇著朔風飛雪，就感到**精神抖擻**。（梁容若〈母親節〉）

今天這套剪裁合身，背後平整不見一絲皺紋的新西裝，襯得黃理查**神采飛揚**，連代表買家的律師在簽完合約後，也特地上來和他握手道賀，又壓低聲來問他的裁縫店家。人逢喜事精神爽，黃理查自負地挺起胸膛，發現已經來到般含道的家門口。（施叔青《寂寞雲園・第三章》）

疲勞、無力

【疲勞】腦力、肌肉或其他器官因過度消耗而機能反應減弱，感到無力。

【疲憊】極為疲勞困倦。

【疲乏】指人的體力和精神的疲勞困乏。

【疲倦】勞累困倦。

【倦怠】疲倦怠惰。

【委靡】頹喪，不振作。

【委頓】疲倦沒有精神。

【困乏】疲乏。

【困頓】疲困勞累。

【勞乏】疲勞、疲倦。

【勞頓】勞累疲倦。

【疲頓】疲乏勞累。

【疲困】疲勞困頓。

【疲累】疲倦困怠。

【無力】沒有力氣。

【懶洋洋】倦怠、無精打采的樣子。

【綿軟】形容身體無力。

【酥軟】身體疲軟無力。

【欲振乏力】想要振作，卻缺乏勁道。

【筋疲力盡】筋肉疲憊，氣力耗盡。形容非常疲累。亦作「精疲力竭」。

【意態消沉】神情姿態衰頹不振。

【委靡不振】形容精神不振作。

【無精打采】沒精神，提不起勁的樣子。亦作「沒精打彩」。

【人困馬乏】人和馬都疲倦困乏。形容因奔走而勞乏困倦。

【心力交瘁】精神和體力都已疲弊。比喻非常勞苦。

也許有一天／太空的遨遊使我疲倦／在一個五月燃著火焰的黃昏／我醒了／海也醒了／人們與我重新有了關聯／我將悄悄地自無涯返回有涯，然後再悄悄離去（林泠〈不繫之舟〉）

「給我挑，姊姊，我要挑嘛，我會呀姊姊……」那根細細的扁擔，在天真的孩童面前，似乎與勞頓無關。妹妹尖細的嘰喳聲，叫煩了姊姊的心緒。「妳挑不了，等下弄翻怎辦，別討厭啦，趕快走。」瘦削的姊姊不耐地快步走，姊姊走得越快，妹妹追趕越急：「快到家了，我挑挑看嘛……」話沒說完，一隻手強拉住姊姊的裙子，跺起腳哭了。（楊蔚齡《知風草之歌‧小挑夫》）

讀書如果不是一種消遣，那是相當熬人的，就像長時間不間斷地游泳，使人精疲力竭，有一種隨時溺沒的感覺。書讀得越多，你就越感動眼前是數不清的崇山峻嶺。（路遙〈早晨從中午開始〉）

4 生病、傷殘

生病

【生病】身體有了疾病。
【害病】生病。
【害】染病、得病。
【患】得、遭逢。
【罹病】染病、患病。
【鬧病】生病。
【得病】患病。
【染病】生病。
【受病】得病、生病。
【犯病】舊病復發。
【發病】生病、害病。
【犯節氣】在節氣轉換時生病。
【臥病】因病躺臥在床。
【抱病】身上有病。
【扶病】支撐病體，帶病工作或行動。
【託病】假託生病而推辭。
【謝病】以生病為藉口來推託。
【病魔】比喻疾病纏身，好像魔鬼侵襲。
【痼疾】久治不癒的疾病。痼，音ㄍㄨˋ。
【宿疾】原有的疾病。
【沉痾】久治不癒的疾病。痾，音ㄜ。
【老毛病】長期的疾病。
【病根兒】沒有完全治癒的舊病。
【隱疾】不易看到或不可告人的疾病。亦稱「暗疾」。

且說董承自劉玄德去後，日夜與王子服等商議，無計可施。建安五年，元旦朝賀，見曹操驕橫愈甚，感憤成疾。帝知國舅**染病**，令隨朝太醫前去醫治。此醫乃洛陽人：姓吉，名太，字稱平，人皆呼為吉平，當時名醫也。平到董承府用藥調治，旦夕不離；常見董承長吁短歎，不敢動問。（明・羅貫中《三國演義・第二十三回》）

我也是智識愈開流淚愈少的一個人，但這一次卻也真的哭了好幾次。一次是伴我的姑母哭的，她為產後不曾復元，所以祖母的病一直瞞著她，一直到了祖母故後的早上方才通知她。她**扶病**來了，她還不曾下轎，我已經聽出她在啜泣，我一時感覺一陣的悲傷，等到她出轎放聲時，我也在房中歔欷不住。

（徐志摩〈我的祖母之死〉）

有的呢，一手錢包，一手藥袋（成大病院前幾日開的頭痛藥好像無效，今日來去奇美掛號拿藥單好了，順勢看看腰痛的老毛病，無代誌拿一些藥先放著預備也好）；零星三兩位穿得正式拘謹些的（大兄伊們阿嫂的小弟伊牽手月前過身，欲來去參加伊們的告別式……）。或許是，剩下的這麼一點，鎮民們還搭公車的理由。（許正平〈客運站〉）

好轉、康復

【好】痊癒。

【見好】病情減輕。

【好轉】情況（多指沉重的疾病或做不好的工作）變好。

【起色】情形（多指沉重的疾病或做不好的工作）好轉。

【痊癒】疾病治好。或作「全愈」、「全癒」、「痊可」、「痊愈」。

【大好】疾病痊癒。

【癒】病好了。

【治癒】將疾病治療痊癒。

【癒合】傷口復元。

【平復】疾病或創傷痊癒。

【康復】病癒，恢復健康。

【復原】恢復元氣。亦作「復元」。

【霍然】疾病突然快速消除。

她阿母的症狀，卻不見一點起色；認真去煩惱，又不覺得怎樣，待她人倦怠，放鬆了，才看出情形更沉重：半夜裡，不時無端吵嚷，忽而平靜，忽而與人爭論……真正說了什麼，她是一句不能懂，害得她一顆心，經常提著，彷彿含在口裡相似。（蕭麗紅《桂花巷・一》）

臺老師八十歲以後腦疾開刀，病癒之後，很擔心寫字受影響，一連臨寫了好幾次東坡的〈寒食帖〉。〈寒食帖〉像文人給自己的一次又一次考試，看手中的筆還能不能聽自己使喚。這一支筆也就是「此身」，在通過一切艱難、困頓、折辱、劇痛、磨難之後，還要在「營營」的吵雜喧譁裡堅持回來做自己，留下如血如淚的墨跡。（蔣勳〈東坡臨江仙〉）

事實上，衰老與退化，真的就是以各種細微、羞恥，一開始甚無覺察的模式緩慢發生。不一樣了，晚了，忍不住了，損壞了，遲疑了。傷口癒合得慢了，白天也開始倦了。本來緊實的肌膚、肌肉、器質，本來轉運順暢的臟膣腺體，卡卡的，塞塞的，然後什麼都不對了。（祁立峰〈三十自述〉）

病重

【病重】病情沉重。
【病篤】病勢沉重。
【病危】病重而危急。
【危篤】病況非常危急。
【危殆】情勢或病情危險、不安全。
【垂危】病重即將死亡。
【危淺】性命垂危。
【垂死】接近死亡。
【臨危】瀕臨病危時。
【瀕危】接近危險的境地。
【瀕死】瀕臨死亡的階段。
【彌留】病重將死之際。
【臨終】將死。
【奄奄】氣息微弱將絕。
【病入膏肓】指人病重，無藥可救。
【迴光返照】人死前精神呈現短暫的興奮。亦作「回光返照」。
【氣息奄奄】呼吸極其微弱，快要斷氣的樣子。
【奄奄一息】僅存微弱的一口氣。形容生命或事物已到了最後時刻。
【氣若游絲】呼吸微弱，將要斷氣的樣子。
【藥石罔效】形容病情非常嚴重。
【回天乏術】比喻無法挽救嚴重的情勢或病情。
【不治之症】醫治不好的病症。

我記得那天夜裏，家裏人吩咐祖父病重，他們今夜不睡了，但叫我和我的姊妹先上樓睡去，回頭要我們時他們會來叫的。我們就上樓去睡了，底下就是祖父的臥房，我那時也不十分明白，只知道今夜一

定有很怕的事，有火燒，強盜搶，做怕夢，一樣的可怕。（徐志摩〈我的祖母之死〉）

鴿子們的咕咕鳴叫，喚醒了奶奶，奶奶非常真切地看清了鴿子的模樣。鴿子也用高粱米粒那麼大的、通紅的小眼珠來看奶奶。奶奶真誠地對看鴿子微笑，鴿子用寬大的笑容回報著奶奶彌留之際對生命的留戀和熱愛。奶奶高喊：我的親人，我捨不得離開你們！鴿子們啄下一串串的高粱米粒，回答著奶奶無聲的呼喚。（莫言〈紅高粱〉）

一位長輩偶然的聽說了她的病，只說，從今以後，再也不可以吃芒果了，連碰一下都不行。我們聽說都嚇了一跳，因為她平常是全家小孩裡最不饞嘴的一個，卻偏偏最愛吃芒果，病中問她想吃什麼，「芒果……」她氣息奄奄的回應，我就為她剝芒果，刮下果汁，一匙一匙的餵她。想不到罪魁禍首是這味兒好吃得出奇的水果。（亮軒〈甜美烈陽〉）

痛

【痛】疼。

【刺痛】像針扎入皮肉般的疼痛。

【疼痛】痛。

【陣痛】斷斷續續的疼痛。多指產婦分娩過程中，因子宮規則收縮所造成的疼痛。

【酸痛】肌肉酸麻疼痛。

【痠痛】肌肉痠軟疼痛。

【絞痛】內臟的激烈疼痛。

【火辣辣】形容難受或疼痛的感覺。

【熱刺刺】灼熱、刺痛的感覺。刺，音ㄌㄚˋ。

阿義隨即放下大背包，抽出兩截式雨衣，躲在樹蔭下穿了起來。大雨落下的速度比想像中快，原先國興還想往前再推進幾百公尺，但是當針刺似的小雨從濕漉的嗅覺，轉變成某種實體式的碰觸，隨著颳起的冷風騷動皮膚，國興感到被某種割裂的刺痛。（連明偉〈刀疤〉）

但他立刻轉敗為勝了。他擎起右手，用力的在自己臉上連打了兩個嘴巴，熱刺刺的有些痛；打完之後，便心平氣和起來，似乎打的是自己，被打的是別一個自己，不久也就彷彿是自己打了別個一般——雖然還有些熱刺刺——心滿意足的得勝的躺下了。（魯迅〈阿Q正傳〉）

受傷

【傷】使受傷。

【受傷】受到傷害。

【負傷】受傷。

【掛彩】受傷。

【損害】損壞、傷害。

【損傷】損壞、傷害。

【傷害】使身體或心理受到損害。

【扭】因用力過猛而使筋骨或肌肉折轉而受傷。

【閃】扭傷、挫傷。

【踒】音ㄨㄛ，又讀ㄨㄛˋ。指跌傷腳、跌斷腳。

【誤傷】不小心使人受傷。

【果子鋪】比喻挨打後紅腫的樣子。

【體無完膚】身上沒有一塊皮膚是完好的，形容受傷慘重。

【遍體鱗傷】滿身都是傷痕。

【皮開肉綻】形容皮肉裂開的樣子。亦作「皮開肉破」、「皮開肉裂」。

【傷痕累累】形容受傷後留下許多傷痕。累，音ㄌㄟˇ。

「豆官，你是豆官吧，你看看大叔的頭還在脖子上長著嗎？」「在，大叔，長得好好的，就是耳朵流血啦。」王文義伸手摸耳朵，摸到一手血，一陣尖叫後，他就癱了：「司令，我掛彩啦！我掛彩啦，我掛彩啦。」余司令從前邊回來，蹲下，捏著王文義的脖子，壓低嗓門說：「別叫，再叫我就斃了你！」王文義不敢叫了。（莫言〈紅高粱〉）

眾官扶起黃蓋，打得皮開肉綻，鮮血迸流，扶歸本寨，昏絕幾次。動問之人，無不下淚。魯肅也往看問了，來至孔明船中，謂孔明曰：「今日公瑾怒責公覆，我等皆是他部下，不敢犯顏苦諫。先生是客，何故袖手旁觀，不發一語？」孔明笑曰：「子敬欺我。」肅曰：「肅與先生渡江以來，未嘗一事相欺。今何出此言？」孔明曰：「子敬豈不知公瑾今日毒打黃公覆，乃其計耶？如何要我勸他？」肅方悟。（明・羅貫中《三國演義・第四十六回》）

昏迷、暈眩

【昏】神志不清、喪失知覺。

【暈】昏迷。

【昏迷】失去知覺、意識。

【昏厥】因心情緊張、悲痛或疾病大量出血而暫時失去知覺。

【暈厥】昏厥。

【眩】眼睛昏花，看東西晃動不定。

【眩暈】頭暈，感覺自己或周圍的東西在旋轉。

【昏眩】神智模糊，眼睛昏花。

【發昏】昏迷。

【昏亂】神智不清。

【昏沉】神智不清，眼睛昏花。

【昏倒】失去意識而癱倒。

【迷糊】神智或視線模糊不清。

【恍惚】神志模糊不清。

【神智不清】意識模糊不清，沒有判斷能力。

【暈頭轉向】頭腦發昏，辨不清方向。亦作「昏頭轉向」。

【天旋地轉】天地轉動，用以形容頭暈眼花。

【頭昏目眩】頭腦昏沉，視覺模糊。

【頭昏腦脹】頭部昏暈，心思不清。

【頭昏眼花】頭腦昏沉，視覺模糊。亦作「頭昏眼暗」、「頭暈眼暈」。

【頭懸目眩】頭腦昏沉，視覺模糊。

【昏昏沉沉】形容昏迷不清醒的樣子。

【不省人事】昏迷不醒，失去知覺。

分別二十年後的中秋節，我站在爸爸媽媽的身邊，每天夜裡去看一次那幢即將成為我們的家。我常常有些恍惚，覺得這一切，都在夢中進行。而另一種幸福，真真實實的幸福，卻在心裡滋長，那份滋

味，帶看一種一切已經過去了的辛酸，疲倦、安然的釋放，也就那麼來了。（三毛〈重建家園〉）

人們在將軍活著的最後兩年裡始終無法了解他言行異常的原因，還以為他難耐退休的冷清寂寞，又經常沉湎於舊日的輝煌彪炳之中，以致神智不清了。於是有人怪罪將軍的獨子，認為他沒有克盡孝職，害得老人家幽居日久，變得瘋瘋癲癲的。也有人熱心籌畫些同鄉會、基金會之類的機構，敦請將軍出任理監事或者顧問等等，免得他「閒慌了」。（張大春〈將軍碑〉）

與電話相依為命的日子裡／我漸漸了解／孤獨地蹲在茶几上的電話／早已不省人事／而世界不接電話／因為這個世界／早已空空洞洞　（渡也〈不省人事的電話〉）

麻木、癱瘓

【麻】知覺喪失或變遲鈍。

【木】沒有知覺的。

【麻木】身體的一部分或全部，對於外界刺激反應喪失知覺。

【麻木不仁】麻木沒有感覺。也用來比喻對事物漠不關心或反應遲鈍。

【麻痺】因神經或肌肉受傷而失去知覺，或導致動作功能的障礙。亦作「痲痺」。

【痙攣】肌肉發生急遽而不自主的收縮。多由中樞神經受刺激所引起。

【抽搐】肌肉發生急遽而不自主的收縮。多見於四肢和顏面。

【抽筋】筋肉痙攣作痛。

【抽動】肌肉一縮一伸的顫動。

【抽瘋】口眼歪斜或手足痙攣。亦用來斥人舉動縱恣無節。或作「抽風」。

【癱】肢體發生麻痺現象。

【癱瘓】因神經機能發生障礙，使肢體麻痺、不能行動的病症。或稱為「風癱」。

【癱軟】肢體麻木綿軟，難以動彈。

【風癱】半身不遂。

【偏癱】身體一側麻痺癱瘓，失去自主的活動能力。

【截癱】下肢全部或部分癱瘓。

【半身不遂】身體一側麻痺癱瘓，多屬中風或脊椎受損的後遺症。

我小時候就喜歡躲在廁所。在臥室、客廳或者餐廳都必須應付他人說話或走動。進了廁所，就沒人會侵擾。我蹲坐裡頭，一個人靜靜地微笑。小時候住的透天厝廁所在天井邊，陽光從窗戶照進廁所，溫暖透亮。我在裡頭蹲到腳麻，就是不想出去，乾脆直接坐在廁所地上享受這午後時光。（李維菁〈廁所〉）

K沉默下來。他感覺自己的臉頰與手指輕微抽搐著。像是夢境或其中暴烈情緒的殘餘，無數青白色的電流正自體內空間穿行而過。（伊格言《噬夢人・50》）

我一直記得那段路程：整個身體癱軟在室友的背上，他騎著鐵馬，疾速前行，風聲在我耳邊呼嘯嘶叫，我覺得背部極涼，但胸部極溫暖，腦海一片空白，只是不斷在問，到了嗎？怎麼還未到？到底還有多久才到？重複地問，不知道問了多少遍，問到幾乎放棄了，電單車便停下來，室友扶我進屋，小狗吠吠地叫，四周因是假日所以異常寧靜，我鬆了一口氣，感覺這就叫做「快樂」。（馬家輝〈宿舍歲月長〉）

精神狀態

【發瘋】 因精神受到嚴重刺激，而使言行失去常態。

【發狂】 精神錯亂，行為失常。

【發痴】 發瘋。

【發癲】 發狂。

【瘋癲】 精神錯亂，言語行動失常。

【瘋狂】 因精神錯亂而舉止失常。

【瘋魔】 瘋子。有時指入迷如同瘋子。

【躁鬱】 為一種精神疾病，發病時情緒可由高度憂鬱轉變為極端興奮，憂鬱期與狂躁期常常混合存在或交替出現。常用來指人的情緒暴躁憂慮。

【暴躁】 急躁、魯莽，無法控制感情。

【癲狂】 瘋癲發狂。

【瘋瘋癲癲】 精神或舉止不正常的樣子。亦作「瘋瘋顛顛」。

【瘋頭瘋腦】 精神失常的樣子。

【歇斯底里】 一種常見的精神疾病，為英語hysteria的音譯。此病是由潛意識中思想感情的矛盾衝突所引起的心理疾病。常用來形容人情緒激動，舉止失常。

【神經兮兮】 容易緊張、不安或歇斯底里。

【神經質】 行為具有精神官能症傾向的性格。往往對事情容易敏銳、反應過度。

【狂人】 瘋狂的人。

【白痴】 智力低下，行動遲鈍，不能辨別事物的人。

【傻子】 痴愚不懂事理的人。

【痴人】 呆子、傻子。

那就讓我瘋狂想妳一整天吧，從黑夜到天明，再從天明到黑夜，讓整個世界徹底翻轉，硬著用理性下一個非理性的決心，再用非理性的情緒支撐一個理性的抗拒，當瘋狂到瘋狂的盡頭時，我會不會就此停下腳步？也許，但我依然深信我是不能不想妳的。（蔡詩萍〈那就讓我瘋狂想妳一整天吧〉）

顛簸路上飛揚的沙塵，很快就掀起鋪天蓋地的蒼茫，情境太逼真了，引出沿途積聚的怨氣，我因而與同夥像對決的荒野大鏢客，無情天地之間相俾倪叫囂。不一會兒即離開淒絕之境，這裡的人就同景致，看不出多少生機，或如其他印第安保留區，醞釀某種無言的躁鬱陰沉，多少讓人悲哀。（林郁庭〈千里猶他行〉）

萊頓的住處實在太小，根本沒地方溜達，我成了那些陳舊家具中一員。房東瑪瑞亞住二樓，是個神經兮兮的老寡婦。她有個兒子，極少露面。她每年都要去修道院做心理治療。這位眼見要全瘋的老太太，這回可抓住我這根稻草，一逮著機會就跟我東拉西扯，沒完沒了。（北島〈搬家記〉）

殘疾

【殘疾】殘廢。

【傷殘】身體官能有殘缺。

【廢人】因殘廢而沒有工作能力的人。

【殘廢】1. 肢體殘缺，並失去功能。2. 有殘疾的人。

【跛】腳有殘疾，走起來身體不能平衡。

【跛子】跛腳的人。

【跛腳】腳有殘疾，不能正常走路。

【瘸】跛腳、行動不便的樣子。

【瘸腿】腳有疾病，行走不便。

【瘸子】跛足的人。

【一瘸一簸】形容足跛不便行走的樣子。或作「一瘸一點」、「一瘸一拐」。

【拐】瘸腿走路。

【一拐一拐】形容跛腳走路不平穩的樣子。

【拽】音ㄓㄨㄞ，胳膊受傷而無法靈活伸動的樣子。

【瞎】眼睛失去視力，看不見。

【瞎子】失去視覺能力的人。

【瞎眼】失明。有時也用來比喻人不明事理、莽撞。

【獨眼龍】瞎了一隻眼睛的人。

【盲】眼睛看不見的。有時也用來比喻不明事理。

【眇】原指瞎了一隻眼。後亦指全盲。

【失明】眼睛喪失了視力。

【聾】聽覺遲鈍或聽不見。

【聾子】聽力喪失或聽不清楚的人。

【背】聽力不好。

【耳背】聽覺不靈敏。

【啞】因生理缺陷或疾病而喪失語言的功能。

【啞巴】失去語言功能，無法說話的人。

【聾啞】聽覺和說話均有障礙。

【口吃】一種語言缺陷。說話不流利，常有字音重複或中斷的現象。亦稱為「結巴」。

【結結巴巴】形容說話不流利。亦作「巴巴結結」。

【咬舌】說話時舌尖常接觸牙齒，使發音不清。

【咬舌子】說話咬舌的人。或作「咬舌兒」。

【弱智】智力低於正常人。

【低能兒】智能不足的兒童。常用來譏諷人能力不足。

你怔望著正對你同情一笑的賣咖啡的老人，具有典型日耳曼人的高壯，擦肩而過時個個臀部齊你肩膀，你何只顯得瘦小，根本殘疾、發育未全似的，總之，你們根本就不同國。（朱天文〈出航〉）

它等待我出生，然後又等待我活到最狂妄的年齡上忽地殘廢了雙腿。四百多年裏，它一面剝蝕了古殿簷頭浮誇的琉璃，淡褪了門壁上炫耀的朱紅，坍記了一段段高牆又散落了玉砌雕欄，祭壇四周的老柏樹愈見蒼幽，到處的野草荒藤也都茂盛得自在坦蕩。（史鐵生〈我與地壇〉）

二人正說著，只見湘雲走來，笑道：「二哥哥，林姐姐，你們天天一處頑，我好容易來了，也不理我一理兒。」黛玉笑道：「偏是咬舌子愛說話，連個『二』哥哥也叫不出來，只是『愛』哥哥『愛』哥哥的。回來趕圍棋兒，又該你鬧『么愛三四五』了。」寶玉笑道：「你學慣了他，明兒連你還咬起來呢。」（清・曹雪芹《紅樓夢・第二十回》）

5 生存與死亡

生存

【存】活著、生存。

【在】生存、活著。

【在世】活在世上。

【健在】健康的活著。

【偷活】苟且求生。

【貪生】對生命過於眷戀，而不肯犧牲就死。

【餘生】倖存的生命。

【殘生】老年。亦指剩餘的生命。

如果爸爸還在世，一百歲的他一定會感到很寂寞吧，因為媽媽已經不在了。他的兩個妹妹，一個早在廿多年前病故，另一個也在前年過世。他那一輩的人只剩下三個比他年輕許多的堂弟。他的老友們還健在的可能性更是微乎其微了。（李黎〈我帶爸爸回家〉）

唉，人誰能夠不死，死的遲早，又有什麼相干，我豈是個貪生怕死的小丈夫！……可是，可是，像我這樣的死去。造物也未免有點浪費，我到今日非但事業還一點兒也沒有做成，就是連生的享樂，生的真正的意味都還沒有嘗到過。（郁達夫〈蜃樓〉）

死亡

【死亡】喪失生命。
【亡故】死亡、去世。
【去世】死去，離開人世。
【逝世】離開人世。
【過世】死去。
【卒】死亡。
【逝】死亡。
【歿】死。
【薨】音ㄏㄨㄥ，古代諸侯或大官之死稱為「薨」。
【崩】古稱天子之死。如：「駕崩」、「崩殂」。
【殂】音ㄘㄨˊ，死亡。
【故】死亡。
【大故】死亡；死期。
【大限】年壽已盡。即死期。
【大去】去世。
【亡歿】去世、死亡。
【喪命】失去性命。
【喪生】失去生命。
【殞命】喪失生命。
【隕滅】比喻喪命。或作「殞滅」。
【溘逝】死亡。溘，音ㄎㄜˋ。
【斷氣】氣絕死亡。
【氣絕】呼吸停止，死亡。
【絕氣】氣息斷絕。
【嚥氣】斷氣。
【物故】死亡。
【身故】死亡。
【致死】導致死亡。
【垂死】接近死亡。
【故世】去世。
【辭世】去世、死亡。
【棄世】離開人世。
【謝世】死亡。
【下世】去世。
【物化】死亡。
【客死】死於異國或他鄉。
【圓寂】修行人滅除煩惱，不再生死輪迴的境界。一般習慣用來指出家人的去世。

父親的憂傷已然隨著他的虹膜死去，而我則放棄了走出那個空間。（或者說，時間？）甚至在祕密的時刻，還常藉著憂傷為引，跟逝去的父親數度長談。上帝曉得在他生前，是對十六歲以後的我多麼陌生，而我也從不認得心臟衰弱、腦血管壁逐漸變薄變脆的父親。（吳明益〈死亡是一隻樺斑蝶〉）

但最近兩年不見，他終於忘卻我的不好，只是惦記著我，惦記著我的兒子。我北來後，他寫了一封信給我，信中說道，「我身體平安，惟膀子疼痛厲害，舉箸提筆，諸多不便，大約大去之期不遠矣。」我讀到此處，在晶瑩的淚光中，又看見那肥胖的，青布棉袍，黑布馬褂的背影。唉！我不知何時再能與他相見！（朱自清〈背影〉）

差不多先生差不多要死的時候，一口氣斷斷續續地說道：「活人同死人也差……差……差……不多，……凡事只要……差……差……不多……就……好了，何……必……太……太認真呢？」他說完了這句格言，就絕了氣。（胡適〈差不多先生傳〉）

讖語成真，父親棄世，想不到侍養母親的妹妹也天不假年，一家四口，如今只賸得我與年邁母親相依為命。即使如此，就更珍惜每一段相聚時光。母與子，本不多話，然而許多相聚沉默，竟也溫馨如許。一世一條路，母子一起走，從不知路有多長多短，也不可回頭走，多走一天算一天。（張錯〈小時候〉）

死的婉辭

【仙逝】成仙升天。指人死亡。

【仙遊】稱人死亡。

【歸天】人死。因不忍直言死亡而改以委婉之辭替代。

【升天】稱人死亡。

【千古】哀悼死者的話，為永別的意思。

【作古】做了古人，為死亡的婉辭。

【歸西】稱人死亡的婉辭。

【不在】死亡的諱詞。

【過去】死去。

【凋謝】枯萎、零落。常用來比喻人事的衰老死亡。

【永眠】永遠安睡。為死亡的代稱。

【長眠】死亡。

【安息】表示死亡或悼念死者的婉轉用語。

【長逝】一去不返，比喻死亡。

【永別】永遠離別，指死亡。

【永訣】永遠分別，指死亡。

【不諱】死亡。

【見背】指尊親去世。

【棄養】父母逝世，子女不得奉養，泛指長者的死亡。

【撒手人寰】比喻人去世。

【三長兩短】意外的變故。多指死亡。

【壽終正寢】人享盡天年，在家中自然死亡。

只見武大老婆，穿著些素淡衣裳，從裡面假哭出來。何九叔道：「娘子省煩惱。可傷大郎歸天去了！」那婦人虛掩著淚眼道：「說不可盡！不想拙夫心疼症候，幾日兒便休了，撇得奴好苦！」（明・施耐庵《水滸傳・第二十五回》）

狄金遜先生，請安息吧！亞當・史密斯誓言為他的上司復仇。他向遺體深深鞠了一躬，他白睫毛的眼睛閃著異光，抬起烈日炙烤的紅色下巴，一雙下令封釘疫屋變得孔武有力的手緊握蓄勢待發。（施叔青《她名叫蝴蝶・第二章》）

在歷經人世的苦難和折磨之後，我早已學習堅強與不哭泣。八年前，一場意外奪走了父親的生命，那樣生猛的莊稼人，一家生活之所寄，就此撒手人寰，留下長年臥病的母親，以及我這未經社會歷練的孩子。（吳鳴〈最後的溫柔〉）

死的蔑辭

【翹辮子】俗稱死亡。

【嗝屁】死亡的戲稱。

【見鬼】指毀滅或死亡。

【倒頭】指去世、死亡。

【伸腿】兩腿伸直。比喻人死。

【兩腿一伸】比喻死亡。

【回老家】死亡。

【上西天】死亡、去世。

【一命嗚呼】指生命結束。

拉上簾子換注射管的時候，他小聲告訴我：他懷疑這間病房是末期病人在住的，他才進來四天，隔鄰那張病床便推進推出換了三個不同的病友。（不是出院，是嗝屁了。）我問他說到底檢查說是怎麼回事？他茫然地說誰知道。（駱以軍〈大麻〉）

牧童拖著長長的影子，用清脆如磬的童嗓子，高唱著：「一九三七年，鬼子進了中原。先佔了蘆溝橋又佔了山海關，火車道修到了俺們濟南。鬼子他放大炮，八路軍拉大栓，瞄了一個準兒——嘎勾——！打死個日本官，他兩腿一伸就上了西天——」一曲未罷，司馬庫已是熱淚盈眶。（莫言《豐乳肥臀・第三十五章》）

若是子彈不會轉彎，你的伙伴就不會一命嗚呼。你記得他身穿防彈衣、頭戴防彈頭盔、手拿防彈盾牌追緝歹徒進入死巷底，為了安全，他背靠一堵牆。豈料，一顆從高處射下的子彈打在牆上，反彈斜角，自他腋下防彈衣空隙鑽入他心臟。（李順儀〈用槍的時機〉）

為正義而死

【犧牲】 為了某種崇高目的，付出自己的生命或權益。

【捨身】 為事物盡力而不惜犧牲自己。

【就義】 為義而死。

【捐軀】 捨棄身軀。比喻為國家或為公務而犧牲生命。

【殉】 音ㄒㄩㄣˋ，為達某種目的、理想而犧牲生命。

【殉國】 為保全國家而奉獻生命。

【殉難】 為拯救危難而犧牲生命。

【殉節】 為保全志節而死。

【殉職】 為公務犧牲生命。

【授命】 獻出生命。

【陣亡】 在作戰中死亡。

【玉碎】 比喻為保持氣節而犧牲。

【成仁】 完成、實踐仁德，多指為正義而犧牲。

【殺身成仁】 指為正義而犧牲生命。

【捨生取義】 指為正義真理不惜犧牲生命。

【馬革裹屍】 死於戰場後，用馬皮把屍體包裹起來。比喻英勇作戰，不惜在沙場上犧牲性命。

【肝腦塗地】原用來形容慘死，後比喻竭力盡忠，不惜犧牲生命。

【死得其所】形容人死得有意義有價值。

【粉身碎骨】比喻犧牲生命。亦作「粉骨碎身」、「粉身灰骨」、「碎骨粉身」、「碎身粉骨」。

英英烈烈從容就義，大聲疾呼痛論淋漓那有什麼稀罕。但耐久地慘憺辛苦，走充滿荊棘的苦難之道，都不是容易的。路是明而且白。只是能夠不怕嶮岨崎嶇，始終不易，勇往直進的現在有幾個人？自己已是宣告自己的無能了。（王詩琅〈沒落〉）

當年錢牧齋也曾立定主意殉國，他雇了一隻小船，滿載著他的親友，搖到河身寬闊處死去，但當他走上船頭先用手探入河水的時候，他忽然發明「水原來是這樣冷的」的一個真理。他就趕快縮回了溫暖的船艙，原船搖了回去。他的常識多充足，他的頭腦多清明！（徐志摩〈論自殺〉）

離開棋盤／等於離開戰場，離開了／家鄉，他神色倉皇／弟兄們一定在尋找他／馬炮兵一定／有的被困，有的／受傷，有的含笑／陣亡（渡也〈俥〉）

迫害與被迫害，或者倒置，或者共生，這便是德國民族的命運原型。當年，希特勒屠殺數百萬猶太人，怎麼沒人反抗？有的，索菲（Scholl）兄妹在慕尼黑大學散發傳單，史陶芬伯格以行動暗殺希特勒，他們皆未成功，且很快便成仁。但他們讓我們知道，這個世界不是那麼冷漠無情，這個世界也不是完全沒有理想。（陳玉慧〈我的德意志生活〉）

死於非命

【非命】非壽終正寢。一般指因意外而死。

【死於非命】遭意外危害而喪生，不是自然死亡。

【橫死】因自殺、被害或意外事故等原因而死亡。
【凶死】遭殺害或自殺身亡。
【斃命】死去、喪命。
【畢命】結束生命，多指橫死。
【暴卒】突然去世。
【暴斃】突然死亡。
【屈死】含冤受屈而死。
【瘐死】泛稱因病死於獄中。

畢竟老叔，那是我們的家人，那是多少個家庭無法釋懷的悲傷與難以釐清的謎團，毛澤東與蔣介石在爭奪政治勢力與江山而精精算計時，他們曾經算過天下蒼生將有多少人死於非命，多少破碎一如我們的家庭，要過了幾代才能弭補這樣的傷痕嗎？（師瓊瑜〈百年無愛〉）

王雄之死，引起了舅媽家中一陣騷動。舅媽當晚便在花園裏燒了一大疊錢紙，一邊燒，一邊蹲在地上念念喃喃講了一大堆安魂的話。她說像王雄那般凶死，家中難保乾淨。我告訴舅媽，王雄的屍首已經爛得發了臭，下女喜妹在旁邊聽得極恐怖地尖叫了起來，無論舅媽怎麼挽留，她都不肯稍停，當場打點行李，便逃回她宜蘭家中去了。（白先勇〈那片血一般紅的杜鵑花〉）

自殺

【自殺】自己殺死自己。
【自盡】自殺。
【尋死】意圖自殺。
【尋短見】自殺。
【輕生】不愛惜生命。指人自殺。
【自戕】自殺或自己傷害自己。戕，音ㄑㄧㄤˊ。
【自裁】自殺。
【上吊】將繩子吊在高處，套住脖子自殺。
【懸梁】上吊。
【投繯】上吊自殺。
【自縊】上吊結束自己的生命。
【自刎】自殺，割喉嚨結束自己的生命。
【抹脖子】拿刀割脖子。比喻自殺。
【服毒】服食毒物自殺。
【蹈海】投海、跳海。
【送死】自取滅亡。
【送命】斷送生命。

北歐人有理性的思維，卻是全世界自殺率最高的地區，我問一個很要好的丹麥朋友：「你們的社會福利那麼好，為什麼還那麼多人自殺？」他說：「就是因為太好了。人沒有困難也就不想活下去了。」（蔣勳《孤獨六講・思維孤獨》）

鄉下總傳說著這樣一個故事：一個年青漢子打生僻的小路上經過，看見一個女孩兒坐在路邊哭著。青年漢子動了惻隱之心，一問之下，無非是那女孩兒身世淒涼，走投無路，準備尋死，他帶她回家，才發現接了一個女鬼回來。然後道士來唸咒捉妖，硬生生的將夫妻拆散了。小時候在路上碰見漂亮些的陌生女人，便認為定是形跡可疑的鬼狐妖，總是遠遠地避開。（李藍〈山靈〉）

夭折

【夭折】短命、早死。
【夭亡】短命早死。
【夭殤】短命早死。
【早逝】年紀很輕就去世。
【早夭】未成年即死去。
【殤】未成年而夭折。
【短命】壽命不長。
【短折】夭亡。

直到而立之年，才知道我有兩個夭折的哥哥，一次村裡拜拜，專程與父親回鄉參加遶境，問父親哥哥們可有墳塚，葬於何處？父親搖頭，說他不記得了。彼時，父母親必紛亂而徬徨，死一個哥哥，肉體卸了，死兩個哥哥，靈魂垮了，他們必定問神，可曾作孽？又問神，今生罪愆或前世因緣？（吳鈞堯〈身後〉）

那邊，一幀髮型、衣著俱古舊的年輕男子和一幀白髮婆婆緊緊地併立同一相框裏，姓名是：李金同與李王秀英，不知何以，無需解釋便明白是英年早逝的丈夫和長壽卻茹苦含辛一生的妻。（愛亞〈大家〉）

貳・情感

一 感官與欲望

1 感覺

感覺

【感】受到外來刺激所引起的情緒反應；覺得。

【感覺】1. 內心對外界的感受。2. 感官接收外界的刺激，傳達至神經，於大腦產生識別的反應。

【知覺】將感官接收的刺激傳達到腦部後，在感覺的基礎上，進一步將此訊息分析、判別。

【感知】外在環境或事物，通過感覺器官，在人腦中所引起的直接反應。

【感應】受外界事物的影響或刺激，而引起相應的情感和動作。

【感到】感覺到。

【感受】感覺、領會。

【感觸】因外界事物的影響，觸動內心的感情。

【預感】事先感覺到。

【美感】對美的感受與體認。

【快感】愉快的感覺。

【痛感】深刻的感覺到。

其實媽對外婆的過世是很有**感應**的。外婆去世那晚，哥跟爸徹夜往返彰化與桃園，去見外婆最後一面，留下我陪在當時仍在保護隔離病房的媽。那晚，我很注意媽會不會有所謂的心靈相通，輾轉反側，就是睡不著。（九把刀《媽，親一下・2004.12.23》）

我們一談到惑就會想到徐志摩。他迷戀陸小曼已經是家喻戶曉的了，值得注意的是徐志摩也把這件事情看得完全妥當，他跟他的元配一定也商量了，離婚後兩人還跟好朋友一樣來往，我們也無從得知他第一位夫人張幼儀女士當時的感受，不過不得不佩服她的雅量和同情。（思果〈惑〉）

容耀華還想繼續說，大太太在老陶的陪同下已經進來了，看到他一身洋氣的新郎服，與當年把她娶進容家時一模一樣，心裏不禁感觸萬分，笑著呆呆看他，她仍然那麼愛他。（琦君《橘子紅了．第九章》）

靈敏、遲鈍

【靈】機敏、靈活。

【靈敏】反應迅速。

【敏銳】對外界事物的反應快速而準確。

【敏感】泛指心理、生理上對外界事物有超乎尋常的迅速或強烈反應。

【善感】容易引發感觸。

【過敏】對外界事物的刺激感受性增高的現象。

【遲鈍】反應不靈敏。

【麻木】感覺頑鈍，不能振作。

【麻木不仁】對外界事物的反應遲鈍或漠不關心。

有多少書寫，都是在最後一刻放棄之前，思考又有一次逆轉。可能不是思考，應該是感覺。一息尚存的感覺，因為星光的點化，突然變得特別敏銳。早已逝去的濕氣與風聲，亞熱帶島嶼的燥熱，在那神祕的深夜，奇蹟般降臨在毫不設防的肌膚。感覺回來時，紙上的旅行也重新啟程。（陳芳明〈書寫就是旅行〉）

無羈無絆，這麼一個單身漢，又是任俠善感的性情中人，喜歡常來我家，而且不一定唯詩可談，所以很自然就成了玩伴，不但點子多多，而且往往夜深才散。望堯的詩有其陽剛雄奇的一面，與我同一類型的風格可以呼應。（余光中〈銅山崩裂〉）

聽我說。不管你酒醒何處，面對的還是原來的世界。依然有這麼多讓你吃驚的愚蠢與麻木不仁。聽我說。一個人才可以傲，才可以狂，才做得到，特立獨行。你願意揹上一個，唉跟J在一起的人真可憐的罪名？還是你想成全對方，成為，哇能跟J在一起真偉大的行善楷模？（郭強生〈有伴〉）

2 視覺、聽覺

看、看見

【看】視、瞧。

【瞧】看。

【瞧見】看見。

【盼】看。

【望】向遠處或高處看。

【望見】看見。

【目睹】親眼看見。

【目擊】1. 親眼所見。2. 瞥見。

【親睹】親眼見到。

【親眼見】用自己的眼睛看到。

【覷】1. 看。2. 偷看。3. 瞇著眼睛看。

【覷眼】瞇著眼細看。

【面面相覷】互相對視而不知所措。

【瞅】音ㄔㄡˇ，看。

【瞅見】看見。

【觸目】目光所及，眼睛所看到的。

娟娟一唱完，便讓一個矮胖禿頭的日本狎客攔腰揪走了，他把她揿在膝蓋上，先灌了她一盅酒，灌完又替她斟，直推著她跟鄰座一個客人鬥酒。娟娟並不推拒，舉起酒杯，又咕嘟咕嘟一口氣飲盡了。喝完她用手背揩去嘴角邊淌流下來的酒汁，然後望著那個客人笑了一下。我看見她那蒼白的小三角臉上浮起來的那一抹笑容，竟比哭泣還要淒涼。（白先勇〈孤戀花〉）

早幾年人潮往東，豪華戲院不再豪華，日新也已不新，後來更乾脆賣給東邊來的威秀影城。來來百貨不堪商圈重心位移，驚傳易主，由誠品集團大張旗鼓改組為誠品武昌，許多店開了又關了，一場大火燒掉整幢樓，友朋間耳語都市傳說，有人目擊幽靈船曾駛到西門町上空……（羅毓嘉〈電影街物語〉）

人群從牌坊下湧出，簇擁著八、九個老人步下階來，笑語喧闐，神情興奮。明蓉立刻為我們「介紹」。老同學面面相覷，我的雙手都來不及握。大家的表情，驚喜裡有錯愕，親切中有陌生，忘我的天真中又有些尷尬。歲月欺人，大家都老了，可堪一嘆。不過都還健在，而且不怎麼龍鍾，也無須攙扶，又值得高興。（余光中〈片瓦渡海——跨世紀的重逢〉）

注視、端詳

【注視】集中視線，凝目而望。
【瞄】注視。
【正眼】目光直視，表示尊重或重視。
【凝視】目不轉睛的看著。
【凝眸】注視、目不轉睛的看。
【盯】集中精神或目光，注意的看。
【睇】音ㄉㄧˋ，看、注視。
【凝睇】注目、注視。
【注目】將視線集中在一點上。
【矚目】注視。亦作「屬目」。
【目不轉睛】眼睛動也不動。形容凝神注視的樣子。
【目不斜視】眼睛不向旁邊看。比喻專注於某事，或態度正經不苟。
【定睛】集中視線。
【迎睇】以目迎接。
【目送】目光隨著離去的人或物轉動。
【逼視】逼近目標，緊緊盯著看。
【眈眈】眼睛向下注視的樣子。
【睽睽】張著眼睛注視。
【端詳】詳細察看。
【打量】審察、細看。
【諦視】仔細察看。
【審視】詳細察看。

我們像被困在一艘航行於灰色大海船上的怨偶。我們的眼睛盯著各自身旁的舷窗，看著各自的海景。我總在偷瞄妳美麗的側臉，猜臆妳究竟看見了什麼，妳看見的可是我看見的？（駱以軍〈啊，我記得……〉）

嬌蕊抬起紅腫的臉來，定睛看著他，飛快地一下，她已經站直了身子，好像很詫異剛才怎麼會弄到這步田地。她找到她的皮包，取出小鏡子來，側著頭左右一照，草草把頭髮往後掠兩下，擁有手帕擦眼睛，擤鼻子，正眼都不朝他看，就此走了。（張愛玲〈紅玫瑰與白玫瑰〉）

未及打開剛剛攜回的行囊／你又一次啟程／記憶相疊在層層飛起的翼裏／遙遠城市中某一雙眸子／在火車開動時隔窗凝睇／或是那個邊界小鎮有一隻手愛戀揮動／直到逸出天空之外（尹玲〈你站在歐洲的水上〉）

我慢慢地、慢慢地瞭解到，所謂父女母子一場，只不過意味著，你和他的緣分就是今生今世不斷地在目送他的背影漸行漸遠。你站立在小路的這一端，看著他逐漸消失在小路轉彎的地方，而且，他用背影默默告訴你：不必追。（龍應台〈目送〉）

在我瀏覽過的庭園中，兼具造景四大元素的，清流園和余香苑是其中歷史較短淺的，至今不過四十餘年；清流園占地五千坪，作工十分講究，尤其上千座山石的擺設，流水與池塘的分布，禁得起細細端詳，可惜短少蔽日樹蔭，我前去參觀當天豔陽高掛，熱死人了；而且，視覺上一眼望去是落落大方，卻缺乏了點掩映的趣味，缺乏了點層次感。（王盛弘〈美在實用的基礎〉）

遠望、張望

【遠望】向遠處看。
【遠看】向遠處看。
【眺望】遠望。
【瞭望】站在高處向遠方眺望。
【矚望】眺望。
【遙望】遠遠的眺望。
【瞻眺】遠望。

【瞻望】遠望。
【展望】遠望。
【極目】窮盡目力，眺望遠方。
【縱目】極目遠望。
【放眼】放開眼界遠望。
【憑眺】在高處遠望。
【張望】四處遠望。

【環視】向四面觀察注視。
【四顧】環視四周。
【掃視】目光迅速向四周掠過。
【顧盼】向兩邊或四處觀看。
【凝望】集中精神遠望。或作「凝眺」。

【瞵盼】抬頭張望。瞵，音ㄌㄧㄣˊ。
【舉目】抬起眼睛看。
【東張西望】四周探望。
【左顧右盼】東張西望，心中不安的樣子。

我們在塔上眺望，鳴鐘時刻已過，四界一片安詳。越過綠意盎然的山城望向海口，灣上起了霧，深淺各幾分，朦朧的金門橋跟舊金山，倚著漸行漸遠而淡薄的山陵，一層隔一層。一切如常，看不出去年在大陸彼岸，雙子塔受擊崩毀，反恐之戰的喧囂甚上，掌權的新保守派已經撼動這個國家，侵入這個校園。（林郁庭〈柏克萊精神〉）

我仍張望。張望著我的寂寞，跟可以言說的空間。那空間有別於家，妻、父母跟兒女，那是人生的另一個向量，人生沿途裡的沿途，如大河的支流分佈，主幹跟副幹。我沒找到，無意找尋的人反倒出現，然而，他們的出現也只是為了再度消失嗎？（吳鈞堯〈張望〉）

她一摔倒，男人們的事就多起來了。她支使這個給他拍灰，要求那個給她挑指頭上的刺，命令這個去給她尋找遺落的斧子，指示那個幫她提著剛剛不小心踩溼了的鞋子。她目光顧盼之下，男人們都樂呵

呵地圍著她轉。（韓少功《馬橋詞典・不和氣（續）》）

俯視、仰視

【瞰】眺望；從高處往下看。
【俯視】從高處往下看。
【俯瞰】由高處向下看。
【鳥瞰】從高處俯視低處。
【仰視】抬頭看。
【仰望】抬頭向上看。
【瞻仰】仰望、觀看。

我這樣靠近你，俯視激情的／回聲從什麼方向傳來，輕呼／你的名字，你正仰望我倖存之軀／這樣傾斜下來，如亢龍／向千尺下反光的太虛幻象／疾急飛落，依約探索你的源頭／逼向沒有人來過的地心／熾熱的火焰在冰湖上燒／那是最初，我們遭遇在／記憶的經緯線上不可辨識的一點／復在雷霆聲中失去了彼此（楊牧〈俯視——立霧溪一九八三〉）

一直非常喜歡那矗立在高坡上，採光良好的教室。教室在六樓，有著可以鳥瞰中和市和台北市的遼闊視野。每次下課，那一長列明亮潔淨的大玻璃窗，淺綠整齊的百葉窗簾，以及那一整片城市的風景，都在向我招手，吸引著我，流連眺望，不忍離去，並且，讓人自心底發出如此的浩嘆：這世界，怎麼會有這麼多的屋頂呢？（陳幸蕙〈交會時互放的光亮〉）

漫步在武陵，高高的松樹聳入藍天，特別有一種蒼勁的氣息，泰雅小妹妹瓦幸抬頭仰望，「松樹長得真帥！」「是嗎？松樹是帥哥，那有不帥的植物嗎？」「有啊，像那些歪七扭八的藤，就比較像……無賴；杉樹很整齊，像是乖寶寶；松樹不但長得帥，還會唱歌。」「唱歌？難道松樹是張學友，還會唱歌？」「會啊，你聽！」走入煙聲瀑布的步道口，小女孩要我仔細聆聽，一陣陣的風吹過松林樹梢的聲音，像很遠處的、幽微的海浪聲，古人叫它「松濤」，瓦幸說是松樹唱的歌。（苦苓〈松的傳奇故事〉）

瞟、瞥

【瞟】音ㄆㄧㄠˇ，斜著眼睛看。

【斜視】斜著眼睛看。

【睨】音ㄋㄧˋ，斜著眼睛看。

【睥睨】斜著眼睛看人，表示傲然輕視或不服氣的意思。睥，音ㄅㄧˋ。

【睨視】斜視。

【乜斜】乜，音ㄇㄧㄝ。指眼睛瞇成一條縫而朝下看或者斜看。

【側目】斜眼看人，不以正眼看人。

【睇】微微斜視。

【瞥】眼光掠過、很快的看一下。

【瞥見】一眼看見。

【一瞥】迅速的看一眼。比喻極短暫的時間。

現在它的的確確站在那裡，就在離我咫尺的玻璃門外，讓我這樣驚訝地看見它，並且也以它睥睨的風采隨意看著我一眼，彷彿完全不在乎地，這鷹隨意看著我一眼，目如愁胡，即轉頭長望閃光的海水，久久，又轉過頭來，但肯定並不是為了看我。它那樣左右巡視，想來只是一種先天倨傲之姿，肩頸接觸神經自發的反應，剛毅，果決，凜然。（楊牧〈亭午之鷹〉）

她的一個眼角上早年受了傷，沒有落疤，只是使眼尾往裏陷了一陷，形成一個坑。於是，眼睛往某一個角度看的時候，就有些「乜斜」的意思，有一點潑辣的嫵媚。總之，雖然在上海生活了三十年，奶奶並沒有成為一個城裏女人，也不再像是一個鄉下女人，而是一半對一半。（王安憶《富萍・一》）

我沒有料到，王國祥的病體已經虛弱到舉步維艱了。回到家中，我們煮了兩碗陽春麵，度過王國祥最後的一個生日。星期天傍晚，我要回返聖芭芭拉，國祥送我到門口上車，我在車中反光鏡裏，瞥見他孤立在大門前的身影，他的頭髮本來就有少年白，兩年多來，百病相纏，竟變得滿頭蕭蕭，在暮色中，分外怵目。（白先勇〈樹猶如此〉）

窺視

【窺】從隱密處或孔隙中偷看。

【窺視】暗中偷看。

【竊視】暗中偷看。

【偷窺】偷看。

【偷覷】偷看。

【窺看】偷看。

【窺見】1. 偷看到。2. 看出、察見。

【窺伺】窺探他人的動靜。

【窺探】暗中偷看、查探。

【探頭探腦】四處張望、窺探。亦作「探頭舒腦」、「探頭縮腦」。

隔日，還不過癮，又往吉祥寺出發。不消說，人潮自小站洶湧而出，浮浪般推向花海。通往井之頭公園小路密不透風，充塞燒烤味與叫賣聲。而池子兩側枝垂櫻像芭蕾舞者的身子，彎曲成美麗的弧，水上有復古天鵝船。我和朋友跟上遊客隊伍，邊偷窺坐在水畔的人，手中便當菜色。（孫梓評〈花與人間世〉）

他們中的任何一個人要單獨搞倒蘇東坡都是很難的，但是在社會上沒有一種強大的反誹謗、反誣陷機制的情況下，一個人探頭探腦的冒險會很容易地招來一堆湊熱鬧的人，於是七嘴八舌地組合成一種偽輿論，結果連神宗皇帝也對蘇東坡疑惑起來，下旨說查查清楚，而去查的正是李定這些人。（余秋雨〈蘇東坡突圍〉）

觀察

【觀察】仔細察看。

【察看】觀察。

【查看】檢驗、檢查。

【觀看】參觀、欣賞、察看。

【觀測】觀察推測。

【洞察】觀察清楚。

【明察】觀察仔細。

【綜觀】綜合觀察。

【察言觀色】觀察人的言語神情，以了解對方心意。

如今徒留空地，一座古老的噴水柱，自來水尚兀自流出，只有幾隻從容的鴿子正暢飲著免費的清泉。也許每個禮拜，在這廣場上會有一次流動的市集。在倫敦格林威治的傳統菜市場，則已列入古蹟，也是觀光勝地。觀察英國各地的傳統菜市場，可發現英國人很重視它的歷史與文化，而給予它很重要的地位。（莊仲平〈逛菜市場之樂〉）

幾代的詩人都曾在楊牧詩集中累積他們的能力，找尋他們的道路。無論喜歡或不喜歡，楊牧的詩都是可以讓年輕寫作者學到最多東西的地方，其多變，深沉，在傳統與現代之間摸索平衡。雖然，它並不那麼容易進入，也不那麼直面潮流，如學院之樹，有距離的觀看。看來似乎是冷的，而其實永遠在腐蝕的死水心找尋反射發亮的指環。（楊佳嫻〈這裡是一切的峰頂〉）

眼尖、眼花

【眼尖】視力銳敏。

【眼明手快】眼光銳利，動作敏捷。

【炯炯】形容目光明亮。

【炯炯有神】形容目光明亮而有精神。

【眼花】視力模糊，看不清楚。亦用來比喻觀察能力不靈敏。

【眼花撩亂】形容眼睛昏花，感到迷亂。亦作「眼花瞭亂」、「眼花繚亂」。

【目眩】眼花。

【走眼】看錯，或觀察、判斷錯誤。

【昏花】視力模糊不清。

【昏瞶】眼花耳聾，精神昏亂。亦用來比喻糊塗愚昧。瞶，音ㄎㄨㄟˋ。

記得一次討論的進行，學生們已經掌握到反覆辯證探索的方向與方法。在圍坐成馬蹄型面面相向的研究室，一張張年輕的臉，為求知識真理的雄辯而漲紅，一雙雙眼睛亦隨亢奮而充滿炯炯的光彩。傅鐘響起，三個小時的課程已過。冬陽微煊，而辯論未已。（林文月〈在臺大的日子〉）

真的，雪中的山林的確美得難以比擬，由於雪光的反射，白濛濛的車窗，好像被一位只會使用白色作畫的藝術家，把整桶的白顏料以某種極抽象的意念，渲染成一朵朵無以名狀的花樣，景色優雅得令人為之目眩不已。（陳銘磻〈雪落無聲〉）

我們總要等我們的師傅鑒定認可後，才敢跟去，因為楊教頭看人，從來不會走眼。我走下臺階，步到那條通往公園路大門的石徑上。我經過那位陌生客的面前，裝作沒看見他，徑自往大門走去，我聽見他跟在我身後的腳步聲，踏在碎石徑上。我走出公園大門，一直往前，蹭到臺大醫院那邊，沒有人跡的一條巷子口路燈下，停下腳來，等候著。（白先勇《孽子・第一章》）

聽力

【聽力】耳朵辨別聲音的能力。	【耳背】聽覺不靈敏。	【聵】耳聾。	【耳聰】聽覺過敏。
【背】聽力不好。	【重聽】聽覺遲鈍。	【聽障】因耳病或功能缺損所引起聽力喪失的現象。	【耳生】聽起來感到生疏。
	【聾】聽覺遲鈍或無法聽見聲音。		【耳熟】常常聽到。

寶玉一則急了，說話不明白；二則老婆子偏生又聾，竟不曾聽見是什麼話，把「要緊」二字只聽作「跳井」二字，便笑道：「跳井讓他跳去，二爺怕什麼？」寶玉見是個聾子，便著急道：「你出去叫我的小廝來罷。」那婆子道：「有什麼不了的事？老早的完了。太太又賞了衣服，又賞了銀子，怎麼不了事的！」（清・曹雪芹《紅樓夢・第三十三回》）

一天，樓到裡忽然傳來雜亂的腳步聲，一幫人擁進來了：「牛鬼蛇神們都站起來！」有人喝令：「誰是俞平伯？」蒼老蒼老的俞先生轉身回應。「《紅樓夢》是不是你寫的？「你是怎樣用《紅樓夢》研究對抗毛主席？」「低不低頭認罪？」俞先生耳背，說話支支吾吾。（董橋〈聽那槳聲，看那燈影〉）

雨來了，最輕的敲打樂敲打這城市，蒼茫的屋頂，遠遠近近，一張張敲過去，古老的琴，那細細密密的節奏，單調裡自有一種柔婉與親切，滴滴點點滴滴，似幻似真，若孩時在搖籃裡，一曲耳熟的童謠搖搖欲睡，母親吟哦鼻音與喉音。（余光中〈聽聽那冷雨〉）

3 欲望、意願

欲望、需要

【欲望】 想要得到某種東西，或者達到某種目標的要求、願望。

【欲念】 欲望、念頭。

【私欲】 個人的欲望。

【物欲】 對物質的欲望。

【嗜欲】 感官上追求享受，所產生的強烈欲望。

【需要】 當感受缺乏之時，所產生的內在心理狀態。包括生理上和心理上。

【需求】 因需要而有所要求。

【要求】 為了某種目標所提出的願望或條件。

【急需】 迫切需要。

【期求】 期望求得。

【企求】 期望求得。

【務求】 一定要求、絕對要求。

【強求】 不能得到而勉強要求、爭取。

【妄求】 非分的要求。

【苛求】 嚴苛的要求。

【奢求】 過度的要求。

【貪心】 貪得無厭，不知滿足。

【貪念】 貪求的念頭。

【覬覦】 希望得到不該擁有的東西。

【餓鬼】 罵人口饞或貪得無厭。

【野心】 對權勢、名利等的非分欲望。

【野心勃勃】 形容狂妄非分之心或遠大的企圖。

不管現代人或是非現代人，人人無不企求快樂、無不企求幸福的生活，臨死也祈求死而無憾。但是，真能活得快樂，死得無遺憾的人卻並不多。因為他們不知如何自尋快樂，反而終日杞憂，自找煩惱。（陳火泉〈快樂哪裡找〉）

幸而我對名利興趣都大得不夠，寫作是寄托也是生財之計，孩子國外的花銷，我的生活費全靠這名字與這筆，我無望做巴爾札克，也從不奢求自已功成名就，這樣就好，這樣就好，我和孩子都只求不病不災，這樣，就好！（愛亞〈日子B〉）

生一日晚歸，啟齋門，見案上酒一壺，燂雞盈盤，錢四百，以赤繩貫之，即前日所失物也。知狐之報。嗅酒而香，酌之色碧綠，飲之甚醇。壺盡半酣，覺心中貪念頓生，驀然欲作賊。便啟戶出。思村中一富室，遂往越其牆。牆雖高，一躍上下，如有翅翎。入其齋，竊取貂裘、金鼎而出。（清‧蒲松齡《聊齋誌異‧姬生》）

使人生圓滑進行的微妙的要素，莫如「漸」；造物主騙人的手段，也莫如「漸」。在不知不覺之中，天真爛漫的孩子「漸漸」變成野心勃勃的青年；慷慨豪俠的青年「漸漸」變成冷酷的成人；血氣旺盛的成人「漸漸」變成頑固的老頭子。（豐子愷〈漸〉）

意志、立志

【意志】思想志向，即人類自行決定行為的能力。

【志趣】志願、志向。

【志向】意志的趨向。

【意氣】意態、氣概。

【心志】心思毅力。

【壯志】雄壯豪邁的志向。

【壯心】雄壯豪邁的志向。

【遠志】遠大的志向。

【抱負】心中有所懷抱。指志向、理想、願望。

【心胸】志氣、抱負。

【雄心】遠大的志向、抱負。

【志願】心中的希望。

【決心】堅定不移的意志。

【決斷】決定事情的魄力。

【恆心】恆久不變的意志。

【毅力】堅定持久的意志。

【立志】立定志向。

【矢志】下定決心。

【蓄志】蘊藏志願，待機即發。

【決意】拿定主意。

【發狠】痛下決心。

【狠心】不顧一切，下定決心。

【橫心】不顧一切，下定決心。

【鐵心】意志非常堅定。

幾乎在一剎那間，我便以極其嚴肅的態度面對這件事了。是的，任何一個人，尤其是一個有某種抱負的人，在自己的青少年時期會有過許多理想、幻想、夢想，甚至妄想。這些玫瑰色的光環大都會隨著時間的流逝和環境的變遷而消散得無蹤無影。（路遙《早晨從中午開始．三》）

任何一項事物，當它引得多數人趨之若鶩絡繹於途的時刻到來，我遁離的決心便寂然躍起。流螢汎起，迷惑人的明滅飄影。闃無人的山夜，我知道我這兒景致極美，然而，我不再拉開簾幔了，流螢的交談，情愛之夜，不需要再被打擾。（凌拂〈流螢汎起〉）

童姥練功已畢，命虛竹負起，要他再誦歌訣，順背已畢，再要他倒背。這歌訣順讀已拗口之極，倒讀時更是逆氣頂喉，攪舌絆齒，但虛竹憑著一股毅力，不到天黑，居然將第一路掌法的口訣不論順念倒念，都已背得朗朗上口，全無窒滯。（金庸《天龍八部．三十六》）

有恆、無恆

【有恆】很有毅力，行事持久不變。

【持之以恆】有恆心的堅持到底。

【堅持不懈】堅守到底，絕不鬆懈。

【有始有終】有開頭、有結尾，比喻做事貫徹到底。

【善始善終】美好的開始，圓滿的結局。

【全始全終】有好的開始及圓滿的結束。

【始終如一】自始至終都不改變。

【始終不懈】自始至終都不鬆懈。

【鍥而不捨】鍥，鏤刻。捨，捨棄、停止。鍥而不捨，指不斷刻下去不停止。比喻堅持到底，奮勉不懈。

【愚公移山】比喻努力不懈，不畏艱難，終能成事。

【無恆】沒有恆心毅力。

【有始無終】有開頭而無結尾。比喻做事不能貫徹到底，半途而廢。

【虎頭蛇尾】虎頭大，蛇尾小。比喻做事有始無終。

【有頭無尾】形容做事不能貫徹到底。

【一曝十寒】比喻沒有恆心，做事不能持久。

【半途而廢】事情還沒成功就停止，比喻做事情有始無終。

【三天打魚，兩天曬網】比喻行事沒有恆心，時停時續，不能堅持。

看五四運動以後的文學史，一個有成就的作家，背後都有一個編輯做他的知音，他的推手。蜉蝣不能成事，壽命太短，蝴蝶不能立業，興趣太多。媒體培養專業的編輯，編輯帶領有恆的作家，可能是今後文學復甦的一個條件。（王鼎鈞〈作家常有的生活習慣〉）

也許每一個男子全都有過這樣的兩個女人，至少兩個。娶了紅玫瑰，久而久之，紅的變了牆上的一抹蚊子血，白的還是「床前明月光」；娶了白玫瑰，白的便是衣服上的一粒飯粘子，紅的卻是心口上的一顆朱砂痣。在振保可不是這樣的。他是有始有終，有條有理的，他整個地是這樣一個最合理想的中國現代人物，縱然他遇到的事不是盡合理想的，給他心問口，口問心，幾下子一調理，也就變得彷彿理想化了，萬物各得其所。（張愛玲〈紅玫瑰與白玫瑰〉）

原來光明頂這祕道構築精巧，有些地方使用隱祕的機括，這座大石門卻全無機括，若非天生神力或身負上乘武功，萬萬推移不動，像那小鬟一般雖能進入祕道，但武功不到，仍只能半途而廢。張無忌這

時九陽神功已成，這一推之力何等巨大，自能推開了。（金庸《倚天屠龍記・二十》）

希望、渴望

【希望】心中的期待。
【想望】渴想盼望。
【夙願】平日所懷的願望。
【理想】對未來的希望與想像。
【厚望】殷切的期望。
【指望】期盼、盼望。
【冀望】希望、期望。
【希冀】希望得到。
【欲】期望、希求。
【但願】只希望。
【願意】符合心意。
【期望】冀望、希望。
【盼望】殷切的等候、期望。
【矚望】期望。
【深望】深深的盼望。
【懸望】掛念、繫念。
【祈望】希望、期待。
【巴望】眼巴巴的盼望。
【鵠望】比喻盼望等待。
【渴望】非常盼望。
【夢想】渴望達到的希望。
【熱望】熱切想完成的希望。
【引領】伸長脖子，表示殷切期盼。
【翹企】翹首企足，形容非常盼望的樣子。翹，音ㄑㄧㄠˊ。
【眼巴巴】迫切渴望的樣子。
【企足而待】抬起腳跟來等待，比喻不久的將來就能實現。
【望眼欲穿】形容企盼的深切。
【望穿秋水】秋水，秋天的水明淨澄澈，比喻眼睛。望穿秋水，形容盼望的深切。
【如飢似渴】形容欲望極其迫切。

你也哪裡想坐在一團雲堆上彈豎琴彈它個一萬年，你但願，黑海不要那樣冷峻，印度洋別如此龐大難渡，周流幾近整個地表，你但願，死去的父親，坐在頂樓甲板的帆布椅上悠然抽菸，要不在林中木屋的壁爐前就著火光看書。（朱天心〈夢一途〉）

如此茂密的夏的翠枝／一天天迅快地伸長　我多麼渴望晴朗／但每一次雨打紗窗　我心發出預知的回

響／就感知青青的繁茂又添加（蓉子〈夏，在雨中〉）

土地道：「大聖休焦惱，天蓬莫懈怠。但說轉路，就是入了傍門，不成個修行之類。古語云：『行不由徑。』豈可轉走？你那師父在正路上坐著，眼巴巴只望你們成功哩。」行者發狠道：「正是，正是。獃子莫要胡談，土地說得有理。……」（明・吳承恩《西遊記・第六十一回》）

失望、灰心

【失望】希望落空，不遂所望。

【絕望】斷絕希望。

【死心】斷絕意念。

【沮喪】失望灰心。

【向隅】面向屋室角落，比喻孤獨失望、落寞寡歡。

【廢然】消極失望的樣子。

【大失所望】非常失望。

【萬念俱灰】所有念頭全化成了灰。比喻心灰意冷。

【事與願違】事實和願望相違背。

【無力感】因受到阻礙、進行不順利感到的挫敗感。

【灰心】遭逢失意，志氣消沉，氣餒不振。

【喪氣】失去強盛的志氣，精神頹喪。

【傷氣】喪氣、短氣。

【短氣】志氣沮喪而不能振作。亦作「氣短」。

【氣餒】喪失鬥志，失去勇氣和信心。

【洩氣】灰心喪志。

【洩勁】洩氣。

【心灰意懶】心情失望，意志消沉。亦作「心灰意冷」。

【槁木死灰】形體寂靜有如枯木，精神凝聚猶如冷灰。形容人清虛寂靜，對外物無動於衷。

楊過的一聲「姑姑」無人在意，陸無雙在他身旁卻聽得清楚，低聲問道：「你叫甚麼？她是你姑姑？」楊過忙道：「不，不！不是。」原來他見完顏萍眼波中流露出一股悽惻傷痛、萬念俱灰的神色，就如小龍女與他決絕分手時一模一樣。他陡然間見到，不由得如痴如狂，竟不知身在何處。（金

庸《神鵰俠侶・十》）

父老們聚在門口埕夜談農地上的損失，談論著大片香蕉園只剩下像穿著襤褸衣褲殘兵的香蕉株，短期作物的葉菜早已開始腐爛，個個焦慮煩惱得不知如何是好。在一旁聽著，我開始感受到生活些微的壓力與驚悸，颱風之後農村裡總是充滿嘆息聲與無力感。（鄭麗卿〈迷途的鴿子〉）

我懷念那風雨中行正走穩的黑衫青年，懷念許多擦肩而過的朋友。驚鴻一瞥，卻在我心裡住了下來。我記住那些不知姓名的臉孔，記住他們的自信和生命力，在洩氣喪志的時候，拭亮他們的影像來喚醒自己，而重新找到面對現實的力量。（林懷民〈擦肩而過〉）

追求

【追求】 努力探求。

【渴求】 急切的追求。

【夢寐以求】 連睡夢中都在尋找、追求。形容願望強烈、迫切。

【尋求】 找尋探求。

【力求】 盡力追求。

【謀求】 設法尋求。

【探求】 探索尋求。

【鑽營】 極力探討研究。

【訪求】 尋找。

【求之不得】 追求之卻無法得到。後用以表示想求都求不到，卻意外的得到，有極希望得到的含意。

我記得以詩為抱負的少年是比較落寞些，比較孤獨些。這是我們親身的體驗，也是人世間自有詩人這行業便難免的現象。根據蘭姆（Charles Lamb）的回憶，英國浪漫時代最敏銳的心靈，神祕深沉的詩人柯律治（Samuel Taylor Coleridge），中學時代就以早熟焦慮，以落寞孤獨見稱於同學之間。他懂得太多了，別人不注意觀察的，不屑於思索的問題，正是他汲汲追求的課目；然而他也懂得太少了，在

群體的生活裏，往往是一顆失落的靈魂。（楊牧《一首詩的完成・抱負》）

到了後來，友誼與愛情依然是每一代人尋求靈感力量的來源。活在新科技的年輕世代也許狀似孤僻繭居，卻有自己的管道去建立他們的社會聯繫，形塑他們的時代價值。臉書的「讚」字看似膚淺，平時只用來搜減價券，進行社會討論時便起了「吾道不孤」的群體力量。（胡晴舫〈草莓革命〉）

我想起平生第一次獲得一枝全新偉佛鋼筆時的興奮，那是初三時參加縣裏作文比賽所得的獎品。那枝鋼筆對我而言，原先有一點虛榮的想像成分，是我夢寐以求但總是求之不可得的東西，現在終於能夠握在手裏了，剛拿到手的幾天，雖然高興莫名但總覺得不夠真實。（周志文〈鋼筆〉）

願意、不甘

【願意】情願。
【樂意】願意、甘願。
【樂於】樂意於。
【自願】自己願意。
【志願】出於自己的意願。
【情願】甘心願意。
【甘願】心甘情願。
【甘心】發自內心的同意、滿足。
【甘於】甘心於。
【肯】願意、樂意。
【心甘情願】自己願意，沒有半點勉強。
【何樂而不為】既然是好的，為什麼不做呢？意指甘心情願做這件事。
【有意】有某種意圖。
【有心】懷有某種意念或想法。
【不甘】不情願、不服氣。
【無意】不願、非所樂。
【無心】沒有心情。
【懶得】不想、不願意做某事。

好幾回在大飯店裡看到某個餐廳門口大排長龍，打聽之下原來是為了喝下午茶排隊。喝下午茶可以喝到排隊，飯店的促銷活動真的很厲害，據說讓那麼多人甘願排隊喝茶，是因為下午茶的內容豐富，中式西式東南亞日式料理鹹甜點心應有盡有，很多人午餐不吃，來大吃一頓下午茶，可能連晚餐也省

了。（王宣一〈下午茶〉）

後來木柵逐漸開發，景美溪畔蓋起高樓，空地和野菜愈來愈少。然而，在空地消失之前，媽媽已沒空做草仔粿，端午也懶得插艾，連人影都少見。她迷上宗教，成了狂熱信徒，一心想著彼世，不理俗世，無暇也無心照料家庭，對孩子冷漠疏離。（蔡珠兒〈艾之味〉）

滿意

【滿意】 符合心意。

【滿足】 對某事物感到足夠，無所他求。

【中意】 合意、滿意。

【合意】 合乎心意。

【如意】 符合心中的意願。

【遂心】 稱心如意。或作「遂意」、「遂願」。

【稱願】 如心所願。稱，音ㄔㄣˋ。亦作「趁願」。

【如願】 達成心願。

【可人】 令人滿意、惹人憐愛。

【可意】 中意、適意。

【過癮】 欲望得到滿足。

【心滿意足】 心中非常滿足。

【正中下懷】 恰好符合自己的心意。

【順遂】 稱心如意。

【順心】 合乎心意。

【甘心】 感到稱心。

【愜意】 滿意、舒適。

【愜心】 心胸暢快、心意滿足。

【愜懷】 稱心如意。

【稱心】 如意、滿意。

【對眼】 合乎自己的眼光。指滿意。

【知足】 知道滿足、安於現狀。

【稱心如意】 非常合乎心意。

【差強人意】 本指非常振奮人心。後來指大體上尚能令人勉強滿意。

北來讀書就業，每還老鄉，皆未見燒餅攤，詢諸親友，皆云不知。我吃過無數地方的各式燒餅，沒有一種合意，悵悵焉，念念焉。另外，我根本吃不消台北的筒米糕，只好偶爾託人從新營老店購買冷凍後寄來，包括那幾十年不變的配湯。（阿盛〈兩代燒餅〉）

我們踏著千葉萬葉已腐的，將腐的，乾脆欲裂的秋季向更深處走去，聽非常過癮也非常傷心的枯枝在我們體重下折斷的聲音。我們似乎踐在暴露的秋筋秋脈上。秋日下午的安靜的肅殺中，似乎，有一些什麼在我們裡面死去。（余光中〈望鄉的牧神〉）

不滿

【不滿】不滿意。
【不中意】不合意。
【不合意】不中意。
【不如意】不稱心。
【遺憾】對事情的本身或發展感到憾恨、不圓滿。
【抱憾】心中懷著遺憾。
【憾恨】遺憾怨恨。
【怏怏】不滿意、不快樂的樣子。
【彆扭】執拗、不順心。
【不順心】不合乎心意。
【不平】心中不滿意。含有氣憤的意味。
【不忿】不甘心、不服氣。
【不甘心】心裡不服氣。
【不服氣】不甘心、心中不平。
【嘖有煩言】本指人多嘴雜。今多用以指眾人發出怨言。
【怨聲載道】到處充滿了怨恨的聲音。形容群眾普遍怨恨、不滿。

此時此刻，說不憾恨是假的，我與這一山曇華，還未見面，就已訣別。但對這種憾恨我卻早已經「習慣」了，人本來就不是有權利看到每一道彩虹的。王羲之的蘭亭雅集我沒趕上，李白宴於春夜桃李園我也沒趕上。就算我能逆時光隧道趕回一千多年去參加，他們也必然因為我的女性身份而將我峻拒門外。（張曉風〈一山曇華〉）

一連下了十幾天的霉雨，好像再也不會晴了，可是時時刻刻都有晴朗的可能。有時天上現出一大片的澄藍，雨腳也慢慢收束了，忽然間又重新點滴淒清起來，那種捉摸不到，萬分彆扭的神情真可以做這

個啞謎一般的人生的象徵。（梁遇春〈春雨〉）

我只懂得買微波爐食品，既便宜又方便烹調——如果加熱也算是烹飪技術的話。不過，我難免覺得不甘心——因為，我對超市的其他生鮮食品好奇極了，卻只能氣憤自己只懂得用微波烤箱。（紀大偉《戰爭終了》）

貪心

【貪心】貪得無厭，不知滿足。

【貪婪】貪求無度，不知滿足。

【貪求】貪圖獲得好處。

【貪心不足】貪多而不知滿足。

【貪得無厭】貪心而不滿足。

【得寸進尺】得到一些利益，即想進而獲得更多利益。比喻貪得無厭。

【得隴望蜀】比喻貪得無厭，不知滿足。

如果林秀雄隨隨便便讓村人的迷信和貪婪來迎接縣政府的道路工程人員在五寮砍伐山林老屋，那麼他的書就白念了。反過來說，他已經念了這麼多書，就不能坐令村人無視於他的存在。（張大春〈如果林秀雄〉）

香菱笑道：「好姑娘，你趁著這個工夫，教給我作詩罷！」寶釵笑道：「我說你得隴望蜀呢！我勸你今兒頭一日進來，先出園東角門，從老太太起，各處各人你都瞧瞧，問候一聲兒，也不必特意告訴他們說搬進園來。……」（清．曹雪芹《紅樓夢．第四十八回》）

得意

【得意】如其心意而有所成就或引以自豪。

【自得】自覺得意。

【抖】俗稱得志、得意為「抖」。多含諷刺的意味。

【美】得意。

【飄飄然】輕飄飄，宛如浮在空中。形容人陶醉得意的樣子。

【得意忘形】因高興而物我兩忘。後用來形容人高興得忘其所以，舉止失去常態。

【怡然自得】欣悅自得的樣子。

【自鳴得意】自命不凡，洋洋得意。

【沾沾自喜】自以為得意而滿足。

【洋洋得意】十分得意的樣子。

【躊躇滿志】自得的樣子。

【搖頭晃腦】頭搖來搖去。形容自以為是或自得其樂。

【搖頭擺尾】本指動物擺動頭尾，借以形容人高興、得意或悠然自得的神情。

【顧盼自雄】形容左顧右盼，自視不凡，得意忘形。

【揚眉吐氣】揚起眉毛，吐出胸中悶氣。形容擺脫長期壓抑或欺辱後的興奮神情。

我在火車上又叫又鬧，哭著說：上課要遲到了，而且數學作業也沒做完，我死定了。我爸很得意又不失風度的安慰我：這輛火車只會往花東開，不會去學校，要我放心，至於數學習作，他說，只要我知道一乘以一等於多少就行了。（李儀婷〈想念的記憶〉）

食譜是P給我的。有天去她家玩，她剛烤好一大盤紅蘿蔔蛋糕，肉質厚實濃郁，充滿乾果香，熱誠樸拙有田園風味，不像一般的粗淡甜膩。我向P學了做法，回家後興致勃勃做起來，初學上手躊躇滿志，一連烤了幾次，沉浸在穠麗的甜香裡。（蔡珠兒〈紅蘿蔔蛋糕〉）

失意

【失意】不如意、不得志。

【惆悵】悲愁、失意。

【悵悵】失意的樣子。

【悵惘】惆悵失意。

【惘然】若有所失的樣子。

【悵然】憂思失意的樣子。

【憮然】悵惘若失的樣子。

【惝怳】失意、心神不安的樣子。音ㄔㄤˇ ㄏㄨㄤˇ。

【垂頭喪氣】低垂著頭，意氣消沉，形容失意沮喪的樣子。亦作「低頭喪氣」、「垂首喪氣」。

誰道閑情拋棄久。每到春來，惆悵還依舊。日日花前常病酒，不辭鏡裏朱顏瘦。 河畔青蕪堤上柳。為問新愁，何事年年有？獨立小橋風滿袖，平林新月人歸後。（馮延巳〈鵲踏枝〉）

教堂過去是文理大道，往上延伸到相思林。一切景物都如此熟悉而親切。犬度鐘在教堂下方的林樹裡沉靜，稀落的人影偶爾在林間小徑閒步。我的心情依然悵惘，遠去的笑語歡聲，就像逝去的歲月，再也尋不回來。（吳鳴〈悲涼之秋〉）

時光機器當然是在不停洗滌我們身上青春的痕跡，你年輕時喜歡的歌在勞碌發福的中年生活中不知不覺成了絕唱，而你並無一絲懷念。有一次我偶爾翻出約翰丹佛的磁帶，所謂的懷舊心情使我把它放進了收錄機的卡座，但我聽見的只是一種刺耳的失真的人聲，我曾迷戀過的那位歌手用卡通人物的配音為我重溫舊夢，不禁使我悵然若失。（蘇童〈青春〉）

步徙倚而遙思兮，怊惝怳而乖懷。意荒忽而流蕩兮，心愁悽而增悲。神儵忽而不反兮，形枯槁而獨留。（戰國・屈原《遠遊》）

有意、無意

【故】有意、存心。

【故意】存心、有意。

【有意】故意。

【蓄意】蘊積已久的意念。

【有心】故意、有意。

【存心】心懷某種意念、居心。

【成心】故意。

【無意】並非故意。

【無心】不是故意的、並非存心如此。

灰灰又懶又煩地看看姊姊。綠褂子在她身上像塊豔麗的抹布。媽成心這樣做。讓你明白不是人人都能讓色彩有某種內容。灰灰想媽把這太妙而讓人不得安生的綠褂子給了姊姊是討他歡心，也報復著他。（嚴歌苓〈家常篇〉）

過了一陣子，百無聊賴的我就在候機大廳逛。逛著逛著，無意間又看到那位朋友，他正往出境門行去，身旁是一位看起來與他同行的女子。我見過他太太，而這位顯然不是。我是不是看到不該看到的祕密了呢？（陳雨航〈旅行中與熟人不期而遇〉）

特意

【特】特別。

【特地】專為其事。

【特別】特地。

【專程】特地。

【特意】專程。

【特為】特地、專程。

【專】特地。

他穿黑色的長衫，撐黑色的布傘，傘下是他整齊的濃髮與深沉的黑眸。我總覺得他那天是特意來找妳的。我記得他在妳面前停下來問妳：「在做什麼？」我只聽妳淡淡的說：「很悶，在看雨。」妳總是

那麼淡淡的，好像什麼也提不起妳的興致。（羅蘭〈雨中的紫丁香〉）

我特別喜歡聆聽那些精神病患，告訴我他們神奇的狂想與感受，那就像是一個我無意間錯過的夢想，或無能為力抵達的宇宙。他們是那麼努力地描述，熱忱簡直逼近一首情詩。雖然有時就如作者寫給讀者的情詩，真的太隱晦了，不但讀者看不懂，連作者自己都不懂，但還好那種情感本身是懂的。（鯨向海〈還好〉）

寧願

【寧】情願、寧願。表示選擇後的結果。

【寧願】情願、寧可。

【寧可】寧願。在不很滿意的情況中，權衡後所做的抉擇。

【寧肯】寧可。

【情願】寧願、寧可。

他說：他學那三道湯的過程，其間嚐盡了不足為外人道的艱辛和異鄉漂泊的孤獨。他說如果上帝能讓他選擇，他倒是寧願在廚房裏按客人點餐而烹飪。而不要得這個神祕的脊椎側彎。（駱以軍〈大麻〉）

上海的女人特別重視家庭。她們要自己的家庭有一個好的狀態，愛不夠地愛著孩子。她們重視他人的印象和批評。上海的女人極少有邋遢的，她們寧可委屈肚子也不願委屈了服裝。在沒打扮好之前，寧可遲到也不會出門。穿衣是她們最重要的永遠不畢業的宗教般的一門功課。（陳村〈上海女人〉）

二 情感與情緒

1 情感

情感

【情感】內心有所觸發，而產生喜、怒、哀、樂等的心理反應。
【感情】受外界刺激所產生的情緒。
【情緒】由外在的刺激或內在的身體狀況，所引起的心理反應。

【感觸】因外界事物的影響而觸動內心的感情。
【情素】內心的感情。亦作「情愫」。
【情操】由感情和思想綜合起來的、不輕易改變的心理狀態。
【情意】情緒、心情。

【情思】情感和心思。
【心意】情意。
【厚意】深厚的情意。
【深情】深厚的情誼。
【熱情】熱烈的情緒。
【溫情】溫厚的情感。
【柔情】溫婉的情意。
【豪情】豪放的感情。

【好感】對人對事有滿意或喜歡的感覺。
【惡感】不好的感覺。
【反感】反對或不滿的情緒。

由此我也知道，自芬的心靈，是多麼的真摯純淨，一如她的名字，自然芬芳。也只有這樣的心靈，才能觀照出如此品類繁多的花事之美，也才能見出人所未能見的諸般迷人韻致。而她流露於筆墨的更是

豐富的情感和深邃的哲思，所以寫花也在寫人，寫人何嘗不也在寫花？（曾永義〈花事之美——序高自芬《吃花的女人》〉）

九號的門最難敲開。你不能光敲，必須呼叫，主人聽出來人的聲音耳熟，才會來開門。不僅有防盜鐵門，木門上還有鐵栓、安全鏈、大小兩三把鎖，組成了立體的鋼鐵防線，即使主人自己，不費一番努力也是開不了門的。老兩口對有幸入門的客人都很熱情，泡糖茶，遞香菸，端上水果。房內打掃得窗明几淨，幾枝月季在客套話的滋潤下盛開著觸目嫣紅。（韓少功〈鄰居〉）

書包給出後我有一點淡淡的後悔，到底是自己背了三年的包包。但我不是太戀物的人，送了就送了吧。回想起來，一定是對那學長有些好感才會那麼大方就送他吧！畢業後從未聯絡，也不曾想起過，現在我居然還清楚記得他的名字和長相，自己也覺得意外。（宇文正〈書包〉）

心情

【心情】心神、情緒。

【心潮】像浪潮般起伏的心情。

【心意】意思、意念。

【心地】心境、心態。

【心境】心中苦樂的情緒。

【心懷】心中想法或意念。

【心緒】內心的情緒。

【心思】意念、思緒。

【心腸】心意、想法。

冬日來到法國香檳區的Reims，景觀和夏天大不一樣，觀光客很少，我們在傍晚細雨中去聖母院大教堂，雨中打著燈的教堂光影迷離，美得不可思議，進入教堂內，竟然全教堂除了我們外只有另一人，再加上賣教堂紀念品的人員，和多年前夏天來遇到好幾團觀光客的情狀大不相同，旅行時心境最重

要，能靜下心來才能窺得旅行的真趣。（韓良露〈冬日的香檳旅程〉）

這夜真靜。風敲打窗子的聲音如鼓之沉沉、如嗩吶之蕭蕭，空空洞洞，細細碎碎，催促著秒針一無止境的蹀躞，滴滴答答，淒悄淒悄。偶而還傳來風吹過屋外檐間的嘯聲，花葉跌落地上的吵吵雜雜；空氣裡迴盪著夜晚特有的雰圍，冷肅。冷，不必然是天氣的冷熱，而是一種心緒，冷然的孤獨；肅，也非肅殺，而是情境的蕭肅。（向陽〈靜夜之思〉）

流理台上，輪流擱著幾只身世殊異的杯子。也包括這只。使用時總微感驚訝，它杯口雖闊，卻不過分張揚，不至於拿它裝可可牛奶的程度；亦不算心腸窄仄，偶爾沖一杯普洱茶仍還合適。（孫梓評〈黑雪〉）

心事

【心事】心裡惦記、掛念的事。

【心曲】心事。

【衷情】內心的情感。

【衷曲】內心的情意。

【衷腸】內心的情意。

【苦衷】難以啟齒的實情。

【隱衷】不願告人的心事。

【難言之隱】藏在內心深處，難以說出口的事情。

雖然窗外長空淋淋，室內的所有聲響在雨夜卻變得格外清晰，平常不入耳不經心的皆被裝了音質極佳的擴音器，不但具有立體聲，還有環繞效果，連水龍頭沒關緊都特別容易被發現，自己的存在也顯得格外分明。牆上的時鐘像是在數著雨聲，喀、喀、喀、喀、喀、喀、喀，每一步都踩在最不該踩的地方——把所有的心事踏得又緊又實，毫無逃逸的可能。（田威寧〈夜雨〉）

宋太太的心酸話較多，因為她先生宋協理有了外遇，對她頗為冷落，而且對方又是一個身段苗條的小酒女。十幾年前宋太太在上海的社交場合出過一陣風頭，因此她對以往的日子特別嚮往。尹雪艷自然是宋太太傾訴衷腸的適當人選，因為只有她才能體會宋太太那種今昔之感。有時講到傷心處，宋太太會禁不住掩面而泣。（白先勇〈永遠的尹雪艷〉）

情分

【情分】情感和緣分。

【情義】人情與義理。

【盛情】濃厚的情意。

【恩情】恩惠，深厚的情義。

【情面】情分與面子。

【人情】情誼、情面。

【魚水情】形容彼此情誼非常親密，有如魚水相諧。

【情誼】友誼、交情。

【厚誼】深厚的情誼。

眉，娘真是何苦來。她是聰明，就該聰明到底；她既然看出我們倆都是癡情人容易鍾情，她就該得想法大處著墨，比如說禁止你與我往來，不許你我見面，也是一個辦法；否則就該承認我們的情分，給我們一條活路才是道理。（徐志摩〈愛眉小札〉）

因為他們夫婦間的衝突，原是由於她叔父的土地問題而開始激化，所以她現在又想起來了，她覺得丈夫的不顧情面，煽動農民和叔父作對，分明是一種對於自己淡漠的表示，為爭回隸屬於己的夫底愛情，和保持做妻的尊嚴，是不能不與之抵死力爭的。因此，決裂的種子，也就愈加萌芽起來了。（楊守愚〈決裂〉）

2 激揚

感動

【感】受到外來刺激所引起的情緒反應。

【感動】因外界影響而受到觸動。

【感觸】因外界事物的影響而觸動內心的感情。

【感懷】內心有所感觸。

【動】因外界的事物或情景而引發內心的感觸。

【觸動】因外界的事物或情景而引發內心的感觸。

【動心】內心受到外界刺激而有所感動或動搖。

【動容】因感動而改變臉色。

【動人】感動人。

【打動】用言語、行動使別人感動。

【感染】影響。

【感人肺腑】形容使人深受感動。

【動人心弦】感人至為深切，能引起共鳴。

【觸景生情】看見眼前景象而引發內心種種情緒。

【即景生情】由眼前的景象而引發某種情緒或感想。

【百感交集】各種感受混雜在一起。比喻思緒混亂，感情複雜。

話說杜甫有一回舉家逃難，在荒山野嶺狼狽數日，終在一個夜裡到了故人孫宰的寨子，孫先生招待大詩人是先煮了熱湯——「煖湯濯我足」詩人特別這麼記載，那自腳底穴道竄入全身的熱量，消除了疲勞，感動了詩心，詩人永生感懷。（徐國能〈湯〉）

藥妝店的店員也深知這樣的角色扮演。她會問你有什麼皮膚問題，而沒有女人敢說自己皮膚沒問題的，因此我囁嚅說我容易過敏。她便讓我試用某種新的精華液在手背上。如同眾所周知的定律，所有的試用品在店裡使用的效果永遠都比家裡的那些有效。我動心了，但還舉棋不定。她又讓我試了其他

的產品，一會兒我的手背已經滋潤得光可鑒人了。（柯裕棻〈藥妝店〉）

激動

【激動】 感情激昂。

【激情】 強烈而激動的情感。

【衝動】 因情緒過於激動而訴諸非理性的心理活動。

【悸動】 因情緒激動，導致心跳加速。

【興奮】 精神振作，情緒激動。

【感奮】 因受到刺激而奮發。

【亢奮】 極度興奮。

【熱烈】 高度情感的表現。

【緊張】 情緒惶恐不安。

【激昂】 形容情緒激越昂揚。

【昂揚】 激昂、奮發。

【高昂】 激昂高揚。

【沖沖】 情緒激昂、感情激動的樣子。

【慷慨】 志氣昂揚。

【慷慨激昂】 志氣高昂，情緒激揚。

【情不自禁】 感情激動到無法自制。

【血氣方剛】 形容年輕人精力旺盛，易於衝動。

玟玟聞了聞大鵬的襯衫，除了酒味外，還有一股濃濃的女人香水味道。她把衣服翻了翻，竟然發現領口附近，還有女人的口紅印漬。玟玟有點激動，立刻放下襯衫，拿著名片，走出浴室，拿起客廳的電話開始撥名片上的電話。（侯文詠《帶我去月球．6》）

魏建綱不曾想到會這兒碰到她，毫無思想準備，一時情緒衝動，把原則、立場、前途、思想改造的計劃和向組織上遞的保證全部丟光，赤條條現出一個人的形狀來，撲上去一把抱住了趙娟娟，眼淚也簌簌地流。（高曉聲〈跌跤姻緣〉）

每一扇門都緘口不語，似乎銜含著許多祕密。獨自走過這樣的巷子，聽著自己腳步的回聲，心中常常會掠過一陣難言的悸動。某一扇門邊的門鈴誘惑著人伸出手去，但終究是不敢。偶爾會有一兩片落葉

從圍牆之內無聲無息地飄出，這暗示了什麼呢？（南帆〈巷子〉）

我在他的號令下兩手輕揚，白鴿就拍著翅膀飛了出去，簡武次看著我，第一次興奮的笑了起來。他舉起插在鴿籠邊的竹子，上面繫著一面紅色的三角旗，他用力的在風中揮著，我與他一起，看著遠方的鴿子，好像自己也能飛翔，能夠把年輕生命中的困頓與哀傷，遠遠的拋擲到腦後一樣。（周志文〈白鴿〉）

振奮

【振奮】振作奮發。
【奮發】激勵振作。
【振作】奮發。
【抖擻】奮發、振作。
【激發】激揚奮發。
【煥發】振作。
【風發】比喻快速而勢盛。
【勃發】形容精神煥發。
【激揚】激昂高亢。
【鼓舞】因歡悅而興奮。
【來勁】有勁頭或幹勁。
【帶勁】有力量或活力。
【朝氣蓬勃】形容精神振作，充滿旺盛的活力。
【意氣風發】形容精神振奮，志氣昂揚的樣子。
【生龍活虎】比喻活潑勇猛，生氣勃勃。

囚服去身，陽光重沐。聶紺弩的情緒該振作，心情應舒暢。可我感覺他的心情並不怎麼好，脾氣也不夠好。母親的解釋是：有本事的人，都有脾氣；有本事的又有冤枉，脾氣就更大了。（章詒和〈斯人寂寞：聶紺弩晚年片段〉）

歷史上留下了陸機臨刑前想聽一聽故鄉「華亭鶴唳」的悲壯淒厲歌聲，陸機到臨刑前也還是英姿風發。但是，讀帖的時候，我卻想到了陸雲，那個一直跟在英雄哥哥身邊的少年，個性溫和優雅包容，不知道他在行刑前是不是也有什麼沒有說出來的心事？（蔣勳〈鬼子敢爾〉）

3 消沉

頹喪、消沉

【懊喪】失意而沮喪。
【頹喪】消極頹廢的樣子。
【頹然】乏力欲倒的樣子。
【頹廢】精神委靡不振。
【頹靡】頹廢衰敗，委靡不振。
【委靡】頹喪，不振作。亦作「萎靡」。
【頹唐】委靡不振。

【消沉】心志衰頹不振。
【低沉】情緒低落。
【沉重】情緒低沉。
【黯然】心神沮喪的樣子。
【黯淡】景象悲慘的樣子。
【掃興】打消原有的興致。
【敗興】破壞興致。
【嗒然】失意、沮喪的樣子。嗒，音ㄊㄚˋ。

【懨懨】精神萎靡的樣子。懨，音ㄧㄢ。
【灰】志氣消沉、沮喪。
【灰溜溜】形容臉色灰暗無神，心情低落。
【蔫】音ㄋㄧㄢ，精神委靡不振。
【蔫溜溜】精神委靡不振的樣子。

【蔫不唧】心情低落、頹靡不振的樣子。唧，音ㄐㄧ。
【無精打采】情緒低落，精神委靡不振。
【黯然神傷】情緒低落，神情憂傷。

假使在別的人，這應該是個不尋常的日子，應該要歡天喜地、快快樂樂。要坐咖啡館或者看場電影。然而我卻感到深深地懊喪和幻滅。我感到一陣火熱的東西。也許就是一團火，從心底燒起，然後一點一點的擴散到周身；我感到脖子開始在發燒，它轉到臉孔、耳根，又轉到腦頂。什麼地方都發脹、都燒熱，頭髮一根根在腦頂上豎立起來。（鍾理和〈薪水三百元〉）

老實說找之所以如此不厭其詳地細述那通電話，確實因為掛上電話後我整個人嗒然若失地停頓思考，而恍如迷失霧中的沮喪、屈辱乃至憤怒，一點一點自黑暗底層叢聚浮起。那樣的畫面令我印象深刻。幾乎可以說是這些年來潛藏在我意識底層的一條灰蛇。（駱以軍《遣悲懷‧後記》）

太多不可預測的情況，使我染上淡淡的憂鬱。學生總是興高采烈的，也不太同意我的無精打采，黃昏時候，他們買來便當或者漢堡，我們就在校園裡安靜的野餐，挑選了錢穆先生的「素書樓」，綠蔭深處的石階上，把吃食攤展開來，覺得好豐盛。（張曼娟〈夏天赤著腳走來〉）

我上大學之後就離開了小鎮，其他家人也陸續遷出，但我每年還會回去幾次，雖然我出生外地，但長於斯學於斯，在情感上言，小鎮也算我的故鄉，它又是我母親的埋骨之所，我總要不時的回去祭掃，然而每次回去，都會或多或少的牽引出黯然神傷的情緒。（周志文〈路上所見〉）

落寞

【落寞】寂寞、冷落。

【寂寞】孤單冷清。

【空虛】內心寂寞無充實感。

【冷落】蕭條、冷清。

【孤獨】孤單寂寞。

【孤單】單獨無依。

【孤寂】孤獨寂寞。

【孤絕】形容格調氣韻極高，無人可與之相比擬。

【伶仃】孤獨無依的樣子。

【零丁】孤單沒有依靠的樣子。

【孑立】孤立。孑，音ㄐㄧㄝˊ。

【煢煢孑立】形容人孤苦伶仃、沒有依靠的樣子。煢，音ㄑㄩㄥˊ。

【孤立】獨立無助。

【無助】孤單無援。

有一天我們愛戀了，又失去了，而後又重回一座城市快速、善變的節奏時，終於發現看似沒什麼改變的自己，已經是一粒曾經溼潤飽滿的沙了，如今滿載乾涸的渴望，開始懂得寂寞。沒有期待的孤立，

永遠不是寂寞。（蔡詩萍〈就算最後總是寂寞〉）

我的世界同樣混亂，我也一度陷入孤獨而危殆的情緒中，幸好我沒有像梵谷那麼樣的神經質與創造力，當然也沒有隨之而來的自毀。我在梵谷布滿驚飛烏鴉的麥田徘徊了一陣子，終於又涉險若夷的走了出來。（周志文〈梵谷之路〉）

第四度到香港了。若朱天文的〈不結伴旅行者〉，說的是人們以唯物觀對抗孤絕寂寞，任憑城市萬象濤湧而來，說是自我不存在，則也必然無所謂孤寂——那香港對旅行者而言，必然是一座完美的城市。唯物之城，觀覽購買，別類分門，理清物之排序與編列，香港的一切運行疾如雷電，人在其中，怎來得及感知歷史。（羅毓嘉〈香江拾遺〉）

4 平靜

心靜

【心靜】 心中平靜安寧。

【靜心】 心思不亂動。

【平靜】 安定詳和。

【寧靜】 安靜、平和。

【沉靜】 沉穩閒靜。

【恬靜】 恬然安靜。

【安寧】 安定平靜。

【寧帖】 安寧、平靜。亦作「寧貼」。

【坦然】 坦白、心安，處之泰然的樣子。

【釋然】 因疑慮、嫌隙等冰釋而放心。

【泰然】 閒適自若的樣子。

【平心靜氣】 形容心情平和，態度冷靜。

【心平氣和】 心氣平和，不急不怒。

由於我都選擇住在巴黎左岸六區聖哲曼德佩一帶，我的早餐會在聖哲曼一帶換不同的咖啡館吃，選早餐的地方絕不只是為食物，通常都要找一大早可以讀報、靜心的地方，想想今天要做那些活動，如果當天又要看美術館又要逛街，估計自己會太累時，就不會安排自己去吃大餐，有時中餐只會吃法式三明治，晚餐則找簡樸的賣鄉土家常菜的小館放鬆吃喝。（韓良露〈美好時代的巴黎Brasserie〉）

說實話，文學圈子向來不是個好去處。這裡無風也起浪。你沒成就沒本事，別人瞧不起；你有能力有成績，有人又瞧著不順眼。你懶惰，別人鄙視；你勤奮，又遭非議；走路快，說你趾高氣揚；走路慢，說你老氣橫秋。你會不時聽有人鼓勵出成果。可一旦真有了成果，你就別再想安寧。（路遙〈早晨從中午開始〉）

我的不加掩飾的好胃口，也引起了周圍人的驚羨，他們會對我父母說：這個小孩真能吃啊！其實那時節，誰不能吃？我想，他們驚羨的只是一個孩子能夠如此坦然地表達出旺盛的食欲。（王安憶〈生死契闊，與子相悅〉）

鎮靜

【冷靜】沉著、理智而不感情用事。

【鎮靜】鎮定沉著，從容不迫。

【鎮定】沉著穩定，臨事不亂。

【沉著】鎮靜而不慌亂。

【沉住氣】克制感情，以求鎮靜。

【理智】用理性和知識去思考、辨別，而不憑感情衝動做事。

【理性】理智、冷靜。

【從容】舒緩悠閒的樣子。

【自若】態度自然如常。

【安詳】形容人舉止從容不迫。

【不動聲色】一聲不響，不流露感情。

【若無其事】好像沒有那

麼一回事。形容神態鎮靜、自然。

【行若無事】舉止行為鎮定從容，彷彿沒有發生過任何事。

【行所無事】行為舉止從容，不慌不忙，好像沒有發生事情。

【從容不迫】沉著鎮定不慌張。

【好整以暇】原指軍隊步伐嚴整，從容不迫。後多形容在紛亂、繁忙中顯得從容不迫。

【不慌不忙】形容人舉止從容不迫。

【不疾不徐】不快不慢，形容能掌握事情進展的適當節奏。

這時坐在電視機下的一位少女，看來像個上班族，從提袋中好整以暇拿出手帕舖在腿上，伸手在袋中抓出一把瓜子，開始卡卡卡的嗑起來，時而噘著小嘴，把瓜殼吐在手帕上，身子隨著車子的顛簸擺動，竟像風中的楊柳，無論怎麼晃動，總是從容優雅，早就將公交車當成長途客運了。（賴瑞卿〈在半坡的路上〉）

她裝得若無其事，端起了茶碗。在寒冷的親戚人家，捧了冷的茶。她看見杯沿的胭脂漬，把茶杯轉了一轉，又有一個新月形的紅迹子，她皺起了眉毛，她的高價的嘴唇膏是保證不落色的，一定是楊家的茶杯洗得不乾淨，也不知是誰喝過的。她再轉過去，轉到一塊乾淨的地方，可是她始終並沒有吃茶的意思。（張愛玲〈留情〉）

菜刀已經架在肚子上了，幸好希大桿子趕到，大喝一聲，嚇得操刀的住了手。他不慌不忙，喝了茶，洗了手，把閒人全部喝出屋外。一個多時辰以後，屋裡有啼哭聲了，他又不慌不忙地出來喝茶。眾人進去一看，娃崽已經接生出來，產婦居然平安。（韓少功《馬橋詞典．鄉氣》）

5 放心與不放心

安心

【安心】無須掛念。

【安然】安定、平靜。

【塌心】心情安定。

【塌實】安定、安穩。

【踏實】切實認真。

【心安理得】行事合情合理，心中坦然無憾。

【高枕無憂】安臥閒適而無憂慮。

【安慰】心中感到快慰，沒有遺憾。

【欣慰】既高興又安慰。

【快慰】心裡痛快而感到安慰。

隔著門，仍能聽見從廚房傳來切菜有節的聲響，鍋碗碰撞的清脆，父親遊走廚房的腳步時而輕盈時而悶瑣，母親不若我們**安心**，頻頻探頭出聲：「別把碗砸破啊！」、「刀口不長眼！」（陳維鸚〈年夜飯後的元寶〉）

如今，小女孩已變大女孩，不會再跟我去澳門了。我只和她的母親同往，仍然只買最便宜的長鞭炮，仍然點燃，仍然聽那工作人員念念有詞。然而大女孩不在身旁，那種**踏實**感覺，終究打了八折。新年，從此有了一個缺口，補不回來了。（馬家輝〈新年的缺口〉）

不安

【不安】心裡感到不安定。

【忐忑】心神不寧的樣子。

【耿耿】心中掛懷、煩躁不安的樣子。

【惶惶】心中惶恐不安的樣子。

【坐立不安】形容焦急煩躁、心神不寧的樣子。

【忐忑不安】心緒起伏不定的樣子。

【惶惶不安】心中驚慌害怕，十分不安。

【惴惴不安】因害怕或是發愁而心神不安定。惴，音ㄓㄨㄟˋ。

【如坐針氈】比喻心神不寧，片刻難安。

【芒刺在背】因畏忌而極度不安。

【心慌意亂】心中慌亂無主。

【六神無主】形容心神慌亂，拿不定主意。

【作賊心虛】比喻做了壞事怕人察覺而內心不安。

老頭摘下花盆，囁嚅著嘴和自己討論一會，決定掛它到窗帘旁邊。那樣不妨事也好看。但他馬上不安起來，似乎對別人家務如此自作主張很不妥。很快他將花盆掛回原處，自己換了隻凳子坐。（嚴歌苓〈家常篇〉）

我們這一班被分配到城隍廟，就在大雄寶殿臺階下排排坐。另外兩班或者三班也在城隍廟，有的在註生娘娘那邊，有的在別的不知道甚麼神的龕前。我記得那段時期我上課總是忐忑不安的，香煙和金紙爐的氣氛令我持續處在一種恐懼的，神經質的境界。我不敢正視神祇的法相，尤其最怕進門左右兩邊站立的七爺和八爺。（楊牧《疑神・十四》）

這一對夫婦在走進領事館之際，心中還十分猶豫。因為他們的遭遇實在太荒謬了，不會有人相信的，所以他們心中，十分惴惴不安。誰知道，他們找到了領事館人員一說，領事館人員的回答，更令他們目瞪口呆。（倪匡《迷路》）

放心、擔心

【放心】安心。

【寬心】放心、安心。

【想開】凡事多從好的方面想，而不鑽牛角尖。

【想得開】豁達開朗，能化解心中的不滿與憂愁。

【想不開】不達觀。

【擔心】掛念、不放心。

【操心】勞費心力、精神。

【揪心】擔憂、不放心。

【懸心】掛念、不放心。

【掛心】心中繫念。

【掛慮】心中掛念。

【顧慮】顧忌憂慮。

【牽心】心中牽掛。

【牽腸掛肚】比喻極為操心。

沒有人知道安胎符出了毛病。自然也沒有人知道：林家的小娃娃出世之後，阿吉匆匆忙忙奔向村尾、探看究竟、以致跌斷門牙的原因如何。布袋戲班子逐漸消失在發往三塊厝的山路上，阿吉稍稍覺得寬心些——至少廖家的女人可以安然睡個午覺了。（張大春〈如果林秀雄〉）

她的敏銳，常令我發現自己的潛意識。我以為沒有人可以讀出我內心的憂傷和孤獨，我也以為自己已經完全克服了在感情方面的擔心，包括近日來發生在我和趙依晴之間的事情。沒想到她聽得出來。（吳若權〈三個夏天〉）

她總是昏昏沉沉，吃喝都沒有興致。就這樣，每年來一回，至少十幾天。她不像我，老是讓老人家操心，她從來都是安安靜靜的，生起病來也是，到她要出聲叫人的時候，大概已經痛苦不堪了。我過一會兒就要開個門縫看看她，幫著餵一點湯水。（亮軒〈甜美烈陽〉）

著急

【著急】焦慮、急躁。
【發急】著急。
【情急】希望立刻避免或獲得某種事物而內心著急。
【焦急】極度焦慮發急。
【焦慮】緊張不安的情緒狀態。
【焦心】心中憂急愁煩。
【焦躁】心焦氣躁。
【焦灼】非常焦慮、著急。
【心急】心中焦躁不耐煩。
【心焦】心中焦慮急躁。
【性急】性情急躁。
【乾急】心中白白著急，卻無法可施。
【乾瞪眼】形容在一旁著急，卻又幫不上忙。
【急赤白臉】焦慮急躁，臉色難看。
【心急火燎】心中十分焦急，如著了火一般。
【搓手頓腳】形容極為焦急或不耐煩時的動作。
【抓耳撓腮】抓抓耳朵，搔搔腮幫子。形容人在喜悅、生氣、焦急或苦悶時的神情。

羅定開始著急起來，但是他立即感到好笑，電梯如果停止不動了，也沒有甚麼大問題，何況再繼續向上升，電梯會升到甚麼地方去？至多升到頂樓，一定會停止的，難道會冒出大廈的屋頂，飛上天去？當羅定一想到這一點的時候，他笑了起來，笑自己可能太緊張了，所以感到時間過得慢。（倪匡《大廈》）

妳張開眼時，他起身出去。妳聽到他在客廳開燈，翻抽屜，到廚房輕壓熱水壺，接著注入半杯礦泉水，妳看他走進房間，哆嗦著身軀，為妳拿了杯溫水，手掌中放了一粒普拿疼。妳一口氣喝下半杯開水，要他先睡，自己把杯子帶回廚房。他在妳的額頭輕輕親了一下，眼神帶著關切與焦慮，好像在說他能做的也就是這樣了。（蔡詩萍〈妳很清楚身為女人一輩子的烙印〉）

四天前，在左營高鐵站等候壟丁快線時，我們三人邂逅了。這條快線五月才開始營運，結果六點的班

次遇到下班車潮耽擱了。我和他們夫妻都是第一次搭乘，等得心急，因而意外地結緣。（劉克襄〈恆春河北人〉）

6 熱情與冷淡

熱情

【熱情】感情熱烈。

【熱心】比喻人富同情心，或做事積極。

【熱腸】樂於助人、積極做事的個性。

【古道熱腸】形容待人仁厚、熱心。

【熱忱】誠摯熱心。

【熱誠】熱心誠懇。

【熱血】願意為理想、抱負犧牲一切的熱情。

【狂熱】對某種事物懷有極度熱情。

【親熱】親近熱絡。

【多情】富於感情。

【感性】一種個人風格。易表露情感，重視人際關係的和諧。相對於理性而言。

【浪漫】富有詩意，充滿感性氣氛。

【羅曼蒂克】充滿感性氣氛。為英語romantic的音譯。

我是明白的，熱血青年們覺得廣東話近年受到內地官方壓迫，焦慮了，緊張了，由之激化對立，有人在抗議時高舉標語，囂張地說，「廣東人講廣東話，唔識聽就返鄉下」，把其他語言社群排斥在外。對的，廣東人講廣東話，半點不錯，完全有權，可是，唔識聽的人為什麼要被迫返鄉下呢？（馬家輝〈沒有人是贏家〉）

臉書讓我狂熱至極。對我這個愛聽歌的人來說，臉書實在有太大的功用，聽到好聽的歌，馬上就可以貼出來給大家聽，對我這個性害羞內向的人來說，著實透過一首歌說出我內心的小祕密，搶先所有人貼了一首好聽的歌，小小的優越感頓時爆衝。（陳誌哲〈按下最後一個讚〉）

他的藝術是把一切最好的可能表現出來，沒有不及，更沒有任何誇張，好像那是所有樂器的本來面目，圓號（Horn）本來就該那麼亮麗，長笛（Flute）就是那麼婉轉，巴松管（Bassoon）就該那麼低沉，豎琴（Harp）就該那麼多情，雙簧管（Oboe）就該那麼多辯，單簧管（Clarinet）像個害羞的演說家，遇到機會也會滔滔不絕起來，讓人知道它也能長篇大論……，原來那是它們的當行本色，以前被作曲家埋沒了，現在有人讓它好好展現，終於讓人驚訝於它的天顏。（周志文〈聽莫札特〉）

冷淡、無情

【冷】淡漠、不熱烈。
【冷淡】冷落、不親熱。
【冷漠】冷淡、不親熱。
【淡漠】冷淡、冷漠。
【淡薄】平淡、清靜。
【漠然】不關心或不相關。
【淡然】不在意、不經心。
【淡淡】態度不熱烈、冷淡的樣子。
【冷冰冰】形容態度冷漠、嚴肅。
【冷若冰霜】形容態度極為冷淡。
【漠不關心】冷冷淡淡，毫不關心。
【漠然置之】冷淡不在意，將事物放置一旁。
【冷眼】冷淡、輕視。
【無情】沒有感情。
【薄情】寡情。
【寡情】缺少情感。
【無動於衷】對應該關心的事毫不關心。

不過，對他來說，龜島並不是隨時可以和朋友分享的，即使細管也是。有一次細管找不到他，自己游到島上看看，發現他躺在那裡發呆，小里對他的出現很冷淡，沉默不說話，細管看他悶不吭聲，又跳進海裡游走。（花柏容〈龜島少年〉）

母親髮上的顏色給了我／又還為原來的白／父親眼中的神采傳了我／復現歸隱的淡然／一個很美的名字／我過份依戀的地方（萬志為〈家〉）

身邊只有母親和我，母親為她更衣，我替她梳頭，其實她已無髮可梳，頭禿得厲害，一陣鬱悶，躲進房間發愣，母親因此怪我薄情。每當她需要我的時刻，我就是無情以對，多麼難理解的感情，不能得到她的愛，比得不到母親的愛還痛苦。（周芬伶〈老電影〉）

本來只弄鋤頭過日，連小可（細微）的雞母相踏都要引為話柄的田庄人，一經歷遊島都和博覽會場，好比遊月宮回來還要歡喜，大讚而特讚著，引得不得去的人，羨慕萬分。斗文先生雖然無動於衷，但每次聽著他們的稱讚，免不得總要傾耳細聽。然而可怪而又使他失望的，是從他們口裏所出的臺北市街大都不是昔日的地名了。（朱點人〈秋信〉）

7 發洩與克制

發洩

【洩】發散、發抒。

【抒發】表達、發抒。

【盡情】儘量滿足自己的情感，不受拘束。

【發洩】放散出來。

【抒情】抒發感情。

【縱情】盡情放縱。

【宣洩】疏通發洩。

【動情】發生情感。

【忘情】放縱感情，失去節制。

我們早已不相信詩是全部感性的產物了，我們相信理智和知識是檢驗感性幻想的基礎，何況就像你的作品所宣洩的，感性縱使一定見於田園山水，也見於都市的白晝和暗夜——這裏的一切同樣動人，通過你理智和知識的檢驗，催化為藝術的結構，含蘊著大小適度的主題，以準確的修辭細節表現出來，完成一首詩。（楊牧《一首詩的完成·生存環境》）

在這晚之前，她已經連續看了七個下午的天光戲，第一天破台祭白虎，優天影粵劇團的武生姜俠魂，扮演伏虎的趙公明，倒騎被打敗的白虎揚長下場，台下黃得雲忘情的拍手叫好。散戲後，她在戲棚後台一棵矯健如龍的紅棉樹下找到了他，姜俠魂的武生柳綠綢褲波浪起伏，撩撥投向他的目光。（施叔青《她名叫蝴蝶·第五章》）

克制

【克制】克服抑制。

【遏止】阻止、防制。

【抑制】壓抑控制。

【抑止】壓制遏止。

【壓抑】抑止或限制自己的情感、思想和行為。

【自持】自我控制。

【自制】對自己的欲望、情感、行為加以約束，不使越出常軌。

【按捺】抑止、忍耐。捺，音ㄋㄚˋ。

【平】壓抑。

【憋】壓抑、強忍著。

【強忍】強迫忍住。

到歐菲斯這把年紀，談不上有錢有勢，卻總比年輕人有些閒有些錢有些成熟有些體貼，沒有一點外遇機會的，還真是不多呢。差別只在，有些男人克制功夫好，輕輕沾一下，即時就脫身，絕不讓外遇破壞了現有的家庭生活。（蔡詩萍〈女人即使外遇也認真得讓男人驚懼〉）

當她送我到劇校時，眼淚不能遏止地如斷線的珍珠，或許她已經聽聞，要變成一個唱戲的角兒，不知道要挨多少的鞭子，她總是對我輕聲細語，不曾更不捨得動孩子一根寒毛，如今卻把心肝兒送進嚴酷的監牢中；相較於過去必須有人把我從母親身邊拉扯開來的場景，我這次並沒有哭，我很平靜地對她擠出微笑，進入劇校的第一天，我決定認命……（吳興國〈自我學戲的那天起〉）

第一次他到黃家來做客，戴禮帽，衣飾得體，宴席上十分沉默，黃得雲以為英國人到華人家中做客，不肯輕易開腔，唯恐有失身分。後來有了來往，才發現他拘謹自制，控制自己的感情，也不善於辭令。（施叔青《寂寞雲園·第一章》）

忍耐、忍不住

【忍】抑制、強抑。

【忍耐】按捺住感情或感受，不使發作。

【忍受】忍耐承受。

【容忍】包容、忍耐。

【隱忍】忍耐著不動聲色。

【唾面自乾】比喻逆來順受，寬容忍讓。

【忍氣吞聲】受了氣也強自忍耐，不敢作聲抗爭。

【逆來順受】以順從的態度接受惡劣環境或不合理待遇。

【低聲下氣】因謙卑或者懼怕，口氣順從小心。

【唯唯諾諾】順從而無所違逆。

【忍不住】不能忍受。

【禁不住】抑制不住。

【不由得】忍不住、不能自制。

【難忍】難以忍受。

【難耐】無法忍耐。

【忍無可忍】忍耐到了極點，無法再忍受。

山腰小路的盡頭，得穿過別人家的廚房，回到重建街，然而你們走避不及離開這條最老的街道，忍受著重回現實穿過魚鮮攤豬肉鋪、終年炸魚酥的大油鍋、雍正年間建廟的福佑宮，小心別被客運撞到的走在窄小的中正路上，不會太遠，你們像回到家似的熟門熟路拾級而上渡船口正對的窄巷……（朱天

心〈古都〉）

三藏聽言，心中暗道：「可憐啊！我弟子可是那等樣沒脊骨的和尚？」欲待要哭，又恐那寺裡的老和尚笑他，但暗暗扯衣揩淚，忍氣吞聲，急走出去，見了三個徒弟。那行者見師父面上含怒，向前問：「師父，寺裡和尚打你來？」唐僧道：「不曾打。」八戒說：「一定打來；不是，怎麼還有些哭包聲？」那行者道：「罵你來？」唐僧道：「也不曾罵。」行者道：「既不曾打，又不曾罵，你這般苦惱怎麼？好道是思鄉哩？」（明・吳承恩《西遊記・第三十六回》）

當有學生忍不住在私下聊天時問起，老師，妳看來這麼溫和，當年怎麼會參加學運呢？我有時不想回答，有時也許就說，一切都要怪二十年前的那一天，黃昏的校門口，那首叫做「美麗島」的歌是如此迷離與動人。（范雲〈那個黃昏，第一次聽到美麗島的歌聲〉）

禁受、禁不住

【耐】忍受、承受。
【禁受】忍受。
【承受】接受。
【禁得住】承受得了。
【禁得起】承受得住。
【禁不住】承受不起。
【禁不起】承受不住。
【不禁】控制不住，禁不起。
【不由得】忍不住、不能自制。
【由不得】不禁、不得不。
【不由自主】不能自制，由不得自己。
【不能自已】無法控制自己激動的情緒。

晃盪久了，我們也都知道夜市旁有一條巷子，兩旁全是妓女戶，因此聽到這一則夜市奇譚時，大家不禁全身發冷，起一陣雞皮疙瘩，彷彿親眼目睹女孩無助哭泣的身影，而那個貌似和善的中年婦人出現在街

尾，正一步步向她走來，背景則是夜市打烊之際、一片漸漸熄滅的朦朧燈火……。（郝譽翔〈暗影〉）

對雨雪的崇拜和眷戀，最早也許是因為我所生活的陝北屬嚴重的乾旱地區。在那裏，雨雪就意味著豐收，它和飯碗密切相關——也就是說，它和人的生命相關。小時候，無論下雨還是下雪，便會看見父母及所有的農人，臉上都不由自主地露出喜悅的笑容。要是長時間沒有雨雪，人們就陷入愁苦，到處是一片歎息聲，整個生活都變得十分灰暗。（路遙《早晨從中午開始·二十三》）

法國鋼琴家提鮑德（Jean-Yves Thibaudet）來自相當特殊的德法聯姻家庭。兄姐皆是父親前妻的子女，和他年齡差距也大，對這小弟卻甚為疼愛。只要提鮑德在家鄉里昂開演奏會，哥哥一定參加：「有好幾次我在台上演奏，只見哥哥坐在底下出神地欣賞，音樂結束後淚流滿面不能自已——這是最令我感動的鼓勵了！」（焦元溥〈你如何聽音樂？〉）

8 愛

愛

【愛】喜好、親慕。

【熱愛】十分喜愛。

【深愛】深深的喜愛。

【厚愛】深愛。

【摯愛】真誠的愛。

【敬愛】尊敬愛慕。

【博愛】平等遍及眾人的愛心。

【友愛】互相親愛。

【疼】愛憐。

【疼愛】關切憐愛。

【戀愛】兩人彼此互相愛悅。

【愛戀】喜愛、留戀。

【戀慕】愛戀、仰慕。

【愛慕】喜愛仰慕。

【專情】對某一對象的情感十分專一。

【濫情】未經選擇考慮，就輕易的付出關懷或情感。

【花心】風流。

【偏疼】對於某人特別疼愛。

【憐愛】憐惜、疼愛。

【愛撫】關愛撫慰。

【老牛舐犢】老牛愛護小牛。比喻人愛自己的子女。

【愛屋及烏】因為愛一個人，連帶的也愛護停留在他屋上的烏鴉。

【歡心】歡悅喜愛的心情。

說班雅明喜歡筆記本不足以形容。他這個人的相當部份，便在那些筆記本裡。他在裡面捕捉飛動的印象和靈思，搜集現實和歷史的零碎與破爛，加以組織歸納，並做寫作規劃，一條條清清楚楚。完成的部份橫線劃掉，不足的再加以補充。他熱愛這些筆記本，也許可說沒它們他就不是班雅明了。（張讓〈班雅明的筆記本〉）

其實員工大部份尊敬她，她處事公平。亦有部份私淑她，盼望未來能經營像她那樣格調的生活。還有部份戀慕她，唯她像絕壁高花之不可攀折，故不發生危險和麻煩。這些都帶給她壓力，也帶給她動力，日日新妝妙顏，鼓舞士氣。（朱天文〈日神的後裔〉）

我因為愛屋及烏，見不到張愛玲，見見胡蘭成也好。真見到了，也一片茫然，想產生點嗟悵之感也沒有，至今竟無記憶似的。父親卻不，會面回來他非常澎湃，寫了篇致張愛玲信，〈遲覆已夠無理〉，覆的是三年前張愛玲那封談賴雅開刀住院的信。（朱天文《花憶前身・懺情之書》）

寵愛

【寵】溺愛。

【寵愛】特別偏愛。多用於上對下。

【寵幸】寵愛。

【溺愛】過分寵愛。

【嬌慣】縱容、溺愛。

【嬌養】溺愛、縱容。

【嬌縱】縱容、溺愛。

【嬌生慣養】從小被寵愛、縱容，沒受過折磨、歷練。亦作「慣養嬌生」。

不過我看過她養的一條金魚——正如同她寵愛每個小輩的方式，在母親和保姆鎮日慷慨餵養之下，那條金魚在沒有競爭對手的優勢中很快就長得又肥又大；懶洋洋地獨居在圓玻璃缸裡，看見有人走過才活潑地游近前來。母親得意地說金魚認得她，是對著她游過來的。（李黎〈夢中的貓咪〉）

我們容易偏愛溺愛濫愛，感情更需要嚴明的尺度，否則容易迷失自我。更何況我們只有一個母親，當然會把一百分的期望放在她身上；而母親卻有七個子女，她只能平分她的愛，縱使我得到的愛只有七分之一，也遠比我給母親的愛多得太多。（周芬伶〈淡淡春暉〉）

小家庭這樣組織起來了，你雖不是什麼闊小姐，可也是自小嬌生慣養的。做起主婦來，什麼都得幹一兩手；你居然做下去了，而且高高興興的做下去了。菜照例滿是你做，可是吃的都是我們；你至多夾上兩三筷子就算了。（朱自清〈給亡婦〉）

興趣

【興】趣味、情致。
【興趣】喜愛而樂於從事。
【胃口】興趣。
【興味】趣味。
【興頭】興味正濃。
【興致】趣味。
【興會】興味、情致。

【意興】意思、興味。
【雅興】風雅的興致。
【豪興】極高的興致。
【餘興】未完的興致。
【趣】興味。
【趣味】興趣意味。
【情趣】情意、趣味。

【樂趣】趣味、情趣。
【生趣】生動有趣。
【風趣】幽默風雅。
【幽趣】幽雅的趣味。
【閒情逸趣】閒適安逸的情趣。亦作「閒情逸致」。
【勁】興趣。

【起勁】情緒熱烈，興致高昂。
【興起】興致高昂。
【好奇】對於自己所不了解的人事物，覺得新奇而感興趣。
【興致勃勃】興趣濃厚的樣子。

端午的龍舟粽子是不可少的，有幾個人想到那「露才揚己怨懟沉江」的屈大夫？還不是舊俗相因虛應故事？中秋賞月，重九登高，永遠一年一度的引起人們的不可磨滅的興味。甚至臘八的那一鍋粥，都有人難以忘懷。至於供個人賞玩的東西，當然是越舊越有意義。（梁實秋〈舊〉）

後來長大一點，有幾次跟著父親到海邊釣魚，父親很愛海，他到海邊便換了另外一個人似的，原本木訥的他，變得風趣起來。他自己常常置身在浪濤中，卻告誡我不能靠近海，只能在沙灘上堆沙或撿貝殼。所以說，海跟有魚可吃的大池塘並無兩樣。（周芬伶〈海國〉）

我在京的時候，記得有一天，為東方雜誌上一條新聞，和朋友們起勁的談了半天，那新聞是列寧死後，他的太太到法庭上去起訴，被告是骨頭早腐了的托爾斯泰，說他的書，是代表波淇窪的人生觀，與蘇維埃的精神不相容的，列寧臨死的時候，叮囑他太太一定得想法取締他，否則蘇維埃有危險。（徐志摩〈歐遊漫錄——西伯利亞遊記〉）

那農婦罵一句，林平之退一步。那農婦罵得興起，提起掃帚向林平之臉上拍來。林平之大怒，斜身一閃，舉掌便欲向她擊去，陡然動念：「我求食不遂，卻去毆打這鄉下蠢婦，豈不笑話？」硬生生將這一掌收轉，豈知用力大了，收掌不易，一個踉蹌，左腳踹上了堆牛糞，腳下一滑，仰天便倒。（金庸《笑傲江湖．二》）

喜歡、愛好

【喜歡】喜愛。

【歡喜】喜愛。

【心愛】最喜愛。

【喜愛】喜歡愛好。

【心動】動心。

【偏愛】在眾多的人或事物當中，特別喜愛某一個或某一件。

【鍾愛】特別疼愛。
【喜好】愛好、喜歡。
【愛好】喜好。
【嗜】喜愛。
【熱中】沉迷、熱切的希望得到。
【酷愛】非常喜愛。

【愛不釋手】喜歡到捨不得放手。
【欣賞】喜愛、賞識。
【好尚】愛好和崇尚。
【嗜好】特別深的愛好。
【口味】對事物的愛好。
【脾胃】人的性格。

【癖好】對某事物有特別的興趣及喜好。
【癖性】個人特有的嗜好、習性。
【怪癖】特殊的習慣或喜好。
【癮】成為習慣而不易戒除的嗜好或癖好。

【癮頭】嗜好某種事物，迷戀成癖，因而常常有想接近、想做的念頭。
【上癮】特別喜愛或慣用某種事物，而成為癖好。

我之愛歌，大概是跟愛人有關。器樂是天籟，聲樂是人籟，器樂能夠發出人聲不能達到的境地，但那畢竟是機器的聲音，而歌聲卻美在它的有限——它從人的心肺，柔柔長長地牽引出來，那是有血有肉，活生生的聲音，我是不能不私心偏愛它的。（周芬伶〈隱約之歌〉）

記得母親在世時，這個季節最喜歡用小炭爐，熬一鍋蘿蔔排骨湯，放幾粒魚丸，再撒少許芫荽，這是她冬天的最愛。夏天，則喜歡用綠竹筍煲水，也不放其他配料，就這樣清清淡淡煲出甜味來。很難想像像她這樣性烈如火而又愛憎分明的人，竟一輩子鍾愛這兩樣簡單清澈的食物。（賴瑞卿〈母親的哭聲〉）

嘗試各種口味後，我特別欣賞甜度及苦度各兩顆星以下、香度四顆星以上的種類：伯爵茶，入口即茶香四溢；櫻桃白蘭，淡淡的酒香配上濃郁的果味，人間少有的滋味……（彭小妍〈改變人生的體驗〉）

所以弔古——尤其是上墳——是中國文人的一個癖好。這癖好想是遺傳的；因為就我自己說，不僅每到一處地方愛去郊外冷落處尋墓園消遣，那墳墓的意像竟彷彿在我每一個思想的後背擱著，——單這饅形的一塊黃土在我就有無窮的意趣——更無須蔓草，涼風，白楊，青燐等等的附帶。（徐志摩〈歐

遊漫錄——西伯利亞遊記〉）

在巴黎辦完公事後，還留下近一週的時間，也許是在巴黎的Brasserie Lipp吃阿爾薩斯菜吃出了癮頭，就決定搭二〇〇七年才通車的TGV高鐵去阿爾薩斯重溫舊夢一番。我上回去阿爾薩斯，當時從巴黎東站還沒有TGV直通歐盟議會所在地的史特拉斯堡，原來是因為阿爾薩斯省民屢屢在公民投票時否決了高鐵的興建，理由是不想縮短和巴黎的車程距離，這種心態當然跟歷史上屢屢做兩面不放心的夾心人有關。（韓良露〈阿爾薩斯味覺之冬〉）

有趣、無趣

【有趣】有趣味，能引起好奇或歡樂。

【風趣】非常幽默、詼諧。

【滑稽】詼諧有趣的言語、動作。滑，音ㄍㄨˇ。

【詼諧】談話風趣、幽默。

【俳諧】詼諧。

【幽默】含蓄而充滿機智的辭令，使聽者發出會心一笑。為英語humour的音譯。

【發噱】指發笑。噱，音ㄐㄩㄝˊ。

【哏】音ㄍㄣˊ，可笑有趣。

【好玩】有趣。

【有意思】有趣，耐人尋味。

【逗趣】以有趣的言語、舉止使人發笑。

【津津】形容興味濃厚的樣子。

【妙趣橫生】美妙的意趣層出不窮。

【耐人尋味】意味深遠雋永，值得人反覆咀嚼、體會。

【無趣】沒有趣味。

【乏味】無味、沒趣味。

【無味】無滋味、趣味。

【索然】乏味、落寞。

【倒胃口】本指吃多了、吃膩了或看到噁心的東西而沒有食慾。後用來比喻對事情沒有興趣而排斥。

在衣著和表情上，她不那麼絕對日本風味，她是國際的。在生活品味上，她有著那麼一絲「雅痞」的從容和講究，又是個深具幽默感的人。不但如此，金錢上亦是慷慷慨慨的一個君子。我從來沒有在日本人之間看過這麼出眾的女子。（三毛〈春天不是讀書天〉）

對於這種抗議，父親通常沒有反應，應該說不知如何反應，他自己的母親曾經為了抗議離家二十年之久，他習慣了。因此母親只有無趣地自動回來。記得有一次在街口玩，看到好幾天不見的母親突然出現，手裡拎個包袱，她牽著大姊跟我，各給我們一個牛博士泡泡糖，我那時還覺得挺高興的，離家出走後總會得到額外的禮物，一個牛博士泡泡糖要五毛錢哪！（周芬伶〈玫瑰花嫁〉）

但回到家，還是只有我一人。我在黑夜中摸索著，打開了燈，亮晃晃的光，卻叫人更寂寞得難受。我縮在椅子裡哭著，哭到連自己也乏味了，才抬起頭來，靠著冰冷的水泥牆壁發呆。然後我拿起電話，第一次撥了那個交友的號碼。（郝譽翔〈最壞的時光〉）

迷戀

【迷戀】入迷愛戀。

【留戀】有所眷戀而捨不得。

【貪戀】貪求眷戀。

【依戀】眷戀、思念。

【眷戀】思戀愛慕。

【留連】徘徊不忍離去。亦作「流連」。

【低回】留戀徘徊。亦作「低迴」、「低徊」。

【依依】留戀不捨的樣子。

【依依不捨】非常留戀，捨不得分離。亦作「戀戀不捨」。

【難分難解】關係親密，情意極濃，難以分離。

【樂不思蜀】蜀漢亡後，後主劉禪被送往洛陽，司馬昭設宴待禪，作蜀漢故技於前，禪樂在其中，司馬昭因而問禪：「是否思蜀？」禪答：「此間樂，不思蜀。」後比喻樂而忘返或樂而忘本。

那個醫學院的學生告訴我，在解剖學的課上，他看著老教授的禿頭，聽著他用冷靜的聲音講孔德哲學和實驗研究的結果，感到一種前所未有的迷戀。當時的我無法了解，一個年輕人何以會對禿頭、稀疏的頭髮產生情慾上的迷戀，因為那並不是我會迷戀的東西。這就是孤獨感的一個特質——旁人無法了解，只有自己知道，而因為我們不了解，就會刻意將它隔離，於是整個社會的孤獨感因此而破碎。（蔣勳《孤獨六講・情慾孤獨》）

我在太倉坊只住了一年，匆匆搬來又匆匆搬走，現在回想起來還是十分地留戀。那時夜裡，我常常站在小陽臺上朝弄口看，鱗次櫛比的屋頂下一扇扇窗洞裡還閃爍著昏暗的光，聽人聲，得人氣，我總會莫名地感動起來。（陳思和〈里弄〉）

那時候的夏天比現在熱得多，吃罷午飯，滿身大汗，什麼也顧不上，扔下飯碗便飛快地跑上河堤，一頭扎到河裡去，扎猛子打撲通，幾個小時不上來。這行為本是游泳，但我們把這說成是洗澡。在河裡泡上一晌午頭，等到大人們午睡起來，我們便戀戀不捨地爬上岸，或是去上學，或是去放牛羊。（莫言〈洗澡〉）

沉迷

【迷】沉醉、陶醉。
【沉迷】沉醉迷戀。
【著迷】極端迷戀。
【入迷】專注於某種事物，心無旁騖。

【沉溺】沉迷。
【沉湎】沉溺、沉迷。
【耽溺】沉溺、入迷。
【入魔】專注迷戀於某事物，到了失去理智的地步。

【著魔】形容受某種事物吸引而不能自制。
【瘋魔】入迷得如瘋子。
【沉醉】醉心於某種事物或意境。

【陶醉】沉迷、醉心。
【心醉】傾倒愛慕至極。
【醉心】內心的喜愛已到了沉醉迷戀的地步。
【痴迷】沉迷不悟。

【神魂顛倒】因為沉迷於某事物而精神恍惚，心意迷亂。

【如醉如痴】因沉迷陶醉於某事而神情恍惚的樣子。

【渾然忘我】融入事物、處境中而忘了自己的存在。

【鬼迷心竅】受外物迷惑而喪失判斷能力。

日本之所以吸引人，一方面是其前衛科技的先進生活，另一方面則是其傳統精緻的文化內涵。年輕的時候，總是著迷於日本的科技設備、前衛建築，以及充滿未來想像的新幹線列車；不過隨著年紀的增長，對於日本的喜好，卻慢慢轉向那些傳統的老房子、緩緩飄落的櫻花花瓣，以及搖搖晃晃的老式電車。（李清志〈沉靜的冒險〉）

為了偉大的創作我常常得埋首研究稀奇古怪的題材，念研究所的那一陣子，我在寫一部黑色驚悚小說「樓下的房客」時，為了取材，意外迷上了在網路上看屍體。看著看著，我很好奇線上購物有沒有人在賣屍體的，輸入關鍵字進去，結果跑出一百多筆各式各樣的屍體資料。（九把刀〈我的乾屍室友〉）

車掌是個辛苦而單調的工作，想不到卻是我女兒憧憬的目標，每次帶她乘公車，她都要求坐在車掌附近的座位，小眼盯著車掌看，車掌的一舉一動，都讓她醉心不已。一次她生日，她問我能不能幫她買把車掌專用的剪車票剪子當禮物，害得我與她母親都啼笑皆非。（周志文〈火車夢〉）

有菜園，不能用除草劑，推剪也僅能去頂，須靠人手逐棵拔除，於是我每天蹲在園裡，孜孜矻矻，拔到天昏地暗渾然忘我，直至門鈴或電話響，一起身才發現腰如鐵桶，腿似鉛條，滿眼金星遍體紅豆。（蔡珠兒〈草民〉）

9 愛惜、同情

愛惜、不惜

【惜】愛憐、珍視。
【愛惜】愛護珍惜。
【珍惜】寶貴愛惜。
【顧惜】愛惜。
【體惜】體恤愛惜。
【愛護】愛惜保護。
【珍愛】珍視愛惜。
【吝惜】過分愛惜不忍割捨。
【捨不得】愛惜而不忍割捨或使用。
【敝帚自珍】比喻東西雖不好，卻因為是自己的，所以仍然非常珍視。
【不惜】捨得、不足惜。
【不吝】慷慨不吝惜。
【捨得】願意割棄，不吝惜。
【割愛】將心愛東西讓予他人。

大陸的北方幾乎無所謂春天，你剛剛放心地收好棉衣，太陽一下子火辣辣地燒起來，春天也就這樣一閃即過。但度過了漫長的冬季的人們，仍有體驗春的興致與耐心，即使這春像是打擺子（發瘧疾），而「綠意」一點一點地從漫天塵沙中透出來，顯得那樣艱苦——這艱苦也使得你對那點春意分外愛惜。（趙園〈吃〉）

冬天快過去的時候，小說仍沒有任何結束的跡象，我覺得他們這對老朋友一往一來這樣漫漫的聊天實在很好、很令我羨慕，我實在找不出什麼理由結束它。而且我很珍惜藉此彷彿與少年時的好友聯絡上，而且在小說中他竟肯告訴我實話。（朱天心〈威尼斯之死〉）

新的課本與作業簿發下來，光滑的封面潔白的空格鼓勵我忘掉上一學年的慘淡而重新開始，在嘆一口氣裡把「數學」收進書包；懷著一點捨不得之情讀著「國語」，還沒看完第三課，老師就上台喝令大家安靜，一番訓詞後是民主時間的幹部選舉。（徐國能〈開學〉）

他的詩送到劍橋的刊物上去，原稿卻寄回了，附著一封客氣的信。他又自己花錢印了一小本詩集，封面上註明，希望出版家採納印行，但是並沒有什麼回音。太太常勸先生刪詩行，譬如說，四行中可以刪去三行罷；但是他不肯割愛，於是乎只好敝帚自珍了。（朱自清〈房東太太〉）

惋惜

【惋惜】嘆惜、痛惜。

【痛惜】悲痛惋惜。

【心疼】憐惜、痛惜、吝惜。

【肉痛】不捨，心疼。

【可惜】令人惋惜。

【嘆惋】悲嘆惋惜。

傍晚下工回來，發現挎包正在不斷地晃動。奇怪了一瞬，忽然醒悟過來。我一把攥住挎包，一隻肥大的老鼠從我的虎口之間跳出來，順著胳膊迅疾地爬過，躍下我的肩頭不見了。打開挎包檢查一下，一塊甜鹹混合的圓餅被啃掉了大半。驚嚇憤慨之餘，惋惜不已。（南帆〈上山〉）

母親在親友間的外號叫「博士」，是個什麼都會做的人：針黹女紅，修水電、馬桶都會，連我父親蓋房子時，她也可以去幫忙，因為她會看藍圖。她常說「人只要肯學，沒有什麼學不會的事」，我們都非常佩服她。母親的快手快腳是有名的，六個小孩中，只有我遺傳到她的快，可惜我的快是「快嘴」，想必她是很失望的。（洪蘭〈憶母親〉）

碰見娥真也來賣書，穿著牛仔褲白襯衫，愈發顯得身材嬌弱得可憐，她向是最怕生人，最不會說話的，溫大哥如何忍心叫她頂個大太陽出來，受些濁氣閒氣，假如寶玉再世，可不心疼，疼死了。（朱天文〈販書記〉）

同情、可憐

【憐】憐憫、同情。

【憫】哀憐。

【憐憫】哀憐同情。

【憐恤】哀憐體恤。

【憐惜】同情惋惜。

【同情】對於他人的行為、遭遇，在情感上產生共鳴，或是表示理解。

【悲憫】慈悲憐憫。

【哀憐】憐憫、同情。

【哀矜】哀憐、體恤。

【矜恤】矜憐撫恤。

【體恤】體諒而憐憫。

【惻隱】見人遭遇不幸，而生不忍、同情之心。

【可憐】令人憐憫。

【可憐見】見，語尾助詞，無義。可憐見指哀憫。

【不忍】同情、可憐。

【同病相憐】有同樣不幸遭遇的人互相同情。

【惜老憐貧】同情、憐憫年老和貧窮的人。

【悲天憫人】憂傷時局多變，哀憐百姓疾苦。

父親果園裡正待發果的甜柿樹，被狂風急雨摧折墜落，母親著雨衣從傾斜不定的雨陣中突圍前進，當作背景的藏青山巒流成黃泥瀑布，溪水氾濫成一面遼闊的流刺網，收拾著山林那些曾經美好的景致。當人類的慾望張掛在災難的面前——大地到底憐憫過什麼？我記起已逝的西蒙・波娃的一句話，特別感到歷史施加於人類的嘲諷：「我發現榮耀其實瞬息即逝，頓生鄙視。」（瓦歷斯・諾幹〈七日讀〉）

頭一次見面安排在外面吃飯，畢媽媽白皙清瘦可憐見的，畢伯伯只覺慚愧。恐怕虧待了人家母子。畢媽媽唯一的條件是必須供小畢讀完大學。第二次見面就是行聘了，中規中矩照著禮俗來，畢媽媽口上不說，心底是感激的。（朱天文〈小畢的故事〉）

父親怕看死人，我也遺傳他的膽小。小祖母死時，母親幫她換衣時要我梳頭，我拿著梳子，望著她禿禿的頭皮只剩幾絲白髮，發呆一陣就躲到隔壁房間，事後聽說父親跑更遠，有同病相憐之感。原來大男人也怕啊！（周芬伶〈被強迫公開的私密〉）

10 討厭

厭惡、討厭

【厭】憎惡、嫌棄。
【惡】討厭。
【厭惡】討厭憎惡。
【討厭】令人厭煩、不喜歡。
【嫌惡】厭惡。
【憎惡】憎恨厭惡。
【痛惡】厭惡至極、極端的憎惡。
【憎】厭惡。
【嫌】厭惡、討厭。
【討嫌】惹人厭。
【煩】躁悶。
【膩】厭煩。
【膩煩】厭煩。
【膩味】厭煩。
【嫌棄】厭惡、不喜歡，不願接近。
【厭棄】因厭惡而放棄。
【厭煩】厭惡、不耐煩。
【絮煩】厭倦。
【厭倦】厭惡倦怠。
【頭痛】令人感到煩惱或討厭。
【噁心】厭惡得無法忍受。
【作嘔】對某種事物嫌惡至極。
【不順眼】看了生厭、不喜歡。
【深惡痛絕】厭惡、痛恨到極點。
【可憎】使人惱恨、厭惡。
【可惡】令人厭惡。
【該死】所做所為應受到死亡的懲罰。自責或責備他人的話，多表示厭惡、怨恨或惶恐。

倚紅聽不得「安穩」兩個字。她生平最**嫌惡**相夫教子的家常婦人的行徑。年輕時在脂粉叢中爭奇鬥艷，上環南北行的少東以十斛明珠替她贖身，倚紅捨不得送往迎來的生涯，遮遮掩掩常到威靈頓街半掩門賣淫尋求刺激，不計代價。（施叔青《遍山洋紫荊・第四章》）

她就只是反覆的向人說她悲慘的故事，常常引住三五個人來聽她。但不久，大家也都聽得純熟了，便是最慈悲的念佛的老太太們，眼裡也再不見有一點淚的痕迹。後來全鎮的人們幾乎都能背誦她的話，一聽到就厭煩得頭痛。（魯迅〈祝福〉）

奶奶那時就搞起了物質刺激，我捉得多，分給我吃的也就多。螞蚱雖是好東西，但用來當飯吃也是不行的。現在我想起螞蚱來還有點噁心。（莫言〈覓食〉）

一個因為家庭暴力被暫時安置在孤兒院的男生，同樣也是五歲，但不知道在外面吃了什麼足足高我兩個頭，他看所有小朋友都不順眼，大家都被他折騰得人仰馬翻，但他最常針對我，經常譏笑、欺負我。（九把刀《打噴嚏・第十一章》）

恨

【恨】怨、仇視。
【仇恨】因敵對而產生的憎恨。
【忿恨】憤怒怨恨。
【怨恨】埋怨忿恨。
【恚恨】憤恨、怨恨。恚，音ㄏㄨㄟˋ。
【惱恨】惱怒怨恨。
【悵恨】惆悵惱恨。
【怨】仇恨。
【怨尤】怨恨責怪。

【怨望】怨恨、不滿。
【怨艾】怨恨。
【憎恨】憎惡痛恨。
【嫉恨】妒忌而怨恨。
【憤恨】憤慨痛恨。
【痛恨】怨恨到了極點。
【記恨】將仇恨記在心裡。
【懷恨】心裡記恨、怨憤。
【銜恨】含恨。
【抱恨】心裡懷著怨恨。
【含恨】心中懷著怨恨。

【飲恨】懷恨而不得發洩。
【牙癢癢】形容憤恨切齒。
【咬牙切齒】非常憤恨的樣子。
【恨入骨髓】形容怨恨到極點。
【痛心疾首】痛恨、怨恨到極點。
【嫉惡如仇】憎恨邪惡的人或事如同仇敵一般。
【不共戴天】不願與仇人共生世間。

【悶氣】鬱結在胸中的怨怒之氣。
【怨氣】心中怨忿的情緒。
【怨毒】仇恨、恨惡。
【仇怨】仇恨、怨恨。
【嫌怨】猜忌怨恨。
【宿怨】長久累積下來的怨恨。
【幽怨】隱藏於內心的愁恨。

表情也會遺傳嗎？動作也會遺傳嗎？聲調、語氣和態度也會遺傳嗎？情緒會遺傳嗎？舉個例來說：喜悅；喜悅會不會出自某種遺傳？還有悲傷；悲傷會不會出自某種不同於喜悅的遺傳？倘若那些卜者、命相家、星座迷對人類不可知不可測的未來能夠如此言之鑿鑿，彷彿一切都已經在宇宙初始完全決定，那麼，我妹妹和我在畫展閉幕那天的忿恨與冷漠之感，恐怕也早在開天闢地大洪荒大爆炸之前就遺傳下來了罷？（張大春〈終結瘋狂〉）

譬如從缺曠課紀錄、上課的神情，我可以斷言某些人學測、指考要各考兩次以上。而每當畢業生帶著女朋友回來看我，從他們的互動狀態，就可以知道感情能不能長久。長此以往，我真痛恨自己的烏鴉嘴，很希望我說的那些不幸都不會成真。（凌性傑〈預言〉）

另一個讓人恨得牙癢癢的就是咸豐草，如果它不請自來的沾黏在衣服上，那麼就算洗衣機也攪不落它，為此，我們在拓荒時都必須選擇尼龍質料的工作服，可如此一來便不吸汗，汗水像瀑布一般直灌腳上的長筒雨靴裡；更慘的是，若它找上狗狗或貓咪們去沾黏攀附，那麼狗狗或貓咪們身上的毛很快的便會結成條狀或球狀，真是災難。（朱天衣〈新天新地〉）

許多朋友和我一樣，在電腦面前出盡洋相，而我最為痛心疾首的回憶是某一次故障導致我的長篇飛掉了兩萬多字，只好重新再寫。當然，比起一些同行的五萬字，一部長篇連續劇來說，我的損失就是小巫見大巫了。（蘇童〈電腦〉）

卻說周瑜見孔明襲了南郡，又聞他襲了荊襄，如何不氣？氣傷箭瘡，半晌方蘇。眾將再三勸解。瑜曰：「若不殺諸葛村夫，怎息我心中怨氣！程德謀可助我攻打南郡，定要奪還東吳。」正議間，魯肅至。瑜謂之曰：「吾欲起兵與劉備、諸葛亮共決雌雄，復奪城池，子敬幸助我。」（明・羅貫中《三

國演義・第五十二回》）

忌妒

【忌】憎惡、妒恨。

【嫉】妒忌。

【妒】因別人勝過自己而內心忌恨。

【忌妒】對才能、境遇比自己好的人心懷不平與怨恨。

【妒忌】憎恨他人勝過自己。

【嫉妒】因他人勝過自己而心生妒恨。

【嫉恨】妒忌、怨恨。

【忌刻】忌妒刻薄。

【眼紅】看見別人有名有利而心生嫉妒。

【吃醋】人嫉妒時，心裡會覺得酸溜溜的，因此以吃醋比喻嫉妒。

【醋妒】吃醋嫉妒。

【妒意】嫉妒的感覺。

【妒火】嫉妒的感覺有如火一般猛烈。比喻非常嫉妒。

【醋勁】嫉妒心的反應或表現。

【醋意】懷有嫉妒的心意。

【醋罈子】俗稱善於嫉妒的人。

我順著她的目光看過去，溪水潺潺，綠樹掩映，並沒有任何鳥跡，只好嘆口氣，拿起望遠鏡。不知道為什麼，我所有的原住民朋友不管哪一族的，視力都好得令人嫉妒，年輕的不近視，年邁的不老花，眼鏡似乎不在他們常用的名詞裡，下次得問問泰雅語的「眼鏡」怎麼說。（苦苓〈你所不知道的鴛鴦〉）

長門事。准擬佳期又誤。蛾眉曾有人妒。千金縱買相如賦。脈脈此情誰訴。（宋・辛棄疾〈摸魚兒（更能消）〉）

這裏邢夫人王夫人也說鳳姐兒。賈母笑道：「什麼要緊的事！小孩子們年輕，饞嘴貓兒似的，那裏保得住不這麼著。從小兒世人都打這麼過的。都是我的不是，他多吃了兩口酒，又吃起醋來。」說的眾人都笑了。賈母又道：「你放心，等明兒我叫他來替你賠不是。你今兒也別要過去臊著他。」（清・

曹雪芹《紅樓夢・第四十四回》）

11 埋怨、委屈

埋怨

【埋怨】抱怨、責怪。
【抱怨】對他人訴說心中的不滿、怨恨。
【責怪】責備怪罪。
【嗔怪】責怪。
【錯怪】因誤會而對人怨怒。
【牢騷】抑鬱不平。
【怨言】表示忿恨或埋怨的話。
【怪罪】責備、埋怨。
【歸罪】將罪過歸於某人或某事。
【歸咎】歸罪、委過。
【鬧情緒】因心情不好而反映出情緒不穩的情況。
【怨天尤人】懷恨上天，責怪他人。

從一開始他就比不上律香川，無論做什麼都比不上律香川，兩人一起去偷東西時，被人抓住的總是他，挨揍的也總是他，等他放出來時，律香川往往已快將偷來的銀子花光了，他也從不埋怨。因為他崇拜律香川，他認為律香川吃得比他好些，穿得比他好些，都是應當的，他從不想與律香川爭先。

（古龍《流星蝴蝶劍・十六》）

「觀光是城市之癌。」不時發言凸槌的英女王丈夫菲利普親王因為不滿倫敦交通糟糕，怪罪於每年湧入倫敦的三千萬觀光客。面對日益增加的大量中國觀光客，此時此刻，港澳居民對菲利普親王這句明

顯政治不正確的評語，恐怕多少有點百感交集。（胡晴舫〈城市之癌〉）

生命的一座座大山，箇中的一重重限制，若真切體會，如實感得，那麼，人會謙卑，生命也會聚焦。業師林谷芳先生曾言，「明瞭自己的有限性，才可發揮一己的有效性。」自身的局限，外在的限制，若真明白了，人就不會窮酸寒傖，也不會怨天尤人，更不會妄作輕為。（薛仁明〈五十而知天命〉）

委屈

【屈】委曲的心情。

【委屈】有冤怨不得伸雪，或才情不得發展。

【冤屈】枉受汙衊或迫害。

【冤枉】冤屈。

【屈辱】受到侮辱。

【抱屈】因受委屈而心中感到不平。

【憋氣】心中受委屈或有煩惱，無法解決宣洩。

【窩囊】委屈、不得志的感覺。

【窩心】受侮辱或委屈，不能表白而苦悶在心。

「難為你了，老五。」錢鵬志常常撫著她的腮對她這樣說道。她聽了總是心裏一酸，許多的委屈卻是沒法訴的。難道她還能怨錢鵬志嗎？是她自己心甘情願的。錢鵬志娶她的時候就分明和她說清楚了：他是為著聽了她的「遊園驚夢」才想把她接回去伴他的晚年的。（白先勇〈遊園驚夢〉）

老師後來告訴我那段平劇是程硯秋唱的，他清越的嗓音，「蘇三離了洪桐縣」，好像是這個句子吧，人間的屈辱和悲哀處處，都被演唱者的藝術昇華了。我看了看老師；他被那個聲音感動著，眼睛露出超拔的光輝，我當時知道，在這種意志之下，一切生存的苦難終可克服的，我原先的擔憂，竟成了多餘。（周志文〈史塔克〉）

她惱怒已極，心想自己空有一身武功，枉稱機智乖巧，卻給這個又髒又臭的鄉下小傻蛋纏得束手無策，算得無能之至。也是楊過一副窩囊相裝得實在太像，否則她幾次三番殺不了這小傻蛋，心中早該起疑。她沿著大道南行，眼見楊過牽著牯牛遠遠跟隨，心中計算如何出其不意的將他殺了。（金庸《神鵰俠侶・八》）

12 快樂、開朗

快樂

【快】高興、歡喜。

【樂】歡喜、愉悅。

【快樂】愉悅歡樂。

【愉快】欣悅、快樂。

【愉悅】快樂、喜悅。

【高興】歡喜、愉快。

【開心】歡喜、愉快。

【快活】暢快、歡樂。

【歡喜】快樂、高興。

【歡快】歡樂痛快、歡樂輕快。

【歡樂】歡喜快樂。

【樂意】和樂、愉悅。

【樂和】快樂幸福。

【歡暢】高興。

【歡娛】歡喜快樂。

【歡愉】歡喜、愉快。

【歡欣】歡樂喜悅。

【欣喜】快樂喜悅。

【欣忭】快樂喜悅。忭，音ㄅㄧㄢˋ。

【喜悅】高興。

【喜歡】快樂、高興。

【狂喜】極度高興。

【驚喜】出乎意料之外的歡喜。

【欣然】喜悅的樣子。

【欣欣】喜悅的樣子。

【陶陶】和樂的樣子。

【融融】和樂的樣子。

【樂陶陶】十分快樂的樣子。

【樂滋滋】十分高興的樣子。

【樂呵呵】非常高興的樣子。

【興匆匆】欣喜且迫不及待的樣子。

【喜滋滋】十分喜悅的樣子。

【喜洋洋】形容非常高興的樣子。

【甜絲絲】感覺幸福甜美。

【喜不自勝】高興得不得了。

【心花怒放】心情像盛開的花朵般舒暢快活。

【興高采烈】形容興致勃勃，情緒熱烈的樣子。

【歡天喜地】非常歡喜高興的樣子。

【喜出望外】因意想不到的喜事而高興。

【大喜過望】因結果超乎預期而特別高興。

【大快人心】使人心裡非常痛快。

【樂不可支】形容快樂到了極點。

【樂不可言】快樂到了極點，無法用語言來形容。

【無憂無慮】毫無憂慮。形容心情怡然自得。

【手舞足蹈】手、腳舞動跳躍。形容非常高興喜悅。

快樂是快的，幸福是慢的。快樂是動詞，幸福是形容詞。快樂是天氣，幸福是氣候。快樂是宵夜，幸福是早餐。快樂來自於做了某件事，幸福來自於什麼都不做。快樂起始於感官，幸福起始於內心。快樂時大家都看得出來，幸福時則未必。快樂可以分享，而幸福，通常只有自己知道。（王文華〈快樂&幸福小姐〉）

陽光正好暖和，決不過暖；風息是溫馴的，而且往往因為他是從繁花的山林裏吹度過來，他帶來一股幽遠的澹香，連著一息滋潤的水氣，摩挲著你的顏面，輕繞著你的肩腰，就這單純的呼吸已是無窮的愉快；空氣總是明淨的，近谷內不生煙，遠山上不起靄，那美秀風景的全部正像畫片似的展露在你的眼前，供你閑暇的鑒賞。（徐志摩〈翡冷翠山居閒話〉）

恍如自流變中蟬蛻而進入永恆／那種孤危與悚慄的欣喜！／驀有隻伸自地下的天手／將你高高舉起以寶蓮千葉／盈耳是冷冷襲人的天籟。（周夢蝶〈孤峰頂上〉）

看罷多時，跳過橋中間，左右觀看。只見正當中有一石碣，碣上有一行楷書大字，鐫著「花果山福地，水簾洞洞天」。石猿喜不自勝，急抽身往外便走，復瞑目蹲身，跳出水外，打了兩個呵呵道：「大造化！大造化！」眾猴把他圍住，問道：「裡面怎麼樣？水有多深？」石猴道：「沒水！沒水！原來是一座鐵板橋，橋那邊是一座天造地設的家當。」（明・吳承恩《西遊記・第一回》）

黃藥師乍見愛女，驚喜交集，恍在夢中，伸手揉了揉眼睛，叫道：「蓉兒，蓉兒，當真是你？」黃蓉一掌仍與郭靖手掌相接，微笑點頭，卻不言語。黃藥師見到兩人神情，已知究竟，獨生愛女竟尚健在，這一下喜出望外，別的甚麼都置之腦後，當下將梅超風屍身放在凳上，走到碗櫥旁，盤膝坐下，隔著櫥門伸出左掌和郭靖另一只手掌抵住。（金庸《射鵰英雄傳・二十六》）

舒暢

【舒暢】寬舒暢快。
【寬暢】寬大舒暢。
【歡暢】高興。
【酣暢】舒暢。
【暢快】舒暢快樂，稱心如意。
【痛快】心情舒暢。
【爽快】舒適暢快。
【鬆快】輕鬆愉快。
【舒心】開懷適意。
【快意】稱心、適意。
【開懷】敞開胸懷。形容人歡暢沒有牽掛。
【輕鬆】輕快舒適。
【輕快】輕鬆愉快。
【是味兒】心裡感覺舒服好受。
【心曠神怡】心情開朗，精神愉悅。亦作「心曠神恬」、「心曠神愉」、「心怡神曠」、「心怡神悅」。
【如釋重負】好像放下了沉重的負擔。比喻責任已盡，身心輕快。

《論語》裡頭，子貢與孔子的問答最見精采；因為，子貢長於發問，又最長於追問。我以前教書，也喜歡這般伶俐的學生；與之答問，電光石火，環環相扣，特別有種酣暢淋漓。然而，喜歡歸喜歡，對

於這樣的學生，隱隱然間，仍會有些遺憾。（薛仁明〈聰明人之過〉）

日後偶爾輪到我顧店，午後無人，我也獨自玩起球來，抽杆拉杆之際總有一種說不出的**暢快**。我還喜歡走到牆邊拍石灰袋，去掉手上的汗漬，拍得一室都是霧濛濛的灰，嗆到眼裡鼻裡，就像走在雲霧裡無端起了一陣悵然。（郝譽翔〈莫忘歡樂時〉）

今日福爾摩斯張仍然是一身黑——黑色西裝、黑色眼鏡、黑色皮鞋。喝，連插在西裝口袋的小手帕也選近於黑的咖啡色。瞧他這一身像要出席喪禮的打扮，斯文心下有些**不痛快**，正想講點什麼俏皮話來調侃一下，來「轉凶化吉」一下，福爾摩斯張早一個人黑皮鞋喀喀喀往教堂直直走進去，連點頭招呼都不跟斯文來一下。（王禎和《玫瑰玫瑰我愛你．十四》）

寫書法可以緩慢心情、可以放鬆情緒、可以在單純的寫字的過程中，專注心神，達到「定靜生慧」的功效，而講究文房四寶，調弄筆墨紙硯，更是非常**心曠神怡**的事。在沒事的時候，安靜寫字，是世界上最簡單最容易，也是最深刻的幸福。（侯吉諒〈安靜寫字〉）

舒服

【舒服】舒適。
【舒適】舒服安適。
【舒坦】舒暢平和。
【舒展】使身心舒暢安適。
【舒暢】舒服暢快。

【舒心】開懷適意。
【舒爽】舒服愉快。
【爽】舒適、暢快。
【受用】身心感到舒服。
【愜意】舒服。

【寫意】舒服愜意。
【適意】舒適合意。
【得勁】順利、舒坦。
【自在】舒暢、快樂，不受拘束。

【舒泰】舒服、閒適。
【安適】安定舒適。
【好受】身心愉快、舒適。
【好過】舒適、好受。

現代人拜科技之賜，酷暑寒冬都可以過舒適日子，何患於溫帶寒涼的秋天？古代的富貴人家，秋冬當然也可以避凍避寒，仍然「樂活」（Lohas）。杜甫如果在開元、天寶年間，像李白那樣有唐玄宗御手調羹的禮遇，而且「百年歌雖苦，處處有知音」，他豈會悲秋？（黃維樑〈杜甫不悲秋〉）

晚春時節，這一晴好白日，看著從窗外投映進的暖陽花花地彷彿有笑聲，孩童在屋外大聲喧鬧，似近實遠，空氣微涼，觸膚舒爽，我感覺自己的身體，歷經一場激情革命，此身仍在。（張清志〈饕餮紋身〉）

二十年了，身為幽靈的小蓮一點都沒有變老。你看，她正綻著笑靨，趺坐精緻的櫥窗裡。這些年，她在童話世界，想必生活得相當愜意吧。而在現實世界的你、我，卻已經歷成長與幻滅。我當然能夠判別童話跟現實的差異，只不過，小蓮走下翠綠山坡、走出鐘錶櫥窗，竟一路跟著我到德國。（吳鈞堯〈幽靈〉）

年少時，看事看表面，總眩惑於那些才情之光彩奪人；而年事稍長，總算清楚，那光彩的後頭，著實也陰影重重。深具才情者，多半不明白、不快樂；他們活得比駑鈍如我者，辛苦許多。換言之，才情越多，生命常常就越不自在。懂了這理，我才很安然於自己的駑鈍與不足。（薛仁明〈才情之外〉）

13 悲哀與痛苦

悲哀

【悲】哀傷。

【哀】悲傷。

【悲哀】悲傷痛苦。

【痛】悲傷、傷悼。

【心痛】心中極為悲傷、痛苦。

【傷心】心懷悲痛。

【傷痛】傷心痛苦。

【痛心】哀傷、悲痛到了極點。

【心碎】形容哀傷到了極點。

【悲情】哀傷的情緒。

【悲痛】悲傷哀痛。

【哀痛】哀傷悲痛。

【悲苦】悲傷痛苦。

【悲傷】哀痛。

【傷感】有所感觸而悲傷。亦作「感傷」。

【感慨】心生感觸而發出慨嘆。

【悲慟】悲傷哀慟。

【悲戚】哀傷愁苦的樣子。

【悲鬱】悲傷、憂鬱。

【悲愁】悲傷憂愁。

【悲愴】悲傷悽愴。愴，音ㄔㄨㄤˋ。

【悲切】悲痛。

【痛切】悲傷哀切。

【哀傷】悲痛。

【哀戚】悲傷、哀痛。

【沉痛】沉重悲痛。

【腸斷】形容非常悲傷。亦作「斷腸」。

【銷魂】心迷神惑。

【哀哀】形容悲傷不已的樣子。

【哀哀欲絕】形容悲傷到了極點。

【哀怨】哀傷怨恨。

【悲酸】悲哀辛酸。

【悲辛】悲苦辛酸。

【辛酸】悲傷痛苦。

【淒惻】淒涼哀痛。

【悽愴】悽涼悲愴。

【淒然】淒涼悲傷。

【淒切】淒涼悲切。

【慘然】憂戚哀傷的樣子。

【肝腸寸斷】比喻悲傷到了極點。

【哀毀骨立】形容因親喪過於悲傷哀痛，以致身形瘦損。

【椎心泣血】形容哀痛到了極點。

【如喪考妣】好像死了父母一般。比喻悲痛至極。

【樂極生悲】歡樂至極，往往轉生悲愁。

【兔死狐悲】比喻因同類的死亡而感到悲傷。

半個月之後，我收到那家書店退回給我的稿件。當時，我真是感到「不遇」的悲哀與憤怒，拿出洞簫，躲在閣樓上，一遍又一遍地吹奏。母親喊我下來吃飯：「吃飽些，明日與我去賣菜，比寫什麼小說實在多啦！」（顏崑陽〈車輪輾過的歲月〉）

如今我幾乎不到廚房，免得一些不必要的感傷，成為一個真正遠庖廚的君子。我重新拾起書本，發現了其中腴沃的另一種滋味，偶爾可以嘗出哪些文章是經過熬燉，哪些詩是快炒而成，有時我甚至猜想，某作者應該嗜辣，如東坡；某個作者可能尚甜，如秦觀；至於父親晚年最敬仰的淵明，執著的一定是一種近於無味的苦；而刀工最好的必屬黃庭堅，因為他的字那麼率真而落拓，因為他的詩，父親晚年鈔了許多。（徐國能〈刀工〉）

鄉夢被雨聲拉得好遠好長——／悲愴的心情更如一枕濃髮／紊亂得無法梳理了。（張秀亞〈雨中吟〉）

調情寫到這地步，好個張愛玲，月色藤花算什麼，蚊蟲厭物也能旖旎性感，這才高招，表面是紅豔的硃砂痣，底下心癢難當，體膚相接，肉聲劈拍，未曾真箇已銷魂。要不，流蘇怎會「突然被得罪了」，站起來拂袖而去，分明心裡有鬼。（蔡珠兒〈小咬〉）

S走後，我倒床就哭，自己也不知道何處來的那許多眼淚，我想也許是這一個禮拜實在過得太慢了，太淒慘了，以後的日子不知怎樣才能度過呢？昨天接著摩給娘的信，看得我肝腸寸斷了，那片真誠的心意感動了我，不怕連日車上受的勞頓，在深夜裏還趕著寫信，不是十二分的愛我怎能如此？（陸小曼〈小曼日記〉）

痛苦

【苦】 艱辛、難受。

【痛苦】 肉體或精神上所感受的苦楚。

【苦痛】 憂勞痛苦。

【苦澀】 形容內心很痛苦。

【酸楚】 辛酸淒楚。

【慘痛】 悲痛。

【難受】 傷心難過、心裡不舒服。

【難過】 傷心、難受。

【苦處】 痛苦、為難的事。

【苦楚】 痛苦。

【苦頭】 痛苦、磨難。

【苦水】 比喻受苦的事實或經過。

【隱痛】 難以宣達的痛苦。

【痛處】 感到痛苦的地方。

【心病】 不可或不願告人的愁恨。

【不自在】 心裡不舒服，感覺難受。

【不是味】 心裡不好受。

【萬箭穿心】 好像被一萬枝箭穿透心中。形容極端的痛苦。

【切膚之痛】 親身感受到的痛苦。形容極為深刻難忘。

【心如刀割】 內心痛苦像被刀割一樣。

【痛徹心脾】 痛到心坎裡。形容極為痛苦。亦作「痛徹心腑」、「痛入心脾」。

【痛定思痛】 指事後追思當時所遭的痛苦，而更加傷心。

三十七歲的梵谷真的買了一張死亡的單程票，說走就走了，行囊裡只有煎熬的痛苦和無可釋放的熱情。「星夜」，在我看來，其實是一幅地圖——梵谷靈魂出走的地圖，畫出了他神馳的旅行路線：從教堂的尖塔到天空裡一顆很大、很亮、很低的星，這顆星，又活又熱烈，而且很低，低到你覺得教堂的尖塔一不小心就會勾到它。（龍應台〈星夜〉）

日本茶道算是現代最講究喝茶氣質的了。先是四周的竹園就能清心寡慾，加上一大套進退舉止，讓誰都不敢輕舉妄動。茶宴上禁論世俗之事，例如政治或某人醜聞，同時也不許主客互相讚美阿諛。喝茶喝到這樣素心，也差不多像喝惠山茶一樣教人挺難受。（盧非易〈來，唸一下詩篇第五十一——茶〉）

信是阿福唸給她聽的，然而，剝紅只聽到這兒，再無一絲氣兒了；她感覺自己像被亂刀剁碎，被萬箭穿心，又像件內裡夾軟緞的衫襖，才披上身，一個不留神，便滑溜溜，整個滑下腳踝地面上，想提也提它不住了。（蕭麗紅《桂花巷·十二》）

回到家，方琳從沒有跟媽媽提起過學校發生的一切。並不是不想媽媽幫她解決問題，也不是不想讓媽媽擔心。而是不想讓媽媽感同身受她所遭遇的痛苦……一想到媽媽替她難過的表情，她就心如刀割。這種痛苦，一個人默默承受就可以了。（九把刀《精準的失控·第二章》）

憂愁、憂慮

【憂】發愁、擔心。
【愁】憂慮、悲傷。
【憂愁】擔憂、發愁。
【憂慮】憂愁擔心。
【憂傷】憂愁悲傷。
【憂戚】憂愁哀傷。
【憂鬱】憂傷悒鬱。
【憂憤】心中愁悶不平。
【悲愁】悲傷憂愁。
【哀愁】哀傷悲愁。

【愁苦】憂愁苦悶。
【愁緒】憂愁的情緒。
【憂悒】愁悶不安。悒，音ㄧˋ。
【擔憂】擔心、憂慮。
【焦慮】緊張不安的情緒。
【過慮】過於擔心、憂慮。
【發愁】憂愁。
【犯愁】發愁。
【鬱積】積聚不舒暢。亦作「鬱結」。

【隱憂】潛藏的憂慮。
【憂心】憂慮擔心。
【愁腸百結】憂愁纏結在腹中。比喻憂愁無從排解。
【憂心忡忡】憂愁不安的樣子。
【憂心如焚】內心憂慮有如火在焚燒。比喻非常焦慮不安。

【日坐愁城】每天都沉浸在愁苦中。
【多愁善感】形容人感情脆弱，易憂愁傷感。
【杞人憂天】古時杞國有個人，擔心天會塌下，因而寢食難安。比喻無謂的憂慮。
【庸人自擾】庸碌的人無端自尋煩惱、自找麻煩。

這樣過了好久，梅珊戛然而止，她似乎看見了頌蓮的眼睛裏充滿了淚影。梅珊把長長的水袖搭在肩上往回走，在早晨的天光裏，梅珊的臉上、衣服上跳躍著一些水晶色的光點，她的頭髮被霜露打濕，這樣走著她整個顯得濕潤而憂傷，彷彿風中之草。（蘇童〈妻妾成群〉）

我點起腳尖，從鏡子裡望著母親。她的臉容已不像在鄉下廚房裡忙來忙去時那麼豐潤亮麗了，她的眼睛停在鏡子裡，望著自己出神，不再是瞇縫眼兒的笑了。我手中揑著母親的頭髮，一綹綹地梳理，可是我已懂得，一把小小黃楊木梳，再也理不清母親心中的愁緒。因為在走廊的那一邊，不時飄來父親和姨娘琅琅的笑語聲。（琦君〈髻〉）

這時老法師心上有了隱憂。小王子的學問越進步，所發的議論越深奧，劍法越優美，老法師的憂心就越沉重。小王子把人生與哲學融會成一體，身肢與寶劍混成一體，言語、思想與天地萬物、自然變化，合成一體。越學習越愛學習，也就越是進步得快。老法師幾乎無時無刻不為這絕頂聰明的學生擔憂。（鹿橋〈人子〉）

煩悶

【煩】躁悶。

【煩悶】心中鬱悶不快活。

【煩惱】煩悶而不快活。

【心煩】心中煩悶、焦躁。

【苦惱】憂愁煩惱。

【煩擾】煩瑣攪擾。

【憂煩】憂愁煩惱。

【憂悶】憂愁煩悶。

【沉悶】沉重煩悶。

【苦悶】痛苦煩惱，心情鬱悶。

【鬱悶】心中愁悶不舒暢。

【愁悶】憂愁煩悶。

【無聊】精神空虛、愁悶。

【百無聊賴】非常無聊。指無事可做或思想感情沒有寄託。

【懊惱】心中鬱恨、悔恨。

【不快】不高興。

【抑鬱】憂鬱煩悶。

【陰鬱】深沉憂鬱的樣子。

【鬱悒】愁悶、憂鬱。

【悒悒】憂愁鬱悶的樣子。

【悒鬱不忿】心中有氣，壓抑著不表現出來。

【沉鬱】沉重鬱悶。

【憤懣】忿恨不平。

【憋氣】心中受委屈或有煩

惱無法宣洩。

【愍悶】心中有疑慮未能解決，或有煩惱而無法宣洩，因而感覺不順暢。

【氣悶】心情煩悶。

【熬心】心中煩悶不快。

【窩火】生氣、氣悶。

【窩憋】受人壓迫而心中憤懣。

【悶悶不樂】心情憂鬱不快樂。

【鬱鬱寡歡】悶悶不樂。

【心煩意亂】心中煩躁，思緒紊亂。

【滿腹心事】心中充滿愁悶。

「我們來玩一個遊戲吧！」「遊戲？好啊好啊。」其實我是看泰雅小妹妹瓦幸的腳步逐來越沉重，一定是因為漫長的山林步道，讓她覺得有點煩悶、無聊了。畢竟我認識的樹木花草有限，而沿路也沒有太多鳥類和小動物出現，彷彿永無止境的行走，對一個小女生而言確實不免乏味，那就得動腦筋逗逗她。（苦苓〈珊瑚礁與山胡椒〉）

因為一直想你所以感冒了吧！全身沒有力氣，想念下降了抵抗力（我用自己做了實驗）。有沒有吃藥都一樣的飄忽，我躺在小舟上有風吹來，海的微波搔動著我的胸口，無法不去思考單一的句子：「星期六見」，事實上也沒在思考，只是重複同一句話，話的本身也無意義，重點在說話的人。整天莫名其妙地笑和苦惱，但都沒有確切理由。（楊苾〈私讀密寫．戀人絮語〉）

不想如今忽然來了一個薛寶釵，歲數雖大不多，然品格端方，容貌豐美，人多謂說黛玉之所不及。而且寶釵行為豁達，隨分從時，不比黛玉孤高自許，目無下塵，故比黛玉大得下人之心；便是那些小丫頭們亦多喜與寶釵頑耍。因此，黛玉心中便有些悒鬱不忿之意，寶釵卻渾然不覺。（清．曹雪芹《紅樓夢．第五回》）

原來那天早餐時，夏金桂又借茬吵鬧，薛蟠因頭日去領採買銀子遭減扣，心頭煩惱，一夜沒睡好，更不堪那河東獅亂吼，往日不過對罵，今日那邊一句惡語出來，竟憤懣難忍，將正喝著的一碗熱粥，照那夏金桂甩去，偏偏就砸到了太陽穴上，粥湯橫飛，更有鮮血直噴出來，夏金桂尖嚎兩聲，便倒地翻白眼而亡。（劉心武《劉心武續紅樓夢‧第八十八回》）

父親在壯年時，就鬱鬱寡歡，病疾而亡。他臥病時期無力再書寫，只得默默展讀著《七俠五義》這類演義小說，彼時，其實我已經長大，可以與他暢談藝文盛事，分享他內心最愛的世界，但是，我卻寧可浪跡異鄉，不忍回家看見他落寞的神情，這些愧疚成了我一輩子的遺憾。（心岱〈來到曠野〉）

不舒服

【不適】不舒服、不舒暢。
【不舒服】不適意、不愉快。
【不快】不舒服。
【不爽】身體、精神不爽快。
【不爽快】1. 不舒服。2. 不乾脆。
【難受】身心感到不舒服。
【難過】不舒服、不好受。
【不得勁】不舒服。

高山烏龍茶，特別是有機烏龍茶品種，是我在上海每天不可或缺的小確幸。因為一天沒有喝到果香芬芳、茶色高雅的台灣茶，我就渾身不舒服。曾經在上海買過鐵觀音，但是從製茶的概念上就和台灣不同，台灣買的福建鐵觀音焙火略重，茶色金黃，但是大陸的鐵觀音喝起來像是烏龍茶品種的茶，不過最要命的是，它們喝起來像是在喝香水。（許舜英〈二〇〇九春夏必備單品〉）

尺寸大致相同的十多本書，被裝在一個白色的塑料袋裏。我將書逐一取出，一本接一本翻開，紙張發出被歲月碾過的響聲，虛弱又焦脆。生鏽的釘子，穿過層層菸色的紙，不時掉出屑片，見似快各散東

西，卻堅守崗位。黑色的霉菌，順著頁面上的水跡，零落點點；陣陣老去的腐味，直逼鼻頭，嗆得難受。（方肯〈修書記〉）

想也知道ㄢ啜泣了起來，這是今晚最終話偶像劇的高潮了。男孩絲毫沒打算挽回，只是等她用那哭到難過嘶啞的聲音，提出她的要求。「可以、請你把……」ㄢ至此泣不成聲，但隨後的請求把本來的偶像劇賦格陡降，變成搞笑賀歲短片：「把我放你家的除毛霜還給我嗎？那一罐很貴……」（祁立峰〈愛情屬地主義〉）

14 發怒

憤怒

【憤】因心中不滿而動怒、生氣。

【怒】氣憤、生氣。

【憤怒】生氣、發怒。

【憤慨】憤怒而慨嘆。

【震怒】大怒。

【盛怒】大怒。

【狂怒】大怒。

【惱】氣恨、發怒。

【惱怒】生氣、發怒。

【含怒】心懷憤怒。

【氣】發怒。

【生氣】發怒。

【動氣】生氣。

【掛氣】生氣。

【動火】發怒。

【動肝火】發怒、生氣。

【惱火】惱怒發火。

【冒火】生氣、發火。

【光火】生氣、發怒。

【上火】生氣、發怒。

【掛火】羞憤、惱怒。

【炸】突然發怒、生氣。

【嗔】生氣、發怒。

【發狠】惱怒動氣。

【悲憤】悲傷憤怒。

【氣憤】生氣憤怒。

【氣惱】氣忿、惱怒。

【憤憤】心中氣憤不平的樣子。

【憤然】氣憤發怒的樣子。

【悻悻】憤恨難平的樣子。

【怒沖沖】非常生氣、氣憤的樣子。

【氣呼呼】形容生氣時呼吸急促的樣子。

【氣沖沖】形容盛怒的樣子。

【氣鼓鼓】形容非常氣憤的樣子。

【火冒三丈】形容非常生氣。

【怒火中燒】心中升起熊烈的怒火。形容非常憤怒。

【怒不可遏】憤怒到不能抑制的地步。形容憤怒之極。

【怒髮衝冠】盛怒的樣子。

【惱羞成怒】因羞愧到極點而惱恨發怒。

【暴跳如雷】形容人急怒的樣子。

【勃然大怒】忿怒的樣子。

【七竅生煙】眼耳鼻口都冒出火來。形容十分憤怒。

【義憤填膺】胸中充滿因正義而激起的憤怒。

但有另一種火焰，妄自溫柔，暗中濃烈，是一位安那其小朋友燃起的，那是六月初起的夏夜，一年一度的尖沙咀聚會，他用一瓶二鍋頭在地上點燃自己的塗鴉，熾烈的圖像，映紅的人面，來自透明液體裡的酒精，不能吧啦吧啦燒盡我們內心深處的不安及憤怒，但可以這暫時的溫暖明熾來告慰。（曹疏影〈舊世紀〉）

憑藉香港三部曲所企及歷史敘述功力，施叔青展開返鄉之旅。回到故鄉時，決定也為她所賴以生存的土地立傳；朝向空曠虛無的歷史荒原，毅然為被損害的、沒有發言權的台灣，發出深沉而悲憤的抗議。（陳芳明〈歷史．小說．女性——施叔青的大河巨構〉）

鎖匠幫我們把門打開，電視都已經開始播放夜聞新聞了。看姊姊一臉豬肝色，妹妹和我很知趣地去洗澡，還很乖地把衣服放到洗衣機去洗。偏偏禍不單行，當我把洗好的衣服丟到脫水槽去，重心不一致，碰，碰，碰，碰，脫水槽劇烈地轉動幾下，便壞了——姊姊可火冒三丈，指著妹妹和我大罵：「我看你們誰再去跟媽媽打小報告，我就要誰好看——」（侯文詠〈媽媽不在的時候〉）

一天她告訴我，歷史老師宣佈：考試成績前五名的同學每人繳五塊錢，分數可再提高。其餘同學都傻了，繼而怒火中燒。田田考砸了，也加入抗議的行列。我跟著拍案而起：造反有理！我們全都上了當。原來這與歷史課本有互文關係。在馬丁·路德的宗教改革以前，富人只要捐錢給教會，殺人放火，照樣可赦免上天堂。老師略施小計，讓學生外帶個跟班的家長體會一下當時窮人的憤怒。（北島〈女兒〉）

發脾氣

【發脾氣】生氣發怒。
【發怒】生氣動怒。
【動怒】發怒、生氣。
【發作】動怒、發脾氣。

【發火】動怒、發脾氣。
【起火】發怒、動氣。
【發飆】大發脾氣。
【發毛】發脾氣。

【使性子】耍脾氣。
【拂袖】振動衣袖，表示不悅或憤怒。
【拍案】用手拍桌子，表示情緒激動。

【大發雷霆】比喻發怒、大聲責罵。

此信你能否看懂並不重要／重要的是／你務必在雛菊尚未全部凋零之前／趕快發怒，或者發笑／趕快從箱子裡找出我那件薄衫子／趕快對鏡梳你那又黑又柔的嫵媚／然後以整生的愛／點燃一盞燈（洛夫〈因為風的緣故〉）

印象中，母親像一座隨時會爆發的火山，幾乎沒有一天不發脾氣，沒有一刻不打罵孩子。家裡夥計幹活不俐落，孩子們調皮搗蛋，與父親嘔氣，或者工作太累，樣樣不如意的事，都能讓她失控發飆。（賴瑞卿〈母親的哭聲〉）

將軍又聽他褒揚了自己的勛業一番，卻沒有像往常那樣受不了過譽之辭而大發雷霆。他捺住性子聽，不時地點點頭，彷彿正在聽一首溜耳即逝的陌生樂曲。最後，他向對方舉手致答禮告辭，喃喃地說：「是啊是啊！人死得越久，也就越沒有什麼矛盾了是罷？」「您說啥？」（張大春〈將軍碑〉）

出氣、賭氣

【出氣】發洩怨憤。
【撒氣】洩憤。
【殺氣】發洩怒氣。
【遷怒】把怒氣發洩在不相干的人、事、物上。
【洩憤】發洩內心的憤恨。
【嘔氣】賭氣、鬧彆扭。
【賭氣】負氣、意氣用事。
【負氣】賭氣。
【鬥氣】賭氣、互不相讓。

父親在山居的那些個歲月，遙吟俯唱，倒也著實作了幾年清夢，寫了幾篇好詩，連他一向暴躁的脾氣都改了不少。母親雖然每天往返要跑幾里的山路到市場採購食物，但她卻沒有一絲厭煩的神色；因為父親的不再隨意遷怒子女，的確使她輕心了許多。（慶餘〈秋的憶念〉）

晚飯是舅舅上閣樓叫富萍下來吃的，這也有一種隆重的意思。富萍當然不能和舅舅賭氣。她對舅舅始終抱著敬畏之心，所以本來不打算下來吃飯的，如今只得下來了。飯菜已經端上了桌，孩子們捏著筷子，等她坐定後，方才開吃。飯桌上沉悶得很，只有筷子碰碗的叮噹。（王安憶《富萍・十七》）

有時，貞觀寧可他說了，自己好聽了放心；其實，也不是什麼不放心，她並非真要計較過去。與其說負氣，還不如說心疼他；惜君子之受折磨——她是在識得大信之後，從此連自己的一顆心也不會放了；是橫放也不好，直放也不好……（蕭麗紅《千江有水千江月・十之一》）

激怒、息怒

【激怒】以言語或行動刺激他人，使其發怒。

【觸怒】惹人動怒。

【惹氣】引來怒氣。

【激憤】激動氣憤。

【感憤】內心有所感觸而憤慨。

【息怒】平息怒氣。

【消氣】消除怒氣。

【壓氣】平抑怒氣。

【解氣】紓解心中鬱悶之氣。

【解恨】消除心中的怨恨。

這種溫柔的表態，先是為了自己，它不會傷身傷肺，心情平靜心肝脾臟就不會因高低猛烈而失去平衡。你自己得先有這種能耐能量才有不被破壞傷害的力量。那不是過於厚重而剛硬的盔甲，而是如一薄膜般輕微的保護著你，不容易被激怒、不輕易沮喪，當然，也不過於軟弱。（馬家輝〈龍年的溫柔〉）

且說董承自劉玄德去後，日夜與王子服等商議，無計可施。建安五年，元旦朝賀，見曹操驕橫愈甚，感憤成疾。帝知國舅染病，令隨朝太醫前去醫治。此醫乃洛陽人，姓吉，名太，字稱平，人皆呼為吉平，當時名醫也。平到董承府用藥調治，旦夕不離；常見董承長吁短歎，不敢動問。（明·羅貫中《三國演義·第二十三回》）

吳用便說道：「頭領息怒。自是我等來的不是，倒壞了你山寨情分。今日王頭領以禮發付我們下山，送與盤纏，又不曾熱趕將去。請頭領息怒，我等自去罷休。」林沖道：「這是笑裡藏刀，言清行濁的人。我其實今日放他不過！」（明·施耐庵、羅貫中《水滸傳·第十九回》）

15 驚訝、恐懼

害怕

【怕】恐懼、害怕。
【害怕】心中恐懼不安。
【懼怕】畏懼。
【恐】害怕、畏懼。
【恐懼】畏懼。
【畏】恐懼、害怕。
【畏懼】害怕、恐懼。
【畏縮】畏怯不前。
【憂懼】憂愁恐懼。
【危懼】形容非常驚恐、害怕。
【生怕】只怕、惟恐。

【生恐】生怕、惟恐。
【驚嚇】受驚害怕。
【嚇呆】形容驚嚇過度。
【嚇一跳】突然受到驚嚇的樣子。
【受驚】受到驚嚇。
【吃驚】受驚，嚇了一跳。
【震驚】吃驚懼怕。
【震懾】震驚恐懼。懾，音ㄓㄜˊ。
【憚】怕、畏懼。
【忌憚】有所畏懼而不敢妄為。

【心悸】心中驚恐害怕。
【喪膽】嚇破了膽，形容非常害怕。
【失色】失去原本的容色。形容神色因驚惶而改變。
【發毛】指害怕、驚慌。
【怯場】臨場畏縮慌張。
【怯陣】臨陣畏懼退縮。
【冒冷汗】因緊張、害怕或身體不適，引起全身冷汗直流的現象。

【魂飛魄散】比喻非常恐懼害怕。
【擔驚受怕】處於驚恐害怕的狀態。
【望而生畏】比喻見了就令人害怕。
【心有餘悸】形容危險不安之事雖然過去，回想起來心裡仍感到緊張、害怕。

夏天的溪流，其實是很清涼的，我也不覺得苦，就把它當作遠足；但鄉下的樹上、竹中有很多蛇，我常常恐懼被蛇咬，也擔心萬一妳或伯母被蛇咬了怎麼辦。那時我常常在腦中規畫求救方式，但鄉下人

很少，我們又去那麼偏遠的地方，我充滿恐懼，彷彿知道了，這個世界有著離別和死亡。（許悔之〈很多輩子〉）

我們家固定跟一位農夫買菜。星期日，他在社區不遠的一處教會，擺售才收割的新鮮作物。多半以有機蔬果為主，若是慣行的，都會再三強調，生怕壞了信譽。我們跟他一來一往互動，倏忽間竟也有四、五年。（劉克襄〈學習跟農夫聊天〉）

令人震懾的不是絕美的臉孔，而是在街上偶遇的斷了鼻梁的蒼白少年；塗著厚厚胭脂的老流鶯；優雅的老人；臉上有顆美麗的痣的少婦；笑起來有四個梨渦的少女……這些臉孔像流雲常在我腦中飄流。（周芬伶〈雲朵〉）

花榮披掛，拴束了弓箭，綽槍上馬，帶了三、五十名軍漢，都拖槍拽棒，直奔到劉高寨裏來。把門軍人見了，那裏敢攔當。見花榮頭勢不好，盡皆吃驚，都四散走了。花榮搶到廳前，下了馬，手中拿著槍，那三、五十人，都擺在廳前。花榮口裏叫道：「請劉知寨說話。」劉高聽得，驚的魂飛魄散，懼怕花榮是個武官，那裏敢出來相見。（明．施耐庵《水滸傳．第三十三回》）

火葬場捧著他的骨灰罈一路捧到靈骨塔安放後，我跪在冰冷的磨石地上，凝視著他那張郵票般大小的黑白照片，久久不願起身離去：終於，到了陰陽兩隔的時刻了嗎？那個時刻，我曾經想像過好多年，三更半夜擔驚受怕過好多年，也思想準備過好多年；但從那天清晨接到那通電話後，我卻讓時間凍結，不肯承認，那個時刻果真來了。（王健壯〈最後的眼神〉）

懷疑

【懷疑】心中疑惑。

【疑懼】因為不相信、猶疑而害怕。

【疑心】懷疑的感覺、念頭。

【猜疑】對人對事猜忌疑慮。

【疑惑】懷疑、不明白。

【狐疑】狐狸生性多疑，故以狐疑形容人因多疑而猶豫不決。

【困惑】因疑惑而不知如何是好。

【迷惘】困惑而不知所措。

他在席上隨口吩咐。殷天正、楊逍、韋一笑等逐一站起，躬身接令。張三豐初時還疑心他小小年紀，如何能統率群豪，此刻見他發號施令，殷天正等武林大豪居然一一凜遵，心下甚喜，暗想：「他能學到我的太極拳、太極劍，只不過是內功底子好、悟性強，雖屬難能，還不算是如何可貴。但他能管束明教、天鷹教這些大魔頭，引得他們走上正途，那才是了不起的大事呢。嘿，翠山有後，翠山有後。」想到這裡，忍不住捋鬚微笑。（金庸《倚天屠龍記．二十五》）

擁擠的居住空間限制了人們心理的空間，引發著數不清的磨擦。說話聲音大了，會吵了別人，聲音小了則要引起神經過敏者的無端猜疑，以致爆發出莫名的爭吵。（季紅真〈宿舍〉）

即使在最不足以談論的日常裡，我們偶爾也會在既定軌道迷惘片刻吧。似乎有一條不易馴服的思緒情縷，像靜悄悄的蛇，像不臨水的釣鉤，潛伏於內心深處，偽裝、冬眠、忍耐，忽而在不明所以的剎那，探出來對自己嘆息：「啊，漫長！」（簡媜〈小徑〉）

膽怯

【膽怯】膽小怯懦。

【膽寒】比喻極為驚懼、害怕。

【膽小】膽子小，缺乏勇氣。

【卻步】因膽怯而畏縮不前。

【畏怯】畏懼怯懦。

【畏葸】膽怯、畏懼。葸，音ㄒㄧˇ。

【心虛】自知理虧而內心害怕不安。

【怯生】見到不熟識的人，或處在陌生的環境中，而感到害怕或不自然。

【怯生生】膽小害怕的樣子。

【怕生】懼怕陌生人。

【縮頭縮腦】形容怯弱無能，不肯出頭負責任。

【縮手縮腳】形容畏怯退縮，不敢放手去做。

【束手束腳】綁手綁腳。比喻做事放不開，顧慮多。

【畏首畏尾】顧慮前顧慮後，十分戒慎恐懼的樣子。

【前怕狼，後怕虎】比喻顧慮過多，膽怯不前。

而我的仰望是如何的憂傷，用情於天又是如何寂寞的事業，我頹然地放下望遠鏡，誰能承受得了這巨大的愛戀呢？是啊，蒼天之下，我是膽小之人，不敢探視雲層背後那個無邊無際的世界。（周芬伶〈時空錯愕〉）

不就這樣子嗎，海邊到處立著警示牌：禁止這樣、禁止那樣，請勿靠近，不准越界，那年代沒有消波塊，但好像一道看不見的森森高牆悍擋在海陸之間。當然，這情形可能是因為渺小而畏怯宏瀚，因為有限而恐懼無垠，但十分矛盾的是，我們又那麼驕傲的自認為主宰天地萬物。（廖鴻基〈心底的濤浪〉）

黃得雲像心事被猜中似的，掉頭便走，避開迎面而來那個頗通文墨的班主。感覺到姜俠魂的眼光正在看自己，黃得雲心虛的加快腳步，跨出戲棚後台，到了門口才回過頭向那株紅棉樹回視，只見姜俠魂的背影，他柳綠綢褲在沒有風的薄暮兀自波浪起伏，撩撥投向它的目光。（施叔青《她名叫蝴蝶・第四章》）

驚慌

【驚慌】驚恐慌張。

【驚恐】驚懼害怕。

【驚駭】慌張害怕。

【驚惶】害怕惶恐。

【驚愕】非常驚訝害怕。

【驚悸】驚恐心悸。

【惶恐】恐懼不安的樣子。

【惶惑】心中疑懼。

【怔忪】音ㄓㄥ　ㄓㄨㄥ，驚懼害怕的樣子。

【恐怖】害怕、畏懼。

【恐慌】憂懼而慌張。

【虛驚】僅受到驚嚇，而無實際遭受災禍。

【心慌】心裡驚慌忙亂。

【毛】驚慌失措的樣子。

【毛咕】心生畏懼而驚慌。咕，音・ㄍㄨ。

【嚇人】令人驚嚇、害怕的。

【怵目驚心】眼見可怕的情景而使內心驚恐、害怕。形容十分恐怖。

【惶惶不可終日】驚慌到連一天都過不下去，形容驚恐不安到了極點。

【戰戰兢兢】因畏懼而顫抖。形容戒懼謹慎的樣子。

【驚惶失措】驚恐慌張，不知如何是好。

【提心吊膽】擔憂恐懼，無法平靜下來。亦作「提心弔膽」、「懸心吊膽」。

【聞風喪膽】聽到一點消息就嚇破膽。形容極度恐懼。

【心驚膽跳】形容驚怕畏懼的樣子。

【心驚肉跳】形容恐懼不安，心神不寧，以為災禍將臨。

【不寒而慄】形容內心恐懼至極。

【氣急敗壞】上氣不接下氣，狼狽不堪的樣子。常用以形容慌張或惱怒的樣子。

【屁滾尿流】形容非常驚懼害怕，狼狽不堪。

【失魂落魄】精神恍惚，失去主宰。

【魂不附體】靈魂脫離肉體。形容驚嚇過度而心不自主。

【亡魂喪膽】形容非常驚慌恐懼。

【風聲鶴唳】東晉時秦主苻堅率眾列陣肥水，謝玄等以八千精兵渡水還擊，秦兵大敗，潰兵聽到風聲和鶴鳴，皆以為王師已至。後形容極為驚慌疑懼。

【草木皆兵】見到風吹草動，都以為是敵兵。比喻緊張、恐懼，疑神疑鬼。

【談虎色變】一談到老虎就嚇得變了臉色。比喻一提及某事就非常害怕。

【杯弓蛇影】比喻為不存在的事情而驚惶。

【毛骨悚然】形容極端驚懼害怕。

【駭人聽聞】令人聽了十分震驚。

「哦——」我伸出手去，替她拭去額上冒出來一顆一顆的冷汗珠子。我發覺娟娟的眼睛也非常奇特，又深又黑，發怔的時候，目光還是那麼驚慌，一雙眸子好像兩隻黑蝌蚪，一逕在亂竄著。（白先勇〈孤戀花〉）

印度的燥熱飛塵，天天在街頭上演的生老病死，為我曉示生命的本質。我也去過恆河畔，看到骨灰撒入河中，焚燒一半的殘屍逐波而下，下游的印度信徒面不改色地掬起「聖水」，仰頭吞下。生死有界，流水無痕。我驚悸而感動。（林懷民〈出走與回家〉）

詩的寫作，猶如暗室覓尋出口，上下求索、左右觸摸，顛躑困頓、踉蹌傾斜，在苦悶惶惑之餘，忽見一線細光，穿透而入，於是豁然開朗，終能成篇。年輕時，我開始詩的創作，嘗試將外在事物所觸及心的感動通過文字及意象表現出來，就有這種煎熬推敲、易寫難工的感慨。詩無新舊之分，只有高下之別，而如何鑄字鎔篇，別出心裁，就決定了詩的成敗。（向陽〈詩的暗室〉）

烏鴉叫聲特別。開車的聽不見，跑步的戴著耳機，拒絕接收自然頻道。於是烏鴉拉屎，用墨綠灰白的排泄物輪番轟炸，人們終於注意到牠們的存在。冬天的樹上，驟然飛起，呼啦啦一片，遮天蓋地，如地獄景象。我進城提心吊膽，儘量不把車停樹下，還是免不了遭殃。（北島〈烏鴉〉）

我用力掀開棉被跳下床，準備搜索什麼似地。這樣的陽光，這樣的氛圍，我千真萬確在生命中碰觸過。可是一時又理不出頭緒。我失魂落魄地下樓推開院落大門，想暫時揮開這些困惑。剛一踏出階梯，猛然被一片藍得要滴出水來的天幕重重敲醒。（王文進〈堅定之山，希望之河〉）

慌張

【慌】因急促而忙亂。

【慌張】因慌忙而張惶失措。

【發慌】心裡不安、著急或驚慌。

【著慌】著急慌張。

【慌亂】慌張忙亂。

【慌神】慌亂、慌張。

【慌忙】急迫的樣子。

【張皇】驚恐慌亂的樣子。

【失措】因為驚慌而不知所措。

【倉惶】驚慌不知所措。

【周章】倉惶驚恐的樣子。

【手忙腳亂】形容做事慌亂，失了條理。

【手足無措】手足無處安放。形容沒了主意，不知如何是好。

【不知所措】驚慌失度，不知道怎麼辦才好。

【慌慌忙忙】緊張忙亂的樣子。

大約是九月上旬的一天拂曉，晨星尚未隱去。忽然，有人輕輕地按了兩下電鈴。父親從這有禮貌、且帶著膽怯的鈴聲中揣測，來者可能是朋友，而不是進駐家中、夜間外出鬼混拂曉回來的紅衛兵。母親開門，來者是李如蒼，且神色慌張。（章詒和〈兩片落葉，偶爾吹在一起：儲安平與父親的合影〉）

這次徐壯圖的慘死，徐太太那一邊有些親戚遷怒於尹雪艷，他們都沒有料到尹雪艷居然有這個膽識闖進徐家的靈堂來。場合過分緊張突兀，一時大家都有點手足無措。尹雪艷行完禮後，卻走到徐家太太面前，伸出手撫摸了一下兩個孩子的頭，然後莊重地和徐太太握了一握手。正當眾人面面相覷的當兒，尹雪艷卻踏著她那風一般的步子走出了極樂殯儀館。（白先勇〈永遠的尹雪艷〉）

有一次母親讓我去買黏糕，我略微地去得晚了一點，黏糕已經出鍋了。我慌慌忙忙地買了就回來了。回到家裡一看，不對了。母親讓我買的是加白糖的，而我買回來的是加紅糖的。當時我沒有留心，回到家裡一看，才知道錯了。（蕭紅《呼蘭河傳‧第七章》）

驚奇

【驚奇】覺得奇怪而吃驚。亦作「驚異」。
【驚訝】驚奇訝異。
【驚詫】驚奇訝異。
【詫異】驚奇、訝異。
【愕然】驚奇的樣子。
【納罕】驚異、奇怪。
【駭異】驚駭訝異。
【駭怪】震駭驚異。
【駭然】驚恐的樣子。
【訝異】令人覺得意外。
【奇異】驚奇訝異。
【奇怪】出乎意料、覺得奇異。
【怪異】奇怪、詭異。
【驚疑】驚恐疑惑。
【詭譎】奇怪、怪誕。
【大驚小怪】形容為一些不足為奇的小事而過分聲張、驚怪。
【呆若木雞】驚嚇而發愣的樣子。
【瞠目結舌】睜大眼睛說不出話。形容吃驚、受窘的樣子。
【張口結舌】形容恐懼慌張，或理屈說不出話的樣子。

在懷孕以前，我自信對於相伴了四十年的身體非常瞭解，以為早就已經將她乖乖地馴服。然而，當發現一個新的生命居然在我體內萌芽時，驚詫之餘，我才知道，雖然讀過那麼多的身體論述，但是理論卻只能淺淺地刮過皮膚的表層，而藏在底下的，竟是言語所不能企及的活生生的真實血肉。（郝譽翔〈生產前後〉）

我發現，一般說來，馬橋人對此不大著急，甚至一點也不怪異。他們似乎很樂意把話說得不大像話，不大合乎邏輯。他們似乎不習慣非此即彼的規則，有時不得已要把話說明白一些，是沒有辦法的事，是很吃力的苦差，是對外部世界的一種勉為其難的遷就。（韓少功《馬橋詞典・梔子花，茉莉花》）

從登山口到排雲山莊約有八小時的行程，皆是二三千公尺高山才見到的景象。天空一路出奇地晴朗，晴朗到雲被一層層削薄，薄到只餘一層紗，卻又綿長地橫貫整片天際，與峭壁的厚實山體對照時，後者很像是一個立在地上的巨大肉身，而前者是昇空的魂靈。你站在二者之間，幼小到只如一粒小沙塵，很容易就要消失在恍惚中。有時在山路的轉角處，突地冒出伸張白色手腳的巨大枯木，指天劃地，好像要指點我的迷惘，卻又凝神似的乩童模樣，令我張口結舌，很想與他一起停佇。（白靈〈慢活人生〉）

16 慚愧、無愧

慚愧、羞愧

【慚】羞愧。

【愧】因理虧或做錯事，而感到難為情。

【慚愧】羞愧。

【愧怍】慚愧。怍，音ㄗㄨㄛˋ。

【愧汗】因羞愧而發汗。形容極為羞愧。

【愧疚】慚愧內疚。

【抱歉】心中不安，過意不去。

【抱愧】心中懷存愧意。

【歉疚】慚愧難安。

【負疚】感到良心不安，對不起他人。

【內疚】內心自覺慚愧不安。

【不過意】心中感到不安或不忍。

【過意不去】心中不安，感到抱歉。

【羞愧】羞恥慚愧。

【羞慚】羞恥慚愧。

【赧顏】羞慚而臉紅。

【虧心】違背良心。

【無地自容】無處可以藏身。形容羞愧至極。

很多的歷史，我們會背，背堯的天舜的日，背孟軻民為貴社稷次之君為輕，背宋元明清以後百年恥辱，背六百年來臺灣的篳路與朋馳。很長的歷史，輕輕溜過，我們可以背得爛熟而慚愧，真的慚愧，那樣的歷史，我們幾曾著力過？遙遠的西天一抹雲霞，我們只是靜靜地記誦，紅橙黃綠藍靛紫，我們選擇那一色？不要藍，不要綠！我們選擇黃色的絲帶繫額頭，老師，這次歷史我們自己寫——（蕭蕭〈臺灣野百合〉）

我的很多朋友都是中學時代開始學抽菸的。記得那時候在農村勞動，班上的大部分男生都抽菸，不抽菸便明擺著反潮流。我因為實在不想咳嗽，堅決不抽菸，很有一種對不起大家的內疚和恐慌。抽菸在當時意味著一定的冒險，不抽菸，便難逃避向老師告密的嫌疑。（葉兆言〈抽菸〉）

小皇帝對於這種囑咐絲毫不敢忽視，因為第二天必須背誦今天為他所講授的經書和歷史。如果準備充分，背書如銀瓶瀉水，張先生就會頌揚天子的聖明；但如果背得結結巴巴或者讀出別字，張先生也立即會拿出嚴師的身分加以質問，使他無地自容。（黃仁宇《萬曆十五年・第一章》）

無愧

【無愧】沒有什麼可以慚愧的。

【問心無愧】憑著良心自我反省，無絲毫慚愧不安。

【捫心無愧】行為光明，心中坦然，無所愧疚。

【俯仰無愧】無論對人、對天都問心無愧。

【無愧】沒有什麼可以慚愧的。

【問心無愧】憑著良心自我反省，無絲毫慚愧不安。

【捫心無愧】行為光明，心中坦然，無所愧疚。

【俯仰無愧】無論對人、對天都問心無愧。

【心安理得】行事合情合理，心中坦然無憾。

【不愧】擔當得起、當之無愧。

【硬氣】心安理得，泰然無愧。

【對得起】對人無愧、不辜負他人。

他由十幾歲起，便把自己的血汗當作肥料，來培育它們，一直到今天從沒有間斷過。他像一塊路基的石頭，將自己的一生貢獻於人間。然而自身卻從來不曾對人間要求過什麼。這是對的！對於人間，他邱阿金是可以問心無愧了！他不該以此自豪嗎？不該高興麼？就是以現在衰老之年，他也要以自己兩隻手餵飽自己的。（鍾理和〈老樵夫〉）

遲衡山道：「晚生們今日特來，泰伯祠大祭商議主祭之人，公中說，祭的是大聖人，必要個賢者主祭，方為不愧；所以特來公請老先生。」虞博士道：「先生這個議論，我怎麼敢當？只是禮樂大事，自然也願觀光。請問定在幾時？」遲衡山道：「四月初一日。先一日就請老先生到來祠中齋戒一宿，以便行禮。」虞博士應諾了，拿茶與眾位喫。（清・吳敬梓《儒林外傳・第三十七回》）

懊悔

【悔】事後追恨。

【懊悔】悔恨。

【悔恨】反悔怨恨。

【愧恨】因羞愧而生恨。

【懊惱】心中悔恨。

【後悔】事後悔悟。

【懺悔】悔過。

【追悔】後悔。

【自悔】反悔、後悔。

【愧悔】慚愧、懊悔。

【痛悔】非常後悔。

【嗟悔】感嘆悔恨。

【反悔】對從前約定的事情中途變卦。

【翻悔】反悔，對以前的事後悔或不承認。

【自怨自艾】悔恨自己過去的錯誤而加以改正缺失。今多指自我悔恨、責備。艾，音ㄧˋ。

【悔不當初】悔恨當初的計畫或作為不當。

【悔之無及】後悔已來不及了。

【後悔莫及】事後懊悔，已來不及了。

【噬臍莫及】用嘴咬自己的臍，是不可能做到的事。比喻後悔已來不及了。

陽光在雪地描出我的影子，彷彿這人半屬人世半歸冥府。冷鋒不可擋，臉頰似霜，腳趾冰凍的感覺也提醒我不可久留。我的心從懊悔轉為戀戀不捨，問樹：「告訴我你的名字，讓我記憶。」樹無言，雪無語，候鳥的叫聲彷彿提醒：「過客，你要記哪一年哪一輪的名字？」（簡媜〈小徑〉）

今天，我醒來，向蒼老的昨夜告別，／跪拜著迎接又一次的考驗，／今天，我醒來，我流下了懺悔的淚，／緊緊地擁抱住一個新的自己，放聲大哭。（楊喚〈醒來〉）

原來那牛王他知那扇子收放的根本，接過手，不知捻個甚麼訣兒，依然小似一片杏葉，現出本像。開言罵道：「潑猢猻！認得我麼？」行者見了，心中自悔道：「是我的不是了。」恨了一聲，跌足高呼道：「咦！逐年家打雁，今卻被小雁兒嗛了眼睛。」狠得他爆躁如雷，掣鐵棒，劈頭便打；那魔王就使扇子搧他一下。（明．吳承恩《西遊記．第六十一回》）

17 欣羨、佩服

羨慕

【羨】因內心喜愛而渴望得到。
【慕】愛羨、景仰。
【羨慕】心中愛慕渴望。

【思慕】思念、想念。
【欣羨】欣喜仰慕。
【艷羨】十分羨慕。
【稱羨】稱揚羨慕。

【嘆羨】讚嘆羨慕。
【傾慕】傾心、愛慕。
【傾心】衷心嚮往。
【嚮往】思慕神往。

【憧憬】嚮往。
【神往】心神嚮往。
【眼熱】羨慕而極欲得到。

八月湖水平，涵虛混太清。氣蒸雲夢澤，波撼岳陽城。欲濟無舟楫，端居恥聖明。坐觀垂釣者，空有

羨魚情。（孟浩然〈望洞庭湖贈張丞相〉）

我這時被四面的歌聲誘惑了，降服了；但是遠遠的，遠遠的歌聲總彷彿隔著重衣搔癢似的，越搔越搔不著癢處。我於是憧憬著貼耳的妙音了。在歌舫划來時，我的憧憬，變為盼望；我固執的盼望著，有如飢渴。（朱自清〈槳聲歌裏的秦淮河〉）

蘇州的小巷使我神往，這樣的小巷不應該出現在我的腳下，而只能出現在陸文夫的小說裡，夢裡，彈詞開篇的歌聲裡。彈詞、蘇崑、蘇劇、吳語吳歌的珠圓玉潤使我迷失，我真怕聽這些聽久了便不能再聽懂別的方言與別的旋律。（王蒙〈訪蘇州〉）

敬仰、恭敬

【仰】敬慕。

【敬仰】敬重仰慕。

【景仰】敬慕、仰慕。

【欽仰】欽佩景仰。

【仰慕】敬仰思慕。

【欽慕】欽佩仰慕。

【敬慕】尊敬仰慕。

【景慕】景仰、仰慕。

【企慕】企盼渴望。

【心儀】內心非常佩服仰慕。

【仰望】仰慕。

【想望】思念仰慕。

【敬畏】既恭敬又畏懼。

【敬重】恭敬尊重。

【敬意】尊敬的心意。

【尊重】敬重。

【尊敬】尊崇、敬重。

【肅然起敬】因受感動而敬佩。

我讀你五行短詩，深信那白鳥是少年記憶之最初，是童年譎華富麗的幻覺，是你的憧憬和仰望，是理想，一種燦爛生動的美；通過記憶的賜予，不斷回歸到你的掌心，提示你生存的姿勢和目標。（楊牧《一首詩的完成・記憶》）

除了閒慌無事跑跑馬，朱四喜對牆板上的報紙仍然是敬意十足。不挑水肥的時節，他一多半兒都待在屋裡看牆認字兒。他和楊人龍之間的友誼也就是在認字兒上建立起來的。楊人龍從前在老家念過師範，能一口氣念下半篇社論來，連眼子也不眨一眨。（張大春〈四喜憂國〉）

祖父走了後，他住了六十年的老房子，政府要收回。搬家過程中，我看見了堆積如山的報紙，甚至看見中央日報的創刊號。我知道很多老人家都剪報、集報，我也曾經像許多自認合乎潮流的年輕人，不解這種雜亂的收藏有何用處。但那一刻，我看見了那輩人對報紙的依戀，那不是單純的蒐集，也是對知識傳播的尊重。（劉若英〈一廂情願〉）

那天吳柱國穿著一件黑呢大衣，戴著一副銀絲邊的眼鏡，一頭頭髮白得雪亮，他手上持著煙斗，從容不迫，應對那些記者的訪問。他那份恂恂儒雅，那份令人肅然起敬的學者風範，好像隨著歲月，變得愈更醇厚了一般。（白先勇〈冬夜〉）

佩服

【佩】敬仰信服。
【服】欽佩、順從。
【佩服】敬仰欽服。
【欽佩】心中敬服。
【敬佩】敬重佩服。
【讚佩】讚嘆且佩服。

【感佩】感動欽佩。
【畏】敬服。
【崇拜】敬仰佩服。
【推崇】尊敬、佩服。
【服氣】內心悅服、欽佩。
【信服】信任佩服。

【心折】由衷佩服。
【心服】由衷佩服。
【嘆服】讚嘆佩服。
【折服】佩服、信服。
【推服】推許、佩服。
【悅服】喜悅而敬服。

【口服】口頭上表示信服。
【拜服】佩服、敬服。
【傾倒】非常賞識感佩。
【心服口服】形容非常服氣。
【心悅誠服】誠心誠意的

服從。

【五體投地】本為古印度最恭敬的致敬儀式，雙膝、雙肘及頭五處著地，佛教徒沿用此禮以敬三寶。後比喻非常欽佩。

【甘拜下風】自認不如，由衷表示佩服。

孟子屢次說他要「獨行其道」，「自反而縮，雖千萬人吾往矣！」好大的口氣，千萬人橫阻在前我也要獨行其道，面對真理，他不惜與天下作對，與世界為敵，這捨我其誰的英氣，全中國甚至全世界也找不上幾個。高中時期，他成了我英雄崇拜的對象，當然我崇拜的英雄還有很多，尤其是狂飆的浪漫時代所強調的「悲劇英雄」，但在我所有的崇拜人物之中，孟子無疑是最早的了。（周志文〈孟子〉）

乘沒遮攔的煙波遠去／頂蒼天而蹴白日；／如此令人心折，光輝且妍暖／那自何處飛來的接引的手？（周夢蝶〈聞鐘〉）

我快快的寫好了好多首歌詞去，滾石一首也沒有接受——他們是專家，要求更貼切的字句，這一點，我完全同意而且心服。製作人王新蓮、齊豫在文字的敏銳度上夠深、夠強、夠狠、夠認真，她們要求作品的嚴格度，使我對這兩個才女心悅誠服。（三毛〈我要回家〉）

18 重視、輕視

重視

【重視】特別注意、看重。

【看重】重視。

【注重】特別看重。

【倚重】信賴器重。

【器重】特別重視其才能。

【推重】推崇尊重。

【珍重】珍愛重視。

【珍惜】珍視、愛惜。

【珍視】珍惜重視。

【寶重】珍惜、寶貴。

【講求】喜好、重視。

【講究】注意、顧慮。

【青眼】青，黑色。人正視時黑色的眼珠在中間，因此以青眼表示喜愛或看重。

【青睞】重視、喜愛。

【垂青】以青眼相待，表示得到重視或優待。

【看得起】看重。

【瞧得起】看得起。

【另眼相看】以特別的眼光或態度相待，以表示重視或歧視。

【刮目相看】用全新的眼光來看待。

我依稀記得父親習慣閉著眼睛咀嚼的樣子，還有他那雙刷得光亮的皮鞋，深棕色，短短的鞋帶繫在上面，那是我沒見過的款式。姐姐說，父親自從中風而不良於行後，幾乎很少穿皮鞋出門，而如今他腳上的皮鞋，表示他對這頓團圓飯萬分重視。這頓團圓飯，父親等了近乎十年吧，而那年十一月，父親便從此缺席了。（方肯〈花蕊般的餐桌〉）

所以十三歲前的我讀了那麼多三毛的流浪書，但終究我沒有成為她，即使長大後我上路，即使我旅行，即使我大膽盜用流浪字眼，但我知道旅行最後成為我的東西，而不是三毛的那種天真與激情，旅行於我其實更近乎佛家說的「對境」客體。我喜歡的是作為一個雲遊僧，一個轉身就是一輩子的不相見，一個揮別姿態就是珍重彼此的歡喜。（鍾文音〈不朽的流浪封印〉）

這個羅伯伯，就是羅隆基。他比父親小三歲，由於愛打扮，講究衣著，所以看上去這個羅伯伯比父親要小五、六歲的樣子。似乎父親對他並無好感。他也不常來找父親，要等到民盟在我家開會的時候，才看得見他的身影。會畢，他起身就走，不像史良，還要閒聊幾句。（章詒和〈一片青山了此身：羅隆基素描〉）

輕視

【輕視】瞧不起。

【鄙視】輕視、瞧不起。

【蔑視】輕視。

【藐視】輕視。

【賤視】看不起。

【小視】輕忽、小看。

【小看】輕視、瞧不起。

【小瞧】看不起、瞧不起。

【看輕】輕視、看不起。

【漠視】輕視、蔑視。

【歧視】輕視，以不公平的態度相待。

【無視】蔑視。

【鄙夷】輕視、瞧不起。

【鄙薄】鄙視、輕視。

【鄙棄】鄙視唾棄。

【唾棄】輕視鄙棄。

【輕蔑】看不起、藐視。

【侮蔑】輕視、怠慢。

【睥睨】斜著眼睛看人，表示傲然輕視或不服氣的意思。亦作「俾倪」。

【白眼】斜視時，眼睛露出較多的白色部分，表示輕視鄙惡。

【菲薄】鄙賤。

【不屑】輕視，不重視。

【看不起】輕視。

【不足道】不值得稱述。

【不起眼】不引人注目，或不被人重視。

【嗤之以鼻】從鼻子裡發出冷笑，表示不屑、鄙視。

【一笑置之】笑一笑就把它擱在一旁，表示不值得理睬重視，或不當成一回事。

【不屑一顧】輕視、瞧不起。

【無足輕重】不足以影響事物的輕重分量，意指不重要、無關緊要。

【視如糞土】看成糞土一般汙穢，低劣。比喻鄙視，瞧不起。

平兒忙欠身接了，因指眾媳婦悄悄說道：「你們太鬧的不像了。他是個姑娘家，不肯發威動怒，這是他尊重，你們就藐視欺負他。果然招他動了大氣，不過說他個粗糙就完了，你們就現吃不了的虧。他撒個嬌兒，太太也得讓她一二分，二奶奶也不敢怎樣。你們就這麼大膽子小看他，可是雞蛋往石頭上碰！」眾人都忙道：「我們何嘗敢大膽了？都是趙姨奶奶鬧的。」（清・曹雪芹《第五十五回》）

到頭來，鄭芝龍的海上宏圖在史冊中被刻意漠視，其中昂揚的想像力與雄偉的創造力，在史觀上被刻意低估。他死後兩百年中，統治者仍把大海視作險阻，政策反反覆覆，幾度祭起「片板不能入海」的

禁令，海天遼闊的近世，屬於無從想像的禁境。（平路〈電音三太子時代的鄉愁〉）

太迷人了，那神祕的眼神。我不禁嘆了口氣。那裡面好像包藏了太多東西，說不清的。好奇的，期盼的，渴求的，迷惑的，矛盾的，灼灼裡藏著冷酷，閃亮卻又不屑一顧，好像都嵌在那兩潭汪汪的水晶瞳裡，在酒吧昏黃的燈光下，發出迷濛的光芒。（賀景濱〈不要問我從哪裡來〉）

如果我真去找那個什麼鬼巫醫，他勢必要在我的遊記裡扮演一個什麼無足輕重的角色，這麼一來，非破壞掉我已經寫好的統一結構不可。（張大春〈自莽林躍出〉）

參・個性

一 個性與品格

1 個性

開朗、率直

【開朗】爽朗、樂觀。
【直爽】性情坦率豪爽。
【直率】性情直爽不虛偽。
【率直】真率、爽直。
【真率】坦率直爽不造作。
【爽直】性情坦率豪爽。
【爽氣】豪邁率直的氣概。
【爽快】率直。

【爽朗】清朗通達的樣子。
【明朗】爽快。
【樸直】質樸憨直。
【心直口快】個性直爽，說話不隱諱。
【直性子】性情率直。
【直腸子】性情直爽的人。

【直心眼兒】心地直爽，毫無心機。
【坦白】率直而無私念。
【坦率】性情坦白真率，不虛偽造作。
【坦蕩】坦直曠蕩。形容人胸襟光明坦直。
【光明】坦白、磊落。

【爛漫】坦白光明，性情率真。
【光風霽月】比喻人的胸懷坦蕩，品格高潔。
【胸無城府】城，城池。府，儲藏武器的倉庫。胸無城府，比喻為人坦率正直，沒有心機。

阿大的天性十分快活，開朗極了，處在這樣不安的困窘的境遇之下，依然不存什麼憂慮。這大約也得益於她母親的遺傳，處驚不變。這一種氣質是非常優良的，它可使人在壓榨底下，保存有完善的人性。（王安憶〈生死契闊，與子相悅〉）

真正的民歌，是農民從土地上傳唱起來的，老陝兒「鄉黨」，直率自稱「高了興」，無須咬文嚼字，說什麼「心血來潮」。一頭從來不騎的毛驢，彼此根本不熟，冒失地揮鞭抽趕，大聲吆喝「得兒喲個得兒嘿」！還來不及表述心裡的得意，驢就犯脾氣了，一掀！人跌進黃泥裡，驚奇、無奈，搭配著還沒有表達完畢的得意，只好自嘲，「喲」一聲唄！（馮翊綱〈小毛驢〉）

又像子路，坦率熱誠，但凡稍覺不對，動輒槓上孔子，時不時又高分貝要質疑他老師，其言語之直接，其問題之尖銳，最有後儒不易見到的灼灼陽氣，好一派興旺氣象！話雖如此，子路畢竟莽撞，又常不解孔子心意，最後遂多以挨罵收場。但修理歸修理，孔子一旦罵完，這子路，終究不改其志，才沒多久，下回，又是直腸子一條，大剌剌，他劈頭就問。（薛仁明〈論語隨喜〈不違，如愚〉〉）

活潑

【活潑】生動而不呆板。

【活躍】個性、行動十分積極。

【靈活】敏捷不呆滯。

【外向】性格活潑開朗。

【生龍活虎】比喻活潑勇猛，生氣勃勃。

【歡蹦亂跳】形容歡樂、活潑到了極點。

【活蹦亂跳】蹦蹦跳跳、生氣蓬勃的樣子。

【龍騰虎躍】如龍飛騰，如虎跳躍。形容精神奕奕，行動矯健。

你一個人漫遊的時候，你就會在青草裏坐地仰臥，甚至有時打滾，因為草的和暖的顏色自然的喚起你童稚的活潑；在靜僻的道上你就會不自主的狂舞，看著你自己的身影幻出種種詭異的變相，因為道旁樹木的陰影在他們于徐的婆娑裏暗示你舞蹈的快樂；你也會信口的歌唱，偶爾記起斷片的音調，與你

自己隨口的小曲，因為樹林中的鷰燕告訴你春光是應得讚美的。（徐志摩〈翡冷翠山居閒話〉）

MBA的第一天，我認識了來自世界各地的同學。大多是商業和科技背景，是我以前瞧不起的那群人。但在周六下午的啤酒派對上，我發現他們並不符合我對商人自私自利、貪得無饜的刻板印象。他們活潑、外向、喜歡社交、注重玩樂、笑聲比較亮、打嗝比較響，連吃起薯條來好像味道都比較香。他們也讀《浮士德》，但不會整天疑神疑鬼地擔心自己變成那樣。他們也做義工，而且舉辦慈善活動時特別有效率。（王文華〈MBA〉）

大家都重視「國民生產毛額」，某些機構開始評定「國民快樂指數」，有沒有人統計過「國民疲憊指數」？我上Google搜尋這個字，沒有結果。但假設有這個調查，疲憊指數與經濟成長是否成正比？我不知道答案。但可以隨手拿幾個國家來比一比。中國大陸經濟成長率11％，北京上海街上的人生龍活虎。日本經濟成長率1.8％，常聽到過老死的案例。這樣看來，經濟越糟人民越累？但也不然。法國的經濟成長率也只有1.8％，但法國人一天到晚罷工和渡假。（王文華〈美好的疲憊〉）

可愛

【可愛】討人喜愛。
【可喜】令人憐愛。
【逗人】討人喜愛。
【討喜】討人喜歡。
【宜人】討人喜愛。
【可人】令人滿意、惹人憐愛。
【可憐】惹人喜愛。
【可憐見】討人喜愛。
【惹人憐愛】令人憐惜、疼愛。

今天早晨他去天津了。我上了三個鐘頭的課，先生給我許多功課，我預備好好的做起來。不過這幾天從摩走後，這世界好像又換了一個似的，我到東也不見他那可愛的笑容，到西也聽不見他那柔美的聲音，一天到晚再也沒有一個人來安慰我，真覺得做人無味極了，為甚麼一切事情都不能遂心適意呢？（陸小曼〈小曼日記〉）

正值賈母和園裡姐妹們說笑解悶兒，忽見鳳姐帶了一個標緻的小媳婦進來，忙覷著眼瞧說：「這是誰家的孩子？好可憐見兒的！」鳳姐上來笑道：「老祖宗細細的看看，好不好？」說著，忙拉二姐兒說：「這是太婆婆，快磕頭。」二姐兒忙行了大禮。（清．曹雪芹《紅樓夢．第六十九回》）

頑皮、胡鬧

【皮】性情頑劣不聽話。
【調皮】頑皮淘氣。
【頑皮】調皮，不聽教誨。
【頑劣】愚頑且惡劣。
【皮臉】頑皮。
【淘氣】頑皮、搗蛋。
【搗蛋】以各種手段或無理的方式，擾亂或破壞他人做事情。
【作怪】胡鬧。
【胡鬧】無理取鬧。
【廝鬧】互相戲弄。
【歪纏】無理糾纏。
【攪和】無端生事。
【惡作劇】過度的戲弄他人。
【開玩笑】以言語、動作來逗樂或捉弄人。
【尋開心】開玩笑。
【瞎鬧】亂鬧，無理取鬧。
【無理取鬧】比喻不合情理的吵鬧或故意的搗亂。
【嘻皮笑臉】笑裡透著頑皮和耍賴等不莊重的表情和態度。

他們也真是年輕夫婦，全不計較賠進去的車錢和時間精力，陪著我們一群不知天高地厚的瞎胡鬧，朱陵阿姨也玩得興頭似的。如此就完全化解了事情本身的成敗得失，而忽然岔出人生的邊際去了，實在

很難判定有什麼名目，只覺要詫笑一聲，對人對事彷彿一下子懂得了，有一種無可奈何的縱容。（朱天文〈販書記〉）

下車改步行的時候，呂旭大充滿了困惑。領在前頭的老鄧也是一身大費周章的配備與打扮，應該不是窮極無聊的惡作劇，那究竟是怎麼回事？呂旭大看著老鄧略微顫抖的背影，好奇心越來越強烈。（九把刀《精準的失控．背包客旅行的意義》）

有一次，連續在幾個月裡，提米西一共被奧利逮到了八次。法官氣極了：「提米西，你為什麼這樣無恥？」提米西嘻皮笑臉地答：「不是我無恥。是奧利這小子太厲害，換了別的警官，我就不會老來給您找麻煩啦。」（喻麗清〈奧利和手套〉）

內向、孤僻

【怪僻】性情怪異偏執。

【孤僻】性情孤獨怪僻。

【孤傲】孤僻傲慢。

【古怪】性格不同尋常。

【乖僻】性情乖張偏執。

【乖張】性情執拗，不講情理。

【乖戾】行為不合人情。

【左性】偏執怪僻的性情。

【內向】缺乏與人交往的興趣，對外物的感受較少顯露。性格上偏愛沉靜，容易羞怯。

【陰沉】性格陰鬱深沉，難以開朗坦誠。

【沉靜少言】性情深沉文靜，很少說話。

【陰陽怪氣】性情古怪，令人捉摸不定。

【落落寡合】性情孤傲，跟別人合不來。

【自閉】原指一種行為發展障礙的病症，病徵為對於現實環境缺乏接觸的興趣與能力。後常用來戲稱人的性格沉靜、內向，鮮少與人往來。

【宅】為華語地區網路盛行後的流行用語，意指整天在家不出門，或整天上網、與社會脫節、不習慣與人接觸的人。如「宅男」、「宅女」。

但阿里薩就是這樣，熟人的命已被他全看遍，他只好出入一些咖啡館、Pub、酒廊之類的場合，並為此不得不打破他的孤僻，忍痛去認識很多人，往往跟陌生人剛搭訕上三分鐘，就忍不住向人家要命盤，而且都只顧自己看，全無耐心和禮貌解盤給對方聽。（朱天心〈我的朋友阿里薩〉）

有二伯的性情真古怪，他很喜歡和天空的雀子說話，他很喜歡和大黃狗談天。他一和人在一起，他就一句話沒有了，就是有話也是很古怪的，使人聽了常常不得要領。（蕭紅《呼蘭河傳．第六章》）

他的歷史，他的性格，現在雖從遺物中略知梗概，但在他生前，是絕少人知道的；他也絕口不向人說，你問他他只支吾而已。他賦性既這樣遺世絕俗，自然是落落寡合了。我們都能夠看出他是一個好朋友，他是一個有真心的人。（朱自清〈白采〉）

如果活在我們的時代，我懷疑他算不算也是宅男的一種？他這一生除了寫作無他，他放棄了任何動搖他創作意志的樂趣，相信文字能帶他到任何他想去的地方。甚至人類還沒有到過的地方——無盡深沉的慾望之谷，情感之顛。（郭強生〈讀者〉）

豪放

【豪放】豪邁奔放，無所拘束。

【豪爽】豪放爽直。

【豪邁】氣度寬大，豪放而無拘束。

【豪宕】豪放不羈。

【粗豪】舉止豪爽，不拘小節。

【粗獷】粗野狂放。

【不羈】不受拘束，比喻人才識高遠、俊秀脫俗。

【疏狂】狂放不羈的樣子。

【放達】言行不受世俗禮法的約束。

【通脫】通達脫俗，曠放不拘。

【灑脫】態度自然大方，不受拘束。

【落拓】行跡放任，不受拘檢。

【落魄】率性豪放、不受拘束。

【超脫】超然物外，不為世俗所拘束。

【超逸】超然逸俗。

青年永遠趨向反叛，愛好冒險；永遠如初度航海者，幻想黃金機緣的浩森的煙波之外；想割斷繫岸的纜繩，扯起風帆，欣欣的投入無垠的懷抱。他厭惡的是平安，自喜的是放縱與豪邁。無顏色的生涯，是他目中的荊棘；絕海與凶巇，是他愛取自由的途徑。（徐志摩〈北戴河海濱的幻想〉）

這時，有人悄悄拉了我一下，我回頭一看，是一個在學校中相當有名氣的學生，他以「浪子」著稱，一向放蕩不羈，叛逆性極強；他最大的愛好就是在圖書館前面的草坪上彈琴，我萬萬想不到這樣的一個玩世不恭的學生也會堅持到現在。（王丹〈難忘的一夜〉）

三十歲以前，不管在感情或思想上，我雖然曾經自以為比同齡的朋友成熟多了。但如今回想起來，其實還是很幼稚，尤其在理想與現實的平衡上，更常表現出想得多、做得少的空闊，與只看自己、不看別人的疏狂。（顏崑陽〈車輪輾過的歲月〉）

任性、隨意

【隨意】任意，不受拘束。

【任性】放縱性情恣意而為。

【放蕩】行為不加約束。亦作「放浪」。

【狂放】狂妄放蕩，任性而為。

【隨便】不拘束、不認真。

【恣意】縱心、任意。

【率性】隨著本性，放任而行。

【隨心所欲】完全順隨自己的心意去做事。

【自由】依自己的意志行事，不受外力拘束或限制。

【任意】隨意而為，不受拘束。

【肆意】任意。

【擅自】獨斷獨行，自作主張。

【肆無忌憚】恣意妄為，毫無顧忌。

【為所欲為】想做什麼就做什麼，毫無拘束與顧忌。

【放浪形骸】縱情、任性，沒有約束。

有一天老師講到最小的國家梵蒂岡不足半平方公里，放風箏都不敢隨意，唯恐一鬆手就放出了國境。我就問：「那他們敢不敢隔窗往屋外撒尿？」老師的臉馬上皺成地圖。結果是，我在屋裡被罰站。風箏依然在梵蒂岡的天空放。（馮傑〈在紙上飛行〉）

詩人往往多愁善感，遇到生命絕境，在精神上很可能崩潰。至於其他貌似狂放的文人，不管平日嘴上多麼萬水千山，一遇到真正的艱辛大多逃之夭夭，然後又轉過身來在行路者背後指指點點。文人通病，古今皆然。（余秋雨〈遠行的人們〉）

不管如何，女人們總是很喜歡這片井邊之地。在這裏，她們可以肆意談笑，將憋了許久的心事說給同情者聽。清早，女人們便來到井邊，一個挨一個蹲下來，搓洗著衣服。一陣風掃蕩了榕樹上的黃葉，黃葉旋舞著各種姿勢，飄落井邊的平臺，飄落木盆，飄落女人的身上，飄落芙蓉的髮巔。（顏崑陽〈水井邊的女人〉）

東南山麓下時時揚起少年們那蓋過一切的肆無忌憚的歡笑和呼喊，它像爆豆一般喧鬧、火熱、快活。這聲音稍一停頓，便聽得見什麼地方有人在唱歌，又有人在鼓掌，有時又有絃樂之聲隨風送到。我可以想見有多少人在明月之下飲酒作樂，歡度佳節。（鍾理和〈賞月〉）

放肆

【放肆】放縱任意、毫無顧忌。
【放縱】不循規矩，不加約束。

【放任】放縱。
【浪蕩】行為放蕩不檢。
【荒唐】言行乖謬、不合禮法。

【恣肆】放縱。
【恣睢】音ㄘ　ㄙㄨㄟ，形容暴橫、放縱。
【囂張】放肆傲慢。

【猖狂】狂妄胡為。
【猖獗】狂妄放肆。
【狂野】狂妄粗魯。
【非分】不合本分，非本分

所應有的。

【無所顧忌】什麼都不懼怕顧忌。

【無法無天】沒有法紀天理。指行為明目張膽，橫行無忌。

【明目張膽】張大眼、壯大膽，肆無忌憚的公然做壞事。

【氣燄高張】形容人高傲自大，氣勢逼人。

色連文，滂卑人在酒上也是極放縱的。只看到處是酒店，人家裏多有藏酒的地窖子便知道了。滂卑的酒店有些像杭州紹興一帶的，酒壚與櫃臺都在門口，裏面沒有多少地方；來者大約都是喝「櫃檯酒」的。（朱自清〈滂卑故城〉）

他們搜索著我的眼，那些浪蕩的夥伴們，時而默想／時而撤離，向我們窗外七月的星空／一如清晨搗衣的女子，戚然地離開夜雨後的井湄／這時那大嘴的掘墓人哭了，油然地憶起鮮牛奶的往日／我們的門牆也倚斜了，被阿拉伯歸來的販馬者（林泠〈夜譚——致漳州街諸子〉）

這種感覺你我都有過，也許現在正在經歷：早上八點去上班，一路忙到晚上八點。忙到沒有時間吃飯，一邊吃冷便當一邊敲鍵盤。忙什麼呢？聽老闆講重覆了好幾次的訓話、在MSN上抱怨某個同事很囂張、開事不關己的會議、會議中猜測彼此真正的立場。一天下來，除了賺到薪水，身心都沒有進帳。倒楣的人，賺到一個胃潰瘍。（王文華〈美好的疲憊〉）

散漫

【散漫】隨便、不受拘束。

【懶散】懶惰散漫的樣子。

【疏懶】疏怠懶散，不受拘束。

【吊兒郎當】放蕩不羈、不在乎的樣子。

【大大咧咧】態度傲慢的樣子。

【不修邊幅】不講究衣飾儀容或不拘形式小節。

【無所用心】對任何事情都不花心思、漠不關心。

【不拘小節】不被生活上的細節所拘束。

我不在咖啡館就在去咖啡館的路上，主要是在北京做大事的人都喜歡相約這裡。一杯咖啡的時光，成就好多筆大生意，比起台灣的那種休閒散漫或日常，咖啡館的意義對於每個城市都是不一樣的。（馬念慈〈咖啡館的路上〉）

他們說，弟弟被關起來了。我已經將近一年沒見到弟弟。最後一次見到他，他穿著嶄新的名牌襯衫，手上戴著金錶，吊兒郎當地說：「小心，我到你那裡敲你一筆哦！」他總是愛開玩笑。（周芬伶〈小王子〉）

他若不情願時，任你王侯將相，大捧的銀子送他，他正眼兒也不看。他又不修邊幅，穿著一件稀爛的直裰，靸著一雙破不過的蒲鞋。每日寫了字，得了人家的筆資，自家喫了飯，剩下的錢就不要了，隨便不相識的窮人，就送了他。（清・吳敬梓《儒林外史・第五十五回》）

拘束

【拘束】拘謹、不活潑。

【拘板】言行拘束呆板、不活潑。

【拘謹】性情拘束而謹慎。

【拘泥】固執於既有的想法而不知變通。

【拘禮】為禮法所拘束，不能變通以適應環境。

【矜持】謹慎言行，拘謹而不自然。

【局促】不安適、受拘束的樣子。亦作「侷促」。

【節制】限制不使過度。

【小家子氣】形容舉止局促、不大方。

柏林市內市外常看見運動員風的男人女人。女人大概都光著腳亮著胳膊，雄糾糾地走著，可是並不和男人一樣。她們不像巴黎女人的苗條，也不像倫敦女人的拘謹，卻是自然得好。有人說她們太粗，可

是有股勁兒。（朱自清〈柏林〉）

松松自幼在外公家養大，向來以日文寫信的外祖父母，依照他們的理想打扮松松，竟似明仁太子幼年期。明仁固已登基成為天皇，畢竟做了半世紀以上的太子，難以抹煞。松松從來不顯露幼稚給她，拘禮而侃侃應對，她待兒子也客氣如待小官人。（朱天文〈日神的後裔〉）

如同許多中學一樣，我們中學裡的男生與女生是不說話的。一大批男生歪歪倒倒地擁在走廊的兩側，一個女生矜持地、目不斜視地從中間穿過之後，哄地出現了一陣莫名其妙的笑聲。這就是全部的交流。（南帆〈女生〉）

自愛

【自愛】愛惜、尊重自己。

【守身】保守其身，不使陷於非義。

【守身如玉】潔身自愛，使自己如玉般潔白無瑕。

【愛惜羽毛】比喻自重、愛惜自己的聲譽。

【潔身自愛】保持自身清白純潔，不與人同流合汙。亦作「潔身自好」。

【明哲保身】明達事理、洞見時勢的人，不參與會帶給自己危險的事。

【急流勇退】在湍急的水勢中，當機立斷回舟退出。比喻人得意順遂之時，能見機身退，以求明哲保身。

【嚴以律己】以嚴格的態度約束自己。

說起政客，胡適絕對不是，他在關鍵時刻總會潔身自愛，他也不太想碰政治，但提倡民主，要超越政治也不很實際，所以有時他也被迫參與政治，但他參與政治，通常不是得利的一方，而是受害的一方，因為性格上他是一個老實的書生型人物，完全不適合在政治場合混，然而窮他一生，總是與國內

的政治糾葛不清。（周志文〈胡適〉）

雖然蔣委員長在那時被大家認為是民族救星，他使列強廢除了不平等條約，也使中國成了聯合國安理會的五強之一，我爸爸卻認為他應該急流勇退。我是小孩子，無法了解爸爸的想法，但是我很快就懂了。（李家同〈再回首1949—60年前〉）

屈老師來台大上課，絕對搭公車，而不坐公家配給他的房車，他曾說那是中央圖書館的車，只能用在與圖書館業務有關的事務上，後來他擔任史語所所長時也配有座車的，他到台大也絕不使用，從他南港住家搭公車來學校，少說也得花一個多小時，但他甘之如飴，他真是個規行矩步、嚴以律己的人。（周志文〈台大師長〉）

不要臉

【羞恥】羞愧恥辱。

【可恥】令人感到羞恥。

【無恥】沒有羞恥心。

【難看】不光榮、不名譽。

【賴皮】無恥耍賴。指不負責任的作風和行為。

【耍賴】賴皮不認帳，或蠻橫不講理。

【不知羞】無羞恥之心。

【不要臉】不知羞恥。

【恬不知恥】犯了錯卻安然不以為恥。

【寡廉鮮恥】沒有操守，不知廉恥。

【遺臭萬年】惡名永遠流傳下去，遭人唾罵。

但是我一直沒有換新，我依然在家每晚戴上耳機，捧著我磚頭般的隨身聽在客廳裡走動，讓父母看見我多麼喜歡我的新玩具。我不能讓他們知道，真的隨身聽長甚麼樣子——想到「戴陽」總會讓我掉淚，我為自己的虛榮感到可恥，我多希望還能收到父母買給我的玩具……（郭強生〈輕輕將我刮傷〉）

段譽只給他抓得雙肩疼痛入骨，仍然強裝笑容，說道：「誰說的？『岳老大』三字，當之無愧。」心中暗暗慚愧：「段譽啊段譽，你為了要救木姑娘，說話太也無恥，諂諛奉承，全無骨氣。聖賢之書，讀來何用？」又想：「倘若為我自己，那是半句違心之論也決計不說的，貪生怕死，算甚麼大丈夫了？只不過為了木姑娘也只得委屈一下了。《易・象》曰：『柔順利貞，君子攸行』，就是以柔克剛的道理。」言念及此，心下稍安。（金庸《天龍八部・四》）

孩子病了，哪一個孩子？忘記。孩子病懨著耍賴，只要媽媽，不要爸爸抱。扁桃腺發炎吧？三個孩子幼時都有這個「病癖」！兩周一月的便有某一人來這麼一記，於是火爐般貼擁著我的胸懷，熨得我自以為也發著燒。（愛亞〈芹菜牛肉絲〉）

剛強

【剛】堅硬、強勁。

【剛強】性情剛烈堅強。

【堅強】堅定剛強，不可動搖或摧毀。

【頑強】堅強固執。

【不屈】不屈服或順從。

【鋼鐵】比喻極為堅硬、強大。

【剛健】剛堅強健。

【剛勁】剛強堅勁，挺拔有力。

【剛烈】剛直貞烈。

【剛正】堅強嚴正，剛直方正。

【剛直】剛正直爽。

【剛毅】意志剛強堅毅。

【硬】剛強、剛健。

【硬氣】剛強有主見、有氣魄。

【烈】威猛、剛直。

【烈性】較為激烈、剛強的性情或本質。

【百折不撓】意志剛強，雖受盡挫折，仍能堅持不變，奮鬥到底。

【不屈不撓】不因為受阻礙而屈服。

【寧死不屈】寧願犧牲生命，也不屈服。用以表示意志堅定。

當我拈香向父親的靈位辭行時，母規站在一旁扶著八仙桌，眼眶噙著淚水，忍住不敢落下，而我，一轉身淚又汨汨而落。不知道自己怎麼如此脆弱，有十年未曾落淚了，並不是堅強，而是未逢悲涼。（吳鳴〈走過生命的困境〉）

因此，雖然他去世已有四年多，總覺得他未曾離開過，有些人用生命寫詩，也將這首生命的詩注入別人的生命裡，這個有著深刻靈魂頑強生命的人，全心全力地走完他的一生。也許偉大的不一定是完美的，神祕的不一定是神聖的；也許歷史上將不會有他的名字，可是，他那誠摯的聲音卻深入人心。（周芬伶〈一扇永不關閉的門〉）

《世說新語》文體寫法很委婉，這段故事如果只在這裡結束，也只是傳達了陸機的剛烈，或者為南方人在北方做官的屈辱感發洩一下悶氣而已。但《世說》筆鋒一轉，寫到在旁邊嚇得面無人色的弟弟陸雲，大概也讓讀者知道觸怒新貴豪族，對一個在北方政權仰人鼻息存活的南方世族文人是多麼危險的舉動。（蔣勳〈鬼子敢爾〉）

固執、頑固

【固執】 堅持己見，不肯變通。

【拘泥】 固執於個人的想法而不知變通。

【拘囿】 拘泥、局限。

【執泥】 固執、拘泥。

【拘執】 拘泥。

【拗】 音ㄋㄧㄡˋ，固執、倔強。

【執拗】 固執、不順從。

【執著】 堅持某一觀點而不改變。

【偏執】 對事物的見解偏差且固執己見。

【古板】 固執守舊，不靈活。

【剛愎】 固執己見，不肯接受他人的意見。

【自用】 固執自己的意見。

【剛愎自用】 性情倔強，

固執己見。

【師心自用】剛愎任性，自以為是。

【固執己見】堅持己見，不肯變通。

【死心眼】性情固執。

【一個心眼兒】比喻固執而不知變通。

【一意孤行】不接受勸告，固執己見，獨斷獨行。

【死心塌地】一心一意，不作他想。

【頑固】固執守舊，不知變通。

【頑梗】固執不通。

【死硬】呆板、頑固。

【愚頑】愚蠢、冥頑。

【守舊】因襲舊法而不變通。

【執迷】堅持錯誤的觀念而不醒悟。

【保守】態度傾向舊有制度、習慣或傳統，而無意開拓新創。

【至死不悟】到死仍不覺悟。形容極為頑固。

會對淡水如此執著，我現在開始明白了，因為淡水是生命的初戀。大學讀的是淡江，青春時的一言一舉早就和淡水的一景一物凝結成圖騰般的記憶。所以只要一提起淡水，時間立刻靜止，生命永遠定格著二十歲的悸動。（王文進〈邁越後山的北迴歸線〉）

我知道除我之外的同學並不喜歡他。他的嚴苛、怪僻，他的法西斯式的激烈和偏執，讓這三小時的課成了精神刑訓。誰都喘不過氣，誰都像被鞭子打一樣向前走得飛快。跟其他以取悅學生來維持合同續簽的代課教師們相比，他不識時務到了令人痛心的地步。（嚴歌苓〈學校中的故事〉）

從氣質言行到四年政績，在在顯示布希是個好大喜功而才力不足的無知莽漢，以意氣用事為雄才大略，視深謀遠慮為欠缺英雄果敢，正是《紅樓夢》裡那種無才補天的頑石。最可怕的是，不求甚解又剛愎武斷，腦袋中空卻一心替「天」行道。（張讓〈真相消失的遊戲〉）

他不喜歡他居住的城市，從來不以為他會久住下來。自命過客，不加掩飾的外地口音、突兀的打扮，連帶他頑固的眼神，彷彿尖銳匕首直勾勾射向那些高傲市民的眼球。怎麼樣，我就是不受教。縱使你文化再絢麗，也無法勾引我。（胡晴舫〈等待〉）

我向來對公義太執迷，太一廂情願；然而世事紛雜、人性脆弱、選情詭譎、步數權謀，豈是只靠「講道理」論是非嗎？此中未必有真意，只是欲辯已忘言、已無言。（吳晟〈愛講、愛講〉）

呆板

【呆板】刻板而不知變通。
【刻板】呆板而缺乏變化。
【平板】平淡呆板，沒有變化。
【呆滯】死板而不靈活。
【板滯】呆板、不靈活。
【凝滯】停滯不動。
【死板】呆滯、不靈活。
【僵硬】生硬不靈活。
【生硬】生澀、不流暢。
【機械】呆板、沒有變化。
【公式化】不依據具體情形，僅以某種固定方式刻板地處理問題。
【板板六十四】古時鑄錢的模子，一版可製六十四文，此為鑄錢的定數，不能私增。後用以比喻人的個性呆板固執，不知變通或不能通融。
【依樣畫葫蘆】一味模仿，毫無創見。
【按圖索驥】做事拘泥成法，呆板不知變通。
【刻舟求劍】楚人過江，劍掉水中，便於船舷刻一記號，待船停止，從刻記號處下水尋劍的故事。用以比喻拘泥固執，不知變通。
【膠柱鼓瑟】將瑟的弦柱黏住，鼓瑟時就不能調節音調的高低。比喻頑固而不知變通。

班上的學生就像一部電影中的角色，要各司其職，導演對於每個角色的指導不一樣。演員卯足了勁，各顯其能，就是一部好戲。台灣的基礎教育，劇本呆板，教法固定，悶頭K書，個個學做好孩子。不知扼殺埋沒了多少天才。廖國豪有冷靜、沉穩的特質，卻成為江湖上的仇殺工具。（王正方〈走投無

路的青少年〉）

明明是同樣的文本，然而「重讀」卻必然帶來不一樣的經驗。重者輕之，更重要的往往還在輕者重之。「初讀」中隨時念茲在茲的劇情變化、人物遭遇，愛情是否得有結果、死亡與災難何時降臨，所有這些，在「重讀」中悉數失去了幻影光芒，退化成僵硬無聊，也就絕對不會改變的事實。（楊照〈重新活過的時光──讀楊牧的《奇萊前書》、《奇萊後書》〉）

那雪芹先生笑道：「說你『空空』，原來肚裡果然空空。既是『假語村言』，但無魯魚亥豕以及背謬矛盾之處，樂得與二三同志，酒餘飯飽，雨夕燈窗，同消寂寞，又不必大人先生品題傳世。似你這樣尋根問底，便是刻舟求劍、膠柱鼓瑟了。」那空空道人聽了，仰天大笑，擲下抄本，飄然而去。（清・曹雪芹《紅樓夢・第一百二十回》）

講理

【講理】 明達道理。

【說理】 講理。

【評理】 依據道理，評判是非曲直。

【通情達理】 說話、做事合情合理。

【通達】 明白事理。

【懂事】 明白事理。

【解事】 懂事。

【頭頭是道】 形容言行清楚明白、有條理。

【條理分明】 有系統、層次，不紊亂。

【井井有條】 形容言語有條有理。

這一天，她又要出門了。她告訴小白，她要去南邊，小白說：好的。妹頭又說，我和阿川一起去的，小白又說：好的。妹頭從來沒有這樣給小白拿住的時候，她只得不講理了。她蠻橫地說：我給你打過

招呼了，一切後果由你負責。這句話小白實在聽不懂了，可他心裏就是厭煩，厭煩，厭煩！（王安憶〈妹頭〉）

窮人家的孩子懂事早。冬天，郭慶春知道媽一定很冷；夏天，媽一定很熱，很渴，很困。縫窮的的冬天和夏天都特別長。郭慶春的街坊、親戚都比較貧苦，但是郭慶春從小就知道縫窮的比許多人更卑屈，更低賤。（汪曾祺〈晚飯後的故事〉）

靈活、變通

【靈活】敏捷不呆滯。

【活絡】靈活、通達。

【機動】因應事情變化而隨時行動。

【權宜】暫時變通的處置。

【圓通】性情圓融，不固執己見。

【變通】順應時勢變遷而隨時調整行動。

【權變】隨機應變。

【機變】隨機應變。

【從權】採取權宜的措施，變通辦理。

【靈巧】靈活輕巧。

【鬼靈精】形容聰明靈巧的人。

【隨機應變】遇到事情能隨時妥善變通。

【見機行事】視情況變化採取因應之道。

【因地制宜】根據不同情況，制定相應的妥善辦法。

【順水推舟】順著水流方向推船。比喻順應情勢行事。

【將錯就錯】遷就已造成的錯誤而繼續行事。

【將計就計】利用對方的計策，順水推舟，反施其計。

母親節中午，家人各有行程四散，只剩晏起的我，和兀自在廚房裡兜轉的阿嬤。阿嬤八十一歲了，聲嗓洪亮，輕微重聽，膝關節退化，但腦中世界縝密如昔，能靈活使刀，在掌中切好一顆奇異果。當然，煮一缽微逸酒香的米糕，或蒸十數杯碗粿，也難不倒她。（孫梓評〈阿嬤，狐猴與我〉）

若對參賽的提案都不滿意，立刻上山下海去找，到「河口」，到「鎮南關」，不靠知識份子，而靠市井小民。小規模地搞，不行就變通。我們不能坐享其成，坐在辦公室等別人提案。因為革命，不會自然發生。（王文華〈革命家與經理人〉）

山獅並沒有選擇成為山獅，牠生下來就如此。牠吃你不是因為牠邪惡，那是牠的本能。我們只能慎選路線、隨機應變。看清對方的本質，不要幻想他會為了愛你而改變。（王文華〈假如你在東區遇到野獸……〉）

勇敢

【勇】有膽量的。

【勇敢】有勇氣，敢於作為。

【勇氣】勇往直前、無所畏懼的氣魄。

【英勇】勇敢出眾。

【無懼】無所畏懼。

【無畏】沒有畏懼。

【孤膽】單獨與眾多敵人英勇作戰。形容膽識過人，勇氣十足。

【大膽】不畏怯。

【斗膽】膽大如斗，形容膽量大。

【一身是膽】形容膽量極大，勇猛無比。

【奮不顧身】不顧一切，勇往直前。

【義無反顧】本著道義，勇往直前，絕不猶豫退縮。

【赴湯蹈火】奮不顧身，不避艱險。

【出生入死】形容不避艱險，將生死置之度外。

【捨生忘死】不顧性命。

【視死如歸】把死看作像回家一樣，毫無畏懼。形容人勇敢不怕死。

【臨危不懼】遇到危難時，挺身而出，無所畏懼。

【勇往直前】奮勇前進、無所畏懼。

我幾次想離開眾人，過去說幾句真話，可是說也慚愧，平時的決心和勇氣，不知都往那裏跑了，只會淚汪汪的看著他，連話都說不出口來。自己急得罵我自己，再不過去說話，車可要開了；那時我卻盼

望他能過來帶我走出眾人眼光之下，說幾句最後的話，誰知他也是一樣的沒勇氣。（陸小曼〈小曼日記〉）

穿過繁華的捷運站，熱鬧的中正路，雙溪的河堤依舊寧靜安詳，走在堤上確實有了故里的熟悉感。直直看過去，堤的前方依稀有你踩著腳踏車漸騎漸遠的身影，頭上的馬尾左右甩著，充滿快樂無畏的氣息，像一匹急著向前奔去的小馬。（鄭麗卿〈秋陽照舊〉）

也許他們過去都愛過，知道費盡全力的愛是多麼辛苦。如果沒有遇到真正心動的對象，還是不要輕易付出。嘿，林志玲若愛上我，我當然奮不顧身、十項全能。但捷運上擦肩而過的可愛女生，嗯……還是回家看電視吧！（王文華〈愛無能〉）

詡又密奏帝曰：「李傕貪而無謀，今兵散心怯，可以重爵餌之。」帝乃降詔，封傕為大司馬。傕喜曰：「此女巫降神祈禱之力也！」遂重賞女巫，卻不賞軍將。騎都尉楊奉大怒，謂宋果曰：「吾等出生入死，身冒矢石，功反不及女巫耶？」宋果曰：「何不殺此賊，以救天子？」（明．羅貫中《三國演義．第十三回》）

勇猛

【勇猛】果敢有力。

【勇武】勇猛威武。

【勇壯】勇武、雄壯。

【神勇】非常勇猛厲害。

【驍勇】勇猛。

【勇悍】勇猛強悍。

【強韌】柔韌、堅固，無法被摧折。

【強悍】蠻橫凶悍。

【剽悍】敏捷勇猛。

【驃悍】驍勇強悍。驃，音ㄆㄧㄠˋ。

【潑辣】做事勇猛、有魄力。

再看日本人天災後的勇猛與毅力，我們就不由得不慚愧我們的窮，我們的乏，我們的寒傖。這精神的窮乏才是真可恥的，不是物質的窮乏。我們所受的苦難都還不是我們應有的試驗的本身，那還差得遠哪；但是我們的醜態已經恰好與人家的從容成一個對照。（徐志摩〈落葉〉）

笨軍的黑豆上了球場，就好像大力水手吃了菠菜，無比神勇，他那過長的手臂投起球來，變化莫測，令人難以招架。每次比賽，黑豆總是為學校贏得獎牌回來。（周芬伶〈南國〉）

她懷小玫期間看不大出來，腳步登登的和平常走路一樣，臉頰顯生許多雀斑，蒼黃而孤頑的臉色，讓人覺得與她難商量，那是她一輩子最低姿態，卻很奇怪也最強韌的時期。（朱天文〈炎夏之都〉）

氣勢

【氣勢】氣力、聲勢。

【氣魄】氣概、魄力。

【氣概】氣勢。

【勁頭】力量、力氣。

【幹勁】做事的熱忱與精力。

【魄力】處理事情時所具有的膽識和判斷力。

司馬遷寫作的《史記》之所以感動千古以來的閱讀者，不只在於運用語彙的從容或遣詞造句的創造氣魄，最重要在於其中有司馬遷個人的淑世熱腸。現今，作家吳晟、吳明益等也起而效尤，寫詩、寫文章，進而走上街頭，提醒我們：「沒有旁觀者的時代」，只有全民站出來才能對抗這種另類霸凌。（廖玉蕙〈另類霸凌〉）

第二天，海雲一早出門，直奔那個購物中心，去買昨天捨棄下的那條夕照紅的太陽裙。海雲往往留下一兩件最貴的衣裳到生氣的時候買，不然嘔起氣來就沒得可買來消氣了。也只有生氣，她才買得下

手，才有那股**勁頭和氣魄**。（嚴歌苓〈紅羅裙〉）

軟弱、怯懦

【軟】懦弱而缺乏決斷力的人。
【軟弱】性格柔弱畏怯。
【懦】軟弱、怯弱。
【懦弱】軟弱怕事。

【薄弱】柔弱。
【脆弱】性格懦弱。
【柔弱】柔順、不剛強。
【荏弱】軟弱。
【愚懦】愚昧怯懦。

【怯】畏縮、害怕。
【怯懦】膽小怕事。
【怯弱】膽怯懦弱。
【孬】懦弱、無膽識。
【卑怯】卑微怯懦。

【怯生生】膽小害怕的樣子。
【窩囊】無能、懦弱。
【草雞】無能、怯弱。
【色厲內荏】外表剛強嚴厲而內心軟弱。

沒有戰亂的年代，醫學科學最發達的時代，你身畔的友人至親平安無恙，你唯二不在的親人都近九十壽終，你哪兒有資格說什麼生命太過**脆弱**太難呵護什麼的。（朱天文〈五月的藍色月亮〉）

頌蓮記得她當時絕望的感覺，她架著父親冰涼的身體，她自己整個比屍體更加冰涼。災難臨頭她一點也哭不出來。那個水池後來好幾天沒人用，頌蓮仍然在水池裏洗頭。頌蓮沒有一般女孩無謂的**怯懦**和恐懼。她很實際。父親一死，她必須自己負責自己了。在那個水池邊，頌蓮一遍遍地梳洗頭髮，藉此冷靜地預想以後的生活。（蘇童〈妻妾成群〉）

翠翠不作聲，心中只想哭，可是也無理由可哭。祖父還是再說下去，便引到死過了的母親來了。老人話說了一陣，沈默了。翠翠悄悄把頭撂過一些，見祖父眼中業已釀了一汪眼淚。翠翠又驚又怕**怯生生**的說：「爺爺，你怎麼的？」祖父不作聲，用大手掌擦著眼睛，小孩子似的咕咕笑著，跳上岸跑回家

中去了。（沈從文《邊城·十一》）

凶惡

【凶惡】殘忍狠毒。

【凶狠】殘暴狠毒。

【凶橫】殘暴蠻橫。

【凶暴】凶悍殘忍。

【殺氣】凶惡的氣勢。

【暴】殘酷凶惡。

【強暴】強橫凶殘。

【狂暴】狂野粗暴。

【殘暴】殘忍暴戾。

【橫暴】強橫凶暴。

【殘忍】凶惡狠毒而無惻隱之心。

【凶殘】凶惡殘暴的性情或行為。

【殘酷】殘忍狠毒。

【暴烈】形容性情凶猛。

【暴虐】行為凶惡殘酷。

【暴戾】粗暴凶惡。

【暴戾恣睢】形容凶惡橫暴。亦作「暴厲恣睢」。

【酷虐】殘酷暴虐。

【野蠻】蠻橫不講理。

【粗野】粗魯野蠻。

【凶悍】凶狠蠻橫。

【桀驁】性情暴戾。

【邪惡】奸邪凶惡。

【惡狠狠】非常凶惡的樣子。

【窮凶惡極】形容非常殘暴惡毒。

【惡惡實實】狠狠的。

【張牙舞爪】張揚作勢，猖狂凶惡的樣子。

【慘無人道】狠毒殘酷，滅絕人性。

【滅絕人性】形容極端殘忍，一點人性都沒有。

【人面獸心】形容人凶狠殘暴，如野獸一般。

【喪心病狂】喪失人性，舉止荒謬、反常。形容人殘忍可惡到了極點。

一看到了鈴木，我又吃了一驚，他的神色十分駭人，面色慘白，眼睛睜得老大，而且眼中，佈滿了紅絲，臉上籠罩著一股極其駭人的殺氣。他雖然已有五十出頭年紀·可是身體仍然很精壯，當門而立，似乎像一頭想朝我撲過來的餓狼。（倪匡《鬼子》）

你們隔鄰是一家畫相鋪，就是翻畫老相片的人物肖像，大多用來放到供桌和祖先牌位的遺像照，總總距離你們現存的年紀和狀態太遠，以致從沒細察，這日才發現它畫工拙劣得可以，有顧客正上門，恭謹的交待拜託老闆什麼，你和友人互望一眼，忍住殘忍的笑意，棚簷的雨滴每一分十七秒墜落一顆，那時你尚未找到適切的文字語言描述你們既寂寥又懶適的狀態，可能得好些年後。（朱天心〈遠方的雷聲〉）

革命者，不是野蠻粗暴的叫囂，革命者不是滿是血絲的紅眼與憤怒仇恨的拳頭；革命者，更是無限對人世的寬容，悲憫，愛與同情。靜靜伏下身去，那靜靜跪在天地面前的身體，那靜靜擱置在刀俎上的頭顱，那靜靜流下的眼淚，革命者的大悲與大愛，可以在死亡面前從容微笑罷。（蔣勳〈心目中的偶像〉）

狠毒

【狠】凶惡、殘忍。

【毒】凶狠、猛烈。

【狠毒】凶狠殘暴。

【惡毒】陰險狠毒。

【刻毒】刻薄惡毒。

【歹毒】陰險狠毒。

【黑心】比喻人陰險狠毒，泯滅天良。

【狠心】心性殘忍。

【辣】狠毒。

【毒辣】殘酷、狠毒。

【心狠手辣】心腸狠毒，手段殘忍。

【殺人不見血】殺人不露痕跡。比喻手段陰險可怕。

【傷天害理】行為違背天理，泯滅人性。

【狼心狗肺】人心腸狠毒，沒有良心。

【狼子野心】比喻凶狠殘暴的人難以教化。

簡捷惡狠狠的猙獰可怕，倒也罷了，這薛公遠笑嘻嘻的陰險狠毒模樣，張無忌瞧着尤其覺得寒心，大聲道：「我是武當子弟，這個妹子是峨嵋派的。你們害了我二人不打緊，武當五俠和滅絕師太能就此

罷休嗎？」簡捷一愕，「哦」了一聲，覺得這話倒是不錯，武當派和峨嵋派的人可真惹不起。（金庸《倚天屠龍記·十四》）

操曰：「寧教我負天下人，休教天下人負我。」陳宮默然。當夜，行數里，月明中敲開客店門投宿。喂飽了馬，曹操先睡。陳宮尋思：「我將謂曹操是好人，棄官跟他；原來是個狠心之徒！今日留之，必為後患。」便欲拔劍來殺曹操。（明·羅貫中《三國演義·第四回》）

陳登密諫操曰：「呂布，豺狼也，勇而無謀，輕於去就，宜早圖之。」操曰：「吾素知呂布狼子野心，誠難久養。非公父子莫能究其情，公當與吾謀之。」登曰：「丞相若有舉動，某當為內應。」操喜，表贈陳珪秩中二千石，登為廣陵太守。登辭回，操執登手曰：「東方之事，便以相付。」登點頭允諾。（明·羅貫中《三國演義·第十六回》）

陰險

【陰】 陰詐、狡猾。

【陰險】 為人虛偽奸險。

【險惡】 比喻情勢或世情奸險凶惡。

【陰毒】 陰險毒辣。

【陰賊】 陰險且狠毒。

【險詐】 奸險狡詐。

【陰鷙】 陰險且凶狠。鷙，音ㄓˋ。

【奸險】 奸詐陰險。

【奸同鬼蜮】 蜮，音ㄩˋ，為傳說中能含沙射影來害人的怪物。比喻心如鬼怪毒蟲那般狡猾邪惡。

【借刀殺人】 假他人之手去害人。

【笑裡藏刀】 與人言語帶著笑，其實內心奸邪陰險。

【口蜜腹劍】 嘴巴說的好聽，而內心險惡，處處想陷害人。

【兩面三刀】 陰險狡猾，要兩面手法，挑撥是非。

【鬼主意】 奸狡陰險的計謀。

【鬼算盤】 詭計多端的打算。

狄雲心中一片迷惘，說要不信罷，這位丁大哥從來不打誑語，何況跟他親如骨肉，何必捏造一番謊言來欺騙自己？要信了他的話罷，難道一向這麼忠厚老實的師父，竟是這麼一個陰險狠毒之人？（金庸《連城訣・三》）

少尉猛一怔，似乎下力氣辨認出這麼個猙獰、險惡的東西竟是自己。他不敢、不願、也不無委屈地認清，這一切確確不是別人，是無法抵賴的自己。像他的賴不掉的貧窮的家，貧窮的祖祖輩輩，貧窮的生養他的土地。（嚴歌苓〈少尉之死〉）

真話雖然不一定關於事實，但是謊話一定不會是真話。假話都不一定就是謊話，有些甜言蜜語或客氣話，說得過火，我們就認為假話，其實說話的人也許倒並不缺少愛慕與尊敬。存心騙人，別有作用，所謂「口蜜腹劍」的，自然當作別論。（朱自清〈論老實話〉）

蠻橫

【蠻】強橫、不通情理。
【蠻橫】不講理。
【橫蠻】粗暴、蠻橫。
【野蠻】蠻橫而不講理。
【刁悍】狡詐強悍。
【刁蠻】狡詐蠻橫。
【刁鑽】奸詐、狡猾。
【強橫】蠻不講理。

【豪橫】仗勢欺人。
【豪強】強橫而有權勢的人。
【潑辣】凶悍不講理。
【霸道】做事蠻橫不講理。
【悍然】強橫無理。
【專橫】獨斷橫行，任意妄為。

【驕橫】傲慢、蠻橫。
【跋扈】態度傲慢無禮，舉動粗暴強橫。
【作威作福】仗著權勢欺壓別人。
【不可理喻】無法用道理使他明白。形容態度強橫，毫不講理。

【蠻不講理】蠻橫不講道理。
【橫行霸道】凶橫不講理。
【飛揚跋扈】態度蠻橫，放縱而霸道。

妳還記得，青春期的妳常鬧情緒，母親每每調笑妳，說長大後看哪個男人敢娶蠻橫似妳的小姐，妳嘛起嘴不講話，總是爸爸充當老好人，摟著妳，親親妳額頭，解圍的說，不要怕喔小寶貝，找不到疼妳的男人，爸爸就養妳一輩子，別怕呀。（蔡詩萍〈妳終於決定去旅行了〉）

阿娘其實也是一種刁鑽的人，現在是因為年紀大了，做了長輩，只得仁厚一些，但到了關鍵時刻，便也要露出來的。現在，阿娘進來出去，有當無的，總念叨一句話，就是「男追女，隔座山，女追男，隔張紙」。底下的含義不言自明，說的是妹頭追小白。（王安憶〈妹頭〉）

這英國人與以前不同了，人變得怪裏怪氣，脾氣也難以捉摸。例如他為了芝麻綠豆的小事手叉腰，對手下惡言惡語喝斥，有次還動手打了個行動本來就遲緩的清潔工一大耳光，作威作福打完人後，又好像很後悔的樣子。（施叔青《遍山洋紫荊・第五章》）

2 脾氣

暴躁

【暴躁】遇事急躁、魯莽，不能控制感情。

【暴烈】形容性情凶猛。

【火性】急躁易怒的脾氣。

【火氣】脾氣不佳，遇事容易動怒。

【牛脾氣】脾氣不好，性情倔強。

【野性】性情不馴順。

【獸性】殘忍凶暴的性情。

【小性兒】形容人胸襟狹窄，愛鬧脾氣。

閃電從左頰穿入右頰／雲層直劈而下，當回聲四起／山色突然逼近，重重撞擊久閉的眼瞳／我便聞到

時間的腐味從脣際飄出／而雪的聲音如此暴躁，猶之鱷魚的膚色（洛夫〈石室之死亡・12〉）

紫鵑度其意，乃勸道：「若論前日之事，竟是姑娘太浮躁了些。別人不知寶玉那脾氣，難道咱們也不知道的。為那玉也不是鬧了一遭兩遭了。」黛玉啐道：「你倒來替人派我的不是。我怎麼浮躁了？」紫鵑笑道：「好好的，為什麼又剪了那穗子？豈不是寶玉只有三分不是，姑娘倒有七分不是。我看他素日在姑娘身上就好，皆因姑娘小性兒，常要歪派他，才這麼樣。」（清・曹雪芹《紅樓夢・第三十回》）

倔強

【倔】強硬、固執。

【倔強】強硬不屈。

【倔巴】性情直爽固執，言語粗魯率直。

【強硬】態度堅決，不肯退讓。

【強項】秉性剛直，不肯低頭屈服。

【牛性】比喻脾氣執拗，性情倔強。

【倔頭倔腦】言語粗魯、態度執拗。

【桀驁不馴】倔強凶悍，傲慢不順從。

稚齡時，倔強地坐在診療椅上為著自己的委屈緊閉雙唇的我，這才徹底了然當年母親背著一個又一個小孩前去就醫時，內心所承受的壓力是何等的巨大。（廖玉蕙〈取藥的小窗口〉）

知識的基礎本來就是建立在不斷懷疑的本質上。一個縱身在知識瀚海的青年，因為受到學術啟蒙的激勵，進而流露出些許桀驁不馴的氣質，認真說來，豈非正是教育工作者順勢利導，鑄造良材的最佳時機？無奈趨易避難也正是人類另一項難以根治的惰性。在一群靈巧聽話，不惹事生非的孩子的簇擁

之下，那些帶有叛逆性格的少數民族就愈發顯得與「主流文化」的格格不入了。（王文進〈自由的飛鶴〉）

溫和、和氣

【溫和】性情或態度平和溫順。
【溫柔】溫和柔順。
【溫厚】平和寬厚。
【溫婉】溫柔和順。
【和氣】態度溫和可親。
【和善】溫和善良。
【和易】態度溫和，平易近人。
【和藹】溫和的樣子。
【親切】和善、親近。
【慈藹】慈祥和藹。
【和藹可親】態度溫和，容易親近。
【友善】友愛和善。
【和悅】溫和喜悅。
【好性兒】脾氣好。
【好說話】脾氣好，容易商量。
【好聲好氣】語調柔和，態度委婉。
【乖】和順、聽話。
【乖順】乖巧、和順。
【嬌柔】嫵媚且溫柔。
【柔和】溫馴、和順。
【柔順】溫柔和順。
【溫順】溫和順從。
【和順】平和柔順。
【婉順】柔和溫順。
【溫馴】溫順，不粗野。
【馴順】溫和柔順。
【馴良】性情柔順、善良。
【順和】平順和氣。
【隨和】性情溫和，容易相處。
【平和】平順、和氣。
【平和恬淡】溫順恬靜。
【一團和氣】形容態度和藹可親。

男人穿針織頂多給人一種無害的溫和形象，但是女人對溫度的敏感，就像你對幽靈有感應一般，女人對針織品的感應不是實用性的，而是情慾的，女人依戀針織品在皮膚上帶來的體溫，好像她們體內經歷了很深很深的創傷。（許舜英〈編織的女孩〉）

和良雲姊姊逛東門、南門市場，她會驚訝於台灣怎麼有這麼多老上海人才吃的食材，而且都做得很精緻，她還說原來她父親在台北一直可以吃到家鄉味，她也表示台北的空氣比上海好、天空比上海藍、生活比上海悠閒、路人比上海友善，最後她說台北真是個好地方。（韓良露〈台北真是個好地方〉）

眾人先聽見李紈獨辦，各各心中暗喜，以為李紈素日原是個厚道多恩無罰的，自然比鳳姐兒好搪塞。便添了一個探春，也都想著不過是個未出閨閣的年輕小姐，且素日也最平和恬淡，因此都不在意，比鳳姐兒前更懈怠了許多。只三四日後，幾件事過手，漸覺探春精細處不讓鳳姐，只不過是言語安靜、性情和順而已。（清・曹雪芹《紅樓夢・第五十五回》）

3 品格

高尚

【高尚】品行清高。

【高貴】高雅尊貴。

【高潔】人品高尚清廉。

【高雅】高貴雅致。

【崇高】品格高尚。

【神聖】極為莊嚴尊貴，不可侵犯。

【偉大】高尚、盛大。

【清高】清雅高潔。

【淡泊】恬靜無為，不求名利。

【恬淡】心境安然淡泊，不慕名利。

【脫俗】氣質、品格與塵俗不同。

我們在小餐桌上坐下來，吃我做的香腸蛋炒飯。他吃得很悄然，握勺的手勢逸然得體，把一盤簡單的蛋炒飯吃得高貴起來。我注意到他的指甲乾淨整齊，像白色剔透的貝殼。強取豪奪，似乎是他換了另一雙手幹的。（嚴歌苓〈搶劫犯查理和我〉）

重慶南路上書店林立，卻沒有一個是發熱又發光的，如我心中知識殿堂的模樣。那裡任何一家書店都比我們鄉下的書店大，但開書店的，都把書當成商品，書店陳設老舊庸俗，光線也暗，在裡面看書，永遠不會有「智者在此垂釣」的高雅情緒。（周志文〈台北〉）

飽蠹樓的書不准外借，錢先生於是天天在樓中蛀書、抄書；這隻不饜的蠹蟲，被餵飽了詩書。札記有一條記愛爾蘭詩人葉慈的話：耶穌最容易受誘惑。鍾書先生只受書的誘惑，不受別的誘惑。他一生淡泊名利，成大名後曾婉拒多所大學的榮譽博士學位。（黃維樑〈向錢看，鍾愛書——紀念錢鍾書先生逝世十周年〉）

純潔

【純潔】純粹潔淨。通常指心地純淨，沒有邪念。
【乾淨】純粹、潔淨。
【聖潔】神聖純潔。
【天真】心地純真，性情直率。
【清白】純潔不受汙染。
【純真】純潔真誠。
【樸質】純真、樸實。
【冰清玉潔】品行高潔。

上一輩的人幹了些什麼，我們還是不曉得好。要是曉得了他們的底細，我聽人說過，只怕沒有幾個乾淨的人，叫他們爹爹、伯伯、叔叔，他們的臉都沒有地方放呢！（高曉聲〈觸雷〉）

你拉開窗簾，偏仰著寫著純真的臉，以手指輕掠著額髮，使我想起那在長春藤下偏仰著臉的日晷儀，它記錄著我生命的季節與早晚。任著綠色的春雨落在上面，帶著茴香、苜蓿、豌豆苗的香味。那像是春天第一次古老的鐘擺，執意輕聲的推敲著它的修辭，吐訴的微雨，分明是水鴣鴣在陪伴著窗內猶豫

的古老鐘擺，似對春的一切有所讚美，讚美水鴣鴣溫情的呼喚、小蝶的飛翔和開花的慷慨、熱情的大地。（張秀亞〈春之頌〉）

善良

【善】美好的、有德行的。

【善良】心地端正純潔，沒有歹念。

【和善】溫和善良。

【溫良】溫和善良。

【純良】純正善良。

【淳良】樸實而善良。

【良心】人類天生的良善之心。

【仁義】仁愛正義，寬厚正直。

【賢慧】形容女子善良且深明大義。

【賢淑】形容女子善良溫厚。

我孤獨自行。路不寬，但也不狹隘。一旁是呈下坡的小谷，長著許多樹，橡樹、楓樹、松樹，及其他不知名的樹；其實是不知名的樹多過所認識的樹。另一旁是住家，一些中產階級的住家。各式各樣小小含蓄適宜的房屋。大概住著普通一般善良含蓄的人吧。男女老少，衣食住行，悲歡哀樂。（林文月〈散步迷路〉）

小牛是你最常放學後去做功課的同伴，每次他爸爸媽媽一旁你捶我一下我擰你一把不久，就把連小牛在內的眾小孩支使到院子裡，關上屋門。你們常蹲在竹籬笆牆角潮腐的根部折磨小蟲玩，地上的陽光和陰影皆是綠色的，再沒有像葡萄藤那樣溫良如你以為的父母們該有的樣子，覆蔭整個院子，靜靜泌著綠色的香氣。（朱天心〈遠方的雷聲〉）

她簽了一張很荒謬的離婚證書，證書上只有兩個條件：第一，我們還是好朋友；第二，我可以隨時回到屬於我們的家。她的前夫，很有良心地附加一個條件：「所有的財產均分」。在她的想像中，她只是需

要流浪和談一次心靈上的戀愛，沒想到簽完離婚證書不久，前夫又再婚了。（周芬伶〈閣樓上的女子〉）

仁慈

【仁慈】寬大慈善。
【仁愛】仁厚慈愛。
【慈善】仁慈善良。
【慈悲】慈愛、悲憫。
【慈愛】仁慈而愛人，多指長輩對晚輩的愛而言。
【慈祥】慈善且祥和。
【慈和】慈愛、祥和。
【仁厚】仁愛寬厚。
【菩薩】尊稱樂善好施的好人。
【仁至義盡】盡最大努力去關懷照顧他人。
【慈眉善目】面容慈祥而和善。
【大慈大悲】佛家語，指愛眾生、拯救眾生的廣大慈悲。亦用以形容人心腸好，非常慈悲。
【樂善好施】樂於行善，喜好施捨、助濟他人。

在母親嚴明的紀律下，我們享有公平的待遇，可也常感到被疏忽被冷落，尤其在少年時代，種種的苦悶與寂寞，常歸咎於母親。後來年歲漸長，才了解要公平且仁慈地對待別人，是一件困難的事。（周芬伶〈淡淡春暉〉）

他陰了半天臉才說：實話告訴你吧，姆媽，我本來不是為了一個陽台，我是覺得不公平。趙志國他家沒房子，我們收留了他，在極困難的情況下還劃出一只三層閣給他們住，可算是仁至義盡。爹爹要養女兒在家，我沒有意見，將來我也要養個女兒在家。要說爹爹還有兒子好靠，我去靠誰？（王安憶〈「文革」軼事・19〉）

天亮了，聽到瓦背上嘩嘩的雨聲，我就放了心。因為下雨天長工不下田，母親不用老早起來做飯，可以在熱被窩裡多躺會兒。我捨不得再睡，也不讓母親睡，吵著要她講故事。母親閉著眼睛，給我講雨天的故事。在熹微的晨光中，我望著母親的臉，她的額角方方正正，眉毛細細長長，眼睛瞇成一條線。我的啟蒙老師說菩薩慈眉善目，母親的長相一定就跟菩薩一樣。（琦君〈下雨天，真好〉）

卑劣、缺德

【卑劣】人格低下。
【卑鄙】人格惡劣低下。
【卑俗】低劣俗氣。
【卑汙】卑鄙、齷齪。
【不端】品行不良、不正派。
【不肖】品性不良。
【無行】沒有善行，品性惡劣。

【下流】品格卑下。
【下作】卑鄙、下流。
【下賤】品格卑劣。
【骯髒】卑鄙、惡劣。
【齷齪】音ㄨㄛˋ ㄔㄨㄛˋ，不乾淨。
【不三不四】不像樣、不正派。

【狗彘不如】罵人的話。比喻人的品格卑劣，連豬狗都比不上。彘，音ㄓˋ。
【衣冠禽獸】比喻品德敗壞的人。
【缺德】責備人修養或言行不符合道德規範。
【喪德】沒有做人應有的道德。

【沒天良】沒有良心。
【沒良心】沒有人天性具有的良善本心。
【不道德】不合道德標準。
【不義】不合行為道德。
【德薄】德性淺薄。

卑鄙是卑鄙者的通行證，／高尚是高尚者的墓誌銘，／看吧，在那鍍金的天空中，／飄滿了死者彎曲的倒影。（北島〈回答〉）

環保意識覺醒，大家買便當已有自備環保筷的習慣，而好一點的餐廳則絕不再用免洗筷了。七〇年代一度B型肝炎流行，是那時開始餐飲界推動使用免洗筷，有人甚至餐後習慣把筷子折斷。我第一次看到這種行為非常驚異：「你幹嘛？」對方說：「才不會被不肖商人再回收使用啊！」（宇文正〈筷子〉）

「那是什麼下賤東西。比狐狸精野得還要厲害，人病了，還是天天闖到家裏來胡纏，嚇！野娼也沒有這麼不要臉。」背地裏，妻不知像這樣咒罵了多少次，不過，那女同志來時，湘雲卻老是把她監視著，一步也不肯輕易放鬆，對於他們那樣率真、坦白的態度，雖然覺不甚入眼，倒也不曾找出什麼破綻。（楊守愚〈決裂〉）

不料新督憲到任三個月之後，照例甄別屬員，便把苟才插入當中，用了「行止齷齪，無恥之尤」八個字考語，把他參掉了。這一氣，把苟才氣的直跳起來！罵道：「從他到任之後，我統共不過見了他三次，他從那裡看見我的『行止齷齪』，從何知道我是『無恥之尤』！我這官司要和他到都察院裡打去！」（清・吳趼人《二十年目睹之怪現狀・第九十三回》）

4 金錢觀

節儉

【節儉】節省儉約，用財有度。

【儉樸】生活起居儉省樸實。

【撙節】節省、節約。撙，音ㄗㄨㄣˇ。

【節省】節約儉省。

【儉省】節省。

【勤儉】勤勞儉樸。

【節約】節制約束。

【儉約】節省。

【精打細算】精細的謀劃打算。

【克勤克儉】既勤勞又節儉。

「這個囝仔帶文筆來出世，沒有讀書也識字呀！不做大官也做小官。」母親的臉上泛起稱心的笑意，格外慷慨地遞給賣卦人幾個銅板。這已不是第一次找人替我相命了，平常很節儉的母親，卻肯一再地花這種錢。如今回想起來，我能深深體會到母親的心情：拿些錢換取無限的希望；在那樣困苦的年代裏，還有比這更讓她快樂的事嗎？（顏崑陽〈蒼鷹獨飛〉）

我寫作、演講、做節目、當顧問。比以前更認真、更節省。我交新朋友，不再是以總經理的身分，而是以王文華的身分。我追女朋友，不再是以奪金牌的心情，而是以找伴侶的心情。慢慢的，我周日晚上不再焦慮，周一早上期待起床，客戶說我的東西有價值，我不再覺得自己只是小螺絲。（王文華〈突然間，我又是爸爸的兒子〉）

人間的真話本來不多，一個女子的臉紅勝過一大片話；連祥子也明白了她的意思。在他的眼裏，她是個最美的女子，美在骨頭裏，就是她滿身都長了瘡，把皮肉都爛掉，在他心中她依然很美。她美，她年輕，她要強，她勤儉。假若祥子想要娶，她是個理想的人。（老舍《駱駝祥子・二十》）

小氣、小氣鬼

【小氣】吝嗇，不大方。

【小家氣】小氣，不大方。

【吝嗇】用度過分減省。

【吝惜】過分愛惜不忍割捨。

【愛財如命】愛惜錢財，就好像疼惜自己的生命一樣。形容十分吝嗇、貪婪。

【一毛不拔】譏諷人極端吝嗇、自私。

【鐵公雞】歇後語，戲稱人小氣吝嗇，一毛不拔。

【小氣鬼】罵人度量狹窄或吝嗇的話。

【吝嗇鬼】小氣、捨不得花費的人。

【守財奴】財多而吝嗇的人。

【貧骨頭】吝嗇的人。

父親從小就小氣。姊姊們分了東西，父親可以攢好幾天，一天摸出來吃一點，小的吃到大的，酸的吃到甜的，越吃越有希望，覺得人生實在值得歌頌。但是有幾次也應了算命先生說的：今個攢，明個攢，攢兩個錢，買把傘，一陣大風吹來了，抱根空傘桿。這段話每次聽了都要笑，因為它的節奏，全然不是一回事。（朱天文〈我夢海棠〉）

芝麻開門，洞天透晶，魔地如茵／滿庫珍藏的是美而非富／是扎根，發葉，分瓣，吐蕊的生命／非珠寶非精品非守財奴之財／是神的慷慨，人人都有份／左顧右盼，琪花瑤草／將我們寵成了仙人（余光中〈花國之旅〉）

大方

【大方】不吝嗇。

【慷慨】大方而不吝嗇。

【豪爽】意氣豪邁而爽直。

【海派】用錢闊綽豪爽。

【闊綽】出手大方，豪華奢侈。

【闊氣】生活豪華，捨得花錢的作風。

【凱子】戲稱有錢而出手大方的男子。

【闊佬】有錢且出手大方的男子。

【一擲千金】形容用錢非常闊綽。亦作「千金一擲」。

當你躊躇度假的去向，準備慷慨地花銷多餘的時間和金錢時，一部部觀光電影會不失時機地出現在你的面前。它們所展示的往往是迥異於你身邊一切的處所，是你夢想已久的天國，它們就像菜譜上的一道好菜那樣令人神往不已。（王寅〈觀光電影〉）

女人在選絲巾，旁邊站著準備掏卡的男人。我偷眼盯著那個凱子，甚至在心裡計時，看男人歷時多久掏出信用卡。從接過簽單到握住筆桿到簽下名字到把小碟推出去，我在替女人悄悄算。滴滴噠滴滴噠，超過半分鐘，代表男人與金錢之間有一種緊張關係。（平路〈凱莉與我〉）

那種臺山鄉下出來的，在南洋苦了一輩子，怎能怪他把錢看得天那麼大？可是陽明山莊那幢八十萬的別墅，一買下來，就過到了她金兆麗的名下。這麼個土佬兒，竟也肯為她一擲千金，也就十分難為了他了。（白先勇〈金大班的最後一夜〉）

浪費

【浪費】沒有節制、無益的耗費。

【豪奢】豪華奢侈。

【揮霍】浪費金錢。

【奢侈】揮霍浪費，不知節儉。

【侈靡】奢侈淫靡。

【踰侈】極盡奢華。

【揮霍無度】恣意浪費金錢，毫無節制。

【揮金如土】花錢像撒土一樣。比喻極端浪費錢財。

我回家跟爸爸說要買鞋子，爸說沒那麼「好命」；我提起衛生紙的好處，媽說那太浪費，小孩子不懂賺錢的辛苦；我又引用老師的話，說用竹片子揩屁股會生痔瘡，爸生氣了，他說老師一定瘋了，因為他從一歲到二十歲都是這樣，也沒生過痔瘡；我小聲地說，應該有廁所，祖父說，奇怪，水溝不是很多嗎？最後爸解釋說，衛生紙太薄，容易破，揩不乾淨。（阿盛〈廁所的故事〉）

我們當前的困境在於青年世代陷入均貧淵藪，媒體整天高嚷淫靡奢侈：貴婦淑媛名牌時尚，砌疊成了不可攀越之高。於是乎「低調的高調」、「低調的奢華」這種非同一性語言被大量竄造。但何謂也？不就是欲蓋彌彰、掩耳盜鈴的把戲。（祁立峰〈長安公主〉）

石老鼠冷笑道：「你這小孩子就沒良心了！想著我當初揮金如土的時節，你用了我不知多少；而今看見你在人家招了親，留你個臉面，不好就說，你倒回出這樣話來！」牛浦發了急道：「這是哪裡來的話！你就揮金如土，我幾時看見你金子，幾時看見你的土！你一個尊年人，不想做些好事，只要在光水頭上鑽眼騙人！」（清・吳敬梓《儒林外史・第二十四回》）

二 待人處世

1 心胸寬大與狹小

寬宏

【寬宏】心胸開闊，度量大。

【寬大】度量寬宏。

【寬厚】待人寬大厚道。

【大度】形容人度量宏遠。

【大量】氣度寬宏。

【恢宏】廣大。

【恢廓】廣大、寬宏。

【坦蕩】形容人胸襟坦直開闊。

【豁達】度量寬宏。

【曠達】心胸豁達。

【豁朗】心情豁達開朗。

【寬宏大量】度量寬大，能夠容人。

【豁達大度】心胸開闊，氣度寬宏。

【海量】度量寬大。

【洪量】氣度寬宏。

【雅量】宏大的氣度。

鏡子裡每一張困惑的臉／都停留在眼神的問號上／而沙灘上一波波坦蕩的姿態／是滄桑的海　給了個簡單的／回答（方良〈海的回答〉）

所以只有須臾，針尖上的一點，「須臾便堪笑，萬事風雨散」，體驗過這美好的須臾就可以放懷笑了嗎？畢竟，那是蘇東坡的豁達，不屬於女性詩人的纖細心情。（平路〈花開堪折直須折〉）

我請求我太太讓我暫離醫院到麻將桌上待產。俗話說「娶某前，生子後」，意思是說結婚前，或生子後，賭博包贏。我愛賭博，也愛贏錢，雙喜在望，何樂而不為？感謝我太太寬宏大量，當晚我在牌桌上兜了幾圈後，忽然自摸連連，若有神助。我一面收錢，一面脫口而出：我的女兒來到世界了！（陳黎〈音樂家具〉）

寬容

【寬容】寬大容忍。
【寬待】寬大對待。
【寬貸】寬容饒恕。
【優容】寬待、寬容。
【開恩】施予寬恕或恩典。
【留情】出於情面，給予寬恕或原諒。
【超生】指寬容或開脫。常用於祈求他人憐憫救助。
【容忍】包容、忍耐。
【姑息】過於寬容、放縱。
【包容】寬容、容忍。
【原諒】寬恕諒解。
【諒解】了解實情而原諒別人。
【網開三面】商湯將捕鳥者所立的四面網放開三面，只留一面。後比喻寬大仁厚，對犯錯的人從寬處置。亦作「網開一面」。
【既往不咎】對於已經過去的事不再追究。
【姑息養奸】過分縱容，助長壞人壞事。
【養癰貽患】長了毒瘡不去醫治，終將形成大患。比喻姑息養奸，必遺後患。癰，音ㄩㄥ。

於是我回想我們戀愛時候怎麼試圖瞞過一些多年的朋友，偷偷安排每一次的約會。我又想到婚後那種寧靜的日子，我在寫稿，她輕輕從背後遞過來一杯熱茶，寬容地給我一根她最討厭的香菸。我想起我們吵嘴的時候，我緊皺的眉，她臉上的淚。我又想起我們歡笑的日子，在書桌上開鳳梨罐頭，用稿紙抹桌子。她已經成了我生活中的一部分，我也成了她生活中的一部分，但是分娩室的門把我們隔開

了。（林良〈小太陽〉）

一切對異端的迫害，一切對「異己」的摧殘，一切宗教自由的禁止，一切思想言論的被壓迫，都由於這一點深信自己是不會錯的心理。因為深信自己是不會錯的，所以不能容忍任何和自己不同的思想信仰了。（胡適〈容忍與自由〉）

堂哥等拎手電筒，循階而下，通抵廟前十多公尺遠碉堡，轉彎，百來步，接鄰居家的防空洞，前走百來米，銜另一個甬道，再走，就到村外的營區。母親知道，著急問我，可曾跟著走？我說沒有，母親不信，當天多燒幾道菜，擺菜肴上板凳，焚香膜拜，押我跪著，喃喃地說弟子不懂事，請神原諒。母親擔心坑道陰氣重，鐵皮掀，邪氣走，我身子孱弱，怕我中邪。（吳鈞堯〈身後〉）

厚道、樸實

【厚道】待人誠懇寬厚，不刻薄。
【敦厚】寬宏厚道。
【溫厚】平和寬厚。
【仁厚】仁愛寬厚。
【宅心仁厚】心地仁愛寬厚。
【憨厚】正直且厚道。
【淳厚】質樸敦厚。
【渾厚】純樸敦厚。
【憨直】憨厚正直。
【戇直】忠厚耿直。戇，音ㄓㄨㄤˋ。
【樸實】質樸誠實。
【樸素】樸質不浮華。
【質樸】樸實無華。
【樸厚】樸實厚道。
【純樸】單純樸實。
【淳樸】敦厚樸實。
【誠樸】誠懇樸實。
【渾樸】渾厚樸實。
【篤實】純厚樸實。

我站在山腳路與員集路交叉的這一點，目眩神馳，山腳路隱隱約約還可以通向我的過去，員集路卻義無反顧奔向我的未來，我找不到一點青少年憨厚的昔日影像。從員集路望向山腳路，山腳路瘦成了一

條巷于，一根弦，只能在懷舊的心園輕顫。（蕭蕭〈路總是交叉在最顫人心弦的那一點〉）

有時候我有一種錯覺，向日葵是我認識的唯一的花種，玫瑰、水仙、雛菊這類司空見慣的東西反倒像是某種飾品，與我們質樸的生活格格不入。我們通過時代觸摸生活最纖細的神經，從花香中嗅到我們沉醉於其中的細枝末節所蘊含的痛楚。當我們以鮮花裝點居室，逐漸淡忘它們的寓意時，鮮花的容貌才真正向我們顯現。（孫甘露〈葵花〉）

這些年，身邊的人多少變了，去的去，來的來；給印廿二歲時，她找了個殷實的人家，硬把她嫁了；對方在大街開糧行，自幼喪親，又忙生意，以致同樣慢了婚事。剔紅見他篤實、厚道，一下就撞進心裡。（蕭麗紅《桂花巷・十》）

小氣

【小氣】器量狹小，吝嗇不大方。亦作「小器」。

【心窄】胸襟狹窄，遇事不能自解。

【小心眼】胸襟狹小。

【鄙吝】見識淺短，吝惜錢財。

【吝嗇】氣量狹小，用度過分減省。

【狹窄】心胸狹小、眼光短淺。

【狹隘】見識短淺，氣量狹小。

【狹小】心胸狹窄、見識短淺。

【褊狹】氣度狹窄。褊，音ㄅㄧㄢˇ。

【斗筲】斗和筲都是小的容器，用來比喻人的才識器量狹小。筲，音ㄕㄠ。

【小肚雞腸】比喻度量狹小，不顧大局。亦作「鼠腹雞腸」、「鼠肚雞腸」。

【斤斤計較】瑣細的事物也要計算得清清楚楚。

【較短量長】比喻斤斤計較。

【爭長論短】爭論、計較利害得失。

我母親不肯順我的意買東西給我，我掉頭就往後走，本想藉此給她一個警惕——妳的小孩可能因為妳的某次小氣而消失，或者因此被壞人抓走。沒想到走了一小段路再回頭，發現她並沒追來，只好硬著頭皮繼續走，就這樣走到誰也找不到誰的地步。我假裝堅強地走了一陣子，覺得累了，但實在不知怎麼回家，只好看看有誰能帶我回去。（董成瑜〈一個人的生活文〉）

倘若有人當時就想喝一口祖父葫蘆中的酒，這老船夫也從不吝嗇，必很快的就把葫蘆遞過去。酒喝過後，那兵營中人捲舌子舐著嘴唇，稱讚酒好，於是又必被勒迫著喝第二口。酒在這種情形下少起來了，就又跑到原來鋪上去，加滿為止。（沈從文《邊城．八》）

至於我，讀書純為了享受，在選擇上是不免斤斤計較的。買書也斤斤計較，為的是財力還不准隨心所欲。書少買，也就少累贅，至少在逃難時不致發生一手抱孩子，一手還要抱書，或者抱了孩子就不能抱書，抱了書就不能抱孩子，那種難捨難分的狼狽狀態。這時書無疑是一種災害。此類書災，我尚未嘗過。買書少，在選擇上斤斤計較是難免的，那情形可能近乎手邊不甚寬裕的主婦去買件把衣料。（吳魯芹〈我和書〉）

刻薄

【刻薄】苛刻嚴峻。

【苛薄】苛刻、不寬厚。

【苛刻】刻薄嚴厲。

【忌刻】忌妒刻薄。

【澆薄】人情、風俗淡薄。

【冷酷】對人苛刻、毫無感情。

【冷峻】冷漠、嚴峻。

【冷峭】為人刻薄，言語尖酸。

【貧嘴惡舌】言語尖酸刻薄，令人厭惡。

崇禎乃是典型的誤國亡國之君。可是他即位之初不是這樣的。當時魏忠賢濫權，朋黨營私，崇禎立即殺魏忠賢並全面罷黜他的黨羽，看起來很有一點中興氣象，崇禎也自己照鏡子，愈看愈得意，真的以為自己是蓋世無雙的明君。於是由自戀轉自大，由自大變成剛愎自用，刻薄寡恩。（南方朔〈崇禎併發症：自戀型領袖的誤國〉）

所以在夢裡、在潛意識裡，一列危險的雲霄飛車啟程了。你冷酷地坐在第一個位置上，你跟他的親人歡笑地一一坐進來，等他們坐定，你開始駕駛這長長的列車，往那不知底線的深淵，快速墜下。當他們恐懼的尖喊聲掩蓋你冷漠的獰笑，你知道，你已變得殘忍。（顏艾琳〈這些困境，存在著〉）

祥子是鄉下人，口齒沒有城裏人那麼靈便；設若口齒伶俐是出於天才，他天生來的不願多說話，所以也不願學著城裏人的貧嘴惡舌。他的事他自己知道，不喜歡和別人討論。（老舍《駱駝祥子・一》）

2 正直

正直

【正直】公正剛直。
【耿直】正直。
【正大】公正，不存私心。
【公正】公平正直，沒有偏私。
【嚴正】莊嚴端正。
【剛正】堅強嚴正，剛直方正。
【剛直】剛正直爽。
【方正】剛正不偏頗。
【耿介】剛正不阿。
【狷介】清高耿直。
【雅正】文雅端正。
【磊落】胸懷坦蕩，心地光明。
【正義】公理、義理。

【仗義】依循義理行事。

【頂天立地】頭頂著天，腳立於地。形容人處事光明磊落，氣勢豪邁。

【嶔崎磊落】人品高潔，有骨氣。

【光明正大】胸懷坦白，言行正派。

【堂堂正正】光明正大。

無情？他可不覺得自己無情，無情的是她。他的父親無情嗎？也不見得。在他母親口裡，他的父親是個顧家又正直的男人。自小像千金小姐一樣自尊甚高的母親，在他父親身畔，總是謙卑的，像仰望一座雕像。（吳淡如〈鋼琴師和她的情人〉）

他得到忠臣、能臣的推薦，卻也引起貪官汙吏的厭惡排擠，而他無論何時何地，都保持狷介的性格，從不順應時潮，也不向人低頭。有次內閣大學士葉向高向皇帝薦舉他，想請他擔任要職，北京官場都知道此事，有人告訴呂坤，應向葉致謝，結果他說：「宰相為國薦人，公也；若致謝，是以謝為求矣。」竟不應。可見他的操守。（周志文〈呻吟語〉）

「灰灰，你在做什麼？」媽以那隻裹著白紗布的手指點著他。「抽菸啊。」他挑挑眉，磊落極了。「你！天曉得，我怎麼養出這麼個小流氓！」媽衝進衛生間，坐到馬桶上哭去了。灰灰再不像曾經那樣一聽這哭就躲出去。他索性躺平，瀟灑地一下一下往明淨的地板上彈菸灰。（嚴歌苓〈家常篇〉）

當時的姐夫，確有一點塞萬提斯人物唐吉軻德式的浪漫，看了幾本騎士書就想出去做行俠仗義的騎士了，與唐吉軻德不同的是唐吉軻德真的劍及履及的出門蠻幹，看到風車也殺上前去，最後把自己弄得頭破血流還不覺悟，而姐夫卻在家裡胡思亂想了一陣，也就冷了。（周志文〈厚黑學〉）

正派

【正派】品行端正。
【正經】正派，謹守規矩。
【正經八百】極為嚴肅認真。
【端正】歪斜、不邪曲。
【方正】嚴正不偏。
【正當】端正清白。
【規矩】行為端正老實。
【外圓內方】外表溫和好相處，內心方正有主見。

市場上賣七里香的小販，以醬油刷子刷著你選的雞屁股，隨口問你：「你的屁股要不要塗辣椒？」你一定簡要回答「好」或「不好」，不會一本正經地糾正他：「雞屁股要塗辣椒，我的屁股不要塗辣椒。」語言簡潔表達即可，能夠傳達意思最為重要。（蕭蕭〈火星文與簡體字〉）

一本書至少要有一個故事鑲在裡頭，如果想要暢銷，那個故事最好是關於愛情。告訴人們什麼叫愛情、如何去愛、怎麼被愛，或是正經八百地定義什麼才叫真正的幸福、靠山會倒靠人會老幸福還是靠自己最好等。但我不確定這個故事什麼時候開始，如果你期待手中緊緊握著的，是一本愛情小說的話。（九把刀《等一個人咖啡・楔子》）

我關上PDA，自然要問她：「那你心目中的好男人是什麼樣子？」「外表不重要……」我鬆了一口氣，我認識的都是好學生，而會唸書的通常長得不像Mel Gibson，「但要175以上，有正當工作，不能太土，最好要有留學經驗。成熟，所以要三十二、三歲左右。自己住，不能到現在還是讓媽媽幫他洗衣服。喜歡旅行，不能每次約會都看電影。錢賺得比我多，這是為他著想，免得他跟我在一起時有自卑感。當然，忠誠是最基本的，我最討厭花心的男人……」（王文華〈好男人都死到哪去了？〉）

誠實

【誠】真實。

【誠實】誠懇實在，不虛假。

【老實】誠實。

【信實】誠實、有信用。

【心口如一】心中所想的和口中所說的一樣。

【表裡如一】思想和言行一致。

【言行一致】說的和做的相符合。

【說一不二】說出口的話就算數，絕不改變。

我不太記得是他先問了這個問題，或者是我先問了他。去淡水。一個人？嗯。女朋友？嗯。轉過臉去說，高中同學，以前時常一起去淡水。女孩微笑點了點頭，我不知道他是誠懇地想要說明什麼，或者意圖用過度的誠實掩蓋那彷彿曾有過什麼，但事實上什麼也沒有的一趟趟旅程。（羅毓嘉〈淡水線上落日〉）

誰知朱重是個老實人，又且蘭花齷齪醜陋，朱重也看不上眼，以此落花有意，流水無情。那蘭花見勾搭朱小官人不上，別尋主顧，就去勾搭那伙計邢權。邢權是望四之人，沒有老婆，一拍就上。兩個暗地偷情，不止一次，反怪朱小官人礙眼，思量尋事趕他出門。（明・馮夢龍《醒世恆言・賣油郎獨占花魁》）

公正、無私

【公正】公平正直，沒有偏私。

【公道】公平。

【公平】不偏私。

【持平】公平不偏頗。

【平允】公平、恰當。

【公允】公平允當。

【中允】公正誠實。

【嚴明】嚴格公正而分明。

【一視同仁】平等對待大家，毫無歧視。

【不偏不倚】一點偏差也

沒有。

【大公無私】秉公處理，絕無偏私。

【鐵面無私】公正嚴明不偏私。

【明鏡高懸】指官吏執法嚴明，判案公正，或辦事明察秋毫，公正無私。

【無私】公正、不徇私。

【忘我】原指超乎自我。後亦指因公而忘私。

【公而忘私】為了公事而忘記私人利益。

【大義滅親】為了維護公理正義，對犯罪的親屬不徇私情，使其接受應得的法律制裁。

【捨己為公】為公眾利益而犧牲自己。

【捨己為人】為他人而犧牲自己。

看來差別永遠是要有的。看來就只好接受苦難——人類的全部劇碼需要它，存在的本身需要它。看來上帝又一次對了。於是就有一個最令人絕望的結論等在這裏：由誰去充任那些苦難的角色？又有誰去體現這世間的幸福，驕傲和快樂？只好聽憑偶然，是沒有道理好講的。就命運而言，休論公道。（史鐵生〈我與地壇〉）

那門後的五斗櫥櫃，一向收藏著家中重要東西，包括櫃頂的餅乾盒，小孩子不能動，吃時得由大人去開，而且絕對公平的每人分配幾塊。連糖果、花生米，都一顆顆配給清楚的，自己那份吃完就沒有了。幼時姐妹們的遊戲之一，比賽誰把零食吃得最慢最久，誰贏。進而發展出原始的交易行為，幾顆糖幾塊餅乾換取對方替自己洗一次碗之類。父親剖切西瓜，以及用棉線將滷蛋（避免蛋黃沾刀）勒割成均勻的片瓣，其技術完全可比陳平分肉，公平無爭。（朱天文《花憶前身．獄中之書》）

這些忘我的人心中只有別人的苦難，為了給苦難中的人燃點希望，他們放棄自己物質的訴求。他們在雪地留下腳印，將之化作星星之火，燃點出人間溫暖。他們喪失了自己，卻贏得了全世界人的心。這些人間天使，令我們看到活著的意義。（黎智英〈錢〉）

忠誠

【忠】盡心誠意。
【忠誠】忠心、誠摯。
【忠心】忠誠的心。
【忠實】忠厚篤實。
【忠厚】忠實敦厚。
【忠直】忠實正直。

【忠勇】忠誠、勇敢。
【忠貞】忠誠並謹守正道。
【忠義】做人做事盡心盡力，符合義理。
【忠烈】為國盡忠而犧牲生命的人。

【篤】忠厚、誠實。
【篤厚】忠實厚道。
【赤膽忠心】形容極為忠誠。
【披肝瀝膽】坦誠相待，忠貞不二。

【忠心耿耿】極為忠誠。
【效忠】忠心不二，全心效力。
【盡忠】竭盡忠誠。
【竭誠】竭盡忠誠，十分誠懇。

我落戶到馬橋時，趕上了當地「表忠心」的熱潮。向領袖表忠心，每天不可少的活動就是晚上到復查的堂屋裡去。只有他家的堂屋大一些，容得下全生產隊的勞動力。一盞昏昏的滿天紅掛得太高，燈下的人還是模模糊糊的黑影子，看不清楚。撞了一個人，不知是男是女。（韓少功《馬橋詞典・滿天紅》）

生活中有許多親切珍惜的事物，會逐漸隨著時間消失淘汰；戀舊的人想要挽留，往往無異於螳臂擋火車——幸好火車這樣事物不僅沒有被淘汰，而且因為速度的不斷提昇和節省能源低汙染的優點，竟然仍是大有可為的交通工具，令我這名火車的忠實粉絲非常欣慰。（李黎〈魔毯、月台票與便當〉）

話說曹操舉劍欲殺張遼，玄德攀住臂膊，雲長跪於面前。玄德曰：「此等赤心之人，正當留用。」雲長曰：「關某素知文遠忠義之士，願以性命保之。」操擲劍笑曰：「我亦知文遠忠義，故戲之耳。」乃親釋其縛，解衣衣之，延之上坐，遼感其意，遂降。（明・羅貫中《三國演義・第二十回》）

3 偏私

不公

【不公】不公平、不公道。

【不平】不公平。

【偏私】偏袒徇私。

【偏頗】偏向於一方，有失公正。

【偏心】對某一方存有私心。

【偏激】主張或行為過於極端。

【偏見】不公平、偏頗而固執的見解。

【厚此薄彼】優厚某一方而冷落另一方。指對人或事沒有一視同仁，有所偏頗。

【一頭兒沉】一邊較高，一邊較低。比喻偏袒某一方，有失公正。

我跟她說我沒看，她說她不信，但這事我確實有些理虧，我其實看到寄信者的名字，我不敢告訴她，不過我也覺得不平，我並沒看信的內容。她罵了我一頓之後，又跟自己發脾氣，對著我立誓說心中不再會有我這個人，而且說只要是這人寄來的信，她再也不會看。（周志文〈紛擾〉）

那時候我家有十幾口人，每逢開飯，我就要哭一場。我叔叔的大女兒比我大幾個月，當時都有四五歲光景，每頓飯奶奶就分給我和這姐姐每人一片霉爛的薯乾，而我總認為奶奶偏心，把大一點的薯乾搶過來，把自己那片扔過去，搶過來又覺得原先分給我的那片大，於是再搶回來。（莫言〈覓食〉）

打破我執的偏見來認識精神的統一；打破國界的偏見來認識人道的統一。這是羅蘭與他同理想者的教訓。解脫怨毒的束縛來實現思想的自由；反抗時代的壓迫來恢復性靈的尊嚴。這是羅蘭與他同理想者的教訓。（徐志摩〈羅曼羅蘭〉）

自私

【自私】只重視個人的利益，而不顧及他人。

【徇私】因私情而不能秉公處理事物。

【自私自利】只圖自己的私利，而不顧及其他。

【損人利己】使別人蒙受損失，讓自己獲利。

【假公濟私】假借公家的名義，謀取個人私利。

【患得患失】在尚未得到以前怕得不到，得到之後又怕失去，比喻得失心很重。

【挑肥揀瘦】比喻為了個人利益，反覆挑選對自己有利的。

【以鄰為壑】戰國時白圭築堤治水，將本國氾濫的洪水排入鄰國，把鄰國當作洩洪的水泊。意指損人利己。

【隔岸觀火】在河水對岸觀看火災。比喻事不干己，袖手旁觀。

「GY，我講個故事給你聽。很久以前，世界上就有了人，他們自稱是萬物之靈。後來人造了像你這樣的機器人來服侍人類，但人太狂妄**自私**，終於毀滅了自己的族類。他們遺留下來的機器人反而繁殖眾多，繼承了整個世界，這就是你們。我們人類卻變成了你們的玩物，你明白嗎？你不是人，我才是人。」（張系國〈玩偶之家〉）

瀟湘子、尹克西等瞧瞧楊過，又瞧瞧公孫谷主，心想這二人均非易與之輩，且看這場龍爭虎鬥誰勝誰敗，心下均存了幸災樂禍的**隔岸觀火**之意。只有馬光佐一意助著楊過，大聲呼喝：「楊兄弟，好功夫！矮鬍子輸了！」（金庸《神鵰俠侶．十八》）

袒護

【袒護】偏袒庇護。

【包庇】包容袒護不正當的行為。

【庇護】保護、袒護。

【庇蔭】保護。

【偏袒】私心庇護某一方。

【左袒】幫助、偏袒某一方。

【偏護】私心袒護某一方。

【偏向】偏袒某一方。

【回護】包庇、袒護。

【護短】故意避開別人的短處或缺點。

當下拿凶手問過兩堂，定了一個監禁五年罪名。據領事說：照他本國律例，打死一個人，從來沒有監禁到五個年頭的，這是格外加重。撫台及單道台都沒有話說。單道台還極力恭維領事，說他能顧大局，並不袒護自己百姓，好叫領事聽了喜歡。（清・李寶嘉《官場現形記・第五十七回》）

這坡下三藏看見，又惱行者道：「悟空，怪不得悟能咒你死哩！原來你兄弟全無相親相愛之意，專懷相嫉相妒之心！他那般說，叫你扯扯救命索，你怎麼不扯，還將索子丟去？如今教他被害，卻如之何？」行者笑道：「師父也忒護短，忒偏心！罷了，像老孫拿去時，你略不掛念，左右是捨命之材；這獃子才自遭擒，你就怪我。也教他受些苦惱，方見取經之難。」（明・吳承恩《西遊記・第七十六回》）

奸詐、狡猾

【奸】陰險狡猾。

【奸詐】虛偽狡詐。

【狡詐】狡猾奸詐。

【狡猾】詭變多詐。

【狡獪】詭變多詐。

【狡黠】狡猾多詐。

【刁滑】奸詐狡猾。

【刁悍】狡猾強悍。

【刁頑】狡詐頑劣。

【刁鑽】奸詐狡猾。

【詭詐】狡猾奸詐。

【權詐】權變狡詐。

【別有用心】言論或行動另有企圖或目的。

【心懷叵測】心存狡詐，難以預料、捉摸。

【包藏禍心】懷藏著詭計，意圖謀害別人。

【老奸巨猾】經歷且熟知世情，極奸詐狡猾的人。

【詭計多端】有各式各樣狡詐的壞主意。

【狡兔三窟】狡猾的兔子有三處藏身的洞穴。比喻有多處藏身的地方，或有多種避禍的準備。

有朋友最近寫了本書，說《三國演義》和《水滸傳》壞人心術，流傳又廣，是中國民族性墮落的源泉，造成了中國人的醜陋。看了《三國演義》，學的是曹操的奸詐、劉備的陰險、孫權的機謀、周瑜的心懷鬼胎、諸葛亮的詭計多端、司馬懿的譎險多疑，最後是釀出一肚子壞水，包藏禍心，機詐權謀，陰謀詭計，使得中國的政局詭譎多變，左手翻雲右手雨，翻天覆地視等閒。（鄭培凱〈三國人物歇後語〉）

石視廚下一老狐，孔前股而繫之。笑曰：「弟子之來，為此老魅。」赤城詰之，曰：「是吾岳也。」因以實告。道士謂其狡詐，不肯輕釋。固請，乃許之。石因備述其詐，狐聞之，塞身入灶，似有慚狀。道士笑曰：「彼羞惡之心，未盡亡也。」（清‧蒲松齡《聊齋誌異‧長亭》）

好多年來，我已經習於和五個女人為伍，浴室裡彌漫著香皂和香水氣味，沙發上散置皮包和髮捲，餐桌上沒有人和我爭酒，都是天經地義的事。戲稱吾廬為「女生宿舍」，也已經很久了。做了「女生宿舍」的舍監，自然不歡迎陌生的男客，尤其是別有用心的一類。（余光中〈我的四個假想敵〉）

4 真誠

真心

【真誠】真實誠懇。
【真情】真實的感情。
【真摯】真實而誠懇。

【真心】真誠的心意。
【拳拳】真摯誠懇。
【惓惓】真摯誠懇。惓，音ㄑㄩㄢˊ。

【赤誠】忠貞誠摯的心。
【赤忱】非常真心誠懇。

【純真】純潔而真誠。
【誠心】真誠，懇切。
【衷心】出自內心的、真誠

的。

【由衷】發自內心。

【實心】真心、誠實。

【實心眼】心地誠實，不虛偽作假。

【實心實意】真誠懇摯的心意。

【真誠相見】以真實誠懇之心與人相處。

【開心見誠】以真誠相待。

【開誠布公】誠意待人，坦白無私。

【推心置腹】真心誠意的待人。

【推襟送抱】坦誠相待，傾吐真心。

【性情中人】情感真實的人。

你們問我如何保持純真，我說只要像照顧身體一樣照顧你們的心靈就夠了，你們搖搖頭不相信。我再說，那就邀請一個心靈的守護神吧！宗教的、文學的、藝術的神祇，在我們的頭上飛翔，邀請一個吧！天上的人並不比地下的人少呢！（周芬伶〈小大一〉）

你像一個去國多年的人一樣，由衷的喟歎著，奇怪想不起那一家接一家的婚紗攝影禮服公司原來是些什麼地方，卻見聖多福教堂老樣子的在那裡，鐵欄杆圍牆上掛著同樣匠氣的外銷油畫，老樣子的透過路樹的冬天光影仍把油畫染得變成風景不可少的一角，那曾是你們幻想走天涯的一部分，在路邊賣畫或演奏擅長的樂器。（朱天心〈古都〉）

我覺得，自己還是個很實心的人，文法填充每一條都好好寫，小說裡的單字也是查得完全瞭解才去教室。這樣認真的念書，雖然什麼目的也沒有，還是當它一回事似的在做，做得像真的一樣，比較好玩。（三毛〈如果教室像遊樂場〉）

誠摯、懇切

【誠摯】真摯誠懇。
【誠篤】誠懇忠厚。
【誠懇】真實、懇切。
【熱誠】熱心誠懇。
【深摯】深厚而真誠。
【至誠】極為忠誠。
【誠心】真誠懇切的心。
【誠意】心意真摯懇切。

【虔誠】恭敬、誠懇。
【精誠】極為真摯、懇切。
【赤心】忠心、誠心。
【丹心】赤誠的心。亦作「丹忱」。
【悃誠】誠懇。
【悃】音ㄎㄨㄣˇ，真誠。
【竭誠】十分誠懇。

【推誠】非常真誠。
【傾心】盡心、誠心。
【肝膽相照】非常忠貞誠摯的相處。
【懇切】誠懇、真摯。
【熱切】迫切、懇切。
【殷切】熱切、急切。
【殷殷】懇切的樣子。

【殷勤】懇切、周到。亦作「慇懃」。
【諄諄】1. 叮嚀告諭，教誨不倦的樣子。2. 反覆多言的樣子。
【語重心長】言辭真誠懇切，情意深長。

和你認識以後，時常想到你特殊文雅的氣質，美好的教養，和誠摯的風度，我覺得你無疑是今天最令人欣羨的青年詩人之一，而我半年來讀你的作品，完全了解你正缺少徜徉田野穿逡山林的記憶，沒有多少和大自然交接溝通的經驗。（楊牧《一首詩的完成・生存環境》）

初中一年級暑假，無意中看到大哥帶回來的一本小刊物，叫做《新生之藝》，雖然只有薄薄的三、四十頁，卻感覺多采多姿，彷如發現了至為豐富的廣闊天地而被深深吸引。以此為開端，展開文學世界的探尋，狂熱地閱讀文學雜誌、文學書籍，沉迷於文學的魅力，培養了對文字的敏感。文學竟而成為我一生虔誠不渝的信仰。（吳晟〈給書住的房子〉）

公司的人大多跟弟弟熟，曾經也都喜歡他，因為這一兩年來差不多每隔一陣子他都會出現。每次一進公司總習慣帶一些點心、小吃過來，然後熱切地招呼大家吃喝，把辦公室的氣氛搞得像夜市一般。尤其是他總有辦法把他經歷過的人生大小事當成笑話講，即便是最窩囊不堪的事。（吳念真〈遺書〉）

關心石上的苔痕，關心敗草裡的花鮮，關心這水流的緩急，關心水草的滋長，關心天上的雲霞，關心新來的鳥語。怯憐憐的小雪球是探春信的小使。鈴蘭與香草是歡喜的初聲。窈窕的蓮馨，玲瓏的石水仙，愛熱鬧的克羅克斯，耐辛苦的蒲公英與雛菊——這時候春光已是漫爛在人間，更不須殷勤問訊。（徐志摩〈我所知道的康橋〉）

好意

【好意】好心。	【好心腸】良善的心。	【善心】善良的心。	【盛意】濃厚的情意。
【好心】善心、善意。	【善意】好意。	【美意】好意。	

當我告訴鄰居們房子已經賣掉了的時候，幾乎每一家左鄰右舍甚至鎮上的朋友都楞了一下。幾家鎮上的商店曾經好意提供他們的櫥窗叫我去放置售屋的牌子，這件事還沒來得及辦，牌子倒有三家人自己替我用油漆整整齊齊的以美術字做了出來——都用不上，就已賣了。（三毛〈隨風而去〉）

雖然有一段時間未見了，他還認得我，臉上展露笑容。因為他有語言障礙，所以未能交談甚麼，只是用他過去看到我的習慣，頻頻伸出大拇指。「為什麼比大拇指？」一旁的太太問。「老主顧嘛。」我回答。應該還有一點人與人之間的善意，我想。（陳雨航〈旅行中與熟人不期而遇〉）

5 作假

虛假

【虛偽】虛假不真實。
【假惺惺】虛情假意。
【偽裝】為隱藏真實情況，而有所隱蔽、假裝。
【偽善】假裝善良。
【作假】造假。
【矯飾】偽裝造作，以掩飾真相。
【假裝】故意作出違反實情的態度或模樣，以隱瞞真相。
【佯】音ㄧㄤˊ，假裝、偽裝。
【佯裝】假裝。
【假面具】偽裝的外表。
【貓哭耗子】假慈悲。為歇後語。
【言不由衷】言詞與心意相違背。
【口是心非】嘴上說的和心裡想的不一致。
【陽奉陰違】表面上假裝遵守奉行，實際上卻違反不照辦。
【虛與委蛇】假裝情意懇切，實際上只是敷衍應付。蛇，音ㄧˊ。
【鱷魚眼淚】由英文的crocodile tears直接翻譯過來。傳說鱷魚會發出呻吟和嘆息聲，使路過的人的產生好奇心而靠近，鱷魚就利用這種方法來捕殺獵物。指假慈悲的意思。

選擇一張蕃茄的郵票／偽裝渾圓／熟透的心情／曾經有一年夏天／我澀澀的青（夏宇〈寫信〉）

像這一類的光榮，如果發生在別人身上，她並不覺得有什麼大不了，但是因為是金根，她就覺得非常興奮，認為是最值得驕傲的事。她向金根看了看。金根很謙虛，假裝沒聽見，彷彿這談話現在變得枯燥乏味起來，他已經失去了興趣。（張愛玲《秧歌・三》）

不只我一個人望著海，有時候是一大群人。那簇擁的樣子、那焦慮卻佯裝無事的樣子、那虔誠如舉香頂禮的樣子，讓我們簇擁的模樣越來越小，而海，以及未知的命運卻越來越大。有船艦從洞穴釋放出來了，越來越大，如果是貨輪，村人難掩失望；若是軍艦，村人說，是啦，就是那艘船，他們要回來了。村人各自回家，時刻留意門外動靜。（吳鈞堯〈斷線〉）

做作

【做作】作態、造作。

【造作】故意做出的虛偽舉動。

【作態】故作某種姿態。

【作勢】裝模作樣。

【裝腔作態】故意裝出某種腔調或姿態。

【拿喬】擺架子，故意刁難。亦作「拿款」、「拿架子」、「拿翹」。

【扭捏】走路時身體左右搖晃，故作姿態的樣子。

【裝蒜】故弄虛假，假裝糊塗。

【佯狂】假裝瘋狂。

【擺樣子】故意作出好看的外表給別人看。

【虛張聲勢】故意誇大聲威氣勢，以威嚇他人。

【裝瘋賣傻】故意假裝成痴呆瘋癲的樣子。

【裝聾作啞】故意不聞不問，假裝不知道。

【裝模作樣】故意作出某種虛假、不自然的樣子。

【矯揉造作】裝腔作勢，故意做作。

【裝腔作勢】故意裝出某種腔調或姿勢。亦作「拿腔作勢」。

【煞有介事】裝得好像真有這麼一回事似的。

Mimosa究竟好不好喝並不重要，重要的是我要強調自己在改變。但是我們之間的牽引一直不容我的掙逃，母親默默地跟著我模仿這些沒太大道理的新習慣。直到有一天，自己都覺得brunch文化這整件事之造作，我才體會到父母在面對子女叛逆時，願意忍下任何事。（郭強生〈周日的雞尾酒〉）

想著，也不顧什麼，伸手就把剔江碗裡大半隻蛋挾回，放到她阿母碗裡，說道：「阿弟又不做事，還是阿娘多吃些！」邊說，邊看了剔江一眼，作勢叫他懂事；誰知剔江七歲了，還是囝仔的想法，眼看就要吃進嘴的，又被拿走，兩眼便睜直了看，只盯著蛋不放，是心裡愛吃，嘴上又不敢說。（蕭麗紅

《桂花巷・一》）

揚州人有「揚虛子」的名字；這個「虛子」有兩種意思，一是大驚小怪，一是以少報多，總而言之，不離乎虛張聲勢的毛病。（朱自清〈說揚州〉）

緊接著，一個聲樂的、卡式錄音帶的八〇年代到來了。日本的器材，鄧麗君和帕華洛帝，亞洲流行樂壇和歐洲歌劇的雙峰，這兩位天才的歌唱家，把人聲的意義從聲嘶力竭和裝腔作勢中解放出來，他們使許多嗓音黯然失色，也使更多次要的聲音學會了如實地表達自己。（孫甘露〈音樂〉）

耍手段

【耍手段】施展狡詐的手段。

【耍手腕】玩弄手段。

【耍花招】比喻施展詭譎的手段。

【詭計】狡詐的計謀。

【花招】比喻狡猾的手段、計策。

【花樣】手段、詭計。

【弄鬼】耍滑頭、使詭計。

【搞鬼】暗中使用計謀。

【鬼花樣】陰險狡詐的詭計。

【耍花樣】施展詭詐的手段。

【技倆】不正當的手段、花招。

【瞞神弄鬼】背著人在暗地裡耍花招。

黃忠力戰二將，各鬥十餘合。黃忠敗走。二將趕二十餘里，奪了黃忠營寨。忠又草創一營。次日，夏侯尚、韓浩趕來，忠又出陣，戰數合，又敗走。二將又趕二十餘里，奪了黃忠營寨，喚張郃守後寨。郃來前寨諫曰：「黃忠連退二日，於中必有詭計。」夏侯尚叱張郃曰：「你如此膽怯，可知屢次戰敗！今再休多言，看吾二人建功！」張郃羞赧而退。（明・羅貫中《三國演義・第七十回》）

這樣人物對比書中其他各式各樣官場人物、讀書士子、皂囉衙吏，但凡有機會可以上下其手、瞞天過海、暗渡陳倉者，無不想盡辦法扮神弄鬼、塗抹裝飾，藉以中飽私囊、大賺一筆。一個賤民階級能做到有所不為，就很能對比那些無所不為、斯文掃地的狼狽了。（張輝誠〈冷眼與熱中——儒林與《儒林外史》〉）

胡扯

【胡說】毫無根據地亂說。

【胡扯】沒有根據或沒有道理地亂說。

【胡謅】隨意亂說或瞎編。

【鬼扯】亂說話。

【鬼扯蛋】胡說、瞎扯。亦作「鬼扯淡」。

【騙鬼】比喻說瞎話、胡說八道。

【打屁】聊天、扯淡。

【扯淡】胡扯、瞎說。

【妄說】隨便亂說。

【妄語】說虛妄不實的話。

【瞎扯】毫無根據或沒主題的隨便亂說。

【瞎掰】亂扯，隨便說。

【咬舌根】信口胡說，搬弄是非。

【胡言亂語】沒有根據、沒有條理地隨便亂說話。

【胡說八道】沒有根據地亂說。

【信口雌黃】不顧事情真相，隨意亂說。

【信口開河】不加思索，隨意亂說。

【一派胡言】完全胡說八道。

【鬼話連篇】形容滿嘴胡言亂語。

【睜眼說瞎話】比喻胡說八道，信口開河。

每個人都有把妹的經驗，尤其這些混黑社會的男人們更是個個自比情聖，而每個人都與小芬有過好幾次剪髮的聊天經驗，絕對不是完全不熟悉狀況的鬼扯，於是討論非常熱烈，搞得泰哥更加的尷尬。（九把刀《精準的失控・這就是我要的感覺》）

他淡淡笑著告訴我，他之所以後來沒去義大利餐廳當大廚，而跑來這家廣告公司做什麼創意企劃什麼製片，全因他有先天性的脊椎側彎——畢竟烹飪是一件需要持續站好幾小時的工作。我打屁說那也好啊，讓那傳說中的三道湯保留它們的貴族神祕，不要被放在菜單上好像開個價就能喫到。他若有所思地看我一眼，像是確定我這話是由衷還是亂哈拉。（駱以軍〈大麻〉）

說他所言是醉話，還算客氣，說難聽一點，叫著睜眼說瞎話，如果指人說瞎話，除了指他是胡扯之外，還有一些居心不良的意味。說醉話還算天真，說瞎話就有點昧著天良，有點害人的味道啦。（周志文〈醉與醒〉）

6 圓滑

圓滑

【圓滑】做事或言談面面俱到，不得罪人。

【油滑】圓滑、世故。

【世故】熟習世俗人情，待人處事圓融周到。

【滑頭】狡詐、圓滑。

【油嘴】狡猾善辯的口才。

【長袖善舞】喻人行事手腕高明，善於經營人際關係。

【兩面光】做人處事老練成熟，兩方面討好。

【八面鋒】形容人說話措詞圓滑，各方面都有道理。

【八面玲瓏】形容人處世圓滑，面面俱到。

【油腔滑調】寫文章或言語態度浮滑、不務實。

【順風轉舵】隨著情勢的發展，隨時轉變態度。

【看風使舵】比喻隨機而變，以適應時勢。

【左右逢源】左右兩邊都能取到水源。原指學問有成，則可得心應手，取之不竭。後指辦事得心應手，處世圓滑。

油滑精悍的福星伯的面龐近來很沒精彩；大腹便便，肥胖的體軀也像表徵他的事業之衰頹、消瘦得很。十幾年前的軒昂的意氣，已不知道跑到那裏去，很為悄然。就是有底力的音聲，說話的時侯，炯炯的眼光注視對手的臉，左手挾在右腋下，右指撚著口髭：「就是這樣罵？哦！哈哈哈哈……」的那響亮豪快的笑聲也不能聽見了。（王詩琅〈沒落〉）

吃一頓好吃的是一種療癒。出國旅行是一種療癒。看韓劇是一種療癒。看日劇也是一種療癒。洗溫泉浴是一種療癒。做spa是一種療癒。Shopping是一種療癒。芳香療法是一種療癒。一壺花草茶、一杯咖啡又何嘗不是一種療癒——有時為了一件推不掉的小事，或一場明知十分冗長無味的會議，還得先世故地到星巴克裡買一杯外帶咖啡隨身帶著去。（林文珮〈你就是醫我的藥〉）

那天下午，黃理查風度翩翩，禮服下是精雅的銀白絲質背心，打著斜紋領帶，下身穿了花條紋的長褲，他周旋在華洋賓客之間，一下彎下身殷殷垂問盲眼的孤兒，似乎頗具矜恤孤寡的同情心，他也向修女脫帽致意，禮儀周全，對其他客人更是招呼周到，充分表現他長袖善舞的社交才能。（施叔青《寂寞雲園．第四章》）

CEO像霸王，政治人像小弟：CEO在萬人之上，一聲令下事情搞定，不聽話的立刻fire。民選首長沒這麼好命。他們要與議會、反對黨、媒體、選民周旋，動輒得咎。所以成功的政治人物，得像小弟一樣八面玲瓏。習慣了被人伺候的CEO，很難放下身段去協調溝通。（王文華〈「CEO治國」神話破滅？〉）

隨群

【隨群】跟隨群眾的觀點。

【隨風倒】沒有主見，容易受外在影響而左右意見。

【從俗】按照原來的習俗行事。

【隨俗】順應世俗行事。

【隨波逐流】順著水流而行。比喻人沒有主見，只依從環境、潮流而行動。

【隨俗浮沉】自己沒有主見，順從世俗的觀點。

【與世浮沉】形容沒有主見，隨世俗的眼光或潮流而行動。

【隨鄉入鄉】適應環境，隨遇而安。

【隨聲附和】自己沒有主見，只迎合他人的意見。

【人云亦云】別人說什麼，自己就跟著說什麼。形容沒有自己的見解，只會盲從。

一路走來，你維持著別人眼裡的，品學兼優，只有我知，你根本，隨波逐流。繼續是那個彆扭鬼，旁人難以親近。懂你的才看得見，一個孩子，天真固執，不似我懂得了壓抑，本性。年輕時，你總質疑，為何要妥協？終於，十年的旅程結束，你回來了，無奈地學習起隱藏，不再與我爭執。（郭強生〈有伴〉）

美，不是遵奉與模仿。美，毋寧更是一種叛逆，叛逆俗世的規則，叛逆一成不變的規律，叛逆知識的僵化呆滯，叛逆人云亦云的盲目附和，叛逆知識與理性，叛逆自己習以為常的重複與原地踏步。（蔣勳〈大癡——黃公望〉）

他乘著金大悲等人不注意時溜開了，走向另一堆人。這群詩人以趙樣超為首，果然也在討論如何抵制金大悲等人。趙樣超大罵金大悲不學無術，居然敢編甚麼詩選，其餘眾人也隨聲附和。（張系國〈翦夢奇緣〉）

奉承

【奉承】諂媚討好他人。

【逢迎】在言語行動上奉承討好別人。

【諂媚】以言語或行為奉承取悅他人。

【阿諛】阿附諂諛。

【迎阿】逢迎阿諛。

【諂諛】諂媚阿諛。

【巴結】奉承、討好。

【獻媚】為了討好別人而露出諛媚姿態。

【攀附】巴結、投靠有權勢的人往上爬。

【趨奉】迎合、奉承。

【趨附】趨承有權勢的人。

【迎合】逢迎，揣測人意而投其所好。

【阿附】巴結奉承。

【恭維】奉承、阿諛。

【拍馬屁】諂媚阿諛，討好他人。

【戴高帽】用好聽的話奉承人。

【灌迷湯】恭維、奉承他人，使人心神迷醉。

【抱粗腿】喜歡拍馬屁，攀附權貴。

【搖尾乞憐】本指狗搖尾巴以討主人歡心，後用來形容人有所請求，卑躬屈膝討好對方。

【打勤獻趣】阿諛奉承。

【夤緣攀附】攀附權貴，拉攏關係。

【攀龍附鳳】趨附權貴，以謀取個人名利。

【諂諛取容】阿諛獻媚以討好別人。

【屈意奉承】低聲下氣，委屈自己以討好別人。

【卑躬屈膝】低身下跪奉承他人。形容對人諂媚阿諛。

自此以後，果然有許多人來奉承他：有送田產的；有人送店房的；還有那些破落戶，兩口子來投身為僕，圖蔭庇的。到兩三個月，范進家奴僕、丫鬟都有了，錢、米是不消說了。張鄉紳家又來催著搬家。搬到新房子裏，唱戲、擺酒、請客，一連三日。（清・吳敬梓《儒林外史・第三回》）

新入星宿派的門人，未學本領，先學諂諛師父之術，千餘人頌聲盈耳，少室山上一片歌功頌德。少林寺建剎千載，歷代群僧所念的「南無阿彌陀佛」之聲，千年總和，說不定遠不及此刻星宿派眾門人對師父的頌聲洋洋如沸。丁春秋捋著白鬚，瞇起了雙眼，薰薰然，飄飄然，有如飽醉醇酒。（金庸《天

龍八部・四十一》）

卻不想這位錢太爺只巴巴的一心想到任，叫他空閑在省城，他卻受不的了。一天到晚，不是鑽門子，就是找朋友，東也打聽，西也打聽，高的仰攀不上，只要府、廳班子裡，有能在上司面前說得動話的，他便極力巴結，天天穿著衣帽到公館裡去請安。（清・李寶嘉《官場現形記・第三回》）

7 自信、驕傲

自信

【自信】信任自己，對自我具有信心。

【自信心】自我肯定的信念。

【自負】自以為是、自命不凡。

【自是】自以為是。

【自視甚高】自認為自己不平凡，高於他人。

【自命不凡】自以為聰明、不平凡。

【信心滿滿】充滿了信心。

【胸有成竹】比喻處事有定見、有把握。

她向來自信，聽到「妳想太多了」這句話時，竟是百感交集，當下誤以為愛情的力量真偉大，足以把她累積多年的自信心打垮。她一度也曾懷疑，自己是否真的如他所說的「想太多了」，但遺留在他車裡椅背上的長髮、他明明沒出席同學會卻硬拗自己有去的三個鐘頭，又讓她信心更加堅定地確認自己的觀察。（吳若權〈女人多疑心，殺死男人自尊心〉）

知命之年，有一子，始弱冠矣，雋朗有詞藻，迥然不群，深為時輩推伏。其父愛而器之，曰：「此吾家千里駒也。」應鄉賦秀才舉，將行，乃盛其服玩車馬之飾，計其京師薪儲之費。謂之曰：「吾觀爾之才，當一戰而霸。今備二載之用，且豐爾之給，將為其志也。」生亦自負，視上第如指掌。（唐・白行簡〈李娃傳〉）

律師金先生聳聳肩繼續說道：「布拉克先生，如果獲得你同意，就現在的狀況我會跟對方的律師，既然你們承認賽門布拉克先生已經死去，你們就只能繼承他還活著時候所賺取的財產。其餘的想都別想。」「就交給你去辦。」我果斷地說。他的助理拿出一份早就打好了的委託書，顯然金先生對說服我早胸有成竹。這樣也好，我在上頭迅速簽了名。（九把刀《拚命去死・11》）

驕傲

【驕】高傲自滿。
【傲】驕矜無禮。
【驕傲】傲慢自大，輕視他人。
【驕矜】傲慢、自大。
【驕慢】驕傲、輕慢。
【矜誇】驕矜誇大。
【虛驕】膚淺而驕傲。
【傲慢】驕傲無禮。
【倨傲】傲慢無禮。

【神氣】得意傲慢的樣子。
【牛氣】形容驕傲的神氣。
【高慢】高傲、傲慢。
【高傲】驕傲自大。
【孤高】性情孤僻，超脫不俗。
【孤傲】孤僻傲慢。
【傲岸】高傲而不屑隨俗。
【自傲】自己感到驕傲，不謙遜。

【自滿】驕傲、自負。
【自大】妄自尊大。
【自豪】極其自負、自得。
【狂妄】妄自驕傲，極端自大。
【不遜】不謙恭、不恭敬。
【不自量】過度高估自己，沒有衡量自己的實力。
【翹尾巴】驕傲自豪。
【自高自大】自命不凡，看不起別人。

【妄自尊大】驕矜自大，自命不凡。
【夜郎自大】夜郎為漢代西南邊境的一個小國，其國王不知漢境的廣大，竟問漢使：「漢孰與我大？」後以夜郎自大比喻人不自量力，妄自尊大。
【不可一世】狂傲自滿，

以為無人能及。形容狂妄自大到了極點。

【風流自賞】自我欣賞。

【孤芳自賞】比喻自命清高，自我欣賞。

【唯我獨尊】形容人高傲自大，目空一切。

【旁若無人】說話舉動毫無顧忌，似四周無人。形容態度自然從容或非常高傲。

【目中無人】眼中沒有旁人。形容妄自尊大。

【目無餘子】眼中沒有旁人。形容驕傲自大。

【目空一切】自視甚高，一切都瞧不起。

【盛氣凌人】用傲慢的氣勢壓迫別人。

【神氣活現】得意、傲慢，目中無人的樣子。

【老氣橫秋】形容人老練而自命不凡，絲毫不謙虛。

【好為人師】喜歡做別人的老師。指人不謙虛，喜好教導別人。

【倚老賣老】自以為年紀大，閱歷豐富，而看不起人。

【恃才傲物】因自己本身有才幹而驕傲，目空一切。

【頤指氣使】以高傲的態度指使屬下。

【趾高氣昂】走路時腳抬得很高，樣子十分神氣。形容人驕傲自滿、得意忘形。

【大搖大擺】形容自信或傲慢、得意揚揚的樣子。

【高視闊步】眼睛向上看，步子邁得很大。形容驕矜自得、旁若無人的樣子。

【大模大樣】傲慢、滿不在乎或神氣活現的樣子。

【忘乎所以】因過度興奮或驕傲自滿，而忘記了一切。

我終於來了。帶著滿心的愉悅與驕傲，帶著沉重的書箱和行囊，還有一口大同電鍋。我喜愛這裡。一切正如當初所想像的，這個大學城是一方美麗的夢土。夾道的楓樹開始變紅，兩旁庭院中碧草如茵，白漆木屋呈現著寧靜、優雅的況味。（張大春〈晨間新聞〉）

如同那些經歷婚姻風暴的豔麗女人，她們的容顏依舊，舉手投足仍然倨傲且性感。但人們就是知道：像一塊濃郁乳酪在她們靈魂裡發酸發臭了。人們不再趨之若鶩，如從前那樣甜蜜阿諛，為之神魂顛倒。（駱以軍〈啊，我記得……〉）

在上海的人都相信上海，在她是又還加上土著的自傲。風聲一緊，像要跟日本打起來了，那家新鄉紳嚇得又搬回來了，花了好些錢頂房子，叫她見笑。上海雖然也打，沒打到租界。她哥哥家裏從城裏逃難出來，投奔她，她後來幫他們搬到杭州去，有個姪子在杭州做事。也去了個話柄。（張愛玲《怨女・十五》）

詩不是吟詠助興的小調，詩是心血精力的凝聚；詩不是風流自賞的花箋，詩是干預氣象的洪鐘；詩不是個人起居的流水帳，詩是我們用以詮釋宇宙的一份主觀的，真實的記錄。（楊牧《一首詩的完成・古典》）

最近他總愛在臨睡前朗誦吉布林謳歌大英帝國的詩篇，他與這位帝國主義作家心有戚戚，特別欣賞他簡潔強而有力的文體，心儀他高視闊步、睥睨一世的姿態。吉布林筆下顛峰鼎盛的大英帝國最能令他產生共鳴。（施叔青《寂寞雲園・第二章》）

風亦飛一看，原來是那流浪客田仲謀，心想這人倒怪，白天不知竄到哪裡去了，晚上卻大模大樣入住柴房，就像在客店留下了房間一樣，令人氣結。（黃易《烏金血劍・第四章》）

虛榮

【虛榮】不切實際的榮譽。今多用以比喻貪戀浮名及富貴。

【好勝】要強，喜歡超越眾人。

【要強】爭強好勝，不肯認輸。

【好名】喜愛虛名。

【浮誇】虛浮誇大，不切實際。

【愛面子】愛惜自己的體面、自尊，深怕被損害而遭人瞧不起。

【好高騖遠】嚮往高遠而不切實際的目標。

【好大喜功】喜歡做大事、立大功。多用以形容作風鋪張浮誇、不切實際。

【沽名釣譽】運用手段以謀取名聲和讚譽。

【欺世盜名】欺騙世人，盜取名譽。

當他坐下來，正狐疑妳望著他的眼神時，妳給了他更大的一個驚嘆號，妳當著滿室紳士與淑女，屈前往他臉頰上親了一下，跟他說我愛你。他驚訝，但他很開心，妳知道他很開心。妳的美麗，妳的愛，讓他感到十足的虛榮。（蔡詩萍〈妳等他，等他下一次再犯錯〉）

一年級時住側門一家雜貨店樓上，也不和別人交往，文社幾個朋友常來找我，我總嫌他們哪裡有些浮誇，並不看在眼裏，閑時就獨自校園中亂逛，也喜歡陽臺上站站，半個淡水鎮即在眼下。（朱天文〈花問〉）

我在個人網站上跟網友討論此事，大家開始發表什麼是步入中年的徵兆。例如去KTV點歌時盡點「懷念金曲」、「中年男人越來越愛面子、中年女人越來越不怕丟臉」、聽見「抗氧化」或「有機」等字眼會感到興奮、一邊嘆氣一邊不經意說出「現在的年輕人啊……」。惡毒一點的，莫過於「在枕頭上聞見了大叔的味道」吧。（九把刀〈什麼是中年人？〉）

誇耀

【誇耀】過分炫耀、吹噓。
【誇口】自誇、說大話。
【誇示】向人炫耀自己。
【炫示】在他人面前誇耀自己。
【炫耀】誇耀。

【顯耀】誇示炫耀。
【賣弄】誇耀、顯露自己的本事。
【賣嘴】誇大言語，賣弄口舌。
【搬弄】賣弄、誇耀本事。

【招搖】誇耀、張揚，引起別人注意。
【標榜】表揚、稱讚。
【逞能】炫耀自己的才能。
【逞強】力量不足，卻刻意顯示自己能力強。

【自誇】自己誇示、炫耀。
【出鋒頭】炫耀或顯示自己的特長，以博得眾人的讚譽。亦作「出風頭」。
【班門弄斧】比喻在行家面前賣弄本事，不自量力。

古時文人很少在文章裡炫示佳肴美饌，卻愛說粥食之美，而且說到此事，筆端每見情趣。如鄭板橋尺牘〈范縣署中寄舍弟墨〉敘說晨起食粥之態：「暇日咽碎米餅，煮糊塗粥，雙手捧碗，縮頸而啜之。霜晨雪早，得此周身俱暖。」讀來真覺憨樸自在，宛如目前。（李慶西〈食粥〉）

「嬉皮風」也傳到台灣，我當兵回來隔了一兩年後，台北街頭就能看到一些男女不分的青年了，他們穿著髒兮兮又鬆垮垮的像美軍草綠色的布夾克，頭髮留得老長，男的鬍子不刮，在街上招搖而過，後來越發流行，漸漸成了時尚。（周志文〈戰爭進行中〉）

擺闊、擺架子

【擺闊】故意表示自己闊綽富有。

【擺門面】講究排場，粉飾外表。

【擺譜兒】故意裝出一副體面或安逸的氣派來炫耀。

【裝門面】裝飾門面。比喻人粉飾外表，擺空架子。

【撐門面】勉強維持表面的外觀或排場。

【擺架子】驕傲誇張，故意顯出自己的身分比別人高貴。

【充排場】以鋪張、講究的方式來維持場面。

【端架子】刻意抬高自己的身分，待人傲慢。

【搭架子】驕傲矜誇，擺出尊貴模樣。

【拿大】擺架子。

【高姿態】態度傲慢、惡劣，表示出自己比他人尊貴的樣子。

黃理查弄不清楚他是有意效法大班的巴黎禮帽店的排場，還是受了南來遺老的子女們揮霍擺闊的習性所影響。這些隨著父老逃避戰亂南來的二世祖，憑著萬貫家產，過著窮極奢侈的生活，都是先施、永安、麗華等公司的長期顧客，每家公司都保留有他們的尺寸，年終結算的製衣費都是一筆令人咋舌的

數目。（施叔青《寂寞雲園・第三章》）

這些年她在姚家是個黑人，親戚們也都不便理睬她，這時候也不好意思忽然親熱起來，顯得勢利。她也不去找他們。再不端著點架子，更叫這些人看不起。所以就剩下她哥哥一家。（張愛玲《怨女・十》）

8 退讓

謙虛

【謙】敬讓而不自大。

【謙虛】虛心謙讓不自滿。

【謙遜】謙虛退讓。

【謙恭】謙虛而有禮貌。

【謙卑】謙和禮讓。

【謙和】謙恭和藹。

【謙沖】謙虛和順。

【謙抑】謙虛退讓。

【虛心】內心謙退容物，不自滿。

【客氣】謙虛禮讓的態度。

【客套】謙讓、問候的應酬話。

【過謙】過於謙虛。

【平易】性情謙虛平和。

【平易近人】態度和藹親切，容易接近。

【虛懷若谷】心胸寬廣如山谷，能容納萬物。形容為人非常謙虛，能廣納他人意見。

【深藏若虛】真才實學的人深藏不露，不顯耀於世。

【大智若愚】表面上看起來似乎很平庸，其實卻是有極高智慧的人。

【不恥下問】不以向身分較自己低微、學問較自己淺陋的人求教為羞恥。

【謙恭下士】謙虛有禮，尊敬有才學的人。

英雄美人，一向濫腔負面的字義，講在胡老師口中如此當然，又不當然，聽覺上真刺激。他說人生本來可選擇的不多，不由你嫌寒憎暑，怎樣浪費和折磨的處境，但凡明白了就為有益。他提出明知故犯，不做選擇，是謙遜，也是豁達。他說你不要此身要何身？不生今世生何世？你倒是要跟大家一樣，一起的。（朱天文《花憶前身．優曇波羅之書》）

冬日，其實是一段可愛而不應加以詛咒的年光，因為，那是人比較理智、比較清醒、比較虔誠，也比較充滿愛心的季節，肅殺的天地，徹骨的凜冽，勝過一切語言文字的雄辯，再怎麼浮誇的人，到了冬日，也不免變得沉默、謙卑起來。（陳幸蕙〈冬日隨筆．簡單〉）

一九八七年夏天，我在他北京的家中見到了沈從文先生，在他人生長河的最後年月裡。也見到他的妻子——合肥張家四姊妹的三姐兆和。還在從一次中風復原的老人，雖然仍是那樣謙和，但已無法再發出照片上那樣溫婉的微笑了。（李黎〈沈從文的長河〉）

我第一次在柏林電視塔上用餐，那時的東德女服務生客氣學著西邊的人詢問：菜好吃嗎？我們才說有點鹹，她便變了臉色：那為什麼不自己在家煮？（陳玉慧〈我的德意志生活〉）

讓步

【讓】謙退。

【讓步】雙方發生爭執時，為避免起衝突，而放棄自己的主張。

【退讓】謙退遜讓。

【卑讓】謙讓、退讓。

【妥協】雙方敵對或發生衝突時，彼此讓步，以求融洽和解。

【忍讓】容忍謙讓。

【容忍】包容、忍耐。

【遷就】改變自己的意思，勉強配合對方。

【將就】勉強牽就自己不滿意的環境或事物。

【俯就】遷就、將就。

【低姿態】表現出有限度的屈服或退讓，以迎合對方心意。

【退避三舍】舍，古人以三十里為一舍。「退避三舍」指作戰時，將部隊往後撤退九十里。後用以比喻主動退讓，不與人相爭。

【委曲求全】勉強遷就以求保全。

烏世民仍然搖頭。這人固執得很，要說服他做他不願意的事，不知道有多困難呢。如果和他交朋友，他肯遷就她嗎？怎麼又想到這方面去？吳芬芬的臉又紅了。偷眼看烏世民，他似乎毫無所覺，哼著小調，扳動機一隊儀器臺旁的控制桿。（張系國〈歸〉）

默默覺得，童年的一切都不愉快，似乎都跟媽咪有關。也因此，當年她固執地離家住校，不想理媽咪——但最讓默默氣憤的是，她以為媽咪會特別採低姿態來討好自己、向自己求和、哀求自己回家——可是，沒有！媽咪根本不聞不問默默繁重的習藝生活！（紀大偉《膜・四》）

如果你很幸運一直活著，人生有很多階段。十歲以下就過著太認真人生的小孩，絕對不可愛。十幾歲的小鬼除了忙著否定大人，就是忙著談戀愛。年過二十的血氣方剛，開始劃分夢想是夢想，理想是理想，認定追隨前者的是勇者，擁抱後者則是一種委曲求全。每天都信仰三個新人生理論，每晚棄置一個。（九把刀〈什麼是中年人？〉）

謙讓

【謙讓】謙卑退讓。
【推讓】謙遜辭讓。
【互讓】互相禮讓。
【謙退】謙恭退讓。
【禮讓】守禮退讓。
【辭讓】禮讓、婉拒。
【儘讓】謙讓。

大家都站起來讓費同志坐。謙讓再三，結果是老婦人挪到旁邊去，讓他和她丈夫並坐在上首。今天這喜筵並沒有酒，但是在這樣冷的天，房間熱烘烘的擠滿了人，再加上空心肚子，吃了兩碗飽飯，沒有酒也帶了兩分酒意，大家都吃得臉紅紅的，一副酒酣耳熱的樣子。（張愛玲《秧歌・二》）

正值多事之秋，事態詭譎多變。王位繼承一旦付諸公開競逐，各藩蜂起，合縱連橫，步步為營。人前打躬作揖，做盡謙遜禮讓之態。背後則中傷設陷、落井下石、傷口塗鹽之事，無所不盡其極。城中讀書人，多屬南人，性格率真，情感澎湃，外人對其評論：溫情有餘，理智不足，易激越，易躁動。（龍應台〈江湖〉）

自卑

【自卑】心理上自覺比不上別人，而看輕自己。

【妄自菲薄】過於自卑而不知自重。

【自慚形穢】比喻自愧不如。

【自愧弗如】自己感到羞慚不如他人。

【自嘆不如】自認為比不上別人。

【汗顏】因心中羞慚而出汗。

自己的頭髮竟由不得自己作主，這難道是「三從四德」的遺跡嗎？我有些可憐她；但是另一方面卻又慶幸她沒有把這樣美麗的頭髮剪掉，否則我就看不到她早晨梳髮的模樣兒了。跟母親那一頭豐饒的黑髮相比，我的短髮又薄又黃，大概是得自父親的遺傳吧，這真令人嫉妒，也有些兒教人自卑。（林文月〈給母親梳頭髮〉）

我和錦華之間，有學術上的相互切磋與激勵，更有生活與情感上不時的噓寒問暖。每當我心情低抑，挫折到覺得自己一事無成，錦華就會開導我，叫我不要妄自菲薄，不要只看到人家的長處，忘了自己的優點。（張小虹〈誰怕戴錦華〉）

J與好友X貧寒出身（X說陝西J沒，不像法國人哭的窮，是指沒錢去渡假），冀望都在學位上，想到他們或暗自餐廳打工賺外快，還能維持如此好成績，我們這票人飽食終日無所用心，不覺汗顏。台灣與大陸留學生在法國的勢力消長，並不是沒有原因。（林郁庭〈霧都剪影〉）

9 謹慎與輕率

謹慎、恭敬

【謹】慎重、小心。

【慎】小心。

【謹慎】小心仔細。

【謹嚴】謹慎細密。

【嚴謹】嚴肅謹慎。

【謹飭】言行檢點有節制。

【慎重】謹慎認真。

【審慎】考慮周詳而謹慎。

【小心】留心、謹慎。

【小心翼翼】非常謹慎，不敢疏忽。

【謹小慎微】小心慎重的處理細微事情。後多用以形容過分仔細，不夠膽大。

【戰戰兢兢】因畏懼而顫抖，形容戒懼謹慎的樣子。

【兢兢業業】形容謹肅恐懼，認真小心。

【恭敬】肅靜有禮。

【恭謹】恭敬謹慎。

【畢恭畢敬】形容極為恭敬。

佛於是把我化作一棵樹／長在你必經的路旁／在陽光下慎重地開滿了花／朵朵都是我前世的盼望

（席慕蓉〈一棵開花的樹〉）

美麗，存在於針尖上的一點，就算危顫顫小心捧著，那只是一個季節的美麗。過了，就過了，留下的只是記憶。此後，望著舊時的漂亮衣服只會心生悵然？——？怎麼都走樣了，我，或者衣裳，或者我與衣裳一起走樣了？（平路〈花開堪折直須折〉）

他戰戰兢兢的度著他的一日。一日之計在於晨，他最擔心一早起來惡兆臨頭，果然，整日的不順心，從自己的頭髮引起。快樂總是如白駒過隙，而鬱悶卻經常如漫漫長夜無邊無際，啃蝕得他連胃都翻騰著痛，一旦胃不適，食慾全無，一天也就自然報銷了。（隱地〈一日神〉）

錢夫人一踏上露臺，一陣桂花的濃香便侵襲過來了。樓前正門大開，裏面有幾個僕人穿梭一般來往著，劉副官停在門口，哈著身子，做了個手勢，畢恭畢敬的說了聲：「夫人請。」錢夫人一走入門內前廳，劉副官便對一個女僕說道：「快去報告夫人，錢將軍夫人到了。」（白先勇〈遊園驚夢〉）

認真

【認真】切實負責而不馬虎。

【嚴肅】態度嚴正莊重。

【丁是丁，卯是卯】形容做事一絲不苟，毫不通融。

【事必躬親】凡事必定親自去做。

【頂真】認真。

【一絲不苟】做事認真，一點也不馬虎。

【較真兒】認真。

【一板一眼】比喻人言行謹守法規，有條有理。

【獅子搏兔】比喻小事也拿出全部精力認真對待。

【負責】擔負責任。

你滔滔如水流說著你的小時候，現在，和未來，誇大又渲染著你的煩惱與快樂，聲音還帶著稚氣且認真。你眼裡有微燃的火光與世界相望，躍躍欲試飛，我知道，你的人生正要起飛。我靜靜看我的天空。時光一分一秒經過我們，這城市卻是愈來愈新了。（鄭麗卿〈秋陽照舊〉）

大一升大二的那個暑假，一封將愛慕隱藏得很好的信問我，「難道，妳就要成為一個馬克思女孩嗎？」也是在同一個夏天，一個社團學長質問我，正當我們漫步在河岸美好的風光中時，「統獨左右的象限上，妳站在哪一邊？」他嚴肅地問。（范雲〈那個黃昏，第一次聽到美麗島的歌聲〉）

你每天準時收看強尼的晨間新聞，一面為四個孩子準備午餐盒，表情和強尼一樣嚴肅、專注、一絲不苟；可是你心裡潛伏著一點非常隱祕的樂趣。（張大春〈晨間新聞〉）

嚴格

【嚴格】嚴謹遵守一定的標準。

【嚴厲】嚴格猛烈、不寬容。

【嚴峻】嚴厲。

【峻厲】嚴峻苛刻。

【嚴酷】嚴厲苛酷。

【嚴刻】嚴厲苛刻。

【苛刻】刻薄嚴厲。

【嚴苛】嚴厲苛刻。

他信上這樣直言快語，等於責備人家的師承、所學，那人家還要不要寫論文呢。他每以人才期待對方，既熱情，又嚴格，不鬆口的地方到底不鬆口。原來張愛玲說他，「你是人家有好處容易你感激，但難得你滿足」，是這個意思。（朱天文《花憶前身・優曇波羅之書》）

呂老師責任心重，也可以說好勝心強，教學十分認真，近乎嚴厲，演講又是她引以為傲的專長，當然更在乎成果，要求更嚴苛，平時不中斷練習，每次比賽前，更是不厭其煩一遍又一遍改正、重來，時常訓練到聲音沙啞才暫停。母親總要買楊桃、柑橘之類的水果給我潤喉。（吳晟〈愛講、愛講〉）

馬虎

【馬虎】草率不認真。

【含糊】做事不徹底，馬馬虎虎。

【草率】做事隨便。

【潦草】粗率，不仔細。

【草草】粗率、不認真。

【苟且】不守禮法、不務實或馬虎草率，得過且過。

【拆爛汙】比喻不認真、不負責任，將事情辦壞以致於難以收拾。

【敷衍】辦事不切實，僅顧表面應付、應酬。

【胡搞】做事草率、不正經。

【掉以輕心】處理事情時，抱持著輕忽、漫不經心的態度。

【丟三落四】形容人馬虎、健忘，不是忘了這個，就是忘了那個。

【粗製濫造】製作粗劣，量多而不講究品質。

【偷工減料】不依照生產或工程所規定的質量要求，而削減工序和用料。

【頭痛醫頭，腳痛醫腳】比喻只顧眼前，對問題不作通盤考慮，不從根本上解決。

【玩世不恭】不莊重、不嚴謹的生活態度。

【遊戲人間】以放逸嬉戲的態度面對世俗的生活。

【逢場作戲】隨事應景，偶爾遊戲玩耍。

【打混】做事態度不認真，得過且過。

【摸魚】做事不認真，投機取巧。

他身上總是穿著那幾件舊的衣裳，很少添鞋襪。他還變得有些邋遢。有時候，他的妻子會當了人面數落他，說他馬虎，凡事都不在意，不換衣服，其實新衣服就在櫃子裏，卻不愛換，只愛看書。在那些日子裏，看書成了叔叔唯一的嗜好。（王安憶〈叔叔的故事〉）

惟有在冷靜時刻下定的決心，才可能持久。你應當不是率性潦草的人，我看你的信便明白你大半的人格，是真摯的，熱衷的，而且確實是勇於維護理想並努力施展抱負的人。我很高興能夠在我兩鬢開始花白的時候認識你。（楊牧《一首詩的完成．抱負》）

經筵的著眼點在發揮經傳的精義，指出歷史的鑒戒，但仍然經常歸結到現實，以期古為今用。稱職的講官務必完成這一任務，如果只據章句敷衍塞責或以佞辭逢迎恭維，無疑均屬失職，過去好幾個講官就曾因此而被罷免。（黃仁宇《萬曆十五年．第二章》）

他對藝術敏感，對人生有極高的洞察力，而他的藝術不僅是指美術或雕塑，還包括了一般生活上的細節與語言上的力度，照他的標準，他的生活應該更為優雅，他的語言應該更為精緻，但事實不然，他總像是和光同塵般的在紛亂不堪的世上混日子。從他表面看，他有點玩世不恭，而其實是膽小得厲害，他一生的大半時光，是在遲疑與猶豫中度過的。（周志文〈桃園風景〉）

輕率

【輕率】草率、不謹慎。
【魯莽】粗心、冒失。
【莽撞】言語行動粗率冒昧。
【冒失】鹵莽、莽撞。
【冒昧】鹵莽。
【唐突】失禮，冒昧。
【孟浪】言行輕率、冒失。

【造次】鹵莽。
【貿然】鹵莽、輕率的樣子。
【率爾】輕率、急遽。
【率然】輕率匆促的樣子。
【無禮】不懂禮法、沒有禮貌。
【冒失鬼】行為粗魯、無理的人。

【愣頭愣腦】粗魯冒失的樣子。
【鹵莽滅裂】做事粗魯莽撞、草率隨便。
【不管不顧】莽撞。
【不管三七二十一】不顧一切，不論是非情由。

【不知進退】言語舉動沒有分寸。
【不知死活】不知利害，冒昧行事。
【輕舉妄動】行為不慎，舉止輕浮。
【風風火火】急急忙忙、冒冒失失的樣子。

他們走到文林街上，遠遠看見宋捷軍和何儀貞走了過來。伍寶笙低了頭，小童想想不高興，想過去把書還他。伍寶笙已經察覺了，拖了他一把低聲說：「別這麼莽撞。你沒見那大包小包的還在宋捷軍手裏拿著嗎？」果然何儀貞走過來時臉上坦然地。宋捷軍倒也得意洋洋，並不以送禮人家不收為意。

（鹿橋《未央歌・四》）

適當的環境，適當的情調；他也想到過，她也顧慮到那可能性。然而兩方面都是精刮的人，算盤打得太仔細了，始終不肯冒失。現在這忽然成了真的，兩人都糊塗了。流蘇覺得她的溜溜轉了個圈子，倒在鏡子上，背心緊緊抵著冰冷的鏡子。他的嘴始終沒有離開過她的嘴。他還把她往鏡子上推，他們似乎是跌到鏡子裏面，另一個昏昏的世界裏去，涼的涼，燙的燙，野火花直燒上身來。（張愛玲〈傾城之戀〉）

那蛇看了洪太尉一回，望山下一溜，卻早不見了。太尉方才爬得起來，說道：「慚愧！驚殺下官！」看身上時，寒粟子比餶飿兒大小。口裡罵那道士：「叵耐無禮，戲弄下官，教俺受這般驚恐！若山上尋不見天師，下去和他別有話說。」再拿了銀提爐，整頓身上詔敕並衣服巾幘，卻待再要上山去。

（明・施耐庵《水滸傳・第一回》）

注意

【注意】留意。

【留意】注意、留心。

【留神】細心注意、謹慎小心。

【留心】注意、小心。

【當心】謹慎、留心。

【小心】留心、謹慎。

【經心】用心、留意。

【關心】注意、留心。

【關切】關心、注意。

【關注】關心注意。

【在意】介意、注意。

【在心】留心、注意。

【介意】在意，將不愉快或憂慮之事存於心中，而不能釋懷。

【在乎】在意、關心。

【顧全】顧念、保全。

【措意】留意、注意。

【顧及】注意到。

【照顧】注意。

假如這個生人，你願意和他做朋友，你也還是得沉默。但須留心聽他的話，選出幾處，加以簡短的，相當的讚詞；至少也須表示相當的同意。這便是知己的開端，或說起碼的知己也可。（朱自清〈沉默〉）

母親每逢低溫特報便會打電話關切，她知道氣象局預測的只是參考值，我的實際感受往往還要低上幾度。照例她會問我三餐吃什麼，當然，所得到的都是千篇一律的答案，麵。（薛好薰〈想念的滋味〉）

許多單位招攬著試乘的邀約，可惜我一直都整理不出恰當的心情去共襄盛舉。我的確是有點在意與那初戀情人般的北淡線的劫後重逢。雖然已是不易動情的風霜中年，但是我怎能忍心讓自己夾在觀光團似的人潮中去會晤那些珍藏二十多年的祕密和矜持呢？所以我決定第一次重新踏上北淡列車時，一定要選一個寂寥人稀的午後。（王文進〈北淡線拾憶〉）

不知聽誰說，這年頭搞文學如作手工的人越見稀少。然而少年與他的同代人為何面目模糊？戴隱形眼鏡的時候，眼睛距離鏡子很近，眼睛是眼睛，睫毛是睫毛，眼屎是眼屎，視線不再被膠框瓶底眼鏡給扭曲，卻好像不再看得清楚自己的臉。又像抓頭髮，每一根是一根，誰在乎自己長什麼樣子。（羅毓嘉〈少年閉門練劍〉）

不注意

【忽視】不在意。

【忽略】疏忽、不注意。

【疏忽】做事不周密。

【漠視】輕視、蔑視。

【失神】忽略、不注意。

【失慎】不慎、疏忽。

【走神兒】注意力不集中，精神渙散。

【分心】用一部分精神兼顧其他的事。

【不留神】不小心、不注意。

【不經意】不注意、不留神。

【不在意】對某事物不關心或不放在心上。

【不在乎】不看重、不放在心上。

【無所謂】沒有什麼關係，不在意。

【視若無睹】當作沒看見一樣，形容對事物毫不注意。

【漫不經心】毫不留意。

【滿不在乎】完全不以為意。

【漠然置之】漠然，不在意。

【心不在焉】心思不集中。

【耳邊風】耳邊的風，比喻對所聽到的事毫不關心。亦作「耳旁風」。

【馬耳東風】東風吹過馬耳邊，瞬間消逝。比喻對聽見的事情漠不關心。

【置若罔聞】雖有耳聞，卻好像沒有聽到一樣不加理會。

我們有時確實太忽略了自然的存在，甚至遺忘了它。我重讀你的來信，發現你曾提到自然，原來你是高度自覺地理會著的。季節的遞嬗本來也是自然的動力，於變化中維持一種永恆，而即使這些，有時竟被我們漠然看待，或者因為那正足以證明我們是少了一份好奇。（楊牧《一首詩的完成‧大自然》）

春天裡的花，杜鵑像爆竹一樣，一叢叢在身邊炸開，那艷艷的紅與白十分世俗的熱鬧，春天踩著滿地的爆竹屑來。櫻花開在春天的外邊，與春天只是拂面相笑。桃花則是在春天的邊際上開著，一不留神就要岔到外面去了，這真使人懷念起晴雯來。（朱天文〈寫在春天〉）

回家之後我不經意地說了上學時發生的事，我的家人顯然不覺得這事情不嚴重。我父親打了電話，告訴老師那篇看起來悲觀飄渺的文章真是我寫的，因為前一天晚上是他親自看完我的作業與文章，才讓我上床睡覺，並且，飄零的零我不會寫，還是問他的。（李維菁〈第一次〉）

一九四九年，像一隻突然出現在窗口的黑貓，帶著深不可測又無所謂的眼神，淡淡地望著你，就在那沒有花盆的、暗暗的窗台上，軟綿無聲地坐了下來，輪廓溶入黑夜，看不清楚後面是什麼。（龍應台《大江大海一九四九．大出走》）

十五分鐘後，我要的食品來了，我這才知道何以剛才那侍者的神情如此古怪的原因，原來剛才我心不在焉，隨便一指，竟要了一盒七色冰淇淋，還加上許多好看的裝飾，那是小孩子的食品！（倪匡《玩具》）

專心

【專心】專一心思，集中心力。

【專注】專心注意。

【專一】心思專注。

【用心】盡心。

【悉心】竭盡心力。

【潛心】心靜而專注。

【著意】用心。

【刻意】專一心志、竭盡心思。

【傾注】將精神、力量集中於某一事物。

【凝神】全神貫注、聚精會神。

【入神】精神專注在有興趣的事物上，心無旁騖。

【聚精會神】集中精神，專心一意。

【全神貫注】將心思精神完全集中於某事物上。

【專心致志】專注心思，集中意志。

【一心一意】心意專一。

【全心全意】將全部的精神投入，沒有其他想法。

【心無二用】專注心思，不把精神放在其他地方。

【廢寢忘食】沒有睡覺也忘了吃飯，形容專心努力工作或學習。

【一個心眼兒】把所有心思專注在一件事情上。

他的意思是問我：「你老婆肚子裡的孩子怎麼樣了？」我說好得很，胎兒心臟強而有力，舊曆年底就要生了。老人隨即連說三句「太好了」之後就哭起來。他哭得非常專心，彷彿這世界上再也沒有其它的事、其它的人、其它的情感。（張大春《聆聽父親・第五章》）

面對著汪洋一片，水外有山，山外有水，應該引起故國之思，至少也該有些甚麼感慨才對。然而，此刻當我專注於眼前的山山水水時，卻無著意培養正氣或玄思的念頭，只覺得無比鬆懈；於鬆懈之中，又似乎有些茫茫然之感。（林文月〈遙遠〉）

公園裡那棵榆樹下，有幾張石凳子，給人歇涼的。我一眼瞥見，盧先生一個人坐在那裏。他穿著件汗衫，拖著雙木板鞋，低著頭，聚精會神地在拉弦子。我一聽，他竟在拉我們桂林戲呢，我不由得便心癢了起來。從前在桂林，我是個大戲迷，小金鳳、七歲紅他們唱戲，我天天都去看的。（白先勇〈花橋榮記〉）

一切所經歷的有關這部書的往事歷歷在目，但似乎又相當遙遠。時至今日，我也不知道我是怎樣走過來的。在緊張無比的進取中，當我們專心致志往前趕路的時候，往往不會過多留心身後及兩旁的一切；我們只是盯著前面那個唯一的目標。而當我們要接近或到達這個目標時，我們才不由回頭看一眼自己所走過的旅程。（路遙〈早晨從中午開始〉）

細心

【細心】用心，心思周密。
【仔細】周詳、不輕率。

【過細】太過仔細。
【細密】仔細、周詳。

【周到】仔細，面面俱到。
【周全】完備、齊全。

【周詳】周到、詳盡。
【心細】心思細密。

【精心】仔細、周密。
【精細】精緻、細心。

【貼心】最親密、最知己。
【體貼】細心體會。

【善解人意】體貼、了解別人的心意。

【面面俱到】各方面都能照顧到。

我隔著櫥窗的玻璃看著她，差點兒忘記了自己因何而來。這是我第一次細心的看清楚她的面容，那纖削的輪廓、帶點蒼白的膚色、垂在臉旁的不很柔順的頭髮。這容貌似乎並不很切合會摺哭泣摺紙的女子的誘人想像，但她摺紙時的那種好像整個世界也不存在的專注的神情，卻又令她顯得與別不同。（董啟章〈哭泣的摺紙〉）

他忍不住要仔細看看。他極慢、極慢地把身子向一邊偏，同時屏息地聽；要察覺他的動作會不會被發現。他怕這些像是極小的小孩子們說話的聲音被驚動了就會都靜悄下來。等到他已經把身子翻過來，側看、而且面對著眼前的一片草了，他才放心，知道這些小聲音正忙碌又興奮得不得了，才沒有一點怕這個陌生人的意思。（鹿橋〈幽谷〉）

勾起我興趣的部分其實不在於這個故事，而是在於，當我的家人們陸續來到病房探望他時，他跟每個人重新講述夢境時，都會是一個新的版本。比如，多出一段之前沒講過的細節，或多出一個重要人物。也就是說，每個大老遠來看他的人，都可以獲得一段專屬的故事。能說他不是個非常貼心的病人嗎？（張維中〈夢中見〉）

王先生的辦公室夾在雇員的男女洗手間中間，很小，沒窗，所有光源都來自頭頂上一支日光燈管。所有進入這裏的人立刻成了淡紫色。王先生不知覺自己的臉色，只認為李邁克那淡紫的臉十分令他生厭。還有他那靈巧，那善解人意的微笑，都在這片淡紫中顯得偽氣。（嚴歌苓〈海那邊〉）

粗心

【粗心】做事不仔細、不小心。

【大意】疏忽、不周密。

【粗率】粗心。

【粗疏】個性粗疏、草率，不注意瑣事。

【疏忽】做事不周密。

【怠忽】懈怠輕忽。

【馬虎】草率、不認真。

【粗枝大葉】個性粗疏，做事草率，不注意瑣事。

【毛手毛腳】做事粗率慌張，不仔細。

【大而化之】本指一個人已達到超凡入聖的境界。後形容人做事不謹慎、不拘小節。

吳芬芬輕咬住嘴唇。這樣笨手笨腳，不知道烏世民心裏怎麼想。人家都說臺灣姑娘聰明伶俐，唯有她是例外。從小母親就愛數說她粗心大意，甚麼東西到她手裏都會弄壞，又天生不服輸的性格，偏偏賭氣學了電機工程。（張系國〈歸〉）

若我早知就此無法把你忘記／我將不再大意　我要盡力鏤刻／那個初識的古老夏日／深沉而緩慢　刻出一張繁複精緻的銅版／每一劃刻痕我都將珍惜／若我早知就此終生都無法忘記（席慕蓉〈銅版畫〉）

安分、耐心

【安分】安守本分。

【本分】安分守己。

【安分守己】安守自己的本分。

【循規蹈矩】遵守規矩，不踰越法度。

【規行矩步】舉止守法、不苟且。

【隨遇而安】安於所處的環境。

【按部就班】寫作、做事依照一定的層次、條理。

【耐心】心情平和不厭煩、不急躁。

【耐煩】能忍耐煩瑣。

有時你的母親太忙，我就抱著你寫稿，左手抱著柔軟的你，右手握著鋼筆疾書，你總是乖乖的，不像在母親懷裡那樣不安分。後來變成衹要你不乖，你的母親就抱你到書房來。說也奇怪，每次一到書房你就乖了。（吳鳴〈孩子，我在前面的路上等你〉）

卻說那潘金蓮過門之後，武大是個懦弱依本分的人，被這一班人不時間在門前叫道：「好一塊羊肉，倒落在狗口裡！」因此武大在清河縣住不牢，搬來這陽谷縣紫石街賃房居住，每日仍舊挑賣炊餅。（明・施耐庵《水滸傳・第二十四回》）

其次，鹿港人的氣質，最大的特徵是「安分守己」，既不善吹牛拍馬，又拙於爭權奪利，這至少可以給人一種安全感而樂於利用。他們保守成性，所以最怕出風頭，大多數採取的是「棄名取實」的作風，高帽子大可以讓給人家去戴，自己寧願坐在後臺服務。（葉榮鐘〈鹿港查晡〉）

當他談到熟悉的事情時，他會很詳細的解釋箇中的來龍去脈，好像很迫切的需要去肯定自己的理解和記憶。有時候當我沒有耐性，我會以為這是一種沒有必要的重複和強調，但今天當他談及年輕的時候在好運茶樓的往事，我卻感到異常的願意聆聽了。（董啟章〈看（不）見的城市〉）

10 急與慢

急躁

【躁】性急。

【急躁】性情焦躁，缺乏耐性。

【浮躁】輕浮沒有耐性。

【毛躁】性急，易衝動。

【暴】急躁。

【暴躁】做事急躁、魯莽，沒有耐性。

【煩躁】煩悶焦躁。
【焦躁】焦慮暴躁。
【躁進】做事急於求進。
【性急】性情急躁。

【褊急】度量狹小，性情急躁。
【狷急】性情躁急。
【操切】做事過於急躁。

【操之過急】處理事情時過於急躁。
【急性子】性情急躁。
【急忙】急迫匆忙。

【連忙】趕緊、急忙。
【匆忙】急忙的樣子。
【不耐煩】急躁沒有耐心的樣子。

去年抽了個空，遊歷了一番大阪城，也就是豐臣秀吉當年叱吒風雲的城堡。雖然壯觀，畢竟是個戰後重建的觀光遊覽區，看著看著就煩躁起來，覺得浪費了大半天時間，還不如買本書，在家裡仔細臥遊呢。居然也就真的買了一批書，扛回家裡，讀得津津有味。（鄭培凱〈大阪車站〉）

喝早茶有先安定心情的作用，盤算好了一天要做的事再開工，喝下午茶也有點生理上的原因，一整天忙碌下來，到了四五點血糖降低，難免感覺疲累，尤其黃昏往往是辦公室裡最忙碌的時段，許多趕在下班之前必需完成的工作或決定的議案，讓人焦躁不安。如果這時間喝點茶，吃兩塊小餅乾，補充點血糖，是可以提振點精神的。（王宣一〈下午茶〉）

那時的水桶是洋鐵皮做的，母親很瘦弱，水桶很重，她在提回來的路上須要休息兩次，我聽到她放下水桶時提手鐵環碰擊鐵桶的聲音，連忙衝出去想幫她，但每次都被罵回，說我背書不專心，小心又要挨她打。（周志文〈遙遠的音符〉）

各房只派了一個男子作代表，大房是大爺，二房二爺沒了，是二奶奶，三房是三爺。季澤很知道這總清算的日子於他沒有什麼好處，因此他到得最遲。然而來既來了，他決不願意露出焦灼懊喪的神氣，腮幫子上依舊是他那點豐肥的，紅色的笑。眼睛裏依舊是他那點瀟灑的不耐煩。（張愛玲〈金鎖記〉）

慢

【款慢】慢慢的。

【緩慢】不快、遲延。

【遲緩】遲鈍緩慢。

【溫吞】個性或動作緩慢猶疑。

【蘑菇】故意糾纏不清或拖延時間。

【磨蹭】做事慢吞吞，動作遲緩，浪費時間。

【慢半拍】做事比別人遲緩。

【慢性子】個性遲緩。

【慢吞吞】說話或動作很慢的樣子。

【慢調子】做事緩慢。

【慢騰騰】遲緩的樣子。

【慢條斯理】慢慢的、從容不迫的樣子。亦作「慢條斯禮」。

【慢郎中】用來比喻做事慢條斯理的人。郎中原指醫師，在「急驚風撞著慢郎中」一語中，「急驚風」指的是中醫上小兒急性癲癇症，急症卻遇上慢吞吞的醫生，比喻有急事相求，卻偏偏遇上慢性子的人。

蝸牛一般，我只有向上笨笨地爬，風雨，哀愁，跌倒，這是每一隻蝸牛一生中應有的宿命。我身後是若隱若現的印痕，那該是自己經營過的文字，廢墟瓦礫一樣，閃爍在乾枯的稿紙上。蝸牛知道自己一生是緩慢遲鈍的一生，比不過兔子。我卻知道自己是失敗的一生，比不過別人。（馮傑〈局址〉）

你磨蹭著，延捱著，就如同那一個冬日午後，你坐在距多摩川畔還有一些距離的神明神社前的一張公園木條椅上削一只蘋果吃。神社前的地上厚厚落了有紅有黃的櫻花葉，原來櫻花不光只落花的，不遠處，有幾名依舊穿著短褲短裙的小男生小女生邊吊單槓邊大聲爭執什麼，小男生立即可分配出有大雄、阿福、技安和其實從來不跟他們廝混治遊的功課好的出木杉……（朱天心〈銀河鐵道〉）

韓三十八揉看流淌酸水的眼睛，不再去望那燙人的沙漠，繼續揮起鍁平著紅土疙瘩，慢慢地在地裏打一個筆直的畦。他從小落下了腿病，幹活只能這麼慢騰騰的。小村裏的人，特別是開手扶拖拉機的馬

壯兒總是笑話他，說他下了地像個唱秦腔的女旦兒。（張承志〈九座宮殿〉）

望著天上的月亮及燦爛的星斗，王貴生說，如果用他家的金條兒能夠搭成一道天梅，他願意爬上天空去把那彎月牙兒掐下來，插在尹雪艷的雲鬢上。尹雪艷吟吟地笑著，總也不出聲，伸出她那蘭花般細巧的手，慢條斯理地將一枚枚塗著俄國烏魚子的小月牙兒餅拈到嘴裡去。（白先勇〈永遠的尹雪艷〉）

11 積極與消極

積極

【積極】主動力圖進取

【主動】照自己意思，積極行動。

【能動】指主動、積極。

【自告奮勇】自動請求擔負艱難、冒險之事。

【力爭上游】努力求取上進。

【力圖上進】極力圖謀進步。

【再接再厲】勇往奮進，不因挫敗而停止。

【自強不息】不斷努力，絕不懈怠。

【急起直追】立即振作起來，努力向前追趕。

【當仁不讓】指遇到應該做的事，主動承擔起來，毫不推讓。

我們承受西洋人生觀洗禮的，容易把做人看太積極，入世的要求太猛烈，太不肯退讓，把住這熱虎虎的一個身子一個心放進生活的軋床去，不叫他留存半點汁水回去；非到山窮水盡的時候，決不肯認輸，退後，收下旗幟；並且即使承認了絕望的表示，他往往直接向生存本體的取決，不來半不闌珊的收回了步子向後退；寧可自殺，乾脆的生命的斷絕，不來出家，那是生命的否認。（徐志摩〈天目山

中筆記〉）

不管在學校對學生演講或在文學營裡為學習寫作的朋友上課，常常被問到這樣的問題：「作文與創作到底有何差別，何以給人的感受如此不同？」我常笑稱：「作文是應付老師的，往往沒有心意；創作是為自己而寫的，不吐不快。」所以，看起來主動與暢所欲言往往是關鍵所在。（廖玉蕙〈作文與創作〉）

我看著黑色巨大長手長腳還帶毛的蜘蛛，先是嚇到腦子一片空白，接著發出驚聲尖叫。大概叫聲太誇張，奶奶在廁所外面猛敲門，我喘氣打開門，奶奶一眼見到大蜘蛛，迅速拿起腳上拖鞋打下去。大蜘蛛在白色磁磚上疾行奔逃，奶奶眼明手快地再接再厲痛下殺手，英氣勃發，一下又一下，那蜘蛛被奶奶打到角落裡頭抽搐死了，屍體蜷縮起來，我傻傻望著，臉上都是眼淚，嘴巴開開。（李維菁〈廁所〉）

樂觀

【樂觀】對人生的一切事物充滿信心。

【達觀】看透人間是非，不為喜怒哀樂所影響，不拘泥、不執著。

【開朗】爽朗、樂觀。

【開闊】開朗寬闊。

【開豁】開朗豪爽。

【明朗】明亮、開朗。

【闊達】通達不拘。

【看得開】樂觀，坦然，對事情通達不拘。

【樂天】安於處境，樂觀面對。

【樂天知命】順應天意，固守本分，安於處境且悠然自得。

【知足常樂】知道滿足，不做分外的要求，心情就能常保愉快。

玉熹頂了他父親的缺，在家裏韜光養晦不出去。她情願他這樣。她知道他出去到社會上，結果總是蝕本生意。並不是她認為他不夠聰明，這不過是做母親的天生的悲觀，與做母親的樂觀一樣普遍，也一樣不可救藥。（張愛玲《怨女・十二》）

已經五次轉世了，他們四個人還是一事無成。連最達觀的逸夫都不禁氣餒。如果沒有敏雯，事情還不至於弄得那麼糟。她變成他們失敗的見證，即使他們逃得過自我譴責，到了轉世時，也逃不過敏雯的冷眼。（張系國〈青春泉〉）

「樂觀幽默……」是班導師在他畢業成績單上的總評，但沒有講到跟天資穎慧、品學兼優有關之類的讚詞。我們一直有點困擾的是他大刺刺的個性，凡事看得太開，很多事覺得差不多就好，寫字差不多、功課差不多。（李進文〈樂觀多多〉）

消極

【消極】遇事逃避、不主動，意志消沉。

【被動】要有外力的推動和影響才會有所行動。

【消沉】意志衰頹不振。

【無所作為】沒有做出成績、沒有成就。

【無所用心】對任何事情都不花心思、漠不關心。

【聽天由命】任憑天意及命運自然發展。

【得過且過】苟且偷安，不求上進。

【做一天和尚撞一天鐘】身處此行業，不得不做事。比喻遇事敷衍，得過且過；亦有無可奈何，勉強從事的意思。

人都失落過，有些時候發揮安撫與鼓勵作用的不見得是那些積極的思想，反而是那種消極的思想，那種消極的思想告訴我們所面對的逆境不是變數而是常態，沉淪與墮落是多數人的經驗，因此當我們面

對沉淪或逆境時無須感到悲傷，消極的思想有時也會有積極的作用。（周志文〈記憶之塔〉）

他們得過且過，今日有酒今日醉。他們的華麗是末世的華麗，只是過眼的煙雲。「文化革命」初潮時期，在這個城市首先受到衝擊的，是摩登男女的尖頭皮鞋和窄褲腿。這顯得粗暴而且低級，卻並不出人意外，而是，很自然。（王安憶〈生死契闊，與子相悅〉）

悲觀

【悲觀】沮喪或負面的人生態度。

【想不開】無法豁達面對事情。

【厭世】厭惡俗世的一切。

【心如死灰】心志不為外物所動，如不再燃燒的灰燼。

【心灰意敗】心情沮喪，意志消沉。

【自甘墮落】甘於沉淪，不求上進。

【自暴自棄】自甘墮落，自我放棄。

存在主義對現實世界的看法是悲觀的，這就與莊子很不相同了，莊子並不悲觀。沙特認為人是沒有能力超越羈絆的，而他們又不相信上帝，當然得不到神的加持，人須獨立的面對自己的苦難，存在主義文學家對人性中的蒼涼無助的部分是深有體會的。（周志文〈存在主義〉）

我是曾經遭受失望的打擊，我的頭是流著血，但我的脖子還是硬的；我不能讓絕望的重量壓住我的呼吸，不能讓悲觀的慢性病侵蝕我的精神，更不能讓厭世的惡質染黑我的血液。厭世觀與生命是不可並存的；我是一個生命的信徒，初起是的，今天還是的，將來我敢說，也是的。（徐志摩〈迎上前去〉）

鬆懈

【懈】怠惰不振。

【鬆懈】放鬆懈怠。

【麻痺】對事情失去應有的知覺。

【鬆弛】放輕鬆。

【鬆散】人的精神不集中。

【渙散】散漫不集中。

【怠散】懈怠、散漫。

歐菲斯即便疲憊，他也懂得這表象的一戰，不能鬆懈對待。再怎麼疲倦，他也僅僅讓領帶鬆弛出一塊缺口，藉以顯現他們永不鬆散的優雅意志。必要的時候，他會脫下外套，罩在因會議室冷氣太強而顯得哆嗦的女主管身上；他會捲起衣袖、把領帶塞進襯衫釦裡，彎腰幫同事檢查中毒的電腦，甚至拆開主機板。（蔡詩萍〈職場就是秀場〉）

定靜師太微微一笑，道：「阿彌陀佛，這副重擔，我……我本來……本來是不配挑的。少俠……你到底是誰？」令狐沖見她眼神渙散，呼吸極微，已是命在頃刻，不忍再瞞，湊嘴到她耳邊，悄聲道：「定靜師伯，晚輩便是華山派門下棄徒令狐沖。」定靜師太「啊」的一聲，道：「你……你……」一口氣轉不過來，就此氣絕。（金庸《笑傲江湖・二十三》）

勤勞

【勤勞】勞心盡力，辛勤勞苦。

【勤奮】勤勞奮發而不懈怠。

【勤勉】勤勞不懈。

【勤懇】勤勉不懈。

【勤苦】辛勤勞苦。

【勤快】做事很勤奮。

【發憤】自覺不滿足，而奮力為之。

【盡力】竭盡力氣。

【竭力】盡所有的力量。

【努力】使力、用力。

【辛勤】辛苦勤勞。

【費心】耗費心神。

我很清楚知道從前那一段用汗水堆疊出來的新天新地開拓史，其實並不與任何人相干，也不必與任何人相干，這只是自己心底一段甜美的記憶，因為就算是在烈陽下、在寒風裡、在大雨中孜孜勤懇的辛苦勞動，我也從沒覺得苦過，反而覺得扎實得不得了，因為每付出一份心力，便清清楚楚的留下一份成績，真箇是一步一腳印，公平得很，也許這就是人與土地親近顛撲不變的道理吧！（朱天衣〈新天新地〉）

早年無冰箱，所有的糕類皆擱在室溫裡，縱使眾人日日努力，仍然吃到白甜粿表面生黴。無妨，母親說，阿嬤會先將年糕沖洗一番，再洗不去，就削去發黴糕體，餘者裹粉，做炸年糕。（吳妮民〈舊（廓）年夜〉）

母親是一位典型的老式賢妻良母。雖然她自己曾受過良好的教育，可是自從我有記憶以來，她似乎是把全副精神都放在家事上。她伺候父親的生活起居，無微不至，使得在事業方面頗有成就的父親回到家裏就變成一個完全無助的男人；她對於子女們也十分費心照顧，雖然家裏一直都雇有女佣打雜做粗活兒，但她向來都是親自上市場選購食物；全家人所用的毛巾手絹等，也都得出她親手漂洗。（林文月〈給母親梳頭髮〉）

懶惰

【懶惰】懈怠、好逸惡勞。

【懶散】懶惰散漫。

【嬉遊】嬉戲遊樂。

【懈怠】懶散、不勤勉。

【懶怠】不想動，對事物沒興趣。

【怠惰】懈怠懶惰。

【好逸惡勞】貪圖安逸，憎惡勞動。

【游手好閒】閒蕩、不務正業，好逸惡勞。

【好吃懶做】愛吃又懶得勞動。

我喜歡在我初期任教淡江時的景象，學校只負責提供我們自由的空間，就好像畫布的功能一樣，你在上面畫什麼，它從不管你。但在這種氣氛下，老師並沒有因此而懈怠，而學生也沒因此而學壞。當時生活的速度，比起今天來要緩慢一些，用音樂的術語來說叫作「慢板」（Adagio），音樂裡面，最美一段往往在慢板。（周志文〈山海之間——校園巡禮淡江大學〉）

從前，勤勞的俊斌就是中午也不休息，在院子裏營務蔬菜。現在，那塊當年叫村裏人羨慕的菜地，已經一片荒蕪。好吃懶做的王彩娥連院子也不打掃，到處扔著亂七八糟的雜物。此刻，她正封門閉戶，和那位死狗隊幹部一塊廝混……（路遙《平凡的世界·第四十九章》）

12 果決與猶豫

堅定

【**堅**】剛強、強硬。

【**堅定**】意志堅決不動搖。

【**堅持**】執意堅決。

【**堅決**】心志堅定不移。

【**堅毅**】堅定有毅力。

【**堅貞**】節操堅定不變。

【**堅忍**】意志堅強、有韌性。

【**堅韌**】意志堅強、有韌性。

【**堅苦**】心志堅定，刻苦從事。

【**銳意**】意志堅決。

【**執意**】堅持自己的意見。

【**堅貞不屈**】堅守節操，絕不屈服。

【**始終不渝**】自始至終，都不改變。指意志堅定。

【**堅苦卓絕**】堅毅刻苦，精神、意志超越常人。

【**矢志不渝**】下定決心，絕不改變。

【**有志者事竟成**】只要立定志向去做，事情終究會成功。

【**鍥而不捨**】鍥，鏤刻。捨，捨棄、停止。鍥而不捨，指不斷刻下去而不停止，比喻堅持到底。

【海枯石爛】海水乾枯，石頭風化粉碎，形容經歷時間非常久。後用以表示意志堅定，永遠不變的盟誓。

【破釜沉舟】秦末項羽與秦軍戰於鉅鹿，項羽為使士卒拚死戰鬥，渡河之後，即將渡船弄沉，釜甑打破，以斷絕士兵後退的念頭。引申為做事果決、義無反顧。

關於叔叔的婚姻，是人們最感興趣的題目，於是便也是流言最多的一個題目了。有人說那女學生癡情到了萬般無奈，深夜敲門，而叔叔由於右派的陰影，只得壓抑人性，將其拒絕，內心卻痛苦得不行。那女學生堅定不移，不顧家人的阻撓，心誠石開，終於做成了這樁好事。（王安憶〈叔叔的故事〉）

當有人依恃宗教：政治，財富，學術，仙鄉為目標，在騁騖追求他們的大喜至樂時，當有人甚至選擇停止於渾噩沉醉之中，我們認識純粹的記憶是隨時提示著詩，因為它來自完美的過去，遂堅決地為現在撐起一把希望的巨傘，擋開一些風雨，嗤笑，橫逆，讓我們貫通未知的命運以展望未來。（楊牧《一首詩的完成．記憶》）

傳統知識份子受儒家影響，言必孔孟，記得從小教科書裡選讀的文章都是〈正氣歌〉、〈陳情表〉。人被逼到絕望之處，發揚出「忠」與「孝」的慘烈堅貞，十分感人。但在日常生活中，並沒有太多機會完成那樣壯烈的「忠」與「孝」。（蔣勳〈鴨頭丸帖〉）

我們堅忍的容貌／我微微恐懼的心情／想像死亡／就是期待／靠著近了／但是仍然談論／談論詩的各種流派／不曾放下，放下／沉重的依戀（沈花末〈最初的晚霞〉）

果斷

【果斷】果敢決斷，毫不遲疑。

【果決】當機立斷，毫不遲疑。

【果敢】果決勇敢。

【斷然】絕對、無論如何。

【毅然】堅決的樣子。表決斷之詞。

【決然】果斷堅決的樣子。

【毅然決然】態度堅決，毫不猶豫。

【當機立斷】抓住時機，立刻作出判斷。

【大刀闊斧】比喻處事果斷有魄力。

【快刀斬亂麻】以果斷迅捷的手段，解決複雜困難的問題。

【斬釘截鐵】說話或辦事堅決果斷，毫不猶豫。

【一不做，二不休】既然已經做了，就索性做到底。

很多年輕媽媽果決且焦慮的教孩子很多東西，深怕稍晚一步，孩子的腦力開發就有問題。怕他跟別人比起來不夠聰明。有的父母十分有「責任感」，每日都要強迫一歲多的幼兒學上好幾句話英文，搞懂所有親戚稱謂，及早識得各種草木鳥獸之名。孩子在某方面的發展稍微不如她意，就憂心忡忡的去看問診，認為自己生了遲緩兒。（吳淡如〈不敢急著教育妳〉）

我以前反對拔牙，一則怕痛，二則我認為此事違背天命，不近人情。現在回想，我那時真有文王之至德，寧可讓商紂方命虐民，而不肯加以誅戮。直到最近，我受了易昭雪牙醫師的一次勸告，文王忽然變了武王，毅然決然地興兵伐紂，代天行道了。（豐子愷〈口中剿匪記〉）

無論如何，做錯了事，只要心中雪亮是自己不對，當機立斷就道歉，毋寧是最好的做法。多餘的考慮，會讓一個人有時間思考搪塞的理由，如果時間再拖延一點，那人便有進一步思考「說謊」的可能。（九把刀〈被打要站好〉）

乾脆

【乾脆】 爽快、簡捷。

【直接】 沒有轉折，不必透過人或事物的傳達。

【爽快】 爽快、簡捷。

【俐落】 言語或動作爽快敏捷。或作「利落」、「利索」。

【痛快】 做事爽快，不拖泥帶水。

【爽利】 爽快利落。

【爽脆】 爽快敏捷。

【明快】 直爽、決斷。

【乾淨俐落】 做事簡捷明快，處理完善。

【直截了當】 形容說話或做事俐落，毫不拐彎抹角。

每當要奉獻的時候，我不見得不會奉獻，但我的奉獻比起別人總嫌遲緩而猶豫不決，我常不珍惜財物，但過於珍惜感情，而我對感情只是珍惜卻不勇敢，常常是該續的不續，應斷的又不斷。我從任何一面來看，都不是個「**痛快**」的人。（周志文〈紛擾〉）

那家是這院子頂豐富的一家，老少三輩。家風是**乾淨俐落**，為人謹慎，兄友弟恭，父慈子愛。家裡絕對的沒有閑散雜人。絕對不像那粉房和那磨房，說唱就唱，說哭就哭。他家永久是安安靜靜的。跳大神不算。（蕭紅《呼蘭河傳・第四章》）

拖拉

【拖拉】 做事遲緩，延宕。

【拖沓】 做事拖泥帶水，不乾脆。

【拖延】 推托延誤時間。

【遷延】 拖延。

【不爽快】 不乾脆。

【拖拖拉拉】 做事慢吞吞，不乾脆俐落。

【歹戲拖棚】 比喻做得不好，時間卻拉得特別長。

【滯滯泥泥】 拘泥、固執不通的樣子。

【拖泥帶水】 指做事不乾脆俐落，或說話、寫文章不夠簡潔。

【轉彎抹角】 比喻說話或辦事不直爽。

「那休個長假不就好了？」「那只是在下坡路坐下來睡午覺，拖延我去找新路的時間。」他說我很傻，更增加了我的害怕。為了逃避害怕，我選擇旅行，在美國和大陸跑了兩個月。我的想法是：這種害怕是上班族的反應模式，我得暫時脫離上班族的環境，才不會糾纏在過去的價值觀中。有些領悟，必須藉由革命性的改變才能得到。休個長假，像是游泳池加氯，細菌還是往下累積。離開職場，像是游泳池換水，也許才能得到透明。（王文華〈Anything〉）

孫劍平素是最恨做事不乾脆的人，他做事從不拖泥帶水，他無論做什麼事，他用的往往都是最直接的法子。老伯要他去找毛威，他就去找毛威，從自己家裡一出來就直到毛威門口。他永遠只是一條路，既不用轉彎抹角，更不回頭。（古龍《流星蝴蝶劍・二》）

猶豫

【猶豫】遲疑不決。
【猶疑】遲疑不決。
【游移】遲疑不決。
【遲疑】游移不定。
【躊躇】猶豫不決。
【踟躕】徘徊不前的樣子。
【徬徨】徘徊不前。
【徘徊】猶豫不決。
【趑趄】音ㄗ　ㄐㄩ，想前進卻又不敢。
【逡巡】徘徊不前。逡，音ㄑㄩㄣ。
【優柔】猶疑不決。
【溫吞】個性或動作緩慢猶疑。
【心猿意馬】佛教以猿馬性喜外馳來形容眾生的心。後用來形容心意不定。
【優柔寡斷】行事猶豫不決，不能當機立斷。
【當斷不斷】遇事猶豫不決，不能當機立斷。
【三心二意】形容猶豫不決、意志不堅。
【舉棋不定】本指拿著棋子，不能決定下一步怎樣走。後比喻做事猶豫不決。
【首鼠兩端】形容猶豫不決、瞻前顧後的樣子。
【瞻前顧後】形容做事猶豫不決，顧慮太多。
【裹足不前】停止腳步，不往前進。比喻有所顧忌，不願去做。
【婆婆媽媽】拿不起，放不下，做事不乾脆。

王昶雄通過一個受過日本完整教育的鄉下醫師「我」（洪醫師）與伊東春生、林柏年兩個台籍青年的來往，描繪了皇民化時期台灣知識分子在「日本人」認同或「台灣人」認同之間猶疑、徬徨，到底是要以統治者的日本人為傲、還是要以生為台灣人為榮的雙重苦惱——這當中凸顯了缺乏自主權的殖民地人民的國族認同課題，複雜、弔詭，而且形成一種深沉的悲哀，也就是後來被李登輝前總統提出的「生為台灣人的悲哀」，正是台灣近現代史的深刻而巨大的課題。（向陽〈台灣心窗〉）

錢夫人方才聽竇夫人說天辣椒蔣碧月也在這裏，她心中就躊躇了一番，不知天辣椒嫁了人這些年，可收斂了一些沒有。那時大夥兒在南京夫子廟得月臺清唱的時候，有鋒頭總是她佔先，扭著她們師傅專揀討好的戲唱。一出臺，也不管清唱的規矩，就臉朝了那些捧角的，一雙眼睛鉤子一般，直伸到臺下去。（白先勇〈遊園驚夢〉）

如果要說我和高信疆的作風有什麼不同，那應該是做事的方法上，在個性上我溫吞，他急進。新聞系出身的他，一切講究速度，在他的字典裡，根本沒「慢」這個字，攻擊和衝刺是最重要的作為，與這樣的對手周旋，是夠累的。（瘂弦〈我、聯副、人間與高信疆〉）

就像吳淡如說的，許多事她都做過了，而我，許多她做過的事，我都沒做過，好比有一回她推薦我學潛水，我興趣缺缺裹足不前，她熱心的說，潛水真的很好，在海裡妳心裡只剩下呼氣吸氣，什麼都不用想。這和其他喜歡潛水的人描述精采的海底世界，是截然不同的觀點，在運動娛樂之外，更添了心靈修為的層面，她一向有著和別人不一樣的思考方式。（楊明〈孩子〉）

反覆

【反覆】變化無常。

【反覆無常】形容變動不定，一會兒這樣，一會兒又那樣。

【朝三暮四】心意不定、反覆無常。

【朝令夕改】早上下達的命令，到晚上就改變。比喻政令、主張或意見反覆無常。

【朝秦暮楚】戰國時代，秦和楚為兩大國，夾處其間的韓、趙、魏等國，時而事秦，時而事楚，反覆變化。後以「朝秦暮楚」比喻心意不定，反覆無常。

【出爾反爾】原意是你怎麼對待別人，別人也會怎麼待你。後用來比喻人的言行前後反覆，自相矛盾。

【翻雲覆雨】言行反覆無常。

【見異思遷】見到新奇的事物就改變心意。比喻意志不堅定。

本來嘛，能在名將如雲的亂世裡獨稱第一，進出千軍萬馬如入無人之境的呂布，在聰明才智上必有過人之處，若否，焉能扛下「人之呂布，馬中赤兔」這塊金字招牌？只因呂布殺義父丁原、殺義父董卓、性格反覆無常致使世人評價過低，而這份評價從道德上延伸到呂布的智商上，顯然有失公允。

（九把刀〈毀掉作家的三大句〉）

老殘說：「前次有負宮保雅意，實因有點私事，不得不去。想宮保必能原諒。」宮保說：「前日捧讀大札，不料玉守殘酷如此，實是兄弟之罪，將來總當設法。但目下不敢出爾反爾，似非對君父之道。」老殘說：「救民即所以報君，似乎也無所謂不可。」宮保默然。又談了半點鐘功夫，端茶告退。（清．劉鶚《老殘遊記．第十九回》）

明朗、含糊

【明朗】明顯、清晰。

【分明】清楚明白。

【鮮明】清楚、明白。

【含糊】言語不明白。

【含混】模糊、不明確。

【曖昧】含混不清、不明朗。

【暗昧】隱蔽、曖昧。

【模稜】態度、意見或語言含糊不清。

【模稜兩可】言語、意見或主張含混不明確。

【依違】順從或違背，不能作決斷。

【依違兩可】既不贊成也不反對。指對事情的態度不明確，模稜兩可。

【兀禿】不冷不熱。

【不置可否】不表示贊成也不表示反對。不表示任何意見。

年輕的孩子臉立即湧起一陣曖昧的情緒，有幾分失落，白花了掙扎起床的力氣，可是又同時有幾分亢奮，不必坐在沉悶的課室聆聽沉悶的課堂，心情頓然輕鬆下來，像在法庭上被判「無罪釋放」。（馬家輝〈宿舍歲月長〉）

中國的幽默大家不是蘇東坡，不是袁中郎，不是東方朔，而是把一切國事當兒戲，把官廳當家祠，依違兩可，昏昏冥冥生子生孫，度此一生的人。我主張應當反過來，做人應該規矩一點，而行文不妨放逸些。（林語堂《人生的盛宴》）

一直懶懶散散不置可否站立一旁看她紮花的我突然來了興致，我打起精神告訴她：「是送給我先生的。」女老闆笑開了眼，忙著讚美：你們這樣恩愛啊！他一定很開心哪！你們結婚多久了？……（愛亞〈小小朵的黃菊〉）

13 信任

信任

【信任】相信而敢有所託付。

【信從】信任聽從。

【親信】親近信任。

【言聽計從】所說的話、所提的計策，都深被信任、採納。

【信賴】信任仰賴。

【信託】信任委託。

【寵信】寵愛信任。

【信用】聽信而採用。

【取信】取得他人的信賴。

其實我們已經受愚多次了，而這麼多次，竟沒有能改變我們的心，我們仍然對人抱著孩子式的信任，仍然固執地期望著良善，仍然寧可被人負，而不負人，所以，我們仍然容易受傷。（曉風〈我有〉）

真正在志向上啟迪我的老師，到了大學終於出現。我仍清楚記得二十一歲時，上陳芳明教授的台灣文學史，他對他所教給我們的東西，如此相信，熱愛。教室中瀰漫著一股專注而熱烈的空氣。我想，如果以後也站在大學講台上，也願意以這樣的態度，清楚透露我所心愛，我所信賴。（楊佳嫻〈初旅〉）

順治皇帝對你言聽計從，你因此說服了他不要輕舉妄動，當時鄭成功率精銳部隊北上，圍攻南京城，舉朝恐慌。皇帝先是要遷都返回關外，又決定要親自出征，只有你成功地安撫了他，要他稍安勿躁。他才取消親征計劃。（陳玉蕙〈敬愛的湯若望〉）

可信

【可信】值得信賴。

【可靠】可以信賴。

【信實】誠實、有信用。

【妥靠】穩妥可靠。

【牢靠】穩當可靠。

【牢穩】穩固、穩妥。

【靠得住】可靠、可信。

【信得過】可信。

童話和神話也喜歡寫鏡子。白雪公主的後母每天照鏡子問誰最美，魔鏡的審美觀竟如此可信嗎？安徒生童話〈雪后〉裡一面邪惡的鏡子摔碎了，碎片飛進孩子的眼睛，於是眼中的世間萬物就變得歪曲醜陋——這是象徵純真年代的喪失。（李黎〈鏡子的故事〉）

拿到人口計劃局的生育許可證後，李志舜立刻帶了湘文，到他們住處附近最負盛名的醫院去辦理手續。一切都很順利，他們隨即拿到生產證，到婦產科去見吳大夫。吳大夫是位高大魁梧沉穩可靠的中年人，抽著煙斗，慢吞吞對他倆解釋生產過程的細節。（張系國〈望子成龍〉）

守信

【守信】遵守信用。

【踐諾】履行諾言。

【踐約】履行約定的事。

【實踐】實行、履行。

【應典】實踐所說過的話。

【言而有信】說話誠實有信用。

【一諾千金】說出來的承諾，有如千金那樣貴重，指一旦許諾，就一定做到。

【一言既出，駟馬難追】一句話說出口，就算是四匹馬拉的車也追不回。比喻話已說出口，難再收回。

【言必信，行必果】講話有信用，做事堅決果斷。

父親的缺席，對我人格究竟產生了什麼影響？到現在也說不清。但我知道一個女人單打獨鬥，要應付生活，確實不是一件容易的事，而這倒訓練了我們不輕易掉眼淚。我們四姊妹，再加上母親，家裏簡直是一座女人國了，所以對我而言，女性主義竟不是舶來的西方理論，而是從小到大的具體實踐，並且實踐得有些令人怵目驚心。（郝譽翔〈哭泣的父親〉）

母親一諾千金，有言即有行。她四處奔走，尋找機會和辦法。一九七一年的秋季，農工黨老成員、因一九五七年劃為右派而身處困境的朱靜芳，從淮安鄉下來到北京謀生。她下了火車，便直奔我家，希望獲得母親的幫助。住房緊窄的母親二話不說，讓朱靜芳與自己食住在一起，有如家人。（章詒和〈斯人寂寞：聶紺弩晚年片段〉）

失信、不可信

【失信】不守信用。

【背信】違背信約。

【食言】不遵守諾言。

【失約】背約，不依照約定。

【爽約】失約。

【背約】違反從前所定的約定或契約。

【負約】違背約定的事情。

【違約】違背彼此的約定，或契約的規定。

【言而無信】說話不講信用。

【食言而肥】言而無信，說話不守信用。

【自食其言】自己把自己說的話吃下去了，意指說話沒有信用。

【輕諾寡信】隨便答應他人的請求，卻往往未能實踐諾言。

【背信棄義】不守信用和道義。

【不可信】不值得信賴。

【信不過】不可信。

【靠不住】不可靠、不可信。

大聖在他肚裡，聞得外面鴉鳴鵲噪，鶴唳風聲，知道是寬闊之處，卻想著：「我不出去，是失信與他；若出去，這妖精人面獸心：先時說送我師父，哄我出來咬我，今又調兵在此。也罷也罷，與他個

兩全其美：出去便出去，還與他肚裡生下一個根兒。」（明・吳承恩《西遊記・第七十六回》）

承知騰忠義，乃曰：「公且息怒。某請公看一物。」遂邀騰入書院，取詔示之。騰讀畢，毛髮倒豎，咬齒嚼唇，滿口流血，謂承曰：「公若有舉動，吾即統西涼兵為外應。」承請騰與諸公相見，取出義狀，教騰書名。騰乃取酒歃血為盟曰：「吾等誓死不負所約！」（明・羅貫中《三國演義・第二十回》）

經歷了這些之後，叔叔和妻子的關係會獲得什麼變化呢？人們認為叔叔和妻子的感情增進了，他們成了一對真正相濡以沫的患難夫妻。所以，當叔叔日後要求離婚的時候，遭來了白眼。叔叔成了背信棄義的典範，所有的人都在罵他忘本。（王安憶〈叔叔的故事〉）

14 隱瞞與公開

隱瞞

【背地】 暗中、私下。

【暗地】 私下、偷偷的。

【私下】 暗中、不公開。

【暗中】 私下、偷偷的。

【暗暗】 暗中的，個人私下的行動。

【悄悄】 暗地，不聲不響。

【偷偷】 暗中行動，不使人察覺。

【偷偷摸摸】 暗中行動，不讓他人知道。

【不露聲色】 不將內心感情流露出來。

【鬼頭鬼腦】 狡猾、隱約躲閃的樣子。

【鬼鬼祟祟】 行事不光明的樣子。

【藏頭露尾】 言多隱諱，舉止畏縮的樣子。

【隱姓埋名】 改換姓名，不讓別人知道。

【保密】 保守祕密。

【守口如瓶】 嘴像瓶口一樣封得嚴緊。比喻嚴守祕密。

【祕而不宣】 隱瞞所知，不公開宣布。

而克拉拉的壓力可能更大，她熱愛旅行演出，而舒曼卻喜歡在家獨處，她在家練琴時，他需要安靜作曲，她索性放棄了練琴，顯而易見，丈夫舒曼嫉妒她的成功，潛意識裡和她競爭，也暗地希望她放棄演出，而她因比丈夫成功而有罪惡感，但無論如何又必須養活八個孩子。（陳玉慧〈克拉拉和舒曼〉）

操恐人暗中謀害己身，常分付左右：「吾夢中好殺人；凡吾睡著，汝等切勿近前。」一日，晝寢帳中，落被於地。一近侍慌取覆蓋。操躍起拔劍斬之，復上床睡；半晌而起，佯驚問：「何人殺吾近侍？」眾以實對。操痛哭，命厚葬之。人皆以為操果夢中殺人。（明・羅貫中《三國演義・第七十二回》）

每一年，他必將箱籠中深藏的大塑膠袋挖掘出來，將袋中一片片一截截的塑膠製耶誕樹拼圖般逗湊做一棵象徵性的幸福，以及幸福的一顆顆一粒粒小小耶誕燈，以及笑看孩子們認真地虔敬地將自己的花襪子高懸在雙人或單人的床頭，以及和我一起偷偷地置放禮物於三隻襪中，以及……。（愛亞〈那個〉）

公開

【公開】開放、不加隱蔽。
【公然】無所顧忌，無所隱避。
【清楚】清晰明白。
【明】公開的、顯露的。
【明白】清楚、明確。
【當面】當著別人的面。
【當眾】公開面對大家。

氣氛已經緊張了。這時雖然是民國四年，已有謠傳說袁世凱有推翻民國，自立為帝之意。即便是袁世凱最忠實堅強的部下，也沒有人敢公然討論此一問題。立夫是強硬的民主派，從懷瑜提到「擁護偉大的元首」，立夫就確信一俟時機到來，袁世凱就要自立為帝的。（林語堂《京華煙雲・第二十六

章》）

大家憤激地談論著，各人提出不同的意見。他們談了許久還沒有談出結果。另一個警察來了，他送了一封公函來。張惠如拆開信當眾朗讀。信裡的話十分明顯：「貴報言論過於偏激，對於國家社會安寧秩序大有妨礙，請即停止發行。……」措辭於嚴厲中帶了客氣。這樣的封禁報紙倒是別開生面。《黎明周報》的生命就這樣地給人割斷了。（巴金《家》）

15 遵守與違抗

服從

【服】順從。

【從】依順、跟隨。

【服從】遵從、順從。

【從命】遵從意旨、命令。

【聽】順從、服從。

【聽從】聽命、服從。

【聽命】從命。

【聽話】順從。

【隨】順從、服從。

【隨順】聽從、依從。

【順服】順從、服從。

【畏服】敬畏、佩服。

【馴服】順從、依從。

【服貼】順服、順從。

【帖服】順從、屈服。

【買帳】領受他人的好意。

【依從】順從。

【百依百順】凡事都能順從。

【心悅誠服】誠心誠意的服從。

【唯命是聽】絕對服從命令，不敢違抗。

【低聲下氣】放低聲音，壓住氣息，表示謙卑或懼怕的樣子。

【低首下心】低聲下氣，形容順服的樣子。

【唯唯諾諾】恭敬的連聲答應，不敢有所違逆。

【馬首是瞻】瞻，看。馬首是瞻，原指作戰時士兵依主將的馬頭決定前進方向。後比喻毫無主見，服從或跟隨他人進退，不敢有所違背。

【俯首帖耳】低頭垂耳。形容恭順馴服的樣子。

作為愛美的少女，我討厭校服不僅因為它難看，而且覺得制服是壓抑了個體個性，所以對它有反感；畢業之後立即義無反顧的追隨時尚潮流。然而日後才覺悟到：流行、時尚，其實也是類似制服的社會壓力，年輕時的我卻迎合服從，並無怨言。（李黎〈時尚猛於虎〉）

歆曰：「今魏王薨逝，天下震動，何不早請世子嗣位？」眾官曰：「正因不及候詔命，方議欲以王后卞氏慈旨立世子為王。」歆曰：「吾已於漢帝處索得詔命在此。」眾皆踴躍稱賀。歆於懷中取出詔命開讀。原來華歆諂事魏，故草此詔，威逼獻帝降之；帝只得聽從，故下詔即封曹丕為魏王、丞相、冀州牧。（明・羅貫中《三國演義・第七十八回》）

回憶起開車的學習過程實在很簡單。在當時，如果一年中碰到一個朋友恰好手上有輛車，那我必定抓住機會，低聲下氣的請求車主讓我摸摸駕駛盤，那怕是假的坐在車裡不發動車子，也是好的。（三毛〈愛馬落水之夜〉）

遵守

【遵】依照。

【遵守】謹守、服從。

【遵照】遵奉依照。

【遵從】遵守依從。

【遵行】遵守奉行。

【遵辦】遵照辦理。

【遵奉】遵照奉行。

【遵循】服從依循。

【遵命】服從命令。

【奉行】照著去做。

【奉命】遵奉命令。

【奉令】承受命令。

【信守】忠實的遵守。

【嚴守】嚴格的遵守。

【死守】固執遵守，不知變通。

【謹守】謹慎、小心的遵守。

【恪守】謹慎的遵守。恪，音ㄎㄜˋ。

【確守】確實遵守。

我一向不是個按牌理出牌的人。不太遵守固定配方的學生。我會自己研製一些意想不到的食物。比如說，有一道菜叫做炸蛋。把蛋穿一個小口，把加了麵糊的奶油千辛萬苦的倒進去，然後，放進沸油裡去炸——結果可想而知。蛋當然炸掉了，成為我們童年最難忘的小小恐怖回憶。（吳淡如〈很少煮菜的媽媽〉）

奉行「簡單的生活，深刻的思想」的趙老師，結果經濟一塌糊塗。朋友有難，他二話不說，當場抽出腰帶，那條皮帶是當年逃難用的，裡面有個密縫，可以藏不少鈔票，他常從裡面拿錢濟助朋友。（周芬伶〈一扇永不關閉的門〉）

小妖又去報知，那妖王復率群妖，鼓噪而出道：「猢猻！你今又請得何人來也？」說不了，小張太子指揮四將上前喝道：「潑妖精！你面上無肉，不認得我等在此！」妖王道：「是哪方小將，敢來與他助力？」太子道：「吾乃泗州大聖國師王菩薩弟子，率領四大神將，奉令擒你！」（明・吳承恩《西遊記・第六十六回》）

屈服

【屈】降服、折服。

【屈從】情勢所迫，勉強服從。

【就範】使人屈服，聽從支配和控制。

【低頭】屈服、妥協。

【屈服】為情勢所迫，不得不低頭服輸。

【懾服】因畏懼威勢而屈服。

【屈撓】屈服折從。

【屈膝】下跪。比喻屈服。

【投降】停止抵抗，屈服於對方。

憂鬱症病人是生了病，精神身體都虛弱，可超甯在意志上卻沒有表現出屈服軟弱，在承受巨大壓力的

時候，她想到的絕不是退縮，而是無助又激動。（九把刀〈天使一路好走〉）

主見來自於基因嗎？我並不認為，但妳也是個很有主見的孩子。兩歲，妳出門要穿哪雙鞋子，要帶拿個玩具，妳都很堅持。有一次，我故意把妳的小樂器藏起來，讓妳找得很心急，我跟妳說：「親我一下，我才給妳。」妳竟然擺出一副「我絕對不會向惡勢力低頭」的表情。（吳淡如〈主見〉）

違背、抗拒

【違】反背。
【違背】違反、不遵守。
【違反】違背、不合。
【違誤】因違抗而使事件延誤辦理。
【違拗】違背反抗，不順從。
【違抗】違背反抗。
【忤】違逆、不順從。
【違忤】違背不依從。
【忤逆】違背。
【違逆】違背忤逆。
【拂逆】違背心願的事。
【悖逆】違反正道、犯上作亂。
【叛逆】背叛作亂。
【背】違反。
【背棄】違背離棄。
【背離】背棄離叛。
【抗拒】抵抗拒絕。
【抗命】違抗命令。
【相左】互相違背。
【背道而馳】比喻進行的方向和欲達到的目的方向完全相反。

三毛自己不知道，她已經違背了她藝術家「自由自在」的原則。她必須配合社會去做很多事情，連寫作、演講題目都經常由別人決定。她每天得閱讀大批讀者有關生活疑難雜症的信，再選擇代表性的在媒體回答。這本來是心理醫師、張老師與生命線的工作，轉嫁到三毛身上。（鄭明娳〈三毛閱讀記〉）

不管後來我怎樣叛逆，熱衷前衛藝術，我總會在看老電影時，像巫師那樣召喚出屬於自己的隱形龐大密室，密室裡頭儲存的都是磨損陳舊的夢境，一種永遠通不到未來的美好。我喜歡那個男生氣派、女生美麗的世界，某種我最柔軟、不合時宜的感情，只能在此時毫不掩飾。（李維菁〈蓬門碧玉紅顏淚〉）

「爸比！那一顆星是什麼星？好亮唷！」小王子忽然挺直身軀，抬腿蹬腳，想站在你的肩膀上。你吐氣，半蹲，兩手探入他的胳肢窩，將頭上光環放回地面，嘴裡莫名吐出東坡詩句：壞壁無由見舊題。同時被雪鴻、泥爪、崎嶇、蹇驢等斑駁意象震懾：新生喜悅、生命發現、延續或中斷、依存和背離，皆是傾圮黑牆上的亂碼、祕數？無法解破。無從窺知。（張啟疆〈無由〉）

學生的生活，原本應當以讀書為主，如今學生除了上課幾乎都掛在網上，或握著手機不放，應當獨立思考的年紀，整天嘴巴說個不停，一個聒噪的人會有什麼深層思想？看來年輕朋友果真已經和永恆的文學背道而馳？（隱地〈安靜巷〉）

越軌

【越軌】踰越應有的規範。

【越矩】超越應守的規矩。

【踰矩】超越常規，不守規矩。

【離譜】不合常理。

【攙越】超越本分。

【逾越】超過、越過。

【踰越】超過、越過。

【越禮】超越禮法。

【差越】踰越而失序。

【越次躐等】不循正規順序，超越了原有的等級次序。亦作「越次超倫」。躐，音ㄌㄧㄝˋ。

【越俎代庖】俎為古代祭祀時，用來裝盛祭品的禮器。掌管祭祀的人放下祭器代替廚師下廚，後用以比喻踰越自己的職分而代人做事。

每次神交節目，他和方復都要拆散好幾對野鴛鴦。並不是他喜歡這麼做。夢幻電台嚴格規定，神交節目的顧客必須發乎情，止乎禮，絕不能有任何猥褻行為。李平和方復的主要責任，就是制止顧客間的越軌舉動。（張系國〈翦夢奇緣〉）

無論是那一類文章的書寫，都有它的尺度。作家心中都有一把尺，哪些內容可以寫？哪些內容逾越尺度不該寫？而所謂的「尺度」，可能是腥羶禁忌的斟酌，可能是個人隱私的裸裎，也可能是道德批判的嚴峻。（廖玉蕙〈欲吐還吞的情愛與文學〉）

肆・際遇

一 才能與際遇

1 才智

才智

【才智】才能與智慧。
【才華】表現於外的才能。
【才調】才華格調。
【才能】才智與能力。
【才幹】能力。

【才力】才華、能力。
【才具】才能、能力。
【才氣】表現於外的才能。
【才思】才氣與情思。多指文學的創作能力。

【才情】天資、才華。
【文采】文辭、文才。
【材幹】才能。
【才略】才能謀略。
【本領】才學、技能。

【本事】才力、本領。
【伎倆】技能、本領。
【天才】具有天賦才能的人。

所以禮真正的內涵深廣。人情相待是禮，藝術創造分享是禮，擴張出去，天然資源的取用也無非是禮。才智天賦需要敬惜回饋，陽光空氣雨水大地也是。古人的利用厚生思想，深情而又實際，原來就是禮。（張讓〈送你一個禮？〉）

有人或謂，當然啊，你有才氣，於是敢如此只是埋頭寫作，不顧賺錢云云。然我要說，非也。我那時哪可能有這種「膽識」？我靠的不是才氣，我靠的是任性，是糊塗。但我並不自覺，那時年輕，只是

莽撞的要這樣，一弄弄了二、三十年。（舒國治〈一個懶人的生活及寫作〉）

他乾脆直言，有才情的作家早年單憑才情便有個軒豁，中年以後要求思想，宗教不能給人思想，遂作品漸凝於信心和道德，不得開展，缺少新風了，托爾斯泰晚年即是。高度的宗教且會返於滯魔。（朱天文《花憶前身・彌撒之書》）

可不是，創作開始得越早越好，文學的天才大都是早熟的，白居易十六歲寫出「野火燒不盡，春風吹又生」的句子；杜甫九歲就有詩作成一囊。如果他們在八九歲的有一天清晨，望著窗外的天空發呆，心湖裡有些微的波動，如果這時大人不來苛責，催促他們快寫作裳，也許就有一首詩煥然成章了。（周芬伶〈只緣那陽光〉）

博學

【博學】學識豐富廣博。

【博識】見聞廣博，學識豐富。

【博雅】學識淵博，品行雅正。

【淵博】淵深博大。

【淹博】淵博。

【廣博】學識廣大豐富。

【賅博】淵博。

【奧博】深奧廣博。

【精深】精微深奧。

【精湛】精良深厚。

【飽學】學識廣博。

【博大精深】知識宏闊，見解精闢。

【博古通今】學問淵博，通曉古今。

【博聞強識】見聞廣博，記憶力很好。識，音ㄓˋ。

【學富五車】形容人書讀很多，學問淵博。

【才高八斗】比喻才學甚高。

終其一生，他是一個敏感博學的，卻又絕對孤獨的理想主義者，不能見容於凡夫俗子。他在文學史上佔了重要一席位，可是他遭遇了太多的打擊，太多的挫折。你怕不怕打擊？怕不怕挫折？你能堅持一生維護你的理想，施展你的抱負嗎？（楊牧《一首詩的完成·抱負》）

過了一日，三公子同九公子來河房裏辭行，門口下了轎子。陳木南迎進河廳坐下。三公子道：「老弟，許久不見，風采一發倜儻。姑母去世，愚表兄遠在都門，不曾親自弔唁。幾年來學問更加淵博了？」（清·吳敬梓《儒林外史·第五十四回》）

我杜寶出守此間，只有夫人一女。尋箇老儒教訓他。昨日府學開送一名廩生陳最良，年可六旬，從來飽學。一來可以教授小女，二來可以陪伴老夫。今日放了衙參，分付安排禮酒，叫門子伺候。（明·湯顯祖《牡丹亭·第五齣》）

淺薄

【淺薄】微薄。
【膚淺】浮淺、不深切。
【浮淺】淺薄，不深入。
【淺學】所學不深。

【淺陋】見聞少而粗陋。
【鄙陋】見識淺薄。
【鄙薄】鄙陋淺薄。
【固陋】見聞淺陋。

【愚陋】愚昧鄙陋。
【才疏學淺】才能低下，學識淺薄。多用以自謙。
【孤陋寡聞】學識淺薄，見聞不廣泛。
【少見多怪】識人識見不廣，遇事多以為可怪。

身為一個極有影響力的媒體龍頭，她知道太多社會的問題；YP的電話，多半是沉重的，所以我語氣平常地說，「又怎麼了？」YP開始舉例說明最新的台灣「沉淪」的種種實證：媒體依附政府、政府收買媒體、政治人物囂張、知識份子無力、年輕人膚淺而狹隘、高等教育短視而功利、金融制度向富

人傾斜、鎖國政策使台灣經濟邊緣化……（龍應台〈在「仰德大道」上〉）

生曰：「前偶過卿門，遇卿適在屏間。厥後心常勤念，雖寢與食，未嘗或舍。」娃答曰：「我心亦如之。」生曰：「今之來，非直求居而已，願償平生之志。但未知命也若何。」言未終，姥至，詢其故，具以告。姥笑曰：「男女之際，大欲存焉。情苟相得，雖父母之命，不能制也。女子固陋，曷足以薦君子之枕席！」（唐・白行簡〈李娃傳〉）

無知

【無知】沒有知識、不明事理。

【愚昧】愚笨無知。

【愚蒙】愚蠢無知。

【蒙昧】昏昧不懂事。

【混沌】音ㄏㄨㄣˋ ㄉㄨㄣˋ，糊塗無知的樣子。

【似懂非懂】好像理解又好像不明白。

【渾渾噩噩】迷迷糊糊，不知事理。

【不學無術】沒有學問才能。

【不辨菽麥】菽，豆子。不辨菽麥，指無法分別豆子與麥子。形容人愚昧無知。

【井底之蛙】見識淺薄的人。

在我的生命中，曾經有兩個夏天同時來到，讓無知的我措手不及，以至於嚴重傷害了兩個深愛我的女子。第三個夏天，在還沒有正式來臨前，就已經止步了，同樣讓我錯失真愛的機緣。（吳若權〈三個夏天〉）

夾徑，接引佛依然以不倦不懈的手，日夜垂念那迷了津渡的眾生。我停佇、問訊，覷他那不曾闔的眼，覺念他是這山這水這世間唯一的清醒者。而此時，醒著，看我，只不過一個愚昧的路人，敢來迢

迢領這份山水之情。（簡媜〈山水之欸乃〉）

曾先生說用辣宜猛，否則便是昏君庸主，綱紀凌遲，人人可欺，國焉有不亡之理？而甜則是后妃之味，最解辣，最宜人，如秋月春風，但用甜則尚淡，才是淑女之德，過膩之甜最令人反感，是露骨的諂媚。曾先生常對我講這些，我也似懂非懂，趙胖子他們則是在一旁暗笑，哥兒們幾歲懂些什麼呢？父親則抄抄寫寫地勤作筆記。（徐國能〈第九味〉）

我常散步鄉村，屢見翁嫗幼童捧搪瓷杯坐蹲門口喝咖啡。我早非昔日呂蒙，雖土氣仍舊，畢竟活在電腦高鐵時代，不比井底之蛙，但睹此情狀，猶覺食事變化驚人。再思，噫，驚人變化豈止吃喝。（阿盛〈土廁與洋食〉）

聰明

【聰明】天資靈敏，理解力高。

【聰敏】聰明靈敏。

【聰慧】天資很高，領悟力強。

【聰穎】聰明。

【慧黠】聰慧靈敏。

【穎慧】聰明敏慧。

【穎悟】聰明過人。

【明白】聰明、不糊塗。

【明智】有智慧、有遠見。

【伶俐】聰明機靈，反應敏捷。

【精靈】聰明靈敏。

【精明】聰敏仔細。

【睿智】通達的智識。

【乖巧】聰明伶俐，討人喜歡。

【乖覺】機警、聰敏。

【靈透】聰慧伶俐。

【惺惺】聰明、伶俐。

【足智多謀】形容人聰慧多謀略。

【冰雪聰明】比喻非常聰明。

【絕頂聰明】形容非常聰慧靈敏。

燕子去了，有再來的時候；楊柳枯了，有再青的時候；桃花謝了，有再開的時候。但是，聰明的，你告訴我，我們的日子為什麼一去不復返呢？——是有人偷了他們罷：那是誰？又藏在何處呢？是他們自己逃走了罷；現在又到了那裡呢？（朱自清〈匆匆〉）

男孩頑皮，小胖手握持著酥餅杯的冰淇淋，小心謹慎地行走，卻刻意大口地誇張吃食著，鼓著腮的小傢伙（你也曾經有年輕的圓腮）邊吃嘗美味邊逼近我，慧黠大眼慧黠地眨著，恐嚇我：冰淇淋要沾到妳裙子了！冰淇淋要沾到妳裙子了——我快樂地做出恐慌姿態，一旁，男孩的小姐姐皺著眉老氣地斥說：都四歲了還像小孩！（愛亞〈尋找你〉）

原來這賈芸最伶俐乖覺，聽寶玉這樣說，便笑道：「俗語說的，『搖車裏的爺爺，拄拐的孫孫』。雖然歲數大，山高高不過太陽。只從我父親沒了，這幾年也無人照管教導。如若寶叔不嫌侄兒蠢笨，認作兒子，就是我的造化了。」賈璉笑道：「你聽見了？認了兒子不是好開交的呢。」說著就進去了。（清．曹雪芹《紅樓夢．第二十四回》）

機智

【機智】聰明靈敏，能隨機應變。
【機敏】機靈聰敏。
【麻利】迅速、敏捷。
【相機行事】觀察適當時機再行動。
【機靈】機智靈巧。
【活泛】敏捷靈活。
【機警】觀察敏銳，反應迅速。
【機伶】機警伶俐。
【隨機應變】臨事能妥善變通處置。
【敏捷】反應迅速快捷。

炳文是妻的族人，又是我從前要好的朋友之一；是一位機智、活潑，肯努力、有希望的青年，抗戰前服務於高雄郵局。那時我家在屏東經商，我常常因商業上的事務出高雄去，一去便總找他廝混，我們

一見面，便是海闊天空，大聊其天。（鍾理和〈竹頭庄〉）

只有青陽小妮子機伶，她總預感，就會有什麼大難要來。偏偏這種話，又不能先說，只得無時無刻，多替她那小姐操份心。一些時日下來，青陽覺得自己背後，也長出兩隻眼睛來了。（蕭麗紅《桂花巷・十六》）

一位老住北平的朋友的太太，原來是大家小姐，不會做家事粗事，只會做做詩，畫畫畫。這回見了面，瞧著她可真忙。她告訴我，用人減少了，許多事只得自己幹；她笑著說現在操練出來了。她幫忙我綑書，既麻利，也還結實；想不到她真操練出來了。（朱自清〈回來雜記〉）

愚笨

【愚笨】愚昧笨拙，反應不靈巧。
【愚蠢】痴呆笨拙。
【愚傻】愚昧、痴呆。
【愚拙】愚昧笨拙。
【愚魯】愚昧魯鈍。
【愚鈍】愚蠢、反應遲鈍。
【魯鈍】遲鈍、愚笨。
【遲鈍】反應不靈敏。
【頑鈍】愚笨。
【笨拙】不聰明、不靈巧。
【蠢笨】愚笨，不靈活。
【痴呆】愚蠢笨拙。
【愚痴】愚笨痴呆。
【痴騃】愚蠢笨拙。騃，音ㄞˊ。
【肉頭】笨傻。
【傻氣】笨頭笨腦的樣子。
【傻乎乎】傻氣。
【傻頭傻腦】糊塗傻氣，不夠靈敏。
【呆頭呆腦】言行遲鈍，不靈活的樣子。

見天心教女兒規矩，盟盟有時木頭木腦的，教一學一，毫不會舉一反三，就聽天心氣嘆道：「你真是阿難哦！」阿難是釋迦弟子中最魯鈍的一個，釋迦說法之餘，老是在教阿難公民與道德，類似先洗臉

再洗身，洗過腳的盆子不要拿來洗臉這些。當年胡老師教我們，也可比教阿難呢。（朱天文《花憶前身・阿難之書》）

失去半邊聽覺之後，屈亞炳成為同族兄弟取笑欺負的對象。家塾的老師也當他聾子百般處罰，揚起手中戒尺，對準反應稍遲鈍的屈亞炳就是狠狠一敲，敲得頭頂青腫起泡。（施叔青《遍山洋紫荊・第二章》）

我激動得難以言語，感覺車內車外同時下起了傾盆大雨，旁邊的少女一定覺得我很奇怪，怎麼看著衣服就開始哭了，到底都幾歲的人了？我想我那時的樣子說多笨拙就有多笨拙。我猜想媽媽應該已經離開她站的地方了，但我卻一直有種感覺，媽媽似乎還是在雨中，堅持要目送著那使她日夜操心的孩子，依依不捨地看我遠去。（李冠穎〈陪我走一段〉）

糊塗

【糊塗】混亂、不清楚。

【糊里糊塗】形容人行事極為迷糊或不明道理，亦作「糊裡糊塗」。

【渾】糊塗。

【昏】愚昧糊塗。

【昏聵】愚昧糊塗，不明事理。亦作「昏瞶」。

【昏愚】糊塗愚昧。

【昏庸】愚昧無能。

【昏昧】昏庸愚昧。

【昏亂】糊塗迷亂。

【懵懂】糊塗、不明白。

【顢頇】音ㄇㄢˊ ㄏㄢ，不明事理，糊裡糊塗。

王小林原以為大家都明白了，唯獨他不明白。後來問了許多人，才知道大家都不曾明白。大人和孩子竟一樣糊塗。不過大人是糊塗慣了，不把糊塗當一回事。孩子倒還沒有習慣，卻要問一問。（高曉聲

〈觸雷〉）

所以，直到現在，我一直是頑固的和平主義者，最恨看到鉤心鬥角的場面。這使我產生一種心理習慣，對於人性的小奸小惡特別敏感，但也特別昏聵，有時竟到視若無睹的地步，遇事總抱持著息事寧人的態度，缺乏批判的精神，從好的方面來看是寬容，其實是姑息。（周芬伶〈紅唇與領帶〉）

我躺在大理岩壁之下，砂卡礑溪石之上，溪河竄動，水聲淙淙，彷若躺在搖籃之中，重回稚子之身，以石為床，以懵懂之眼目注大自然難以狀描的幽深隱晦。竄動周身的水流，是歲月的漩渦，沖刷一切，也逐漸吞噬一切，終有一天，身下這塊漱水的玉石也將被流動的水沖成砂、刷成泥，隱沒於湍急水流。（向陽〈不動與動〉）

能幹

【能幹】才能傑出、辦事能力強。
【行】能幹、幹練。
【來得】有能力、有本事。
【幹練】很有才幹，辦事能力強。
【精練】敏銳幹練。
【精幹】精明能幹。
【精悍】精明強悍。
【精明強幹】機靈敏銳，做事能幹。
【賢明】有才德且明義理。
【英明】才幹卓越而有遠見。
【英俊】才能出眾的人。
【得力】很受重用的、很能幹的。
【得用】獲得任用、可用。

想起這些，端麗疲倦地坐了下來。光是想想，也吃力，也後怕。當時自己是多麼能幹，多麼有力量。那個能幹的女人這會兒到哪兒去了呢？而且，究竟那個能幹的女人是不是自己呢？她恍恍惚惚的，心

裡充滿了一種迷失的感覺。（王安憶〈流逝·8〉）

寶釵一旁笑道：「我來了這麼幾年，留神看起來，鳳丫頭憑她怎麼巧，再巧不過老太太去。」賈母聽說，便答道：「我如今老了，哪裏還巧什麼。當日我像鳳哥兒這麼大年紀，比她還來得呢。她如今雖說不如我們，也就算好了，比你姨娘強遠了。你姨娘可憐見的，不大說話，和木頭似的，在公婆跟前就不大顯好。鳳兒嘴乖，怎麼怨得人疼她。」（清·曹雪芹《紅樓夢·第三十五》）

把某種受到市場歡迎的成功設計，簡單化約於出產國的文化內涵，就像過度放大了創始者的英明遠見、或資本家的精心算計等，對一個社會學家而言，其實都是不可承受之輕。或許，所有不斷將「無印良品」本質化成「日本風格」的說法，其實都只是一種後設的論述，一種我們對某個美好世界想像的投射。（李明璁〈無印良品〉）

出眾

【出眾】水準、程度等超越眾人。

【出色】出眾、傑出。

【特出】獨特、與眾不同

【傑出】才能出眾，高出一般人之上。

【不凡】不尋常、不平凡。

【卓越】非常優秀，超出常人。

【優越】才能超越他人。

【雋拔】人品、才能英俊挺秀。

【超卓】才能特出，與眾人不同。

【超群】超越眾人。

【出色】出眾、傑出。

【與眾不同】獨樹一格，與眾人不同。

【不同凡響】比一般人事物特出、不平凡。

【出類拔萃】才能特出，超越眾人。

那天晚上，他僅僅是容耀華的一個小翻譯而已，容耀華請了不少外國商人，與容氏的生意都有來往，他的工作也就很忙，可是他還是被容家二太太——余嫣紅的光彩照人的風姿所吸引，他那晚表現得也非常的好，流暢、純正的標準劍橋英語也得到不少賓客的讚賞。但大偉自己心理明白，是因為余嫣紅，他才會表現的如此出色，他非常想吸引她的注意，哪怕她向他看一眼，微微一笑，他就會快樂地死去。（琦君《橘子紅了・第二十章》）

我的學生正在準備朗誦，她們設想自己來自大中國的各個山嶽、草原，當然最好是域外、關外、塞外、大漠、黃沙、長白，她們是臺灣島上最傑出的女孩，她們有的是雄心大志豪邁，如果不是挺拔的壁立千仞，不是綿亙無盡的風霜萬里，實在說，也配不上她們心中滾燙的激情壯懷。（蕭蕭〈嘉陵江畔泛舟人〉）

魯殘殺得性起，劍勢一變，狂風驟雨般攻去。嫪毒亦改變打法，嚴密封架，採取遊鬥方式，且戰且退，在場內繞著圈子，步法穩重，絲毫不露敗仗。高手過招，聲勢果是不同凡響。（黃易《尋秦記・卷十四》）

無能、平凡

【無能】沒有才幹、能力。
【低能】能力很低。
【不才】不成材，自謙之詞。
【庸碌】平凡庸俗。
【碌碌】平庸的樣子。
【平庸】平凡。
【平凡】平常、不出色。
【窩囊】無能、懦弱。
【差勁】低劣。
【一無所長】毫無專長可言。
【志大才疏】志向遠大，但才能疏闊淺微。
【無能為力】沒有力量促進事情的發展。

余先生接著看了，放在桌上，說道：「這個怎麼敢當？」蕭柏泉就把要請他做先生的話說了一遍，道：「今特來奉拜。如蒙台允，即送書金過來。」余有達笑道：「老先生大位，公子高才，我老拙**無能**，豈堪為一日之長。容斟酌再來奉覆罷。」兩人辭別去了。（清・吳敬梓《儒林外史・第四十四回》）

玉帝聞言，即傳旨：「著兩路神元，各歸本職。朕遣天兵，擒拿此怪。」班部中閃上托塔李天王與哪吒三太子，越班奏上道：「萬歲，微臣**不才**，請旨降此妖怪。」玉帝大喜，即封托塔天王李靖為降魔大元帥，哪吒三太子為三壇海會大神，即刻興師下界。（明・吳承恩《西遊記・第四回》）

天心是壞學生，我是好學生。胡老師說「從旁門入者是家珍」，反而旁門左道不按他胡氏教義來的，是珍寶。又說「見與師齊，減師半德」，見解跟老師一樣的話，倒成了老師的罪人。何況好學生，其實是無趣跟**平庸**的代稱。（朱天文《花憶前身・彌撒之書》）

熟練

【熟練】技術純熟。

【熟習】學習得非常純熟。

【純熟】熟練。

【諳】熟悉、知曉。

【熟能生巧】熟練了自然能領悟出竅門。

【爐火純青】指煉丹成功時，爐火火焰由紅色轉成純青色，比喻學問、技術、功夫等到達精純完美的境地。

【游刃有餘】比喻對於事情能勝任愉快，從容不迫。亦作「遊刃有餘」。

高手比武，若是雙方武功都到了**爐火純青**的地步，往往對戰竟日，仍是難分上下，唯一取勝之機端在對方偶犯小錯，此刻歐陽鋒一口咬空，洪七公那能放過？立即一招「笑口啞啞」，中指已戳在他嘴角的「地倉穴」上。（金庸《射鵰英雄傳・四十》）

母親做菜時，游刃有餘地進行每個步驟，洗洗切切翻炒調味裝盤，手法熟練輕鬆，口中的曲調也非刻意唱給誰聽，有時僅僅哼出調子、有時連歌詞一起唱，每個音符聽起來都是甜的。對家人來說，那是客廳電視的背景聲音，偶爾搭配排油煙機轟隆聲與鍋鏟鍋子敲擊的鏗鏘。（林婉瑜〈長藤掛銅鈴〉）

老練

【老練】閱歷豐富，經驗老到，做事能幹精練。

【老到】辦事熟練周密。

【老成】閱歷多而通達世事的人。

【老辣】指人辦事精明老練。

【練達】熟練通達。多指閱歷廣博，能通曉人情世故。

【老於世故】老練而又富處世經驗。

【老成持重】成熟老練，個性沉著穩重，處事不輕率浮躁。

【少年老成】年紀雖輕，舉止卻成熟穩重，辦事老練。

【老謀深算】思慮周詳、沉著，不草率行動。

【老馬識途】戰國時，管仲隨桓公出征，在回程時迷路，於是讓老馬走在前頭，其餘人馬跟隨在後，終於找到原路。後用來稱經歷豐富練達的人。

當然，更難猜測的是他的年齡，多少年的梵行修持之後，年齡已不能膩他。有時候，他很老練深沉，好似幾百歲，有時候，又很年輕，跟我們這些沒大沒小的兒郎們一起調皮搗蛋。既有老年之識見又有少年之胸襟，他，乃是個忘年僧。（簡媜〈紅塵親切〉）

你的批評也不能過分嚴正不是？少年老成——什麼話！老成是老年人的特權，也是他們的本分；說來也不是他們甘願，他們是到了年紀不得不。少年人如何能老成？老成了才是怪哪！（徐志摩〈巴黎的鱗爪〉）

管仲見山谷險惡，絕無人行，急教尋路出去。奈東沖西撞，盤盤曲曲，全無出路，桓公心下早已著忙。管仲進曰：「臣聞老馬識途，無終與山戎連界，其馬多從漠北而來，可使虎兒斑擇老馬數頭，觀其所往而隨之，宜可得路也。」桓公依其言，取老馬數匹，縱之先行，委委曲曲，遂出谷口。（明・余邵魚《東周列國志・第二十一回》）

幼稚

【幼稚】知識淺薄，或思想不成熟。

【稚氣】指幼稚的態度或行為。

【孩子氣】行為表現不成熟。

【天真】1. 形容人純潔沒有心機。2. 無知不懂人情世故。

【少不更事】年紀輕，閱歷淺薄。

【初出茅廬】初入社會，缺乏歷練。

【乳臭未乾】比喻年幼無知。

【羽毛未豐】羽毛尚未長滿成熟。比喻勢力或能力學識淺薄，不足以獨當一面。

段譽站起身來，他目光一直瞪視著那少女，這時看得更加清楚了些，終於發覺，眼前少女與那洞中玉像畢竟略有不同：玉像冶豔靈動，頗有勾魂攝魄之態，眼前少女卻端莊中帶有稚氣，相形之下，倒是玉像比之眼前這少女更加活些。（金庸《天龍八部・十二》）

軌道順流而下，越過基隆河，磺溪，繞著大彎弧從平原開口出去，關渡，竹圍，紅樹林……當我們到達堤岸，熙攘來往的小船彷彿不知鄉岸何方，要飄泊到哪裡去？船開向河中央，夕陽映出的金波爛漫讓人睜不開眼，那時天真以為小船要開出河口去了，光是那樣，還不夠。也許再向東吧？到世界的盡頭。（羅毓嘉〈淡水線上落日〉）

梁長老成名已久，見這乳臭未乾的一個黃毛丫頭竟對自己如此輕視，怒火上沖，三刀一過，立時橫砍硬劈，連施絕招。簡長老此時對黃蓉已不若先前敵視，知道中間必有隱情，只怕梁長老鹵莽從事，傷害於她，叫道：「梁長老，可不能下殺手。」黃蓉笑道：「別客氣！」身形飄忽，拳打足踢，肘撞指截，瞬息間連變了十幾套武功。（金庸《射鵰英雄傳・二十八》）

2 口才

健談

【健談】善於談論，經久而不倦。

【嘴巧】善於言詞。

【嘴乖】說話乖巧動聽。

【口齒伶俐】說話流暢，能言善道。

【伶俐嘴乖】聰明，口才好。

【伶牙俐齒】形容人口才好，能言善道。亦作「伶牙俐嘴」。

【娓娓而談】動人且不間斷地談論著。

【娓娓動聽】講話生動好聽。

【能言善道】形容人口才很好，擅長以言語說服別人。

【侃侃而談】從容不迫地談論。

【滔滔不絕】說話順暢而不中斷，辯才無礙。

【口沫橫飛】形容說話滔滔不絕，興致盎然的樣子。

【口若懸河】說話滔滔不絕，能言善道。

【談笑風生】言談之間興致高昂，言辭風趣。

【舌燦蓮花】口中能吐出燦爛的蓮花。比喻能言善道。

【出口成章】形容人才思敏捷，談吐風雅。

【三寸不爛之舌】形容口才很好，能言善辯。

天下事講來講去講到徹底時正同沒有講一樣，只有知道講出來是沒有意義的人纔會講那麼多話，又講得那麼好。Montaigne, Voltaire, Hume說了許多的話，卻是全沒有結論，也全因為他們心裏是雪亮的，曉得萬千種話一燈青，說不出甚麼大道理來，所以他們會那樣滔滔不絕，頭頭是道。（梁遇春〈毋忘草〉）

說也奇怪，那天晚上木蘭陶然半醉，微微有點兒蔑棄禮法，使木蘭真正感覺到自我個人的獨立存在，為生平所未有。她談笑風生，才華外露，心中愉快。上床就寢之時，覺得自己完全擺脫了平素的約束限制，毫無疑問，是由於酒的力量。（林語堂《京華煙雲・第十七章》）

貧嘴

【貧嘴】耍嘴皮，喜歡賣弄口舌。

【耍貧嘴】油腔滑調，說話浮華不實。

【耍嘴皮】賣弄口才。

【油嘴滑舌】說話油滑、輕浮不實。

【油腔滑調】寫文章或言語態度輕浮、不切實。

【貧嘴薄舌】耍弄嘴皮，言語尖酸刻薄。

鳳姐笑道：「……你既吃了我們家的茶，怎麼還不給我們家作媳婦？」眾人聽了一齊都笑起來，黛玉紅了臉，一聲兒不言語，便回過頭去了。寶釵笑道：「真真我們二嫂子的詼諧是好的。」黛玉道：「什麼詼諧，不過是貧嘴賤舌的討人厭惡罷了！」說著便啐了一口。（清・曹雪芹《紅樓夢・第二十五回》）

說到這裏，突然間想起一事，說道：「新來那個姓段的花匠，說話油腔滑調，不是好人。要是他跟你說一句話，立時便吩咐丫頭將他殺了，不能讓他說第二句，知不知道？」王語嫣心道：「什麼第一

句、第二句，只怕連一百句、二百句也說過了。」（金庸《天龍八部·十二》）

嘴笨

【結巴】口吃；說話不流利。

【嘴笨】不擅於言詞。

【訥訥】言詞笨拙。

【木訥】質樸遲鈍，不擅於言詞。

【口訥】口舌遲鈍，不善於言談。

【語塞】說不出話來。

【結結巴巴】說話不流利。

【期期艾艾】形容人口吃，說話不流利的樣子。

【拙口笨腮】拙於言辭。亦作「拙口鈍辭」、「拙口鈍腮」、「笨嘴笨腮」。

【心拙口笨】心思愚昧，口才笨拙，為自謙之詞。

【言不盡意】言語無法把心意完全表達出來。

【詞不達意】所用的言詞無法適度地表達心意。

自然你很快的就陷入一個兩難的困境中，上一刻剛剛為新市鎮裡的一項改善而雀躍，馬上你更與自己訥訥爭辯，你並沒打算這麼快就離開這世界；但某一刻的危險或一時病弱令你不得不想到死亡，不成不成，夢中的市鎮待改良處所在多有，例如那老進不去、定不了型的家屋，和咖啡館。（朱天心〈夢一途〉）

鳳姐兒笑道：「幸而我們都笨嘴笨腮的，不然也就吃了猴兒尿了。」尤氏婁氏都笑向李紈道：「咱們這裡誰是吃過猴兒尿的，別裝沒事兒人。」薛姨媽笑道：「笑話兒不在好歹，只要對景就發笑。」（清·曹雪芹《紅樓夢·第五十四回》）

支吾、含糊

【支吾】用牽強、含混的語言應付或搪塞。

【囁嚅】有話想說又不敢說，欲言又止。

【吞吐】說話含混不清。

【閃爍】說話吞吐遮掩，不直截了當說出實情。

【閃爍其詞】說話有所保留，不肯直接說出真相。

【吞吞吐吐】說話有所顧忌，想說又不敢說的樣子。

【支支吾吾】說話含混不清，搪塞敷衍。

【支吾其詞】以含混模糊的語言，應付搪塞他人。

【張口結舌】理屈詞窮，說不出話來。

【欲言又止】吞吞吐吐，想說又不敢說。

【欲語還休】想說卻又不能決定要不要說的樣子。

【欲說還休】想說又不知從何說起。形容情意複雜，難以表達。

【含糊】說話不清楚。

【含混】語言模糊、不明確。

【籠統】模糊不清、不具體。

【含糊其辭】話說得不清楚、不明白。

【隱約其詞】語意含糊、躲躲閃閃。

【模稜兩可】言語、態度或主張含混不明確。

【語焉不詳】說話說得不詳盡。

【語無倫次】說話顛三倒四，雜亂沒有條理。

【不置可否】不表示肯定或否定；不表明態度。亦作「未置可否」。

三合會和別的堂口為爭街市攤位發生械鬥，從暗巷底忽地閃出一個短褸綵帶的兄弟，姜俠魂揚聲問姓，對方支吾，無法以幫會隱語暗號對答，他便知是敵人差遣街頭散匪遊盜假冒前來探路。姜俠魂揚聲以三合會的隱語試探：問三乘八等於二十幾？對方無以作答，被識破身分，拔腳快步跑出巷口，姜俠魂劍一樣竄出追趕，剛巧與路過巷口的女人撞了個滿懷。（施叔青《她名叫蝴蝶．第六章》）

少年不識愁滋味，愛上層樓，愛上層樓，為賦新詞強說愁。而今識盡愁滋味，欲說還休，欲說還休，卻道天涼好個秋。（宋．辛棄疾〈醜奴兒〉）

家是什麼，這不是小學二年級的作文題目嗎？和「我的志願」、「我的母親」、「我的暑假」同一等級。怎麼會拿到這裡來問一個自認為對「千里江山寒色遠，蘆花深處泊孤舟」早有體會的人？問者的態度誠誠懇懇的，我也只能語焉不詳蒙混過去。這麼難的題啊。（龍應台〈家〉）

3 際遇

光榮

【光榮】光耀榮顯。
【光華】光榮、榮耀。
【好看】體面、光采。
【光彩】榮耀。亦作「光采」。
【榮耀】光采顯耀。
【風光】光采、榮耀。
【榮光】榮耀。
【光耀】光榮、顯耀。
【體面】面子、光采。
【榮幸】非常光榮、幸運。

北平是很大的。以它的謙讓與偉大，它是可以擁抱下一切。但假若你被人曉得了是臺灣人，那是很不妙的。那很不幸的，是等於叫人宣判了死刑。那時候，你就要切實的感覺到北平是那麼窄，窄到不能隱藏你了。因為，它——只容許光榮的人們。因為，你——是臺灣人。然而悲哀是無用的。而悲憤，怨恨，於你尤其不配。（鍾理和〈白薯的悲哀〉）

那次婚禮很特別，就在東海大學的陽光草坪上，不過是簡單輕鬆的露天茶會，沒有請帖，也沒有主婚人，趙滋蕃老師暫充介紹人。聽說這個婚姻並沒有得到父母的同意。她的父母希望她嫁得更風光更體面，而她選擇的是，一個英俊卻一無所有的男人。（周芬伶〈閣樓上的女子〉）

丟臉

【丟臉】出醜、失面子。

【出醜】丟臉、失體面。

【糗】形容當場出醜而感到羞愧、不知所措。

【丟人】丟臉、出醜。

【可笑】形容人的言語或動作非常滑稽。

【坍臺】在眾人面前丟臉、出醜。

【現眼】丟臉，當眾出醜。

【現世】丟臉、出醜。

【出洋相】出醜、鬧笑話。

【鬧笑話】因才能不足、經驗不夠而舉止失措，引人發笑。

【出乖露醜】在眾人面前丟臉、出醜。

【名譽掃地】身家名譽，一敗塗地。

【身敗名裂】事業、地位喪失，名譽毀壞。比喻人失敗得很徹底。

【當場出彩】古時戲劇表演，用紅色水塗抹，裝做流血的樣子，稱為「出彩」。今多用來比喻當場敗露祕密或顯出醜態。

斯文的語氣相當興奮。後面的一句話他著意說得頂慢，好讓別人聽明他話裏的幽默；還頓了一下，讓聽眾有時間來一下會意的微笑。可真糗！竟沒有一個在場的人發笑或會心微笑。（王禎和《玫瑰玫瑰我愛你・一》）

比如昨天早上你不來電話，從九時半到十一時，我簡直像是活抱著炮烙似的受罪，心那麼的跳，那麼的痛，也不知為什麼，說你也不信，我躺在榻上直咬著牙，直翻身喘著哪！後來再也忍不住了，自己拿起了電話，心頭那陣的狂跳，差一點把我暈了。誰知你一直睡著沒有醒，我這自討苦吃多可笑。（徐志摩〈愛眉小札〉）

後悔生下陶陶的日子終於來臨。我儲蓄半輩子就是為了她將來升學的費用，但是她偏偏不喜讀書，出盡百寶來出洋相，一波未平，一波又起。（亦舒〈胭脂〉）

幸福、享福

【幸福】生活愉快，順遂圓滿。
【幸運】運氣好。
【福分】有享有幸福生活的運氣。
【福氣】福分。
【造化】福氣、運氣。
【甜蜜】親愛美滿。
【美滿】美好圓滿。
【圓滿】完滿而無所欠缺。
【甜美】美滿、幸福的生活。
【甜絲絲】感覺幸福甜美。
【享福】生活安樂適意。
【納福】享福。
【享樂】享受快樂。
【享用】享受應用。
【享受】安樂、舒適。
【消受】享用、享受。
【安享】安定的享受。
【坐享】不出勞力，就享受現成的獲利。

木屐已經在我們的生活裡走遠了，但我也能明白那古韻般的節奏是如何敲打著一個父親已入中年的木頭心。而我漸能體會，原來幸福都只是一種體驗的過程，而不可能直到永遠；或者說，一定要等到失去了某種關係後，在追悔中才能明白原來那就是所謂的「幸福」。（徐國能〈木頭心〉）

在北平住了兩年多了，一切平平常常地過去。要說福氣，這也是福氣了。因為平平常常，正像「糊塗」一樣「難得」，特別是在「這年頭」。但不知怎的，總不時想著在那兒過了五六年轉徙無常的生活的南方。轉徙無常，誠然算不得好日子；但要說到人生味，怕倒比平平常常時候容易深切地感著。（朱自清〈一封信〉）

除夕當天，母親要蒸好幾百個饅頭。數量多到這樣，過年以後一兩個月，我們便重複吃著一再蒸過的除夕的饅頭。而據母親說，我們離開故鄉的時候，便是家鄉的鄰里們匯聚了上百個饅頭與白煮雞蛋，送我們一家上路的。饅頭蒸好，打開籠蓋的一刻，母親特別緊張，她的慎重的表情也往往使頑皮的我

們安靜下來，彷彿知道這一刻寄托著她的感謝、懷念，她對幸福圓滿簡單到不能再簡單的祝願。（蔣勳〈過年是父母的鄉愁〉）

走運

【走運】運氣好，行事順心。
【交運】走運，運氣好。
【得時】時運正好、走運。
【僥倖】意外地得到好處或免去災禍。
【萬幸】極僥倖、非常幸運。
【有幸】幸運、好運。
【受寵】被寵愛。
他說：「那就再見吧。」我說：「好，再見。」便互相笑笑各走各的路了。但是我們沒有再見，那以後，園中再沒了他的歌聲，我才想到，那天他或許是有意與我道別的，也許他考上了哪家專業文工團或歌舞團了吧？真希望他如他歌裏所唱的那樣，交了好運氣。（史鐵生〈我與地壇〉）

這天匆匆出門時我看天色是陰的，一時心存僥倖想，也許今天不下雨吧，也就不帶傘了。說也奇怪，這麼多年了老學不會，台北的雨沒有僥倖，它是比八字更注定的事。果然午後就下雨了，比雨絲更大一點兒的雨，慢吞吞的，像是這雨自己下不了決心要不要作為一場雨。（柯裕棻〈冬雨〉）

悲慘

【悲慘】悲傷慘痛。
【淒涼】悲苦。
【慘痛】悲慘傷痛。
【悲壯】悲慘雄壯。
【悽慘】悲傷慘痛。
【淒清】悲傷淒涼。
【慘然】憂戚哀傷的樣子。
【命苦】命運不好。
【悲涼】悲哀淒涼。
【悽楚】淒涼悲苦。
【慘苦】悲慘憂苦。
【苦命】指命運乖舛不順

利。

【慘絕人寰】慘狀幾乎為世間所無，形容悲慘到了極點。

【慘不忍睹】形容情狀悽慘，令人不忍心看。

【傷心慘目】極為悲慘，使人不忍心看。

祂們是「神的戲班」。每到一處，在黑暗曠野中搭起的小戲台，篝火照明之處，空無一人，卻擠滿了悲慘臉孔的男鬼女鬼。祂們的戲就是演給這些怨靈和無主之鬼看。孤魂野鬼就是祂們的觀眾。祂們照著傀儡師的旁白動作，男歡女愛，孤臣孽子，千古冤案，孤騎護嫂，撞山救母。（駱以軍〈神戲〉）

辦完喪事後的黃昏，我們都回到母親的臥室，悽楚地清理她的遺物。「但餘平生物，舉目情淒洏」。那個黃昏，夕陽冉冉，猶有些許燠熱，但失去母親的子女，心中只有一片冰寒。我們銜悲默默，分頭清理，沒有費多少時間就做完了工作。（林文月〈白髮與臍帶〉）

倒楣

【倒楣】運氣不好、遇事不順。亦作「倒煤」、「倒霉」。

【倒運】倒楣。

【倒灶】倒楣、時運不濟。

【背】運氣不好。

【背時】倒楣、時運不濟。

【背運】命運或時運不佳。

【背興】倒楣、運氣差。

【觸霉頭】碰到倒霉、不愉快的事。

【不幸】倒楣、運氣不好。

【不祥】不吉利。

【晦氣】遇事不順利。

【喪氣】倒楣，不吉利。

【時運不濟】氣運不佳，無法如願以償。

我回到家裡甫卸行裝，哥哥便指點著被燒成灰燼的黑色山岡，向我述說。他搜羅盡所有最惡毒的詞彙，把那些至今尚不能查出姓名來的縱火燒山的人，罵入十八層地獄，永不超生，然後連帶把周圍幾十里地那些倒楣的居民，也拉進裡面去。他那映著深刻憎惡的眼光，和繃得緊緊的臉部肌肉，強有力地表示著蘊蓄在他內心的疾恨和忿怒。（鍾理和〈山火〉）

騙與被騙是一個很微妙的關係：有一種時候，即使明知是騙局，還欣然上當，樂在其中，那可真是最幸福的；其次是被騙了，但是終其一生都不知道，那就無所謂幸或不幸可言；而在上當的一秒鐘後或是數年後才驚覺，並因此產生憾恨，那就是人生的痛苦根源之一。人的一生，可能都是一部漫長的受騙史，「防人之心不可無」，或許就是防治詐騙的最初警語。（徐國能〈欺之以方〉）

傍晚六點半，我準時到達。停好車子，步行到我們約定會合的一家百貨公司門口之前，我遠遠地就辨識出陳子魚穿在身上的那件班尼頓針織線衫，游妙也有一件。浮現在腦海裡的，不是我對游妙的想念，而是很大的憤怒：「妳說，妳到底是誰？難道你是調查局還是情報局的人？妳偷看了我的相本嗎？妳為什麼和游妙一樣，一直給我很不祥的預感？為什麼，為什麼，妳們陰魂不散？這其中到底有什麼陰謀？」（吳若權〈蛋糕核桃燒〉）

平安

【安】平穩、安全、舒適的狀況或環境。

【平安】平穩而沒有危險。

【安好】平安無恙。

【無恙】無疾、無憂。

【安康】安定、健康。

【安定】平安穩定。

【安生】安靜、安寧。

【安然】平安無事。

【安全感】安全無虞之感。

家家小紅門，門戶緊閉，小院內外草木清華，或有青苔覆瓦，亦十分清潔，無破落相。一眼看去，那景象是道地的「人家」，可以想見他們的生活，從容而謹約，早餐有牛奶或荷包蛋，晚餐四菜一湯有一小缽紅燒肉或獅子頭。小狗有排骨小貓有魚。守著一方晨昏，一方平安。（柯裕棻〈七月〉）

黛玉被寶玉纏不過，只得起來道：「你的意思不叫我安生，我就離了你。」說著往外就走。寶玉笑道：「你到哪裏，我跟到那裏。」一面仍拿起荷包來帶上。黛玉伸手搶道：「你說不要了，這會子又帶上，我也替你怪臊的！」說著，「嗤」的一聲又笑了。（清・曹雪芹《紅樓夢・第十八回》）

安樂、悠閒

【安樂】安寧喜樂。
【安適】安穩舒適。
【安逸】安樂、舒適自在。
【康樂】安樂。
【清閒】清靜閒適。
【安閒】安靜悠閒。
【輕閒】輕鬆悠閒。
【閒適】悠閒安適。
【閒散】清閒少事。
【逸樂】閒適快樂。
【散逸】閒散安逸。
【悠閒】閒適自得，無所牽掛。
【悠悠】安然閒適的樣子。
【悠然】閒適自得的樣子。
【優游】閒暇自得的樣子。
【陶然】形容舒暢快樂，怡然自得的樣子。
【悠然自得】神態從容，心情閒適。
【怡然自得】欣悅自得的樣子。
【養尊處優】自處尊貴，生活優裕。
【髀肉復生】漢末時代，劉備寄住荊州多年，因見自己久不騎馬，大腿上的肉已經長了出來，於是發言感嘆。後用以比喻或自嘆久處安逸，壯志未酬，虛度光陰。髀，音ㄅㄧˋ。

偶爾會有外籍年輕人彈著吉他，吉他的盒子呈露在外，總有幾個硬幣瑟縮在盒裏，那是走唱的賣藝人。漠漠的行人匆匆走過，沒有人有那種閒適的心情駐足聆賞，只讓樂符隨意飄揚在走道和聽道裏。

這時我總要想起小時侯看過的彈月琴的老婦人：「我來念歌囉——給您聽啊咿——」那樣淒涼的調子，一拉好像就是一條水流瀉出來。（蕭蕭〈月琴變吉他〉）

這時候蟋蟀在田裡，也在童年裡／菊花神陶淵明在家家戶戶，悠然／舉著黃色火焰／不見南山（渡也〈霜落下來〉）

養尊處優的土司一家，也變得十分關心農事。每天，我們一家，帶著長長一隊由侍女、馬夫、家丁、管家和各寨前來聽候隨時調用的值日頭人組成的隊伍巡行到很遠的地方。罌粟還未長成，就用無邊魔力把人深深吸引住了。（阿來《塵埃落定・第二章》）

自由

【自由】隨自己的意志行事，不受外力拘束或限制。

【自由自在】隨心所欲，不受拘束。

【翛然】毫無牽掛、自由自在的樣子。翛，音ㄒㄧㄠ。

【神態自如】神情態度從容不迫，一如往常的樣子。亦作「神態自若」。

【自在】任意、自由。

【逍遙】自由自在、不受拘束。

【輕鬆自如】輕快愜意的樣子。

翻開自己的小記事簿，上面一排排西班牙朋友的電話。猶豫了一會兒，覺得還是不要急著打過去比較清靜。老朋友當然是想念的，可是一個人先逛逛街再去找朋友，更是自在些。雖然，午睡醒了也不知要到哪裡去。（三毛〈星石〉）

如果你有逸興作太清的逍遙遊行，如果你想在十二宮中緣黃道而散步，如果在藍石英的幻覺境中，你欲冉冉昇起，蟬蛻蝶化，遺忘不快的自己，總而言之，如果你不幸患上，如果你不幸患了「觀星癖」

的話，則今夕，偏偏是今夕，你竟不能與我並觀神話之墟，實在是太可惜太可惜了。（余光中《逍遙遊》）

困苦

【困苦】貧困、艱苦。
【困難】窮困、艱難。
【困乏】貧困窘迫。
【困頓】困苦窘迫。
【困厄】處境艱難、困苦。
【辛苦】身心勞累困苦。
【蹇】困苦、艱難。
【顛連】非常困苦。
【艱難】艱辛困難。
【艱苦】艱辛困苦。
【艱辛】困難辛苦。
【艱困】艱難困苦。
【難過】不容易度過。
【餐風露宿】在風中用餐，在野外過夜。形容生活或行旅的辛勞。
【飽經風霜】歷經許多艱辛困苦。
【水深火熱】比喻處境艱困、痛苦。

如果妳可以選擇在一個比較年輕的媽媽肚子裡出生，妳或許就不會被迫及早「面世」，躺在保溫箱裡，全身插著管子，接受各種檢查，不需要一降落在地球上時，就奮鬥得那麼辛苦。問題始終在我，不在妳。妳是不能選擇的，而我是選擇者。（吳淡如〈不要效順我〉）

那劉姥姥先聽見告艱難，只當是沒有，心裏便突突的；後來聽見給她二十兩，喜的又渾身發癢起來，說道：「噯！我也是知道艱難的。但俗語說：『瘦死的駱駝比馬還大』，憑他怎樣，你老拔根寒毛，比我們的腰還粗呢！」周瑞家的聽她說得粗鄙，只管使眼色止她。（清．曹雪芹《紅樓夢．第六回》）

他的舊法蘭絨外套經過浸濕烤幹這兩重水深火熱的痛苦，疲軟肥腫，又添上風癱病；下身的褲管，肥粗圓滿，毫無折痕，可以無需人腿而卓立地上，像一對空心的國家柱石；那根充羊毛的「不皺領帶」，給水洗得縮了，瘦小蜷曲，像前清老人的辮子。（錢鍾書《圍城》）

惹禍

【惹禍】引起禍事。
【闖禍】惹起禍端。
【肇禍】引起災禍。
【召禍】招來災禍。
【出事】發生事故。
【出亂子】闖禍、出錯、發生變故。
【出岔子】發生事故、出了差錯。
【出差錯】發生錯誤，出意外。

今天早上，那位設計師來看看他設計的架子。然後他告訴我，黃師傅逢人就說，千萬不要和李教授聊天，這是非常危險的事，可能惹禍上身。大家都不懂他為什麼如此說。我想我現在一定惡名昭彰了，大家都說我話多，但是我至少通過了黃師傅的測試，仍保住了我的好人頭銜。（李家同〈多話的黃師傅〉）

鮑小姐從小被父母差喚慣了，心眼伶俐，明白機會要自己找，快樂要自己尋。所以她寧可跟一個比自己年齡長十二歲的人訂婚，有機會出洋。英國人看慣白皮膚，瞧見她暗而不黑的顏色、肥膩辛辣的引力，以為這是道地的東方美人。她自信很能引誘人，所以極快、極容易地給人引誘了。好在她是學醫的，並不當什麼一回事，也沒出什麼亂子。（錢鍾書《圍城》）

奔忙、忙碌

【奔忙】奔走忙碌。
【奔波】勞碌奔走。
【奔走】為某事奔波、忙碌。
【奔命】為完成某件事情而奔走忙碌。

【闖蕩】離家出外謀生以尋求發展。
【走南闖北】往來各地，到過很多地方。
【忙碌】事情太多，不得休息。

【忙亂】忙碌煩亂。
【瞎忙】無條理的亂忙。
【繁忙】事情多而忙碌。
【操勞】勞苦工作。
【勞瘁】辛苦、勞累。
【勞碌】辛勞忙碌。

【勞苦】勞累辛苦。
【辛勞】辛苦勞累。
【勞頓】勞累疲倦。
【勞累】因過度勞動而疲倦。
【辛苦】身心勞累困苦。

請停下來，停下你長途的奔波，／進來，這兒有虎皮的褥你坐，／讓我燒起每一個秋天拾來的落葉，／讓我低低唱起我自己的歌。／那歌聲將火光一樣沉鬱又高揚，／火光將落葉的一生訴說。（何其芳〈預言〉）

午飯前這一小時非常忙亂。首先要接連抽三五支香煙。我工作時一天抽兩包煙，直抽到口腔舌頭發苦發麻，根本感覺不來煙味如何。有時思考或寫作特別緊張之際，即使顧不上抽，手裏也要有一支燃燒的煙捲。因此，睡眠之後的幾支煙簡直是一種神仙般的享受。（路遙《早晨從中午開始・一》）

我不知道，最終我逐漸萎縮而腐敗的身體會先棄守，還是母親長年操勞而日漸衰老的身體先離去？我們擱淺，也許日子沒有變化，剩下等待，但至少現在還活著，無論活著的理由是什麼，我還擁有對方能一起等著最終的日子來臨。（林徹俐〈擱淺〉）

我這一時在鄉下，時常揣摩農民的生活，他們表面看來雖則是繼續的勞瘁，但內心裏都有一種涵蓄的樂趣，生活是原始的，樸素的，但這原始就是他們的健康，樸素是他們幸福的保障。（徐志摩〈青年運動〉）

遊蕩、苟安

【遊蕩】閒遊不務正業。

【浪蕩】行為放蕩不檢。

【閒晃】無所事事，到處遊蕩。

【鬼混】不做正事，到處遊蕩。

【吃閒飯】不付出勞力，卻坐享其成。

【東轉西晃】形容到處走動、閒晃。

【吃現成飯】比喻不費辛勞，坐享其成。

【尸位素餐】占著職位享受俸祿而不做事。尸，音ㄕ。

【遊手好閒】遊蕩貪玩，無所事事的樣子。

【無所事事】閒蕩無事的樣子。

【苟安】苟且偷安。

【苟全】苟且保全。

【苟活】苟且偷生。

【偷安】貪圖眼前的安逸，不顧將來可能的危難。

【瓦全】自損氣節，以忍辱求全。

【混日子】沒有理想、沒有責任感，過一天算一天。

【苟延殘喘】勉強存續生命。

在夜幕降臨的時分，會有一些無業的男孩女孩，幽靈般地遊蕩。他們逃離了社會正常的秩序，自己集合起部落式的集團，做些與這公認秩序不相投合的行徑，這又可否算是城市的故事？抑或只是城市外的故事，因他們是背叛城市又為城市背叛的生不逢時的原始部落民，最終是反城市的故事。（王安憶〈城市無故事〉）

我就是那時候開始寫作的。我在「牙齒店」幹了五年，觀看了數以萬計的張開的嘴巴，我感到無聊之

極。當時，我經常站在臨街的窗前，看到在文化館工作的人整日在大街上遊手好閒地走來走去，心裡十分羨慕。（余華〈拔牙〉）

在本城，去歌劇院或音樂廳，都像是出席儀式——一個社交儀式，看表演聽演奏只是典雅的藉口。在那些無所事事的夜晚，人們穿戴停當，顯得體面而富有教養。他們從四面八方聚攏來，在歌劇院或音樂廳裡見面了。（吳亮〈唱片〉）

我原是大時代的小人物，生命彷彿蜉蝣塵埃，漂流浮動於風雨煙火之間。苟全於此不知究係盛世抑或亂世的靈魂，為了排遣生涯之枯澀與無聊，必須自我說服，告訴自己：並不只是來此人間吃喝拉撒一番，我的存在，還有一點點超乎豬狗般動物性的價值與意義。（龔鵬程〈藏史〉）

獨立

【獨立】不倚靠他人而能自立。

【自主】能依自身的意志、權力行事，不受他人干涉。

【自給】自己供給自己的生活所需。

【立身處世】修養自身，為人處世。指在社會上自立以及與人們相處往來。

【自立】以自己的力量立身於世。

【自食其力】憑藉自己的力量養活自己。

【立足】站得住腳，生存下去。

就在手腳美妙的運動之間，她三個半月就能翻身，四個多月就能爬行，五個多月就攀著床欄站立起來，不到周歲便跨出生命的第一步。她一直那麼獨立而認真地體驗著生命成長的每段歷程，從不變成黏手而依賴的小孩。（顏崑陽〈手拿奶瓶的男人〉）

那時醫院制度比較紊亂，有一次不知怎的，試管搞錯了，發現時已經太遲，事後當然另外再製造了一個嬰兒給顧客。因弄錯而生下的金小姐，就成了名符其實的孤兒。她十七歲就當了婦產護士。好在她生性達觀，很能隨遇而安。她這樣自食其力的生活，明年就可畢業了。（張系國〈歸〉）

獨自

【獨自】自己一個人。

【隻身】獨自一人。

【落單】離開團體，單獨一個人。

【獨居】獨自一人居住。

【獨自個】一個人。

【單獨】獨自一人。

【獨身】單獨一個人。

【單身】獨自一人。

【獨處】獨自居處。

這樣的玩頂好是不要約伴，我竟想嚴格的取締，只許你獨身；因為有了伴多少總得叫你分心，尤其是年輕的女伴，那是最危險最專制不過的旅伴，你應得躲避她像你躲避青草裏一條美麗的花蛇！（徐志摩〈翡冷翠山居閒話〉）

不論她跑到那個角落，她早註定孤獨活著的命；她親近的人，一個個先後離開，先是父喪，而後送母出殯，接箸是剔江出事，嫁到辛家，一下又落了單。只這麼個兒子，又得跑到天遠地闊的異邦來。（蕭麗紅《桂花巷・十三》）

路上只我一個人，背著手踱著，這一片天地好像是我的；我也像超出了平常的自己，到了另一世界裡。我愛熱鬧，也愛冷靜；愛群居，也愛獨處。像今晚上，一個人在這蒼茫的月下，什麼都可以想，什麼都可以不想，便覺得是個自由的人。白天裡一定要做的事，一定要說的話，現在都可不理，這是獨處的妙處；我且受用這無邊的荷香月色好了。（朱自清〈荷塘月色〉）

依賴、依附

【依賴】倚靠。

【依附】憑依、倚靠、從屬。

【仰人鼻息】依靠別人鼻子裡呼出的氣息勉強存活。比喻依靠他人生活，或看別人的臉色行事，不能自主。

【寄人籬下】寄居於他人屋下生活。比喻依附他人，而不能自立。

【俯仰由人】形容一舉一動都受他人支配。

【受制】受人支配、管制。

【附屬】附設、隸屬。

【寄生】依附他物生活。

【投靠】依靠別人，以求生存。

【投奔】前往依靠。

【求靠】請求投靠他人。

【求人】請求他人。

博士候選人說，喜歡說我們的人，可能出自兩種心理。一個的確是製造距離感。另一種則可能出自沒自信與依賴，這種人的主詞總用我們，因為他喜歡自己依附於屬於某一群人的想法。（李維菁〈主詞的使用〉）

一直在忍耐，屈辱向肚裡吞嚥，常常給自己說一句莫名其妙的箴言：「萬事留一線，日後好相見。」寄人籬下，什麼苦得過仰人鼻息？貪圖不過是一個安身之所，別人不知，都說老太太妳有福了，兒子孝順奉養，子孫、曾孫四代同堂，尚有何求？（張錯〈母與子〉）

墮落

【墮落】指人由好變壞，不求振作。

【腐化】沉迷於某種享受，不思振作。

【腐敗】思想或行為腐爛敗壞。

【腐朽】腐爛敗壞。

【腐蝕】思想或行為逐漸被壞環境汙染而變質。

【蛻化】本指昆蟲等在生理期間的脫皮現象。因其形態會產生變化，故後常用以比喻一切事物的變化、變質。

【失足】因不慎而墮落、失節或誤入歧途。

【落水】比喻墮落。

【沉溺】因過度沉迷而難以自拔。

【沉淪】沉溺。

【花天酒地】沉迷於聲色場中。形容荒淫腐化的生活。

【紙醉金迷】比喻奢侈浮華的享樂生活。

【醉生夢死】形容人糊裡糊塗地活著，如在醉夢之中。

首先拆掉門前的霓虹燈，拆掉櫥窗裡的紅綠燈。我對這種燈光的印象太深了，看到那使人昏旋的燈便想起舊社會。我覺得這種燈光會使人迷亂，使人墮落，是某種荒淫與奢侈的表現。燈紅酒綠的時代早已一去不復返了，何必留下這醜惡的陳跡？拆！（陸文夫〈美食家〉）

曾經相信過理想主義者，後來知道，理想主義者往往經不起權力的測試：一掌有權力，他或者變成當初自己誓死反對的「邪惡」，或者，他在現實的場域裡不堪一擊，一下就被弄權者拉下馬來，完全沒有機會去實現他的理想。理想主義者要有品格，才能不被權力腐化；理想主義者要有能力，才能將理想轉化為實踐。（龍應台〈（不）相信〉）

遺老家的男人大多敗德，霸著祖產不事生產：吸鴉片，賭錢，納妾，花天酒地。她母親憤而離家去國，她姑姑直到一九七九年七十八歲才與張愛玲在港大讀書時的監護人李開第結婚；她們都是不甘於接受遺老傳統的現代女性。（季季〈張子靜的張愛玲〉）

流浪

【流浪】沒有固定的居所。

【飄泊】隨水飄流無定所。比喻生活流離失所。

【流蕩】閒遊不做正事。

【浪跡】行蹤無定，到處流浪。

【飄零】生活無依，四處流浪。

【流離】流亡離散。

【失所】無處安身。

【離亂】離散紛亂。

【流徙】流離遷徙，生活不

安定。

【流落】飄泊流浪，無處安身。

【流亡】離開固定的住所四處逃亡。

【流離顛沛】遭受挫折，生活困迫不安。

【萍蹤浪跡】浮萍隨水漂流，蹤跡難料。比喻人四處飄泊，行蹤不定。

【萍蹤不定】行蹤如浮萍。比喻四處飄泊，行跡不定。

一個，三兩個，五六七個，比肩坐在船頭的兩旁，也無非多添些淡薄的影兒葬在我們的心上——太過火了，不至於罷，早消失在我們的眼皮上。誰都是這樣急忙忙的打著槳，誰都是這樣向燈影的密流裏沖著撞；又何況久沉淪的她們，又何況飄泊慣的我們倆。（余平伯〈槳聲燈影裏的秦淮河〉）

我又猜她是個國際刑警，到歌舞伎町來辦案的。也猜她是個浪跡天涯的藝術家，來此尋找靈感、發掘題材。也猜她是部裡派來查訪我行蹤是否逾越公務人員權限的密探。也猜她是妻喬裝改扮、故意來誘試我的出軌動機的……（張大春〈長髮の假面〉）

我想祖先原居河南汝南，承續了中原文化。五胡亂華時民不聊生，他們在戰亂中往外避難，也許還曾四處流離，最後有人指向南方閩越之地。在想像中祖先應是農人或軍人，因為只有農人才有粗壯的腳可以跋涉千山萬水，也只有軍人才有百折不回的頑強生命力。（周芬伶〈東西南北〉）

受苦

【受苦】吃苦。

【吃苦】遭受痛苦。

【含辛茹苦】受盡各種辛苦。

【受難】遭到災難。

【受累】勞神費力。

【受罪】忍受痛苦。

【遭罪】吃苦、受罪。

【遭劫】遭遇劫難。

【遭殃】遭遇災禍。

【窮途潦倒】走投無路，失意不得志。

【在劫難逃】指無法避免的災難。

這青年生性溫和，他對幼時的好日子全無記憶，其實是在困頓中長大的。受苦是最普通的事情，受苦中些微的溫煦，倒給他留下深刻和豐富的印象。所以，他對六合的回憶，並不像他母親那麼黯然。（王安憶《富萍・十九》）

我們愛上一個人，總要感到孤獨，那是命定的際遇，在愛中我們看到自我，看到自我原來可以那樣愛一個人，為他吃苦為他歡笑，在愛中看到自我的那一刻，也是我們看到自我能為戀人犧牲一切的時刻。（蔡詩萍〈孤獨，尤其讓我愛戀你〉）

定靜師太微微一笑，道：「阿彌陀佛，這副重擔，我……我本來……本來是不配挑的。少俠……你到底是誰？」令狐沖見她眼神渙散，呼吸極微，已是命在頃刻，不忍再瞞，湊嘴到她耳邊，悄聲道：「定靜師伯，晚輩便是華山派門下棄徒令狐沖。」定靜師太「啊」的一聲，道：「你……你……」一口氣轉不過來，就此氣絕。（金庸《笑傲江湖・二十三》）

得志、失意

【得志】達到自己的志願。
【得勢】得到權位。
【飛黃騰達】飛黃，神馬名。騰達，形容馬的飛馳。飛黃騰達，比喻仕途得意。
【得意】達成其志，有所成就，或引以自豪。

【稱心】如意、滿意。
【志得意滿】既得意又滿足的樣子。
【平步青雲】順利無阻，迅速晉升高位。
【失意】不如意、不得志。
【落魄】窮困潦倒而不得志。

【落拓】失意、不得志。
【落泊】潦倒失意。
【潦倒】不得志或生活貧困。
【蹭蹬】倒楣、失勢、不得意。
【坎坷】潦倒，不得志。

【寒酸】形容寒士的窮態或畏縮、不大方的姿態。
【失勢】失去權勢。
【不得志】不得意。
【坐冷板凳】比喻受冷落。
【懷才不遇】懷有才能卻際遇不好，未能受到重用。

我妹的小孩讀美國「小哈佛」，學校很小只有大學部，這學校以文科取勝，許多作家與學者群聚這裡當老師，小班教學，師生關係緊密，才念一年，浮華的個性全改了。他高中就得文學獎，劇作在大劇院演出，春風少年志得意滿，愛穿名牌，到這學校後，發現每個學生都一樣厲害，連樣子也接近，老師得的獎更多，彼此激勵，他每天埋頭在寫作與讀書，穿什麼也不在乎了。（周芬伶〈有放光的種子嗎？〉）

由於住院的時間很長，媽媽得打工養家，所以他在醫院的情形幾乎沒人知道。某個星期六中午放學之後，不知道是什麼樣的衝動，我竟然跳上開往臺北的火車，下車後從後火車站不斷地問路走到那家外科醫院，然後在擠滿六張病床和陪伴家屬的病房裏，看到一個毫無威嚴、落魄不堪的父親。（吳念真〈只想和你接近〉）

他著著實實罵了個夠，看來就那麼容易的，僅僅一根火柴，就給這批流浪的葉子找到了棺材。也好，省得這裡潦倒，那裡落拓，就是走到天邊也不會再輝煌。說得定！樹是壓根兒也不教枯葉回到身上去。（管管〈歌和太陽和花和男子〉）

我小時候沒有趕上念古書，可是老師希望我們讀讀《古文觀止》，因此對於列在陶淵明的〈歸去來辭〉後面的〈滕王閣序〉非常熟悉。這篇文章對於孩子們來說太深了一些，當時的我參不透王勃懷才不遇的感覺，對地理形勢的描寫也引不起我的共鳴，可是在我童年的心靈中，已經可以在老師的帶領下，體會到「落霞與孤鶩齊飛，秋水共長天一色」的詩情畫意。這兩句詩真是千古絕唱。（漢寶德〈秋水共長天一色〉）

有為、無成

【有為】有所作為。

【成功】成就事業；達成目標。

【成材】天資好，可以造就成有用的人才。

【成器】成材、可造就。

【勝任】能力足以擔當。勝，音ㄕㄥ。

【稱職】才能足夠勝任所擔負的職務。

【大有作為】有一番大的成就和貢獻。

【大器晚成】本指大的器具非一朝一夕可完成。引申指一個人的成就較晚。

【無成】沒有成就。

【失敗】不成功。

【挫折】事情進行不順利。

【挫敗】挫折失敗。

【一事無成】沒有任何成就。

【沒出息】不上進、不成材。

【不成材】才能平庸，不堪造就。

【不成器】不能成為有用的器物。比喻人才能凡庸，不能有所成就。

【無所作為】沒有做出成績、沒有成就。

【不郎不秀】郎，平民子弟。秀，貴族子弟。不郎不秀，原指不高不下，後比喻不成材、沒出息。

【不稂不莠】稂，音ㄌㄤˊ，狼尾草。莠，音ㄧㄡˇ，狗尾草。不稂不莠，本指田中沒有野草，後指既不像稂，又不像莠，比喻不成材、沒出息。

【不堪造就】比喻素質不佳，無法成器的人。

【糞土之牆不可杇】用穢土築成的牆難以粉刷好。比喻劣質之物，難以造就。杇，音ㄨ。

【高不成，低不就】高水準的做不到，低水準的又看不上。比喻不合適而難有成就。

成功時，身旁擠滿了人，每個人都對我們很好，很容易讓自己誤以為大家是喜歡我們這個「人」。其實，大家只是喜歡我們的「成功」。一旦這「成功」沒了，人潮就散了。一旦別的人有了這「成功」，人潮就向別人那裡湧去。（王文華〈別再祝他們鵬程萬里〉）

就在他感覺到沒有成績、失敗的時候，他忽然發現自己的智慧增長了。那個不留情地催他衰老的時光，這時忽然攜起他的手，拉了他作一個旅伴，與他訂交、作忘年的朋友；就在他眼前化成一位仁慈的長者，手中展開一幅航海圖來遞給他看。（鹿橋〈汪洋〉）

是的。回憶使回憶者當下的現實顯得不再那樣沉重，也使逝去的現實顯得輕盈許多。無論多麼深的挫折、刺痛相傷害在留待回憶重述的時候，都會使那消逝在時間裡的當下失去一點點重量。我們回憶、我們歎息，我們回憶、我們嗤笑，我們回憶、我們斥罵，我們回憶、我們輕嘲。（張大春《聆聽父親・第五章》）

從這笑中，海雲幾乎大喜過望地發現，卡羅也有著與健將相等的沒出息。那種公然對學問和才能的輕蔑，就在這笑容中。不同的是卡羅對這分沒出息是認清的，健將卻毫無認識，因此卡羅的沒出息表現出來便是一種脫俗，一種迷人的頹唐情調。（嚴歌苓〈紅羅裙〉）

為難、窘迫

【為難】對不易解決的事，感到苦惱。

【作難】為難、受窘。

【刁難】故意為難。

【兩難】左右為難，不知如何選擇才能使事情圓滿。

【窘迫】困窘急迫。

【受窘】感到困窘。

【尷尬】為難、困窘，或事情棘手，很難處理。

【疙瘩】比喻難解的麻煩。

【狼狽】比喻情勢窘迫，進退兩難。

【難堪】尷尬、窘迫。

【好看】難堪、出醜。

【下不來】受窘，難為情。

【無所適從】猶豫、為難，不知道如何是好。

【進退維谷】處於進退兩難的境地。

【一籌莫展】一點辦法也沒有。

【山窮水盡】比喻陷於絕境，窮困之至。

【騎虎難下】騎在老虎的背上，害怕被咬而不敢下來。比喻事情迫於情勢，無法中止，只好繼續下去。

【左右為難】處境難堪，無所適從。

【左支右絀】本指射箭時以左臂將弓撐直，曲右臂以扣弦。後用來形容顧此失彼，窮於應付的窘況。

【捉襟見肘】衣衫破敗，比喻生活極為窮困，或是無法顧及整體，窮於應付的窘態。

但一個人要寫他最心愛的對象，不論是人是地，是多麼使他為難的一個工作？你怕，你怕描壞了它，你怕說過分了惱了它，你怕說太謹慎了辜負了它。我現在想寫康橋，也正是這樣的心理，我不曾寫，我就知道這回是寫不好的——況且又是臨時逼出來的事情。但我却不能不寫，上期預告已經出去了。（徐志摩〈我所知道的康橋〉）

最後我什麼都沒說，選擇乖乖的跟著我爸一起坐上往北的火車，和來的時候不同的是，這次我們坐的是區間車，那是一種座墊比鋼板還硬，速度比駱駝稍微快一點的列車。我跟我爸抱怨，只不過是一個便當，有需要把自己弄這麼狼狽嗎？我爸敲了我的腦袋，說：你以為錢很好賺嗎，等你窮到連魚飼料都覺得好吃的時候，我看你還能多高尚。（李儀婷〈想念的記憶〉）

吃談到中途，我突然注意到她正用著塑膠免洗刀叉，行禮如儀地細切著雞排，優雅地送到口中，又拿起鋪在膝頭的餐巾紙沾沾唇角。天啊！她以為她在法國餐廳嗎？頓時我為她感到一種說不出的難堪：老了的時候可不要像她一樣啊！一個人在速食店裡，艱難地為進食的那點自尊奮鬥——（郭強生〈紐約的單身食譜〉）

有一陣校方雷厲風行在鳳山從未聽說過的「說國語」運動：輪流選派一批學生做「國語糾察隊」，下課時間在校區各處巡邏，聽到有說「方言」的同學就記下班級和名字。我也被指派擔任過糾察隊，覺得無所適從，因為有時實在聽不清楚那個同學究竟是在說「方言」呢，還是只是說國語的口音特別

重。（李黎〈告別童年〉）

自作自受

【自作自受】自己造成了自己無法承擔的後果。【自討苦吃】自己替自己找麻煩、惹災禍。【自食其果】自己吃到自己所種的果實。比喻做了壞事，由自己承擔後果。【咎由自取】所有的責難、災禍都是自己找來的。【玩火自焚】比喻做壞事的人最後將自食惡果。【作法自斃】比喻自作自受。【飛蛾撲火】比喻自尋死路、自取滅亡。【庸人自擾】指庸碌的人無端自尋煩惱、自找麻煩。【自取滅亡】因自己的作法不當，而導致滅亡。【自掘墳墓】比喻自取滅亡、自毀前程。【搬石頭砸自己的腳】比喻自找麻煩或弄巧成拙。

因而，我們誰要當作家覺得苦，那是自找的，因為沒有一個民意代表是作家或詩人，可以在朝發聲；又不屬於三百六十行任一行業，沒工會組織，可以帶領走上街頭抗議。總之自作自受，怨不得人，那就自力救濟吧。（向明〈歲尾結算談稿費〉）

說老實話，我也漂泊了很久。倦飛而知返的時候，我卻飛遠了，遠到非常陌生的地方來了。還沒搬遷的時候，這一趟南遷，甚以為一種放逐，放逐到人生地疏的地方，這不是一種自討苦吃，甚至不是自走絕路呢？不過，既然搬來了，除了面對青山之外，的確少多了車馬的喧擾，就是少多了敲門聲與電話鈴了。（許世旭〈租駕馬車〉）

白素的話，其實也不樂觀——實在是由於世上不知死活的人太多，其中更有一大部分是手中有權的狂人：又愚蠢、又黑心的政客，例如不斷進行核爆，又例如企圖改變大江大河的自然狀態，無一不是在

自掘墳墓。他們自己找死，還要拉上不知道多少人陪葬，真正是混蛋透頂！（倪匡《洪荒》）

悔悟

【悔悟】後悔、覺悟。

【悔改】承認自己的錯誤並加以改正。

【悔過】對自己的過失感到後悔，想要改正。

【悔罪】悔改過失。

【回頭】有所覺悟，改邪歸正。

【改過】改正過失。

【自新】自己改正過失，重新做人。

【幡然悔悟】徹底的悔改、醒悟。

【懸崖勒馬】瀕臨懸崖而能及時勒住奔馬。引申為人們能夠悔悟，及時回頭。

【回頭是岸】指做壞事的人，如能及時悔過向善，仍可重新作人。

【改邪歸正】改正錯誤，回到正確的道路上。

【去邪歸正】捨棄惡行，回歸正道。亦作「棄邪歸正」。

【迷途知返】覺察自己步上錯誤之途，而能加以改正。

【敗子回頭】墮落的人迷途知返，改過向善。

巨人乃以利刃畫婦心，而數之曰：「如某事，謂可殺否？」即一畫。凡一切凶悍之事，責數殆盡，刀畫膚革，不啻數十，末乃曰：「妾生子，亦爾宗緒，何忍打墮？此事必不可宥！」乃令數人反接其手，剖視悍婦心腸。婦叩頭乞命，但言知悔。俄聞中門啟閉，曰：「楊萬石來矣。既已悔過，姑留餘生。」紛然盡散。（清．蒲松齡《聊齋誌異．馬介甫》）

高老見這等去邪歸正，更十分喜悅，遂命家僮安排筵宴，酬謝唐僧。八戒上前扯住老高道：「爺，請我拙荊出來拜見公公、伯伯，如何？」行者笑道：「賢弟，你既入了沙門，做了和尚，從今後，再莫題起那『拙荊』的話說，世間只有個火居道士，那裡有個火居的和尚？我們且來敘了坐次，吃頓齋

飯，趕早兒往西天走路。」（明・吳承恩《西遊記・第十九回》）

家鄉父老常說「一分材料一分福」，團政委口才好，勝過連指營指。他稱讚我們都是人才，可惜走錯了路，迷途知返不嫌晚，誰願意參加解放軍，他伸出雙手歡迎。然後他加強語氣，誰對國民黨還有幻想，解放軍發路費，發路條，願意去南京的去南京，願意去廣州的去廣州，願意去台灣的去台灣，你們去的地方都要解放，你們前腳到，解放軍後腳到，水流千遭歸大海，誰也逃不出如來佛的手掌心。（王鼎鈞〈天津戰俘營半月記〉）

二 地位與身分

1 名聲、地位

名聲、美名、惡名

【名聲】名氣、聲譽。

【名頭】名聲、名譽。

【名氣】聲譽。

【知名度】名聲為人聞知的程度。

【美名】美好的名聲。

【盛名】很大的聲望。

【大名】享有極高的名譽聲望。

【令名】美好的聲譽。

【威名】威盛的名聲。

【威望】威嚴的聲名，為眾人所仰望。

【威信】威嚴、信用。

【聲威】名聲威望。

【聲譽】聲望、名譽。

【身價】社會上的地位、評價。

【英名】美好的聲名。

【德望】道德與聲望。

【資望】資格與聲望。

【權威】權勢威望。

【惡名】不好的名聲。

【汙名】不好的名聲。

【臭名】惡名。

【罵名】被人唾罵的惡名。

【虛名】與事實不符的聲譽。

【空名】虛有的名聲。

【浮名】虛名。

【醜聞】不名譽的事情。

憂鬱目前，乍看之下，似乎已有比較好的**名聲**？憂鬱症患者像是新的種族開疆闢地，某些藝人不介意公開宣稱他們得了憂鬱症；不少更嚴重的精神疾病譬如精神分裂症患者，也寧可說自己是憂鬱症。猶

如X戰警一般，憂鬱也可能是某些人的超能力？（鯨向海〈憂鬱的召喚〉）

我在一個農業科學研究所下放勞動，已經兩年了。有一天生產隊長找我，說要派幾個人到張家口去掏公共廁所，叫我領著他們去。為什麼找到我頭上呢？說是以前去了兩撥人，都鬧了意見回來了。我是個下放幹部，在工人中還有一點威信，可以管得住他，云云。究竟為什麼，我一直也不太明白。但是我欣然接受了這個任務。（汪曾祺〈七里茶坊〉）

以後，惠池日漸長大，她又不願隨便挑剔下人，只怕傳什麼惡名，於是剔紅請了戲班來，閉門看戲，日日好戲連場，家中比得戲園子般鬧熱。（蕭麗紅《桂花巷・九》）

黎美秀——黃蝶娘總是對她的祖母直呼其名——這使我想起外邊傳說有關她親生母親的種種，使我不得不相信她們黃家的確隱藏了不可告人的醜聞以及仇恨。（施叔青《寂寞雲園・第二章》）

成名

【成名】因事業有成而得名。

【著稱】見稱，顯揚於世人。

【馳名】名聲遠播。

【馳譽】聲名遠播。

【揚名】名聲遠播。

【蜚聲】揚名。

【顯揚】稱揚。

【流芳】美名流傳後世。

【專美】獨得美名。

【附驥】攀附他人而成名。

【一鳴驚人】平常不鳴叫的鳥，一鳴叫就使人震驚。比喻平時沒有特殊表現的人，突然做出驚人的表現或成就。

【平地一聲雷】平地上響起了一聲雷，比喻聲名陡起。

遊記這種體裁是我多年以來辛勤從事、賴以成名的拿手絕活兒。台北藝文界就曾經盛傳過我的名言：

「遊記要當小說來寫，小說要當劇本來寫，劇本要當遊記來寫。」要問這話有什麼真義？我自己也不頂明白，反正話傳開了，大家都信得過。（張大春〈自莽林躍出〉）

且說關勝回到寨中，下馬卸甲，心中暗忖道：「我力鬥二將不過，看看輸與他，宋江倒收了軍馬，不知主何意？」卻叫小軍推出陷車中張橫、阮小七過來，問道：「宋江是個鄆城小吏，你這廝們如何伏他？」阮小七應道：「俺哥哥山東、河北馳名，都稱做及時雨呼保義宋公明。你這廝不知禮義之人，如何省得！」（明・施耐庵《水滸傳・第六十四回》）

有名、無名

【有名】頗有名聲，為社會人士熟知。

【著名】名聲響亮。

【出名】很有名聲。

【聞名】著名。

【知名】名聲很大。

【大牌】在某一行業中，擁有傑出的成就或名望。

【有頭臉】有身分地位。

【名不虛傳】名聲與實際相符合。

【舉足輕重】所居地位極為重要，一舉一動皆足以影響全局。

【赫赫有名】形容聲名顯揚的樣子。

【大名鼎鼎】形容人的名氣聲望很大。

【如雷貫耳】好像雷聲傳入耳朵那樣響亮。比喻人名氣相當響亮。

【有頭有臉】有名譽、體面榮耀。

【眾望所歸】眾人所景仰、寄望的對象。

【德高望重】德行高，聲望隆。多用以稱頌年高德劭，且有聲望的人。

【無名】沒有名聲。

【默默無聞】平凡、沒有名氣。亦作「沒沒無聞」。

【無聲無臭】沒有聲音、氣味。表示沒沒無聞。

【湮沒無聞】被埋沒，無人知曉。

【名不見經傳】形容平凡，沒有名氣。

當夜過了一宿，次早起來，吃了早飯，阮家三弟兄分付了家中，跟著吳學究，四個人離了石碣村，拽開腳步，取路投東溪村來。行了一日，早望見晁家莊，只見遠遠地綠槐樹下晁蓋和劉唐在那裏等，望見吳用引著阮家三兄弟直到槐樹前，兩下都廝見了。晁蓋大喜道：「阮氏三雄名不虛傳，且請到莊裏說話。」（明・施耐庵《水滸傳・第十五回》）

李平有充分的理由喫驚，因為坐在辦公桌後面的老人，不是別人，正是夢幻天視發明人陳一麟教授。李平每天經過天視公司正門，都會看到掛在大廳裏陳教授的巨大肖像。眼前的老人雖然顯得比肖像衰老，李平仍然一眼就認出他就是陳教授。大名鼎鼎的陳教授，為甚麼會差人綁架他這個無名小卒？李平完全迷惑了。（張系國〈翦夢奇緣〉）

考試有滿分，但人生沒有滿分。學測有排名，但幸福沒有排名。你有權有勢，幫你打掃的阿姨默默無聞，你們倆誰幸福？我常聽到富翁憂鬱，很少聽到阿姨失眠。（王文華〈向下開的櫻花〉）

尊貴

【尊貴】高尚、顯貴。

【高貴】1. 指顯貴的人。2. 氣質高尚尊貴。

【顯貴】顯要富貴。

【顯達】顯耀通達。

【顯赫】聲名顯要。

【榮華】顯達富貴。

【富貴】有錢又有地位。

【富豪】有錢有勢的人。

【富人】有錢的人。

【富翁】有錢的人。

【上流】社會地位尊高。

轎夫吹鼓手們發聲喊，一擁而上，圍成一個圈圈，對準劫路人，花拳繡腿齊施展。起初還能聽到劫路人尖利的哭叫聲，一會兒就聽不見了。奶奶站在路邊，聽著七零八落的打擊肉體沉悶聲響，對著余占

驚頓眸一瞥，然後仰面看著天邊的閃電，臉上凝固著的，仍然是那種粲然的、黃金一般高貴輝煌的笑容。（莫言〈紅高粱〉）

一個來自長江邊岸的女子，只因愛上一個瘦瘦的臺灣青年，進入一個古老的家族，因而在一張複雜而細密的人際網中掙扎。然而她要的人生只是一點點愛情，一點點溫暖與夢想，這些都跟這間古厝無關，跟榮華富貴無關。她甚至連一句臺灣話也不會說，從此，她更沉默了。（周芬伶〈浮塵筆記〉）

卑賤

【卑賤】身分卑微低賤。

【微賤】卑微低賤，地位低下。

【低賤】身分低微卑賤。

【貧賤】貧苦而身分低微。

【下賤】出身卑賤，或等級卑下。

【卑微】低下卑賤。

【卑下】低賤的身分或地位。

【低微】身分、地位低賤卑微。

【下流】卑微的地位。

【低三下四】地位卑微低賤。

梭羅接著說：「每個人都在建一座廟。這座廟就是他的身體……我們都是畫家和雕刻家，所用的材料就是自己的血肉骨頭。一個人去改良他的身體是高貴的，破壞它則是低賤的。」半夜兩點，我熬夜破壞身體，讀到這一段話，為自己二十年的「低賤」行為流下冷汗。《湖濱散記》是偉大的「精神」食糧，都提到了「身體」的重要。我自以為滿腹經綸，為什麼全身還是輕飄飄？（王文華〈Body〉）

刻意保持卑微、壓抑身段、「帝力於我何有哉？」、把頭垂得更低一些、承認自己的渺小。這一整套列祖列宗的德行提供給張家門的子孫絕佳的嫉妒位置。我們嫉妒這世界上淨是些比我們偉大的人、比我們偉大的事、比我們偉大的力量，於是我們祇好與這一切無關，甚至與嫉妒這樣一種認真、細膩、深刻又豐富的情感本身亦無關。（張大春《聆聽父親・第二章》）

沈瓊枝聽見，也不言語，下了轎，一直走到大廳上坐下。說道：「請你家老爺出來！我常州姓沈的，不是甚麼低三下四的人家！他既要娶我，怎的不張燈結綵，擇吉過門，把我悄悄的抬了來，當做娶妾的一般光景？我且不問他要別的，只叫他把我父親親筆寫的婚書拿出來與我看，我就沒的說了！」（清・吳敬梓《儒林外史・第四十回》）

富裕

【富裕】錢財充足。

【富饒】財物多而充裕。

【富足】富裕充足。

【富有】充裕，財物豐富。

【寬裕】財物富足豐裕。

【充裕】富足豐裕。

【豪闊】豪華闊氣。

她有兩個女兒；大女兒嫁到鄰村，兩口子耕六七分田，孩子又多，日子過得很勉強。二女兒嫁在鎮裡，家裡開一間小店，女婿在國校教書，家道比較富裕。每年逢她生日，二女兒固不必說，大女兒也不甘落後，二人必定要給她老人家送點禮物過生日。（鍾理和〈耳環〉）

滕有楊某，從白蓮教黨，得左道之術。徐鴻儒誅後，楊幸漏脫，遂挾術以遨。家中田園樓閣，頗稱富有。至泗上某紳家，幻法為戲，婦女出窺。楊睨其女美，歸謀攝取之。（清・蒲松齡《聊齋誌異・邢子儀》）

貧窮

【貧窮】缺乏錢財，生活拮据困乏。

【貧乏】因貧窮而物資匱乏。

【貧苦】貧窮困苦。

【貧困】貧窮困乏。

【貧寒】貧乏窮困。

【貧窶】窶，音ㄐㄩˋ，貧陋。貧窶，指貧困。

【窘蹙】困窮急迫。

【拮据】經濟困難，境況窘迫。

【清貧】形容非常窮苦。

【清寒】貧寒窮困。

【寒傖】窮困、寒酸的樣子。

【窮酸】對貧寒文士的輕蔑形容。

【窮乏】貧窮、匱乏。

【窮困】生計窘迫，境遇艱難。

今天是三姨太的生日，僕人們輕快地忙碌著，他們打心眼裏喜歡這位年輕的三姨太，他們覺得三姨太是那麼勤勞、善良、美麗和聰慧，她從來都不對他們發火，還經常幫著下人們做事，尤其是在目睹了容家發生的那麼多是是非非後，就更同情這位貧苦人家出身又死去了親娘的姑娘來。（琦君《橘子紅了．第二十五章》）

當時的父親，正埋頭苦讀準備考清華工科，為能參與日後可比田納西河谷水利計畫的揚子江水利計畫，但見四下裡處處歌舞昇平紙醉金迷，父親寄居六姊家的南京新街口附近便開了一家遠企般的新型大商場，其氣派奢華幾近威嚇，走在其中令人覺得寒傖和渺小無力，數日後，父親棄筆從軍。（朱天心〈《華太平家傳》的作者與我〉）

聽到這裏，少尉感到呼吸痙攣了。他沒料到這痛苦和恐怖竟如此地大。他也沒料到自己會對充滿饑饉、窮困的這段生命如此貪戀。他更沒料到他對自己生命的難捨程度竟超過了對於饑饉。一段嘈雜的默想之後，少尉又提出其他一些請求，但都被一一拒絕了。（嚴歌苓〈少尉之死〉）

骨幹、中堅

【骨幹】比喻機關團體的重要人物。

【臺柱】本指支撐戲臺的主要柱子，後借指戲班中重要的演員。亦引申為團體中的重要人物。

【柱石】支撐屋梁的柱子和柱下的基石，比喻擔負國家重任的大臣。

【支柱】比喻組織中的重要人物。

【主心骨兒】可依賴的人或事物。

【棟梁】建造房屋的大材，比喻能擔負重責大任的人。

【中堅】團體組織中的重要人物。

【龍頭】領袖人物。

【中流砥柱】比喻能支撐大局的堅強力量。

【活動分子】團體中活躍的人。

那時我家的家境似乎愈來愈差。父親在西安有時寄些錢來，有時就不寄。母親每月都在愁著家裡的開銷，當時我的舅舅一個在果園裡工作，一個還在念書，對家裡貼補有限，母親成了主要的經濟**支柱**。（陳思和〈困難時期〉）

「先知不愧是先知，每次他將我們的夢做了一遍後，就會躺在紙箱裡將他最新的思考填進紙箱，賄賂獄方將看起來無害的空紙箱寄還給我們。」前輩悠然神往：「於是我們也能夠在鐵絲網外，持續接受先知的啟迪，也讓更多的後進小輩成為黨外運動的**中堅**。」（九把刀〈偷渡進監獄的夢〉）

模範、先鋒

【模範】榜樣、典範。

【榜樣】模範，行為處事可為大眾所效法。

【標兵】比喻可以作為榜樣的人。

【表率】模範。

【師表】可以讓人效法，為人表率的人。

【典型】模範。

【典範】學習的榜樣。

【楷模】模範、榜樣。

【先鋒】指一切事物的開創者或領先者。

【先驅】在前開創或領導的人物。

【先行者】先驅。

【急先鋒】在戰場上衝鋒陷陣，打頭陣者，比喻積極帶頭去做的人。

我奶奶是否愛過他，他是否上過我奶奶的炕，都與倫理無關。愛過又怎麼樣？我深信，我奶奶什麼事都敢幹，只要她願意。她老人家不僅僅是抗日的英雄，也是個性解放的先驅，婦女自立的典範。（莫言〈紅高粱〉）

當問「你的人生典範是誰？」一時，絕大多數回答「沒有」，其次才是父親、自己、母親，或老師（以自己作典範，有點怪怪的）。這一題的回答似乎替前面一題找到了答案，如果心中無人生的楷模，當然不知道自己將來要做什麼，就難怪學生會感到迷惘、痛苦。（洪蘭〈大學生 你知道自己要做什麼嗎〉）

2 身分

偉人、要人

【偉人】偉大的人物。

【大人物】有地位、有名望的人。

【風雲人物】指才情豪邁，或者出類拔萃，足以左右世局的人。

【要人】顯貴、有權勢的人。

【要員】重要的人員。

【聞人】有名望的人。聞，音ㄨㄣˋ。

【巨頭】重要的領導人物。

【巨子】指學術或事業有重大成就，且具有影響力的人。亦作「鉅子」。

【巨擘】大拇指。比喻傑出的人才。

【大亨】有錢財、有權勢的人。

【巨人】指偉人。

【新秀】新近崛起的優秀人才。

【新星】新崛起的傑出人物。

【頭面人物】社會上有權勢、有名氣的人物。

【大腕】有權力、有影響力的人。

假如這個生人是你所敬仰的或未必敬仰的「大人物」，你記住，更不可不沉默！大人物的言行，乃至臉色眼光，都有異樣的地方，你最好遠遠地坐著，讓那些勇敢的同伴上前線去。（朱自清〈沉默〉）

而奇怪的是，這些浪漫派的巨擘，沒有一個不推崇巴哈的，李斯特寫過一個名叫《以B-A-C-H為主題的幻想與賦格曲》（*Fantasie und Fuge uber das Thema B-A-C-H*），這B-A-C-H是指音樂的四個調性，並不是指音樂的主題來自巴哈，但無疑對巴哈表現了凜然的敬意。（周志文〈聽巴哈〉）

《論語》中有幾個箭垛型的學生，他們沒事不多喝水，也不常發言，卻飽滿負面意向，就像子張或宰予。子張在《論語》記載不過就三次，向孔子諮詢關於「干祿」和「達」的議題。用當代複製鏡城語彙來翻譯，子張像極藝能圈的通告小模、浮華塵世的酒促妹，或文壇新秀，以一夕暴紅為己任。（祁立峰〈我愛樊遲〉）

聖賢

【聖賢】聖人與賢人。

【聖人】有完美品德的人。

【賢人】志行崇高、才德兼修的人。

【哲人】賢明而智慧卓越的人。

【完人】人格圓滿、無缺點的人。

【賢達】有才能、品德及聲望的人。

【賢能】有品德有才能。

【賢哲】德智兼備、術德兼

修的人。

【先知】知覺智慧比一般人高的人。

【先覺】較常人先覺悟的人。

【先賢】已故的賢哲。

【前賢】前代修德的賢士。

【先哲】已故的前代哲人。

【泰斗】負有聲望的人，或學術高深的人，為人景仰。

【泰山北斗】泰山為五嶽之首，北斗星為眾星中最明亮之星。泰山北斗，比喻負有聲望或學術高深的人。

【長者】言行仁厚或有學問、德行的人。

【君子】才德出眾的人。

【正人君子】品行端正的人。

【謙謙君子】謙虛有禮的君子。

【仁人君子】德行寬厚的人。

【志士】有理想、抱負的人。

【仁人志士】有德行、有志向且寬厚的人。

【烈士】堅貞不屈的人。

可是，我不能如古聖賢大德一般，良知發用，立地成佛，立刻轉生滅為真如，頓然斬盡虛情妄念。也不能存天理去人欲，克己以復禮。因為這個「己」或「人欲」，對我而言，也就是生命本身，拋不掉的。（龔鵬程〈困知〉）

真正的「人」是獨立的、不依仗別人的，道德之所以高貴是因為道德來自於自覺，而不是來自於他人或他物的規範，孟子說「我善養吾浩然之氣」，這浩然之氣是在我自覺的心中油然而起的，不是受聖人的指引，也不是受「完人」的影響啟發而來的，君子獨立蒼茫，沒人值得效法，也沒人可以依傍，真正的「英雄」是前不見古人，後不見來者。（周志文〈外雙溪〉）

提到諾貝爾，也讓我想到一度傳聞曾被提名諾獎的沈從文先生。沈先生謙謙君子，胸襟寬厚，既是文壇前輩，更是藝術器物專家。一九八一年我在北京隨卞之琳、巫寧坤兩位先生拜訪他時，門口貼著一張閉門謝客字條，屋子裡都是字畫，沈先生每日仍執筆臨書不懈。（張錯〈拾貝心情〉）

我們只記得林覺民是個烈士，卻沒有想到他也是一個年輕的爸爸。他十九歲時生下長子依新，二十四歲死前太太已有身孕。他死後一個月，意映早產生下第二個男孩仲新。兩年後意映抑鬱而終，不久後，長子依新也因病過世。一個家庭，就這樣破碎了。（王文華〈他也是一個爸爸〉）

英雄

【英雄】才能超群出眾的人。
【豪傑】才智出眾的人。
【英豪】英雄豪傑。
【英傑】才智出眾的人。
【俊傑】風姿瀟灑，才智出眾的人。
【人傑】人中豪傑。
【無名英雄】姓名不為人所知的英雄，今多指默默奉獻、不為人知的人。
【俠客】仗義助人的豪俠之士。
【豪俠】有膽識才能，行俠仗義的人。
【劍俠】精於劍術而行俠仗義的人。
【壯士】豪壯而勇敢的人。
【義士】有節操、講道義，能明辨是非的人。
內野的紅土乾燥而粗糙像一首沙啞的詩，外野的綠草綿綿，正適合放牧一段英雄的夢想。在天色尚明的晚風中，白雲舒卷，水銀燈一盞一盞亮起，主審拉下面罩，高喊「Play Ball」，熱浪、吶喊與無以名之的感動澎湃而來，那些尾勁刁鑽的球路，飛向天際優雅的弧線……。（徐國能〈夏日球場〉）

話說婁府兩公子將五百兩銀子送了俠客，與他報謝恩人，把革囊人頭放在家裡。兩公子雖係相府，不怕有意外之事，但血淋淋一個人頭丟在內房階下，未免有些焦心。四公子向三公子道：「張鐵臂，他做俠客的人，斷不肯失信於我。我們卻不可做俗人。我們竟辦幾席酒，把幾位知己朋友都請到了，等他來時開了革囊，果然用藥化為水，也是不容易看見之事。我們就同諸友做一個『人頭會』，有何不可？」（清·吳敬梓《儒林外史·第十三回》）

名門、貴族

【名人】有盛名的人。
【名士】名望高的人士。
【名流】名士之類的人物。
【貴族】貴顯的世族。
【紳士】地方上有身分、有名望的人。
【士紳】紳士。
【富豪】有錢有勢的人。
【縉紳】地方上的紳士。
【鄉紳】鄉里中有學問、有道德或作過官的人。
【豪紳】指地方上有聲望但仗勢欺人的人。
【紳衿】鄉居的退休官員或讀書人。泛指地方上有地位、有權勢的人。
【紳耆】紳士與長老。指地方上有名望的人。
【仕紳】地方上有地位且具有相當知識水準的人。
【劣紳】行為惡劣的士紳。
【土豪】鄉里間仗勢欺人的人。
【貴胄】名門貴族的後代。
【紈褲】古代貴族子弟所穿的華麗服裝。泛指富貴人家的子弟。
【闊少】有錢人家的子弟。
【千金】指富貴人家的女兒。
【大家閨秀】出身於世家貴族，有教養、有風範的未婚女子。
【權貴】掌握權勢的人。
【顯貴】顯要富貴。指聲名顯赫的人。
【顯要】居於顯赫重要地位的人。
【貴人】顯貴的人。
【朱紫】朱衣紫綬，古代顯貴者的服色。比喻高官。
【權門】握有權勢的顯貴望族。
【朱門】古代王侯貴族的府第大門漆成紅色，以示尊貴，後泛指富貴人家。
【侯門】貴宦人家。
【豪門】位高權重的富家。
【王族】皇帝的宗族。
【皇族】皇帝的宗族。

每當聽到有人誇耀哪個大官名流是他的小時班上同學，我就想到鳳山的小學同學們。他們似乎都沒有那麼風光，也許是小鎮沒有給赤腳的他們那些條件和機會。（李黎〈赤腳的同學〉）

總之，一九四九年後曾與「地富反壞右」一樣被視為棄屣的「貴族」二字，到了二十世紀八十年代以後，又陡然時興起來，頓時身價百倍。而我真正懂得什麼是「貴族」，是在認識了康同璧母女以後。

其實，它根本不是什麼用來炫耀、用以兌換到各種利益或實惠的名片，也非香車寶馬、綾羅綢緞、燈紅酒綠的奢華生活。（章詒和〈最後的貴族：康同壁母女之印象〉）

發條有著相當古典的美感，不僅是它的動力結構，同時由發條所製造出來的物品與使用該物的人，都有深邃的氣質：穿著深墨條紋西服抬眼望倫敦塔鐘為古董錶上發條的老紳士、坐在妝鏡前凝思看著音樂盒上芭蕾舞者旋轉的少女、趴在下午陰影的紫檀木地板上，孤獨地旋緊玩具車發條的小男童……。（徐國能〈發條〉）

每次經過，我自車窗看那不遠不近的綠蔭轉成蓬蓬勃勃的金色皇朝，似一個新崛起的小國，準備慶典，頒布曆法。從多層次的黃褐顏塊中，我遠遠辨識出有一棵巨樹氣派地站著，璀璨閃亮，金黃得高雅純粹，在微風中威武不動卻又有淺淺搖曳的風采。他必是金色皇朝中的貴冑，不，他或許就是皇。（簡媜〈小徑〉）

常人

【常人】尋常的人，一般人。

【凡人】尋常的人、塵俗的人。

【俗子】凡俗的人。

【村夫】鄉下人。

【村夫野老】指一般的鄉民百姓。

【凡夫俗子】指普通人。

【小人物】在社會上沒有名、沒有影響力的人。

【匹夫】平民、百姓。

【無名小卒】品位低而無足輕重的人。

【無名氏】稱隱沒或亡失姓名的人。

【小家碧玉】指年輕貌美的婢妾，或平常人家的女兒。

再讀〈與妻訣別書〉，我最感動的不是林覺民超越凡人的大情懷，而是夫妻之間的小甜蜜。他十八歲時娶了小他一歲的陳意映，回憶新婚，「窗外疏梅篩月影，依稀掩映。吾與汝並肩攜手，低低切切，何事不語？何情不訴？」（王文華〈他也是一個爸爸〉）

張飛挺槍出馬，大呼：「認得燕人張翼德麼！」馬超曰：「吾家屢世公侯，豈識村野匹夫！」張飛大怒。兩馬齊出，二槍並舉。約戰百餘合，不分勝負。玄德觀之，嘆曰：「真虎將也！」（明・羅貫中《三國演義・第六十五回》）

她是本地人，京戲的唱詞與道白根本聽不大懂，但是剛巧唱花旦的那身打扮也就是她自己從前穿的襖袴，頭上的亮片子在額前分披下來作人字式，就像她年輕的時候戴的頭面。臉上胭脂通紅的，直搽到眼皮上，簡直就是她自己在夢境中出現，看了很多感觸。有些玩笑戲，尤其是講小家碧玉的，伶牙俐齒，更使她想起自己當初。（張愛玲《怨女・十三》）

隱士、遺民

【隱士】隱居避世的人。

【隱者】隱居的人。

【隱逸】隱居的高士。

【山人】隱居山中的士人。

【遺民】改朝易代後的前朝百姓。

【遺老】前一朝代的舊臣。

【遺少】前一朝代遺留下來的年輕人。用以戲稱年少而篤守舊風的人。相對於遺老而言。

一個曠世的天才，一個狂放不羈的書法家，一個獨具慧眼的淵博學者，一個特立獨行的思想者，一個滿懷羞恥而又傲視天下的遺民，終於「真返自然」。一個終其一生在對筆墨之美的追求中顛沛流離的生命，終於可以回到永恆的安詳和清靜之中。（李銳〈傅山們的羞恥心〉）

我遠比同年紀時候的我的父母輩少了慷慨和活力，他們似乎從來不知虛無為何物。我也預見在胡老師還會脫口說出殺字的那個年紀，我已鋒芒斂盡，成了個孤僻隱者，唯一是寄望那時候臉上尚不致露出犬儒的嘲諷皺紋。（朱天文《花憶前身・忘情之書》）

好人、壞人

【好人】品性端正、善良的人。

【善類】良善的人。

【明人】心地光明的人。

【本分人】謹守本分的人。

【老好人】脾氣隨和厚道，較沒個性的人。

【濫好人】不問是非曲直，只求和氣沒有爭執的人。常含有譏貶之意。亦作「爛好人」。

【好好先生】為人平和，不議論別人是非的人。亦稱不分是非、到處討好，但求相安無事的人，含有貶義。

【壞人】惡人。

【惡人】壞人。

【歹徒】為非作惡的壞人。

【歹人】壞人、惡人。

【壞東西】壞人。

【壞蛋】惡人、壞人。

【渾蛋】罵人糊塗或卑劣的話。亦作「混蛋」。

【小人】無德智修養、人格卑劣的人。

【禽獸】比喻沒有人性的人。

【衣冠禽獸】空有外表而行為有如禽獸。比喻品德敗壞的人。

【跳梁小丑】慣於興風作浪，卻成不了大氣候的卑鄙小人。

【魑魅魍魎】「魑魅」，山中精怪。「魍魎」，水中怪物。魑魅魍魎，指傳說中的鬼怪。後用以比喻各式各樣的壞人。

【落水狗】比喻失勢的壞人。

【癩皮狗】不要臉、卑鄙無恥的人。

【妖魔鬼怪】怪異鬼物的總稱。比喻邪惡之人。

【狐群狗黨】比喻相互勾結、為非作歹的人。

【餘孽】殘留的壞分子或惡勢力。

【敗類】道德敗壞、墮落的人。

【人渣】對社會敗類的鄙稱。

【殘渣餘孽】未被剷滅、剷除的壞人。

這世界需要聰明人，否則我們都還住在山頂洞中。大多數人，包括我在內，都想變成聰明人，因為那通常會帶來名利。大部分聰明人，都是好人。他們都在努力，努力放鬆自己，努力「克服」自己的聰明。為什麼要「克服」？因為好多聰明的朋友告訴我：他們並不快樂。（王文華〈聰明人〉）

接了宋江的銀子，便去裏面舀一桶酒，切一盤牛肉出來，放下三隻大碗，三雙箸，一面篩酒。三個人一頭吃，一面口裏說道：「如今江湖上歹人，多有萬千好漢著了道兒的。酒肉裏下了蒙汗藥，麻翻了，劫了財物，人肉把來做饅頭餡子。我只是不信，那裏有這話！」那賣酒的人笑道：「你三個說了，不要吃，我這酒和肉裏面都有了麻藥。」宋江笑道：「這個大哥瞧見我們說著麻藥，便來取笑。」（明・施耐庵、羅貫中《水滸傳・第三十六回》）

但自戀刻薄的崇禎自以為是，認為天下只有他是對的，別的人都不盡忠報國，於是他連國家最後的名將熊廷弼、袁崇煥這種人都敢殺。他在位十七年，只相信自己和身邊一群新的奸臣小人，搞到國事日非，民生更苦，最後是貧苦農民造反所形成的流寇，在李自成率領下攻入北京。（南方朔〈崇禎併發症：自戀型領袖的誤國〉）

我曾經一夜在PUB和人渣朋友們三人拚掉兩打台啤，然後搖搖晃晃提著一整尿泡的冰騷液體，開著我那破車載他們上山。那蜿蜒山路只有車前燈反覆在黑裏左右搖擺的恍惚時刻；後座兩個人渣早已爛醉熟睡（如此安心），車廂裏飽和著我們鼻腔噴出的酒精呼息。那時我突然頭痛欲裂地萌出一個想法：「這就是所謂的年輕時代吧，媽的我正在經歷它。」（駱以軍《遺悲懷・第六書》）

奸徒

【奸徒】奸詐陰險的人。

【奸佞】奸邪諂媚的人。

【奸邪】奸詐邪惡的人。

【漢奸】為了自己的利益而出賣國家的人。

【佞人】有口才但心術不正的人。

【禍水】害人的東西。多指女色而言。

【害人精】罵人的話。指專門損害別人的人。

【害人蟲】指損害人的人。

【害群之馬】比喻危害大眾的人。

【笑面虎】面善心惡的人。

【中山狼】忘恩負義之人。

【奸雄】有才智而狡詐欺世的人。亦作「姦雄」。

我後來才知道，在馬橋人的語言裡，如果他父親是漢奸，那麼他也逃不掉「漢奸」的身分。連他自己也是這樣看的。知青剛來的時候，見他牛欄糞挑得多，勞動幹勁大，曾理所當然地推舉他當勞動模範，他一愣，急急地搖手：「醒呵，我是個漢奸，如何當得了那個？」（韓少功《馬橋詞典・漢奸》）

馮雲卿是有名的「笑面虎」，有名的「長線放遠鷂」的盤剝者，「高利貸網」布置得非常嚴密，恰像一祇張網捕捉飛蟲的蜘蛛，農民們若和他發生了債務關係，即使祇有一塊錢，結果總被馮雲卿盤剝成傾家蕩產，做了馮宅的佃戶——實際就是奴隸，就是牛馬了！（茅盾《子夜》）

汝南許劭，有知人之名。操往見之，問曰：「我何如人？」劭不答。又問，劭曰：「子治世之能臣，亂世之奸雄也。」操聞言大喜。（明・羅貫中《三國演義・第一回》）

暴徒

【暴徒】行為強暴，擾亂社會安寧的人。

【強暴】以暴力行為犯罪的人。

【豪強】強橫而有權勢的人。

【豺狼】豺和狼是兩種貪狠殘暴的野獸。比喻狠毒的惡人。

【魔王】比喻極端殘酷、人性盡失的人。

【虎狼】比喻殘酷凶暴的人。

【混世魔王】擾亂世界，帶來煩惱、災難的人。

【蛇蠍】指極為狠毒可怕。

【亡命之徒】犯罪不怕死的人。

【梟雄】狡詐凶狠的領導人物。

王夫人因說：「你舅舅今日齋戒去了，再見罷。只是有一句話囑咐你：你三個姊妹倒都極好，以後一處念書認字學針線，或是偶一頑笑，都有儘讓的。但我不放心的最是一件：我有一個孽根禍胎，是家裏的『混世魔王』，今日因廟裏還願去了，尚未回來，晚間你看見便知了。你只以後不要睬他，你這些姊妹都不敢沾惹他的。」（清・曹雪芹《紅樓夢・第三回》）

香玉山絕非不自量力的人、要趁機殺徐子陵卻是別無選擇，因與香家的存亡極有關係。照徐子陵的推想，香玉山的手段不外是招攬大批亡命之徒，以種種下作卑鄙的手段設伏，趁其不備施以暗算。（黃易《大唐雙龍傳・第十二章》）

流氓、惡霸

【流氓】不務正業、為非作歹、擾亂社會秩序的人。

【太保】不良少年。

【潑皮】流氓、無賴。

【地痞】地方上不務正業、欺壓百姓、為非作歹的人。

【光棍】地痞、流氓等無賴之徒。

【無賴】品性不良、放蕩撒野的人。

【二流子】游手好閒、不務正業的人。

【混混】不務正業、遊手好閒的人。

【阿飛】不良少年。

【壞分子】犯法作亂的人。

【痞子】惡人、流氓。

【地頭蛇】地方上蠻橫無理的人。

【惡棍】為害鄉里、具有威勢的惡人。

【土棍】地方上的無賴、惡霸。

【惡人】壞人。

【惡霸】在地方上為非作歹，欺壓民眾的人。

【霸王】行為專橫的人。

【土皇帝】盤據一方的惡霸。

【賭棍】以賭博為業的人。

流氓到學校附近閒逛，身上帶錢帶零食，對那些非升學班的高年級男生哄誘：來，吃一點庶羞，免客氣。次數多了，小學生上鉤，流氓按照課表上課，起先教導去偷些小物件，再來偷些大物件，再來偷些小錢，再來偷些大錢，再來教導威嚇同學，再來教導吵打，再來——再來小學生就畢業了，流氓身邊的幫手也訓練結業了。（阿盛〈蟋蟀戰國策〉）

每個人都很納悶，真不曉得甘澤為什麼還要來學校上課？像他那種壞學生應該趁機要求請病假在家瞎混才是，幹嘛要來學校驚嚇大家呢？難道連甘澤那種不把人看在眼裡的混混，也會害怕一個人獨處嗎？（九把刀《精準的失控・心碎的九九乘法表》）

他嗓音裏沒有急躁，仍是如常的柔弱、多禮。對比之下，叫喊不止的女人顯得那麼蠢，那麼強悍霸道。人們開始相信這個惡棍了，只要女人一叫喚，人群中就有哄笑。（嚴歌苓〈搶劫犯查理和我〉）

走狗、幫凶

【走狗】甘願供人使喚驅遣作壞事的人。

【狗腿子】譏罵專為惡勢力跑腿、辦事的人。

【腿子】仗著他人勢力的小嘍囉。

【鷹犬】供人指使為非作惡的人。

【幫凶】幫助行凶作歹的人。

【打手】受人雇用、幫人打架的人。

【走卒】供人差遣奔走的奴僕。

【爪牙】比喻仗勢欺人的走狗。

【嘍囉】盜匪的部下。泛指惡人的手下。

大家的怒氣忽然找到了出路，都瞪著祥子的後影。這兩天了，大家都覺得祥子是劉家的走狗，死命的巴結，任勞任怨的當碎催。祥子一點也不知道這個，幫助劉家作事，為的是支走心中的煩惱；晚上沒話和大家說，因為本來沒話可說。他們不知道他的委屈，而以為他是巴結上劉四爺，所以不屑於和他們交談。（老舍《駱駝祥子・十三》）

所以，若要認真究責錯別字之氾濫成災，政府單位以滿街招展的活動旗幟領頭示範，堪稱幫凶。孔子「惡紫之奪朱」，憂心且厭惡以邪代正、以異端充當正理，恰恰道出了許多文學教育工作者對錯別字日增所造成文字災厄的憂心。（廖玉蕙〈喧賓奪主的錯別字〉）

浪子、公子哥

【浪子】不務正業的遊蕩青年。

【惡少】品行不良、為非作歹的少年。

【敗家子】不務正業、傾家蕩產的不肖子。

【公子哥】不知人情世故的富貴人家子弟。

【花花公子】衣著華麗、不務正業、只會吃喝玩樂的富貴人家子弟。

【紈褲子弟】浮華不知人生甘苦的富家子弟。

【膏粱子弟】只知飽食，不理世務的富家子弟。

【公子王孫】指官僚、貴族的子弟。

【衙內】對貴族子弟、官僚子弟的稱呼。

【大少爺】富貴人家的長子。用來譏稱不知世事、好逸惡勞的青年男子。

那段時間有人在台北天母遇見阿普，據說他拉著人家去他們家玩，說是租了一個公寓月租就要六萬塊。他且花了兩百多萬裝潢添購家具。公子哥的調調完全沒改，不過已開始在託問看看能否幫忙在台化介紹工作？還神祕兮兮地對遇見的那傢伙大吐苦水，說他們夫妻這樣侵蝕老本跑來台北闖，就是為了擺脫娘家的糾纏……（駱以軍《遣悲懷・產房裏的父親 a》）

江湖老了一條漢子，教學老了一隻書蠹。我前幾世一定都是紈褲子弟或之類人，如果是，認了。只希望，不久後得遂田園夢，屆時再度回看一九九四，應該心情會大不同於現在。（阿盛〈老了一隻書蠹〉）

偽君子

【偽君子】表面像是好人，其實是欺世盜名的人。

【假道學】偽君子。滿口仁義道德，而實際行為相反的人。

【假正經】故意裝出一副正派的樣子。

【兩面派】周旋於對立雙方之間，既討好一方，也不得罪另一方的人。

【投機分子】善於迎合時機，為自己謀利的人。

【鄉愿】外貌忠厚老實，討人喜歡，實際上卻不能明辨是非的人。

【滑頭】狡猾、不老實的人。

【老江湖】常年行走於外，閱歷豐富、老於世故的人。

【老狐狸】比喻世故老練、狡猾至極的人。

【老油條】經驗老到、處事滑頭的人。

【油子】指閱歷豐富，且熟悉情況的狡詐人物。

「馮樂山，他又跑來做什麼？」覺民忽然冷笑道。馮樂山，著名的紳士，孔教會會長，新文化運動的敵人，欺負孤兒寡婦、出賣朋友的偽君子（他已經知道這件事了）！他恨這個六十一歲的老頭子比恨別的保守派都厲害。（巴金《春》）

倘若有幸面對二八佳人，那問題可就複雜了：不是不想再睹丰姿，就怕剛好人家抬起頭來，真真不成體統；再說此佳人身邊或許有騎士護駕，弄不好會上來要求決鬥；把頭扭向一邊裝作若無其事，或者閉上眼睛裝作養神，則有漠視美貌因而得罪佳人的危險；讓視線越過佳人頭頂並固定在對面牆上，作沉思狀，則又有假道學的嫌疑……如此心猿意馬，焉能念得好書？（陳平原〈圖書館〉）

這種層出不窮的狀況要說他心裡沒有疙瘩沒有埋怨是騙人的，可是即便每次弟弟出現在公司都讓他煩躁甚至不悅，但他總還是鄉愿地告訴自己以及公司其他人說：如果困擾是可以用金錢解決的話，就不要把金錢這件事當作困擾。（吳念真〈遺書〉）

國家圖書館出版品預行編目資料

如何捷進寫作詞彙. 人物篇／謝旻琪編. --
二版. -- 臺北市：商周出版：英屬蓋曼群島商家庭傳媒股份有限公司城邦分公司發行，2023.10
面；　公分. --（中文可以更好；27）

ISBN 978-626-318-856-3（平裝）

1.CST : 漢語　2.CST : 作文　3.CST : 寫作法　4.CST : 詞彙

802.7　　　　112014703

中文可以更好　27

如何捷進寫作詞彙——人物篇

編　　者／謝旻琪
責任編輯／程鳳儀、葉咨佑（初版）、林瑾俐（二版）

版　　權／吳亭儀
行銷業務／周丹蘋、賴正祐
總 編 輯／楊如玉
總 經 理／彭之琬
事業群總經理／黃淑貞
發 行 人／何飛鵬
法律顧問／元禾法律事務所　王子文律師
出　　版／商周出版
城邦文化事業股份有限公司
臺北市中山區民生東路二段141號9樓
電話：(02)2500-7008 傳真：(02)2500-7759
E-mail：bwp.service@cite.com.tw
發　　行／英屬蓋曼群島商家庭傳媒股份有限公司城邦分公司
臺北市中山區民生東路二段141號11樓
書虫客服專線：(02)2500-7718；(02)2500-7719
24小時傳真專線：(02)2500-1990；(02)2500-1991
服務時間：週一至週五上午09:30-12:00；下午13:30-17:00
劃撥帳號：19863813　戶名：書虫股份有限公司
E-mail：service@readingclub.com.tw
歡迎光臨城邦讀書花園　網址：www.cite.com.tw
香港發行所／城邦（香港）出版集團有限公司
香港灣仔駱克道193號東超商業中心1樓
電話：(852) 25086231　傳真：(852) 25789337
E-mail：hkcite@biznetvigator.com
馬新發行所／城邦（馬新）出版集團
Cite (M) Sdn. Bhd
41, Jalan Radin Anum, Bandar Baru Sri Petaling,
57000 Kuala Lumpur, Malaysia.
電話：(603) 90578822　傳真：(603) 90576622
E-mail：cite@cite.com.my

封面設計／杜浩瑋
插　　畫／陳婷衣
排　　版／唯翔工作室
印　　刷／韋懋實業有限公司
經 銷 商／聯合發行股份有限公司　電話：(02) 2917-8022　傳真：(02) 2975-6215

城邦讀書花園
www.cite.com.tw

■2023年10月3日二版
ISBN　978-626-318-856-3

定價／380元

104　台北市民生東路二段141號 11樓

英屬蓋曼群島商家庭傳媒股份有限公司城邦分公司　收

請沿虛線對摺，謝謝！

書號：BK6027X　　　書名：如何捷進寫作詞彙——人物篇

請於此處用膠水黏貼

商周出版

讀者回函卡

線上版讀者回函卡

感謝您購買我們出版的書籍！請費心填寫此回函卡，我們將不定期寄上城邦集團最新的出版訊息。

姓名：＿＿＿＿＿＿＿＿＿＿ 性別：□男 □女

生日：西元＿＿＿＿年＿＿＿＿月＿＿＿＿日

地址：＿＿＿＿＿＿＿＿＿＿

聯絡電話：＿＿＿＿＿＿＿＿ 傳真：＿＿＿＿＿＿＿＿

E-mail ：

學歷：□ 1. 小學 □ 2. 國中 □ 3. 高中 □ 4. 大學 □ 5. 研究所以上

職業：□ 1. 學生 □ 2. 軍公教 □ 3. 服務 □ 4. 金融 □ 5. 製造 □ 6. 資訊
□ 7. 傳播 □ 8. 自由業 □ 9. 農漁牧 □ 10. 家管 □ 11. 退休
□ 12. 其他＿＿＿＿＿＿＿＿

您從何種方式得知本書消息？

□ 1. 書店 □ 2. 網路 □ 3. 報紙 □ 4. 雜誌 □ 5. 廣播 □ 6. 電視
□ 7. 親友推薦 □ 8. 其他＿＿＿＿＿＿＿＿

您通常以何種方式購書？

□ 1. 書店 □ 2. 網路 □ 3. 傳真訂購 □ 4. 郵局劃撥 □ 5. 其他＿＿＿＿

您喜歡閱讀那些類別的書籍？

□ 1. 財經商業 □ 2. 自然科學 □ 3. 歷史 □ 4. 法律 □ 5. 文學
□ 6. 休閒旅遊 □ 7. 小說 □ 8. 人物傳記 □ 9. 生活、勵志 □ 10. 其他

對我們的建議：＿＿＿＿＿＿＿＿＿＿

＿＿＿＿＿＿＿＿＿＿

＿＿＿＿＿＿＿＿＿＿

【為提供訂購、行銷、客戶管理或其他合於營業登記項目或章程所定業務之目的，城邦出版人集團（即英屬蓋曼群島商家庭傳媒（股）公司城邦分公司、城邦文化事業（股）公司），於本集團之營運期間及地區內，將以電郵、傳真、電話、簡訊、郵寄或其他公告方式利用您提供之資料（資料類別：C001、C002、C003、C011 等）。利用對象除本集團外，亦可能包括相關服務的協力機構。如您有依個資法第三條或其他需服務之處，得致電本公司客服中心電話 02-25007718 請求協助。相關資料如為非必要項目，不提供亦不影響您的權益。】

1.C001 辨識個人者：如消費者之姓名、地址、電話、電子郵件等資訊。
2.C002 辨識財務者：如信用卡或轉帳帳戶資訊。
3.C003 政府資料中之辨識者：如身分證字號或護照號碼（外國人）。
4.C011 個人描述：如性別、國籍、出生年月日。

請於此處用膠水黏貼